**앨리스 애덤스의
비밀스러운 삶**

앨리스 애덤스의
비밀스러운 삶

부스 타킹턴 소설 구원 옮김

Alice Adams
by
Booth Tarkington

1

구식 사고방식을 지닌 환자는 침실의 양쪽 창문을 열어놓은 것이 잘못되었다고 생각했고, 간병인이 가뿐히 항의를 무시하자 그녀를 더욱 싫어하게 되었다. 밤공기가 몸에 안 좋다는 사실은 상식이 있는 사람이라면 누구나 안다고 그는 매일 저녁 말했다. "미스 페리, 사람 몸이 버틸 수 있는 데 한계가 있는 법이오." 애덤스가 못마땅해하며 경고했다. "병자는 물론 건강한 사람도 밤공기를 쐬면 안 된다는 건 어린아이도 상식이 있다면 알 거요! '몸이 건강하다고 느낄 때도 밤공기는 들어오지 않게 막아야 한다.' 내가 어렸을 때 어머니께서 말씀하시곤 했소. '밤공기를 막으렴, 버질.' 이렇게요. '밤공기를 막아야 한다.'"

"아마 선생님 어머님의 어머니도 똑같이 말씀하셨겠죠." 간병인이 말했다.

"물론이지. 우리 할머님은—"

"애덤스 씨! 할머님은 당연히 그렇게 생각하셨을 거예요. 여기 평평한 중부 지방이 온통 늪지였고 물이 빠지기도 전이었으니까요. 사실은 늪지대 모기가 말라리아를 옮겼기 때문에 그랬을 거예요. 특히나 창문에 방충망을 달기 전이잖아요. 하지만 우리는 이

5

렇게 방충망을 달았고, 모기한테 물리지도 않을 거예요. 그러니까 마음 편히 놓으시고 어서 주무세요. 주무셔야 해요."

"자라고?" 애덤스가 말했다. "잘도 잘 수 있겠군!"

애덤스는 특히 4월 밤공기가 최악이라고 생각했다. 밤공기가 결국 자신을 죽일 거라고 그는 장담했다. "사람 몸이 얼마나 끈덕지게 견디는지 생각하면 정말 놀랍지."라며 그는 4월 말일 저녁에 인정했다. "하지만 오래 견딜 수 없다는 걸 당신이나 의사 양반이 알아야 해요. 독약이나 다름없는 4월 밤공기를 방에 자꾸 들이면─"

"선생님 방에는 더는 못 들이겠네요." 미스 페리가 너그럽게 달랬다. "내일이면 5월 밤공기가 될 텐데, 그건 훨씬 낫겠죠. 아닌가요? 이제 진정하시고 편히 주무세요."

간병인은 애덤스에게 약을 주고 방 중앙에 있는 테이블에 물컵을 놓은 다음에 자신의 간이침대로 갔고, 잠시 조용히 꼼짝하지 않고 누워 있다가 나지막이 코를 골기 시작했다. 그 소리를 들은 애덤스는 피로에 지쳐 잠들었다가 소음 탓에 깼는데 잠이 달아나버린 사람처럼 억울해했다.

"자라고? 물론이지! 고맙군!"

애덤스는 꾸벅꾸벅 졸면서 간헐적으로 잤고, 심지어 꿈까지 꿨다. 그러나 눈을 뜨기 전에 꿈을 까맣게 잊어버린 데다가 자면서도 어느 정도 불편함을 의식했기 때문에, 언제나처럼 그는 자신이 밤을 하얗게 지새웠다고 믿었다. 창밖의 도시가 어둠 속에서 초조히 휴식하고 있는 거대한 생명체처럼 느껴졌다. 밤에 피어오르는 연기구름의 축축한 덮개 아래 사방으로 몸을 뻗고 누워 있던 도시는 자정이 지나고 몇 시간은 잠자코 있으려고 했으나 계속해서 가만히 누워 있기에는 너무나도 강력하게 자라나고 있는 생명체였다. 잠들려고 노력하는 중에도 도시는 지난 하루를 소화하며 중얼거렸고, 다음 날이 덜컹거리며 굴러오는 소리가 곧 합세했다. 저 멀리 전찻길에서 마지막 승객들을 데려오는 '올빼미' 전차가 이따금 모퉁이를 꺾으며 처량하게 울었다. 거무튀튀하게 그을린 교외의 평원에서 공장의 기계들이 철커덩거리는 소리가 아득하게 들려왔다. 동쪽, 서쪽, 그리고 남쪽에서 입환기관차가 측선을 달리며 씩씩댔다. 하늘을 조각낸 수많은 전선의 흔들림부터 지하 채굴기의 진동까지, 나직이 흥얼대는 콧노래가 대기를 가득 채운 듯했다.

애덤스도 젊었을 적에는 밤잠을 방해하는 소음을 이토록 원망하지 않았을 것이다. 심지어 몸이 아플 때도 이런 소리야말로 자신이 '활기찬 도시'의 주민임을 증명한다며 어느 정도 자부심을 느꼈을지도 모른다. 하지만 쉰다섯 살이 된 지금 그는 잠을 방해한다는 이유 하나로 도시의 소리를 증오했다. 애덤스의 표현에 따르면 소음은 그의 '신경을 짓이겼다.' 사실, 거의 모든 게 그의 신경을 짓이겼다.

창문 아래 교차로로 진입한 우유 수레가 집마다 멈추는 소리가 들렸다. 수레를 끄는 말이 천천히 다음 집 정문으로 가서 기다리는 동안 배달원은 우유병을 들고 집 뒤쪽 포치로 돌아갔다. '폴란드 녀석들 집으로 갔군.' 배달원의 행보를 귀로 좇으며 애덤스는 생각했다. '아침을 먹기도 전에 우유가 쉬어버려라. 앤더슨네 집에 배달했군. 이제 우리 집으로 오고 있어. 저 망할 놈의 발소리 좀 듣게! 잠 좀 자려는 사람이 안중에나 있겠어?' 애덤스가 불평하는 대상은 말이었다. 낡은 벽돌 포장도로에서 편자를 딸가닥 울리며 유유히 움직이던 말은 때 이르게 도착한 파리를 쫓으려는 양 마구에 매인 몸을 힘차게 흔들었다. 동녘 빛이 창문을 엷게 덮었다. 이와 함께 잠에서 제일 먼저 깨어난 참새가 곧바로 짹짹거리면서 작은 뜰의 나무에서 잠자던 이웃들을 깨웠는데, 그중 하나가 시끄러운 로빈이었다. 불규칙하게 시작된 아우성이 곧 합창이 되었다. "자라고? 잘도 자겠구먼!"

밤의 소리가 아침의 소리로 변하고 있었다. 멀리서 울리는 화물 기차의 경적이 한 시간 전 어둠 속에서보다 더 기운차게 들렸다. 집 근처를 날아다니는 명랑한 휘파람새는 우유 수레를 끌던 말보다도 잠든 이들에 대한 배려가 없었다. 흑인 노동자들이 지나갔는데, 야간작업을 마치고 귀가하는 길인지 아니면 출근하는 길인지는 알 수 없었지만, 유쾌한 사람들이라는 것은 확실했다. 자유로운 원주민의 웃음소리가 앞서 왔고, 그들이 지나간 후에도 한참 동안 대기에 울렸다.

병자의 종야등은 물통에 기대어 세운 신문지에 가려져 있었지만 그래도 눈에 거슬리는 가느다란 불빛이 새어 나왔다. 병을 앓으며 심약해지고 산만해진 애덤스는 이성적으로 생각하기보다는 주로 공상에 빠졌다. 이런 정신 상태에서 그는 새벽빛에 저항하는 종야등의 모습이 왠지 거슬렸다. 뜻을 알 수 없으나 답이 언제나 눈앞에 아른거리는 듯해서 더욱 께름직한 퍼즐이었다. 하지만 답을 모르는 채로 있어서 나쁠 것은 없었을지도 모른다. 이에 관해 그가 좀더 예리하게 성찰했다면, 태양의 전조에 맞서 빛을 뿜으려는 초라한 종야등이 마음속에 반쯤 묻어놓은 지각을 자극해서, 어떤 자서전의 서글픈 줄거리를 상기시켰을지도 몰랐다.

시끄럽다고 불평하면서도 그는 까무룩 잠이 들었다. 다시 눈을 떴을 때는 간병인이 간이침대에서 막 일어나고 있었다. 보기 좋은 광경이 아니었다. 간병인은 뺨을 바닥에 누인 채로 밤새 덥고 건조한 작업실에 내버려둔 찰흙상처럼 한쪽 얼굴이 눌려 있었다. 미스 페리는 잠이 덜 깨 비몽사몽했으나 종야등을 끄고 환자에게 토닉을 주었을 즈음엔 가소성을 충분히 되찾았다. "아주 좋아요! 우리 모두 어젯밤에도 잘 잤네요." 간병인이 옷을 갈아입으러 화장실로 가면서 말했다.

"그래, 자네는 또 잘 잤지." 애덤스가 대꾸했으나 간병인은 이미 화장실 문을 닫은 뒤였다.

잠시 후 비좁은 복도 맞은편 방에서 부스럭거리는 소리가 들렸다. 딸이 일어난 모양이었다. 애덤스는 딸이 얼른 아침 인사를 하러 오기를 바랐다. 딸은 그의 신경을 짓이기지 않는 유일한 사람이었다. 물론 딸을 생각하면 가슴이 아프긴 했다. 따지고 보면 가슴 아프지 않은 일이 없었다. 그러나 아내가 먼저 방에 들어왔다.

아내는 축 늘어진 면 실내복을 입고 여태 머리에 수면용 손수건을 싸매고 있었는데, 그 아래로 삐져나온 잿빛 머리칼이 관자놀이께에서 초승달 모양으로 구불거렸다. 그래도 아내는 쾌활해 보이려고 최선을 다했다.

"당신 상태가 다시 좋아졌나봐! 척 봐도 좋아 보여." 아내가 말했다. "미스 페리가 당신이 어젯밤에도 잘 잤다던대."

애덤스는 미스 페리의 말을 부정하는 듯한 모순적인 소리를 냈고, 뜻을 확실하게 전달하기 위해 덧붙였다. "잘 잔 건 미스 페리지. 언제나처럼!"

아내는 계속 미소를 지었다. "언짢아하는 건 좋은 징조야. 이제 회복기에 들어섰다는 뜻이나 다름없어."

"아, 내가 회복기로군 그래?"

"의심의 여지가 없어!" 아내가 외쳤다. "거의 다 나은 것이나 다름없어, 버질. 물론 체력을 회복해야 하겠지만, 그건 오래 걸리지 않을 거야. 지금부터 몇 주 안에 다시 혼자 거동할 수 있을 거야."

"아, 내가 혼자 거동할 수 있겠군 그래?"

"물론이지!" 아내는 쾌활하게 웃고 방 중앙에 있는 테이블로 가서 약병을 조금 옆으로 옮기고 책을 거꾸로 놓았다. 계속해서 정리를 하는 척 앞서 한 일과 비슷하게 쓸데없는 일에 몇 분 동안 매달렸는데, 실질적으로는 아무것도 하고 있지 않았다. "물론이야." 애덤스 부인이 멍하니 되풀이했다. "예전만큼, 어쩌면 더 건강해질 거야." 부인은 시선을 딴 데 두고 잠시 침묵하다가 명랑하게 덧붙였다. "당신이 날개를 펼치고 좋은 기회를 찾을 수 있도록 말이지."

이 말과 함께 부부 사이의 중요한 무언가가 표면 가까이 떠올랐다. 아내는 담담하고 명랑하게 말하려고 했지만 희미하게 떨린 말 끝에서 속마음이 드러났다. 애덤스 부인은 계속해서 테이블을 정리하는 시늉을 하면서 시선을 피했다. 어쩌면 오랜 결혼 생활을 통해 그녀는 굳이 보지 않아도 남편이 어떤 표정인지 알고 있으며, 그 표정을 실제로 보는 걸 미루고 싶었는지도 모른다. 그러나 애덤스는 아내를 뚫어지게 보고 있었다. 입술이 흥분한 병자의 비애감으로 일그러지기 시작했다.

"결국 그거군." 그가 말했다. "당신이 그걸 암시하는 거야."

"암시한다고?" 애덤스 부인은 어리둥절하지만 들어보겠다는 표정을 지었다. "아무런 암시도 하지 않았어."

"'좋은 기회'를 찾을 수 있다고?" 애덤스가 날카롭게 물었다. "그게 암시가 아니면 뭐지?"

애덤스 부인은 남편을 향해 돌아섰다. 침대 옆으로 다가와 손을 잡으려고 했지만 그는 재빨리 손을 숨겼다.

"신경이 예민해지지 않게 조심해." 부인이 말했다. "하지만 회복한 뒤에 당신이 할 일은 하나밖에 없어. 그 구덩이로는 절대 돌아가면 안 돼."

"구덩이? 그게 당신이 붙인 이름인가?" 애덤스는 쇠약한 상태였지만 화가 나며 목소리가 거칠어졌다. 덩달아 흥분한 애덤스 부인은 더욱 간절히 말했다.

"돌아가면 안 돼, 버질. 누구에게도 옳은 일이 아니야. 당신도 알잖아."

"내가 뭘 알고 모르는지 당신 마음대로 결정하지 마!"

애덤스 부인은 돌연 양손을 맞잡고 절박한 심정을 끌어내 애처롭게 애원했다. "버질, 그 구덩이로 돌아가지 않을 거지?"

"참말로 듣기 좋군!" 그가 말했다. "남의 직장을 구덩이라고 부르다니!"

"버질, 내가 아니면 아이들을 위해서라도 다른 일을 찾아야 하지 않겠어? 모두가 당신에게 바라고, 당신 또한 마음속으로는 옳다고 생각하는 일을 안 하겠다고 우기지 마! 또 고집이 폭발해서, 그저 당신 멋대로 하고 싶다는 이유 하나로 그 회사에 복귀할 거라면, 나한테는 말하지 마! 난 도저히 못 참겠으니까!"

애덤스는 매섭게 아내를 노려봤다. "이래서 내가 잘도 회복하겠군! 병자를 아주 잘 돌보고 있어!" 그가 말했다. 그러나 애덤스 부인은 어쨌든 지금으로서는 하고 싶은 말을 전부 했기 때문에 굳이 대꾸하지 않았다. 눈물이 그렁그렁한 눈만 보여주고, 고개를 내저으며 방에서 나갔다.

혼자 남은 애덤스는 숨을 가쁘 몰아쉬었다. 야윈 가슴이 심장에 가해진 감정만큼 격렬하게 들썩였다. "훌륭해!" 애덤스가 쉰 목소리로 외쳤다. "병을 낫게 하는 훌륭한 방법을 찾았군! 훌륭해!" 잠시 잠자코 있던 애덤스는 속삭임에 가까운 실소를 터뜨렸으나 딱딱하게 굳은 얼굴에 웃음기는 없었다.

"우리에게 일용할 양식을 주소서!"

아내의 눈물 연기가 진부하다는 뜻으로 그는 덧붙였다.

2

　사실 애덤스 부인은 진심으로 괴로워하고 있었다. 하지만 감정 조절에 능한 그녀는 남편 방과 건넛방 사이의 좁은 복도를 지나는 세 걸음 동안 속상한 표정을 감쪽같이 지웠다. 부인은 처량하기보다는 사무적인 표정으로 예쁘게 꾸며진 딸의 방에 들어갔다. 딸은 옷을 반쯤 입고 화장대 앞에 앉아서 파란색 에나멜 테두리가 달린 삼면 거울에 얼굴을 비추어보고 있었다. 그 말인즉 어머니가 방에 들어오기 직전까지 거울을 보며 놀고 있었다는 뜻으로, 그녀는 이런저런 포즈를 잡으며 표정을 연습하고 있었다. 깍지 낀 손을 목뒤에 대고 얼굴이 짧아 보이게 고개를 뒤로 젖혀 요염한 모습을 연출했다가 나른한 미소를 지었고, 너그러운 조소로 바꾸었다가 다음 순간에는 대단히 도발적으로 거울을 응시했다. 그러나 문이 열리자마자 그녀는 시치미를 뚝 떼고 갈색빛이 도는 풍성한 머리칼을 양손으로 부지런히 매만졌다.

　여자아이의 손은 섬세하고 고왔다. "걔가 가진 것 중에 제일 낫지!" 냉정한 친구가 평가했는데, 섬섬옥수보다 못한 것에 앨리스의 인성과 지성까지 포함한 말이었다. 그 말이 사실이든 아니든 앨리스는 두루두루 예뻤다. 종종 앨리스는 '제대로 예쁜 아이'라고 불렸는데, 예쁘다는 말이 그 어떤 말보다 잘 어울리는 아가씨에게는 과언이 아니었으며 앨리스는 적어도 이 정도 칭찬은 들을 만했다. 앨리스는 가만히 있을 때도 예뻤지만 집에서가 아니면 가만히 있는 모습을 보기가 힘들었다. 남들 앞에서는 인생이 제스처라고, 앞서 말한 쌀쌀맞은 친구가 앨리스의 손짓을 조롱했다. 그러나 앨리스는 대개 손뿐만이 아니라 온몸을 동원해가며 말했다. 어깨가 먼저 충동적으로 움찔하며 손짓으로 이어졌고, 가끔은 발까지 들썩이며 말에 강세를 주었다.

이러한 생기발랄함은 앨리스의 얼굴을 꾸미는 유일한 장신구로서 알맞았다. 얼굴이야말로 그녀의 생기가 절정을 이루는 곳이었다. 도시에 새로 이사 온 말주변 없는 젊은이가 앨리스의 풍부한 표정에서 받은 인상을 설명하려고 시도한 일은 다소 유감스러운 결과를 낳았다. 그는 "귀여운 개암빛 눈을 찡긋하며 빛나는 표정을 지을 때면 그녀가 여신처럼 느껴지기까지 한다."라고 말했다. 그가 '여시처럼'이라고 발음하긴 했지만, 발음 때문에 여자들이 끝없이 깔깔거린 것은 아니었다. 그들이 비웃은 대상은 남자가 아니라 앨리스였다.

애덤스 부인은 지나치게 열성적으로 딸을 위로했다. 앨리스에게 여신 같은 자질이 충분하다고, 적어도 그 말을 들먹이며 그녀를 조롱한 다른 아이들, 자기들이 못하는 건 뭐든지 질투하는 목석같은 애들보다는 훨씬 많다고 주장했다. 필요 이상으로 위로받은 앨리스는 어머니가 가족 말고 다른 사람들 앞에서 자기를 그렇게 변호할까봐 걱정했다. 애덤스 부인은 딸이 자신의 분별력을 무시한다며 흐느끼고 말았다. 앨리스는 어머니를 가르칠 필요를

14

자주 느꼈다.

이날 아침에도 앨리스는 어머니에게 아침 인사 대신 충고를 건 넸다. 부탁하는 척 핀잔했는데, 거울 앞에서 포즈를 잡는 모습을 들켰다고 생각했기 때문에 더 신경질적이었다. 쓸데없는 걱정이었다. 앨리스가 모르는 사이에 어머니는 딸의 그런 모습을 수없이 봤고, 방금 눈앞을 휙 스친 모습에는 신경도 쓰지 않았다.

"엄마, 제발 방으로 들어와서 문 좀 닫아요! 지나가는 사람이 훤히 볼 수 있게 문을 열어놓지 말라고요!"

"볼 사람 없어." 애덤스 부인이 문을 닫으며 말했다. "미스 페리는 아래층에 내려갔고―"

"엄마가 아빠 방에서 한 말 들었어요." 여전히 성마른 어조로 앨리스는 말했다. "두 분이 하는 말 전부 들었어요. 그렇게 아빠 화를 돋우면 안 될 거 같아요. 적어도 아빠가 아플 때는요."

애덤스 부인은 침대 가장자리에 앉았다. "아빠가 훨씬 나아지셨어." 부인은 딸의 핀잔에 아랑곳하지 않았다. "거의 회복하셨단다. 의사가 그렇게 말했고 미스 페리도 그랬어. 이번에 아빠가 정신 차리게 우리가 도와주지 않으면 다신 기회가 없을 거야. 밖에 나가는 순간 그 구덩이로 돌아갈 거야. 두고 보렴! 한번 돌아가면 눌러앉을 테고, 그렇게 되면 아빠를 절대 빼낼 수 없을 거야."

"어쨌든 아빠를 좀 달래가면서 얘기해야 할 것 같아요."

"나도 노력한단다." 어머니가 한숨을 내쉬었다. "아빠한테는 평생 그런 게 안 통했어. 네가 엄마만큼 아빠를 잘 알지는 못하는 것 같아."

"이따금 엄마랑 아빠 두 분 다 이해가 안 돼요." 앨리스는 단호하

15

게 대답했다. "결혼하기 전에 애인들은 서로에게 뭐든지 말할 수 있고 어떤 부탁이라도 들어주죠. 그런데 왜 결혼하고 나면 그렇게 못 해요? 엄마 아빠가 젊었고 약혼한 사이였을 때, 아빠는 엄마가 부탁했으면 하늘의 별이라도 따다 주었을 거예요. 그때는 엄마가 아빠를 다룰 줄 알았기 때문일 테죠. 지금은 왜 그렇게 못 해요?"

애덤스 부인은 한숨을 다시 쉬었다가 조금 웃기만 하고 대꾸하지 않았다. 앨리스는 그냥 지나가지 않았다. "왜냐고요? 왜 못 해요? 왜 사귈 때처럼 아빠한테 부탁하지 못해요? 노력이라도 해봐요, 엄마. 잔소리만 퍼붓지 말고."

"잔소리를 퍼부어?" 애덤스 부인은 다소 처연하게 말했다. "엄마가 노력하는 모습이 그렇게 보이니?"

"마음에 담아두지 마요. 속상해할 말도 아니에요." 앨리스는 가볍게 무시하며 말했다. "대답해 주세요. 아빠 기분을 맞춰주는 게 어때서요? 결혼하기 전에, 두 분이 젊었을 때는 그렇게 했을 거 아녜요. 왜 이제는 그렇게 하지 않아요? 사람들이 그걸 못 하는 이유를 모르겠어요. 도저히 이해할 수 없어요."

"어쩌면 언젠가는 너도 알게 되겠지." 어머니가 온화하게 말했다. "25년 결혼 생활을 하고 나면 너도 이해할지도 몰라."

"엄마는 계속 대답을 회피하네요. 왜 질문에 답해주지 않죠?"

"젊은 사람들에게 대답할 수 없는 것들이 있단다, 앨리스."

"답을 이해하기에는 너무 어려워서요? 전 그렇게 생각하지 않아요. 스물두 살이나 된 여자라면 얼마큼 지력은 있지 않겠어요? 지력이란 곧 이해력이잖아요. 아니에요? 왜 제가 결혼해서 25년이나 살아야만 엄마가 아빠를 못 다루는 이유를 이해할 수 있어요?"

16

"어떤 것들은 좀더 일찍 이해하게 될지도 모르겠구나." 애덤스 부인이 떨리는 목소리로 말했다. "이따금 네가 엄마 마음을 얼마나 아프게 하는지 말이야. 젊은이들이 똑똑하다고 다 이해할 수 있는 게 아니란다. 방금 그 질문을 이해할 때가 되면, 넌 이미 답을 알기 때문에 물어볼 필요가 없을 거야. 넌 아빠를 몰라, 앨리스. 아빠가 고집을 부리기로 한번 작정하면 마음을 돌리기가 얼마나 어려운지 몰라."

앨리스는 자리에서 일어나 치마를 입기 시작했다. "글쎄요, 여하튼 난리를 피워서 사람을 설득할 수는 없다고 생각해요." 앨리스는 불만스러워하며 중얼댔다. "상냥하게 설득하면 훨씬 효과가 좋을 거예요."

"상냥하게 설득하면!" 어머니가 이 말을 되풀이하자 반어적인 한탄으로 들렸다. "그래, 나도 그렇게 생각한 시절이 있었지. 네 아빠에게는 통하지 않았어. 그게 다야."

"엄마가 '상냥하게' 부분을 빠트렸을지도 몰라요."

이날 아침 두 번째로—7시가 조금 넘었다—애덤스 부인은 눈물로 자기 자신을 위로하려는 듯했다. "네가 그렇게 말할 거라고 예상했어, 앨리스. 넌 그런 기회를 놓치는 법이 없으니까." 애덤스 부인이 조용히 말했다. "그런 기회를 한 번도 놓치지 않는 게 이상할 정도야."

그러나 몸단장에 집중한 앨리스는 한 귀로 흘려버렸다. "글쎄요. 남자를 다룰 때는 닦달하는 것보다 나은 방법이 있어요."

애덤스 부인은 상처받은 듯이 신음했다. "닦달한다고?"

"엄마가 나한테 완전히 맡겼으면," 딸이 재빨리 말을 이었다. "아빠는 오래전에 우리가 원하는 걸 다 해주려고 했을 거예요."

"그래, 내가 다 망쳤다고 하렴. 알았다, 이제 간섭하지 않을게. 믿어도 좋아."

"괜히 삐지지 마요." 앨리스가 재빨리 말했다. "아빠 마음을 바꾸려면 여러 종류의 설득이 필요하다는 것쯤은 저도 이제 알아요. 다만, 아빠는 언짢으면 더 고집스러워지는 것 같아요. 물론 엄마가 아빠를 더 잘 알겠지만, 아빠의 이런 면은 전 아는데 엄마는 아직도 모르는 거 같아요. 됐죠?" 앨리스는 어머니의 어깨를 친근하게 두드리고 문으로 향했다. "아빠한테 인사하러 갈게요."

앨리스는 계속해서 블라우스 단추를 채우며 복도를 건너갔다. 아버지 방에 들어왔을 때도 한 손으로 단추를 채우고 있었지만, 다른 손으로 그의 이마를 토닥였다.

"우리 아빠, 딱하기도 하지!" 앨리스는 명랑하게 말했다. "몸이 좀 나으려고 할 때마다 누가 화를 돋우어서 원 상태로 돌아가니, 얼마나 안타까워요!"

아버지는 침울한 눈썹 아래 처량한 눈으로 딸을 쳐다봤다. "네 엄마가 쏴붙이는 소리를 들었구나." 애덤스가 말했다.

"아빠가 쏴붙이는 소리도 들었어요!" 앨리스는 웃음을 터뜨렸다. "대체 뭐 때문에 그래요?"

"맨날 그 소리지!"

"아빠더러 회복하면 새 일자리를 찾으라고 했군요?" 앨리스는 쾌활하고 순진한 어조로 물었다. "그래서 우리가 훨씬 부자가 될 수 있게요?"

이 말을 듣자, 애덤스의 침울한 이마가 그 어느 때보다 더 침울해졌다. 가로로 깊게 파인 주름이 위로 솟으며 고통의 무늬를 그렸는데, 딸에게는 별 의미가 없을 정도로 익숙한 표정이었다. 애덤스가 조용히 말했다. "그래. 그래서 우리가 빈털터리가 되도록 말이야. 그렇게 될 가능성이 크지."

"그건 안 돼요!" 앨리스는 웃음을 터뜨렸다. 블라우스 단추를 다 채운 그녀는 양손으로 아버지의 얼굴을 토닥였다. "아빠 같은 베테랑을 위한 훌륭한 자리가 얼마나 많겠어요! 아빠가 마음만 먹으면 부자가 될 수 있다고 전 항상 믿었어요."

애덤스의 이마에서 고통의 무늬가 더욱더 짙어졌다. "지금 이대로도 우리가 늘 넉넉하게 살았다고 생각하지 않니?"

"지금 이대로는 아니죠!" 앨리스는 다시 한번 아버지의 뺨을 토닥이면서 웃었다. "어쩌면 한때는 충분했는지도 몰라요. 늘 절약하긴 했지만요. 하지만 지금 상황으로 보았을 때 엄마 말도 일리가 있는 거 같아요. 그래도 아픈 사람을 그렇게 괴롭히면 안 되죠. 아빠, 걱정 마시고, 회복하실 때까지는 생각하지 마세요."

"너도 알다시피," 애덤스는 말했다. "내 나이에 네가 말한 훌륭한 자리를 찾기는 쉽지 않단다. 오십 대 중반을 넘으면 새로운 도전을 하려고 이미 할 줄 아는 걸 포기한다는 게 얼마나 위험한지 생각하기 마련이지."

"어머, 주름 좀 봐!" 앨리스는 쾌활하게 외쳤다. "완전히 회복하실 때까지는 그런 생각을 머릿속에 들이지도 마세요. 아셨죠?" 앨리스는 몸을 기울여 아버지의 콧마루에 가볍게 입을 맞췄다. "됐어요! 이제 아침 먹으러 갈게요. 기운 내요! 오르부아!" 방문을 닫기 전에 앨리스는 예쁜 손을 흔들어 아버지를 한 번 더 격려했다.

앨리스는 휘파람을 불고 손가락으로 난간을 두드리며 좁은 계단을 사뿐사뿐 내려갔다. 어머니와 남동생이 앉아 있는 식사실에 들어갈 때도 휘파람을 불고 있었다. 안색이 나쁘고 야윈 스무 살 청년인 동생은 자리에 앉는 앨리스에게 못마땅한 어조로 말했다.

"누나는 만사태평이구나!" 동생이 말했다.

"그런 셈이지." 앨리스는 경쾌하게 답했다. "너는 뭐가 걱정이니, 월터?"

"그걸 누나가 걱정할 필요는 없어!" 월터가 답했다. 월터는 자신의 대답이 매우 재치 있었다고 느낀 듯 짧게 웃고, 만족스럽게 상황을 마무리한 사람처럼 커피를 홀짝였다.

"월터는 참 비밀이 많아 보여!" 예리하지만 친근하고 명랑한 눈빛으로 동생을 관찰하며 앨리스는 말했다. "모든 말과 행동이 꼭 자기 안에 있는 비밀의 청중을 위한 것 같아. 항상 그들로부터 박수갈채를 받지. 방금 한 말도 그래. 쟤는 자기 말이 의미심장하다고 생각하는 모양이지만, 정말 의미가 있었으면 그건 월터와 월터 안의 청중만 아는 비밀이야! 우리는 월터에 대해 아무것도 몰라요. 그렇지 않아요, 엄마?"

월터는 누나의 이론을 확증하듯이 비밀스럽게 다시 웃었다. 커피를 다 마신 그는 파랗게 번들거리는 납작한 종이 담뱃갑을 주머니에서 꺼냈다. 니코틴에 찌든 손으로 주글주글 흰 담배를 하나 꺼내 불을 붙이고, 하찮은 일에서 중요한 일로 관심을 돌린 사람의 태도로 바지를 걷어붙이고 식사실에서 나갔다.

식사실 문이 닫히자 앨리스는 웃었다. "참 비밀스러워." 앨리스가 말했다. "엄마가 아들을 더 잘 알아야 하지 않을까요?"

"착한 아이라고 믿어." 애덤스 부인은 생각에 잠겨 대답했다. "어린 시절 친구들만큼 혜택을 누리지 못했는데도 아주 씩씩해. 불평한마디 들어본 적이 없단다."

"대학에 못 간 것 말이에요?" 앨리스가 물었다. "당연히 불평을 안 했겠죠! 쟤는 고등학교를 마칠 야심도 없었어요!"

애덤스 부인은 한숨을 내쉬었다. "같이 자란 아이들 대부분이 동부에 있는 사립예비학교로 갔을 때 풀이 죽은 모양이야. 우리는 그럴 형편이 안 됐잖니. 네 아빠가 내 말만 들었으면—"

앨리스가 끼어들었다. "말도 안 돼요! 월터는 책이나 공부, 아니, 운동도 싫어했어요. 무엇이든지 간에 건전한 일에 관심을 보인 적이 없어요. 월터는 뭘 좋아하는 것 같아요, 엄마? 뭐라도 좋아하는 게 있지 않을까요? 하지만 그게 뭘까요? 자기 시간에 뭘 하는 걸까요?"

"왜, 월터는 딱하게도 종일 램브 컴퍼니에서 일하잖니. 5시까지 일하니까 자기 시간이 별로 없지."

"우리는 7시가 지나고서야 저녁을 먹는데, 그래도 월터는 저녁 식사 자리에 늦잖아요. 그리고 먹자마자, 대체 어딘지는 모르겠지만, 또 나가고요!" 앨리스는 고개를 가로저었다. "예전에는 우리가 아는 집안 아들들이랑 어울렸는데 요즘은 아닌 거 같아요."

"어떻게 그렇겠니?" 애덤스 부인이 물었다. "월터 잘못이 아니야. 불쌍하기도 하지! 어린 시절 친구들은 거의 다 대학으로 떠나고 없어."

"네, 하지만 걔네들이 명절이나 방학 때 돌아와도 전혀 만나지 않아요. 이제는 우리 집에 놀러 오지도 않잖아요."

"다른 친구를 사귀었겠지. 저 나이에는 어울릴 사람이 필요한 게 당연하잖니."

"맞아요." 앨리스는 못마땅해하며 힘주어 말했다. "하지만 그 친구들이 대체 누구죠? 시내의 위험한 뒷골목에서 당구를 치는 게 아닌가 싶어요."

"아니야. 나는 월터가 올곧은 아이라고 믿어." 애덤스 부인은 반대했지만, 자신 있는 말투는 아니었다. 부인이 덧붙였다. "월터 인생이 달라졌을 거야. 네 아빠가 내 말만—"

"그만해요, 엄마. 엄마 말을 들어야 했던 사람은 제가 아니잖아요. 아빠를 하루 이틀이라도 내버려두면 더 효과가 있을 거예요. 아빠한테 아무 말도 하지 않겠다고 약속해요. 적어도, 글쎄요, 적어도 아빠가 아래층에 내려와서 밥상에 앉을 수 있을 때까지는요. 알았죠?"

애덤스 부인은 떨리기 시작한 입술을 깨물었다. "엄마가 몰상식한 사람이 아니라는 것쯤은 네가 알 줄 알았다, 앨리스." 부인이 말했다. "너도 알다시피 엄마가 너보다 세상을 오래 살았잖니."

"잘 생각했어요!" 앨리스는 웃으면서 벌떡 일어났다. "약속한 거나 다름없다는 걸 기억하고, 아빠 기운을 좀 북돋아봐요. 전 나가기 전에 아빠한테 인사할게요."

"어디 가니?"

"할 일이 산더미예요. 밀드레드네 집에 가서 오늘 밤에 그 애가 뭘 입을지 알아보고 시내에 가서 시폰 1미터랑 댄스용 구두에 묶을 얇은 리본도 사야 해요. 돈이 좀 필요한데—"

"네 아빠가 돈을 주면!" 정면 계단으로 함께 걸어가면서 어머니가 한탄했다. 한 시간 뒤에 애덤스 부인은 지폐를 들고 앨리스 방으로 왔다.

"아빠 서랍장에 돈이 좀 있더구나." 애덤스 부인이 말했다. "돈이 어디에 있는지 드디어 알려줬어."

부인의 목소리에서 격앙된 감정이 묻어났다. 어머니를 주시하던 앨리스는 눈가에 맺힌 눈물을 발견했다.

"엄마!" 앨리스가 외쳤다. "하지 않겠다고 약속한 말을 한 건 아니죠? 설마 미스 페리가 듣는 데서?"

"미스 페리는 아빠 드실 육수를 가지러 갔어." 애덤스 부인은 차분히 말했다. "내가 무슨 약속을 했다는 거니. 엄마가 알아서 판단할 테니까 믿어도 된다고 했지."

"또 이야기를 꺼냈다는 뜻이군요!" 앨리스는 홱 뒤돌아서 아버지 방으로 성큼성큼 걸어갔다. 문을 벌컥 열고 침대로 다가가 그의 괴로운 이마를 달래듯이 가볍게 어루만졌다.

"불쌍한 우리 아빠!" 앨리스가 말했다. "왜 이렇게 다들 아빠를 들들 볶는 거예요. 이제 아무도 아빠를 못 괴롭혀! 아빠가 평생 일한 구덩이를 어떻게 벗어나서 우리를 어떻게 부자로 만들어야 한다느니, 그런 소리를 이 사람 저 사람한테서 들을 필요 없어요. 어떻게 하면 되는지는 아빠가 잘 알아요!"

앨리스는 아버지를 위로한 뒤에 작별 인사로 입을 맞추고, 닫히는 문의 그림자 속에서 매력적인 손을 하얀 나비같이 나풀거리며 명랑하게 나갔다.

3

애덤스 부인은 앨리스의 방에 남아 있었지만 딸이 아빠 방에 다녀온 잠깐 사이에 기분이 변한 듯했다.

"아빠가 뭐라서?" 부인이 희망찬 어조로 급히 물었다.

"뭐라고 하셨냐고요?" 앨리스는 어처구니없다는 표정으로 되풀이했다. "아무 말도 안 하셨어요. 제가 못 하게 했어요. 정말이지 엄마, 엄마가 아빠 방에 안 들어가는 게 최선이에요. 일단 들어가면 그 말을 하지 않고는 못 배기니까요. 엄마가 자꾸 다그치면 아빠는 옳은 선택을 하지 않을 거예요. 절대!"

부인은 처량한 침묵으로 답하고 뒤돌아서 문으로 걸어갔다.

"이러지 좀 말아요!" 앨리스는 외쳤다. "제가 실용적인 조언을 좀 했다고 비극의 주인공처럼 행동하지 말라고요!"

"그런 게 아니야." 부인은 침을 꿀꺽 삼키며 멈춰 섰다. "난 그냥—그냥 아래층에 가서 먼지나 털련다." 그대로 고개를 돌린 채 부인은 복도로 나가 문을 닫았다. 잠시 후 계단을 내려가는 발소리가 들렸다. 자포자기한 심정이 실려 있었다.

듣고 있던 앨리스는 한숨과 함께 "아, 몰라!" 하고 내뱉고, 좀더 즐거운 주제로 관심을 돌렸다. 앨리스는 옅은 금색 밴드가 둘린 풋

24

사과 색깔 터번을 머리에 쓰고, 하얀 베일을 이마 위로 걷어 올려 터번을 감싼 뒤에 대단히 현대적으로 단순한 디자인의 부드러운 황갈색 코트를 걸쳤다. 전신거울 앞에서 진지한 표정으로 매무새를 살피고, 테두리에 섬세한 은빛 무늬가 들어간 검은 가죽 명함 지갑을 화장대 서랍에서 꺼냈다. 지갑은 텅 비어 있었다.

다른 서랍을 열었다. 그 서랍에는 하얀 판지로 만들어진 명함 상자가 두 개 있었다. 그중 하나에는 간단히 '미스 애덤스'(*Miss Adams*)라고, 다른 하나에는 고딕체로 '미스 앨리스 터틀 애덤스'(*Miss Alys Turtle Adams*)라고 새겨져 있었다. 두 번째 상자는 앨리스가 자신의 이름을 원래 철자인 Alice 대신 Alys로 적던 시기에 속했는데, 대부분 소녀가 이런 시기를 거친다. 이제는 그 시기를 졸업했다고 생각했는지, 이날 아침 앨리스는 눈살을 찌푸리고 생각에 잠겨 상자를 바라보다가 상자째로 작은 책상 옆 휴지통에 버리며 하얀 종이 비를 퍼붓고, '미스 애덤스' 상자에 담긴 명함으로 지갑을 채웠다. 산뜻한 흰 장갑을 찾은 앨리스는 상아 손잡이가 달린 말라카 지팡이를 팔 아래 끼고 방을 나섰다.

장갑의 단추를 채우며 계단을 내려가는 앨리스의 이마에는 Alys를 인생에서 마침내 몰아냈을 때 잡힌 주름이 그대로 남아 있었다. 앨리스는 계단을 천천히 내려갔다. 맨 아랫단에 다다르자 가만히 서서 주위를 둘러봤는데, 주름이 조금만 더 깊었으면 씁쓸해 보였을 터이다. Alys라는 이름을 영영 버린 것에 대한 아쉬움은 아니었다.

애덤스 가족이 사는 자그마한 목조 주택은 지은 지 겨우 15년 남짓했으나 식민지 시대의 유물에 새로이 포함될 조짐이 벌써 엿

보였다. 앤 왕조 양식 건물에 세 들어 살던 애덤스 가족이 집 짓는 유행을 따라 새로 지은 집이었다. 제아무리 단독주택이라도 중부 지방에서 15년을 버티기는 어렵다. 더구나 이 집은 허술하게 지어졌는데, 애덤스 가족은 살기 시작하고 시간이 좀 흐른 뒤에야 그 사실을 알아차렸다. 집을 지을 때 애덤스는 '튼튼하고 조밀하고 편리하게'라고 설계사에게 주문했으나 설계사는 '조밀하게' 부분만 성공했다. 지금 앨리스는 계단참에 서 있었지만 거실에 있는 거나 마찬가지였다. 복도와 거실을 구분하려면 중간에 있는 하얀 목제 벽기둥 한 쌍을 보고 자발적으로 상상력을 발휘해야 했다. 흰 페인트칠 아래로 드러난 잣나무 기둥은 멍이 들고 파였다. 기둥 하나에는 금세라도 쩍 갈라질 듯한 금이 가 있었다. '하드우드' 마룻바닥은 울퉁불퉁해졌다. 벽 모서리의 석고가 부스러지고 있었는데, 그 위로 바른 벽지는 석고와 함께 떨어지기를 거부하듯이 부풀어 있었다.

가구는 대체로 결혼 선물을 토대로 불어난 것들이었다. 에나멜 쿠션이 달린 흔들의자 두 개와 발판은 나머지 가구보다 심지어 더 낡았다. 이것들은 합판과 딱딱한 갈색 소파가 가구로 쓰이던 시절에 애덤스 부인의 어머니가 사용하던 것이었다. 그림 몇 점과 꽃병들이 실내를 장식했다. 애덤스 부인이 꽃병에 대한 애착을 거듭 강조했기 때문에 매년 크리스마스마다 남편이 갖가지 꽃병을 선물했는데, 12~14달러 사이에서 점원이 골라주는 걸로 아무거나 집어 왔다. 도금 액자에 끼운 판화 몇 점은 랭스나 캔터베리의 풍경, 부두에 정박한 스쿠너 따위를 소재로 했다. 마지막 그림에서 물에 반사된 정경이 아주 멋지다고 아버지가 이따금 감탄했던 것이 앨리스는 문득 떠올랐다. 그러나 이미 오래전부터 아버지는 그림에 흥미를 보이지 않았다. 아니, 그 무엇에도 흥미를 느끼지 못하는 듯했다.

바로크 스타일 액자에 끼운 수채화도 두 점 있었다. 하나는 담쟁이로 덮인 벽 앞에 서 있는 아말피의 수사고, 다른 하나는 앨리스가 열네 살 때 어머니에게 생일 선물로 그려준 그림으로, 1미터쯤 되는 화폭에 아이리스꽃이 흐드러져 있었다. 앨리스는 자기 작품은 별 자부심 없이 힐끗 보고 말았으나 거대한 콜로세움 사진은 뿌듯한 눈빛으로 오랫동안 감상했다. 거실에서 유일하게 '근사한' 것이라고, 보기에 좋을 뿐만 아니라 집에 고급스러운 느낌을 선사한다고 생각했다. 그래서 이 사진을 눈에 잘 띄는 벽난로 선반 위에 걸기 위해 들인 노력이 아깝지 않았다. 그전에는 나이아가라 폭포의 현수교를 세밀하게 포착한 강판 인화가 걸려 있었다. 자신을 대체한 콜로세움 사진만큼이나 거대했던 강판 인화는 램브 컴퍼니의 부서 동료들이 애덤스 씨에게 선물한 것이었다. 앨리스가 인화를 눈에 띄지 않는 위층 복도로 옮기자고 졸랐을 때 애덤스 씨는 몹시 서운한 기색이었다. 자신이 준 용돈으로 앨리스가 콜로세움 사진을 구매하고 참나무 액자에 끼워 집으로 배달시키고 며칠이 흐른 뒤에도 애덤스는 벽난로 선반 위 자리를 내주지 않으려 했다. 아버지가 끝내 양보했을 때 앨리스는 물론 온갖 귀염을 부려 그의 마음을 풀어주었다. 두 작품이 오십보백보로 흉하다는 생각은 앨리스의 뇌리에 스치지도 않았다.

그림, 꽃병, 낡은 갈색 쿠션 흔들의자와 발판, 금박 의자 세 개, 새 친츠 쿠션 안락의자와 회색 비로드 소파를 포함한 모든 것에 익숙한 검댕이 묻어 있었다. 검댕은 레이스 커튼의 섬유 가닥마다 파고들어 흉한 잿빛으로 물들였다. 창턱에 내려앉고 유리창을 뿌옇게 덮었다. 벽과 천장을 뒤덮은 검댕은 모퉁이에서 유난히 진했다. 청소를 게을리해서가 아니었다. 한때 하얗던 나무에 스며든 검댕은 지워지지 않는 것으로 판명 났으므로 이 저주는 풀 수 없었다. 문지를수록 깊이 스며드는 얼룩은 끝없이 갱신됐다.

앨리스는 검댕에는 큰 불만이 없었다. 얼룩이 매년 짙어지기는 했지만 익숙한 광경이었다. 더구나 도시만 고려하면 천 마일 반경에서 그을림이 덜한 집이 없었으며, 부유한 친구들의 집도 똑같은 문제로 골치를 앓는다는 사실을 알았다. 이 위대한 석탄 지방 어디서나 자신이 비교적 가난하다고 느끼는 사람들은 이 사실을 위안으로 삼을 수 있었다. 돈으로 살 수 없는 미덕과 무상의 행복 목록에 말끔함이 추가되었다.

앨리스는 현관문을 나서 대문으로 걸어가는 길에 기분이 조금 나아졌고, 바깥의 봄바람을 느끼고 더욱 명랑해졌다. 인도로 이어지는 짧은 벽돌 길을 걸으면서 거리를 둘러보았다. 숯가루를 들이마시면서도 꿋꿋하게 연녹색 잎을 틔운 단풍나무들을 보자 기분이 더없이 좋아졌다.

앨리스는 북쪽으로 발걸음을 돌리고 작은 이파리들이 거리에 새로이 드리운 그림자 위로 가볍게 걸었다. 장갑 단추를 마저 채운 뒤에 말라카 지팡이를 팔 아래에서 빼서 잰걸음에 맞춰 경쾌하게 땅을 두드렸다. 어디를 가려면 빨리 걸어야 했다. 치마가 길이는 짧지만 폭이 조붓해서 자연스럽게 걸을 수 없었기 때문이었다. 그러나 종종걸음도 패션을 뽐내는 수단 중 하나였으므로 앨리스는 이런 불편마저 즐겼다.

마뜩잖아하는 눈초리가 여기저기에서 날아오긴 했으나 다른 행인들도 앨리스의 걸음걸이에 매력을 느끼는 듯했다. 그러나 첫 번째 건널목에서 앨리스는 그녀가 예민한 사람이었다면 상당한 모욕이라고 느꼈을 법한 일을 당했다. 화려한 까만 실크 드레스로 치장한 노부인이 전차를 기다리고 있었다. 노부인의 체형은 공처럼 둥글었고, 서리에 멍든 복숭아처럼 주름이 자글자글한 얼굴은 가까이 다가오고 있는 세련된 아가씨에 대한 불만을 선명히 드러냈다. 쇠약한 둥근 눈이 버클이 달린 하이힐의 곡선에서 꼭 끼는 짧은 치마로 시선을 옮기며 신랄한 생명력으로 살아나기 시작했고, 말라카 지팡이를 발견했을 때는 충격과 더불어 분노를 내비쳤다. 지팡이가 놀랍기보다는 모욕적인 장신구라고 느낀 모양이었다.

아가씨가 인사하는 것을 보고 둥그런 노부인은 서둘러 무례한 표정을 지웠다. "안녕하세요, 다울링 부인." 앨리스는 정중히 인사했다. 다울링 부인은 대답하는 대신 산타클로스의 섬뜩한 미소만큼이나 인자함과 거리가 먼 표정으로 얼굴을 구겼다. 그러고는 바짝 당긴 입술 사이로 밀도 높은 숨결 한 가닥을 내뱉었다.

그 숨소리의 의미는 명명백백했지만 다울링 부인은 자신의 모든 행동에서 속내가 훤히 드러난다는 사실을 몰랐다. 한평생 부인은 자신의 행동거지와 말이 자기가 원하는 식으로만 남들에게 받아들여진다고 순진하게 믿어왔다. 부인의 집에서 침실 커튼을 치는 일은 언제나 남편 몫이었다.

이 짧은 만남이 있고 나서 앨리스는 표정이 잠시 굳었지만 자기를 향해 걸어오는 마흔 살 정도 남자의 행동을 보고 기분을 풀었다. 아직 멀리 있을 때부터 앨리스를 의식했다는 점에서는 다울링 부인과 마찬가지였지만 남자는 훨씬 호의적이었다. 앨리스가 자신의 속마음을 눈치채지 못할 거라고 믿은 점에서도 남자는 다울링 부인과 비슷했다. 남자는 길바닥에 흥미로운 게 있는 양 시선을 고정한 채 목에 스카프가 단정히 묶여 있나 확인하고 코트의 깃을 펴고 모자를 고쳐 썼다. 앨리스와 가까워지자 그제야 인기척을 느낀 양 놀란 눈으로 올려다보고, 매력적으로 웃으면서 팔을 쭉 뻗어 모자를 치켜들었다.

앨리스의 반응은 남자에게 더할 나위 없이 만족스러웠다. 앨리스는 지팡이를 흔들던 오른손을 잠시 멈추고, 그와 동시에 마치 충동에 떠밀린 것처럼 왼손을 심장께로 발딱 올렸다. 그리고 불현듯 아랫입술을 깨물며 미소를 지었다. 몇 달 전 연극에서 배우가 그렇게 웃는 것을 보고 잘 기억하고 있다가 무의식적으로 완벽하게 따라 한 것이었다. 예쁜 손을 가슴에 올린 건 즉흥적으로 혼자 생각해낸 제스처였다.

신사는 모자를 다시 쓰고 앨리스를 지나쳤다. 남자는 그녀에게 아무 의미가 없었다. 예쁜 아가씨를 강렬하게 의식한 남자와의 유쾌한 만남만이 의미 있었다. 건장한 중년 남자는 돈독한 결혼 생활을 하고 있는 가정적인 사람이었다. 5분의 대화로도 이어지지 않을 인연이었지만, 이 무의미한 만남에서 앨리스는 스페인식의 구애를 표현하는 팬터마임의 작은 역할을 연기했다.

그 신사를 겨냥한 행동은 아니었다. 그를 전달자로 삼아 상상 속의 장면을 연출했을 뿐, 그에게 어떤 인상을 남기려는 의도조차 없었다. 앨리스 자신도 거의 의식하지 못하는 이러한 상상은 정확한 단어로 표현되지 못한 채 머릿속을 맴도는 수천 가지 상상 중 하나였다. 그런데도 앨리스는 이런 상상을 하기는 했으며 조금 전의 건장한 신사처럼 자신의 미모에 대놓고 감탄하는 사람을 마주할 때면 무심결에 깜찍한 연기를 펼치곤 했다. 언어로 표현되지 않은 상상 속에서 남자는 침이 마르도록 그녀를 칭송하는 일종의 투사가 될 것이다. 아니, 이보다 더 큰 역할이다. 그녀를 모르는 멋진 싱글 남자에게 그녀가 얼마나 아름답고 신비로운지 알려주어야 했다.

앨리스는 진지한 표정으로 걸음을 서둘렀다. 어쩌면 어디선가 자신을 '기다리고' 있거나 혹은 이미 찾아 헤매고 있을, 베일에 싸인 고귀한 짝의 가슴에서 일렁이고 있을 감정을 상상하며 살짝 들뜬 것이다. 자신을 애타게 찾고 있을 그를 자기 역시 '기다리고 있다'고 앨리스는 종종 생각했다. 이런 생각이 때로는 너무나도 강렬하게 그녀를 사로잡아서 중얼거림으로 새어 나오기도 했다. "기다리고 있어. 그저 기다리고 있어." "그 사람을!"이라고 덧붙일 때도 있었다. 스물두 살인 앨리스는 이런 신비한 만남에 대한 상상을 웃어넘겼으나 애틋한 여운은 남았다.

앨리스는 질퍽거리는 골목 어귀의 웅덩이에서 제멋대로 놀고 있는 흑인 아이들과 마주쳤다. 아이들은 놀이를 멈추고 그녀를 빤히 쳐다봤다. 앨리스가 활짝 웃어줬지만 아이들은 놀란 나머지 그녀의 미소가 친밀감을 표시한다는 것을 이해하지 못했다. 진흙탕을 피하려고 길을 돌아가던 앨리스는 한 아이가 "여자가 지팡이를 들었어! 하느님 맙소사!"라고 외치는 걸 들었다.

앨리스는 흑인 아이들이 불경한 말을 흔히 한다고 들었기 때문에 놀라지 않았다. 그렇지만 아이의 못마땅한 말투가 마음에 걸렸다. 불과 여섯 살 정도밖에 안 된 아이였지만 아무것도 모르는 아이의 말이라고 해서 비난의 가시가 덜 따끔하지는 않았다. 지팡이가 조금 불안해지기 시작했다. 다울링 부인은 지팡이를 험상궂게 쏘아봤었다. 다른 여자들은 흘깃거리기만 했으나 자기도 모르게 눈썹과 입술을 실룩거렸다. 앨리스가 지나칠 때 아예 걸음을 멈춘 사람도 한두 명 있었다.

앨리스는 지팡이를 든 모델의 사진을 여러 잡지에서 보았으므로 아무리 지방이라도 사람들이 유행을 바로 알아보겠거니 믿고 구매했다. 예상과는 달리, 빤히 보는 여자들은 지팡이가 세련된 패션 소품이라는 걸 이해하지 못하고 경악하기만 했다. 이날 아침에 앨리스는 원래 홍조가 감도는 뺨과 입술에 화장을 가볍게 했는데, 기분이 언짢아지면서 점점 더 빨개지고 있었다.

그때 유리창이 번쩍거리고 차체에서 광택이 흐르는 검은 자동차가 다가왔다. 화려한 아파트처럼 꾸민 차 실내에서 상중이라는 표시로 검은 옷을 입은 예쁘장한 여자 세 명이 수다를 떨고 있었다. 앨리스를 본 순간 여자들은 서로를 붙들었다. 그들은 금세 침착을 되찾고 앨리스를 지나치며 엄숙히 고개를 끄덕여 인사했다. 그러나 차가 그리 빨리 지나가지 않았기 때문에, 와락 웃음을 터뜨리며 손을 맞잡은 여자들의 입술 사이로 빛나는 이와 반들거리는 검은 장갑의 움직임을 앨리스는 곁눈으로 보고야 말았다.

자신이 여자들에게 얼마나 살갑게 인사하고 웃어주었는지 기억한 앨리스의 얼굴에 립스틱보다 짙은 홍조가 뜨겁게 퍼졌다. 여자들의 정체 때문에 특히나 수치스러웠다. 그들은 앨리스가 태어나기 전부터 아버지가 몸을 담아온 램브 컴퍼니의 사장 램브 씨의 가족이었다.

'재들은 아빠 봉급이 얼마인지도 알겠지! 기어이 알아내고 말겠지!' 앨리스는 생각했다. 동시에 그들이 자신의 옷차림을 순식간에 계산했으리라는 속 쓰린 짐작이 들었다. 물론 지팡이를 가장 우스워했겠지.

앨리스는 지팡이를 다시 흔들지 않고 겨드랑이에 꼈다. 감정이 격해지며 숨이 가쁘고 불규칙해졌다. 즐거운 산책을 망쳤다. 건장한 신사를 만나고 몇 블록 걷지도 않아서 망가진 건 산책뿐이 아니었다. 이런 열패감을 순순히 받아들이진 않았지만 인생 전체가 망가진 기분이었다. 램브 집안의 여자들이 나와 내 지팡이를 비웃었지? 앨리스는 자문했다. 벼락부자들 몸에 밴 태도였다. 그녀의 아버지가 자기들 할아버지의 아랫사람이라는 이유 하나로 그들은 그녀가 돋보이게 차려입을 권리가 없다고 생각했다. 앨리스가 돋보이는 외모를 지녔기 때문에 더욱 그랬다. 다른 여자들도 동의하며 다 같이 비웃을 터인데, 더욱 치명적으로 여자들은 남자들 역시 그녀가 허영심 많고 어리석은 아가씨라고 생각하게 조장할 것이다. 남자들은 양 떼나 마찬가지여서 여자들이 양치기 노릇을 하며 우리로 쉽게 몰아넣을 수 있었다. '외부인을 배척하려고.' 앨리스는 생각했다. '내가 자기들 세계에 속하지 않는다고 생각하게 만들 거야. 사는 게 대체 무슨 소용이람?'

모든 게 끝났다는 좌절감에 빠지려는 찰나 말쑥한 젊은이가 멀지 않은 사거리에서 걸어오다가 모퉁이를 돌아 앨리스 쪽으로 다가왔다. 가능한 한 천천히 다가오려고 걸음을 늦춘 티가 확연했다. 알지 못하는 사람이었으므로 남자가 그녀를 더 오래 보고 싶어서 걸음을 늦추었다고밖에 생각할 수 없었다.

앨리스는 목에 고정한 브로치에 예쁜 손을 올리고 입술을 살짝 깨물었다. 미소를 짓는 대신 신비로운 표정을 유지하다가 자신의 그림자가 낯선 남자와 닿기 직전에 눈을 들어 진지하게 시선을 맞추었다. 잠시 후 목적지에 다다른 앨리스는 여봐란듯이 인상적인 저택의 아름다운 정원을 가로지르는 사유 차도의 입구에서 걸음을 멈췄다. 들어가는 모습을 보이기에 좋은 근사하고 웅장한 저택이었지만 앨리스는 곧바로 들어가지 않았다. 그 대신 잠시 멈춰 서서, 거대한 문설주의 벽돌에서 석공이 미처 긁어내지 않은 작은 회반죽 덩어리를 살펴보았다. 깐깐한 주인 같은 태도로 눈살을 찌푸리고 지팡이 끝으로 작은 결점을 긁어냈다. 누군가 어깨 너머로 돌아봤으면 앨리스가 집주인이라고 믿었을 것이다.

앨리스는 남자가 보았는지 확인하지는 않았으나 아마 보고 있었을 거라고 확신했다. 어쨌든 앨리스는 활기차게 대문을 지나 친구 밀드레드의 저택으로 이어지는 사유 차도를 씩씩하게 걸어갔다.

4

안절부절못하며 아침 시간을 보낸 애덤스는 정오가 가까워지자 미스 페리에게 딸을 불러달라고 청했다. 딸에게 할 말이 있었다.

"두어 시간 전에 아가씨가 나가는 소리를 들은 거 같아요. 어쩌면 더 오래됐는지도 몰라요." 간병인이 말했다. "가서 보고 올게요." 그녀는 애덤스 부인에게 추측을 확인받고 금세 돌아왔다.

"네, 미스 밀드레드 파머가 오늘 파티에서 뭘 입을지 보려고 그 집에 갔대요."

애덤스는 지친 표정으로 미스 페리를 봤지만 더는 물어보지 않았다. 그는 여자들의 전문용어처럼 들리는 말들에 익숙해진 지 오래됐다. 그들이 설명하면 할수록 더 헷갈렸으므로 그저 들리는 소리대로 받아들이는 게 남자에게 최선이라는 결론을 내렸다. 애덤스는 창가의 흔들의자로 돌아가는 간병인을 침울한 눈으로 바라보았다. 그 차분한 태도는 앨리스가 전화기를 두고 단순한 질문 하나를 하려고 2마일을 걸어간 게 조금도 이상하지 않다고 뜻했다. 밀드레드가 입을 옷이 앨리스에게 중요한 이유를 미스 페리도 이해하는 게 분명했다. 앨리스가 '깨끗하고 단정하게, 가장 예뻐 보이게' 자기 옷차림에 신경을 쓰는 건 이해했지만, 딸의 인생에서 남들의 옷차림이 왜 그렇게 중요해졌는지는 도무지 이해할 수 없었다.

이날 아침 앨리스의 외출은 드문 일이 아니었다. 수시로 그녀는 밀드레드나 다른 여자아이들이 입을 옷을 보러 갔다. 여자아이들과 만나고 돌아온 다음에는 자신이 본 옷들을 어머니에게 다급하고 열성적으로 설명했다. 어쩌다 그런 자리에 함께 있을 때면 애덤스는 태피터, 시폰, 오르간디 같은 원단의 이름은 알아들었으나 나머지는 너무 기술적인 용어들이었고, 그는 예배 시간에 지루해하는 소년처럼 이야기가 끝나기만을 기다렸다. 아내의 열띤 관심도 여간 이상한 게 아니었다. 아내는 막상 자기 옷차림에는 무관심했고 앨리스에게 옷에 대한 조언을 구할 때는 사과라도 하듯이 황급히 말했는데, 앨리스가 다른 여자들 옷을 묘사할 때는 아내도 말하는 사람만큼이나 눈에 불을 켜고 경청했다.

"또 시작이구나!" 현관문이 닫히는 소리가 허술한 집 전체를 뒤흔들고 잠시 후에 애덤스는 중얼댔다. 위층 복도의 방문 앞에서 아내가 집에 돌아온 딸을 부르고 있었다.

"밀드레드가 뭐라고 했니?"

"좀 신경질적이었어요." 계단을 올라오며 딸이 말했다. "그 애는 원래 가끔 그래요. 그러면서 뭘 입을지 아직 못 정한 척했는데, 아마 옥수수색 조젯에 주름 장식이 달린 메클린 레이스 드레스일 거예요."

"패터슨가 파티에서 그걸 입었다고 하지 않았니?" 앨리스가 계단을 다 올라오자 애덤스 부인이 물었다. "또 다른 데서도 입었다고 했는데—"

"아니에요." 앨리스는 다소 퉁명스럽게 답했다. "한 번밖에 안 입었어요. 사람들이 많이 본 옷을 오늘 입을 리 없잖아요."

미스 페리가 애덤스 방에서 문을 열고 나왔다. "아버님께서 잠깐 들어올 수 있냐고 물어보시네요, 미스 애덤스."

"불쌍한 아빠! 물론이죠!" 앨리스는 외치고 얼른 방으로 들어갔다. 미스 페리는 방 밖에서 기다렸다. "무슨 일이에요, 아빠? 침대에 계속 누워 있으려니 지루하시죠."

"아까 아침에는 기분이 별로 안 좋았다." 애덤스는 손을 다독이며 위로하는 앨리스에게 말했다. "내가 생각해 봤는데—"

"생각하지 마시라니까요?" 앨리스가 명랑하게 말했다. "제가 금지한 걸 하시니까 당연히 기분이 안 좋죠. 당장 그만두세요!"

애덤스는 눈을 감으며 애처롭게 미소를 지었다. 잠시 조용히 있다가 딸에게 침대 옆에 앉으라고 일렀다. "네게 하고 싶은 이야기를 생각하던 중이었다." 애덤스가 덧붙였다.

"어떤 이야기요, 아빠?"

"중요한 이야기는 아니야." 사과하면서 동시에 농담해야 할 듯한 모호한 충동이 든 것처럼 애덤스는 변명투로 말했다. "언젠가는 네게 우리 상황을 좀 자세히 설명해야 하지 않을까 생각했다. 예를 들면, 아빠 회사 일 말이다."

"아이참, 아빠!" 앨리스는 몸을 앞으로 기울이고 속상한 표정으로 그의 손을 찰싹 때리는 시늉을 했다. "건강이 회복될 때까지는 그런 생각 하지 마시라니까요!"

"글쎄—" 애덤스는 딸을 보는 대신 천장에 시선을 고정하고 천천히 말했다. "회사 사람들이 아빠한테 얼마나 의지하는지 언젠가 네게 말해도 나쁘지 않겠다고 생각했어."

"그럼 왜 그 사람들은 표현하지 않아요?" 앨리스는 재빨리 물었다. "엄마랑 저는 그렇게 느껴요. 그 사람들이 아빠를 고맙게 생각하지 않는다고요."

"아니야, 고마워한단다." 애덤스가 말했다. "사실이야. 내가 입사하고 두 번째 해에 월급을 올려줬고, 지금까지 2년마다 계속 올려줬어. 아빠는 몇 년째 잡화 부서의 부장 직책을 맡고 있다. 회사의 임원이 아닌 사람이 오를 수 있는 제일 높은 자리야."

"왜 아빠한테 임원 자리를 안 줘요? 줘야 마땅해요! 네, 아주 오래전에 그랬어야 해요!"

애덤스는 웃었지만 곧 한숨을 내쉬었는데, 웃음보다는 한숨에 진심이 더 담겨 있었다. "회사에서는 다들 나를 '가장 오래된 대기자'라고 부르지." 그는 별명에 얼마큼 자부심을 느끼는 자신을 용서하려는 것처럼 다시금 사과하는 듯한 미소를 지었다. "그래, 내가 '가장 오래된 대기자'야. 회사에서도 알 거다. 매달 말 우리 부서가 회사에서 기대할 수 있는 최상의 실적을 낸다는 것 말이야. 하지만, 얘야, 아빠 업무를 시키려고 회사가 임원 자리를 줄 필요는 없단다."

"아빠한테 의지한다면서요."

"그건 사실이야. 하지만 내가 없다고 회사가 안 굴러가는 건 아니지." 애덤스는 생각에 잠기며 말을 멈췄다. "어떻게 표현할지 모르겠구나. 말을 하려고 시작하기는 했는데 표현할 방법을 모르겠어. 네게 하고 싶던 말은—글쎄, 지난 몇 해 동안 네 엄마가 이것 때문에 속상해하는 이유를 난 이해할 수가 없다. 앨러게니 산맥의 이쪽 지역에서 램브 컴퍼니보다 탄탄한 약품 도매 업체가 있으면 나와보라고 해라. 회사 규모를 따지는 게 아니야. 이런 좋은 회사에서 줄곧 잘해오면서 높은 사람들한테 인정받았고, 통상적인 기준에서 최고의 임금을 받는 사람의 직업을 구덩이라고 부르면 황당하지 않니. 그러니까 내 말은, 앨리스, 네 엄마가 아빠를 전반적으로, 이를테면, 실패자라고 생각하는 것 같아서 기가 막힌단다."

자제하려고 했지만 목소리가 떨렸다. 아버지의 약한 모습과 목소리에 배어 있는 설움이 딸의 마음을 울렸다. 앨리스는 돌연 몸을 숙여 아버지를 끌어안고 뺨을 맞댔다. "불쌍한 아빠!" 앨리스는 중얼거렸다. "불쌍한 아빠!"

"아니다, 아니야." 애덤스가 말했다. "널 걱정시키려는 게 아니다. 그저—" 애덤스는 망설였다. "회사에서 어떤 상황인지 네게 말해도 나쁘지 않겠다고 생각한 거야. 상당히 훌륭한 회사라는 걸 네가 모를까봐. 아빠는 훌륭한 상사를 모시고 있고, 그분들도 나를 높이 평가하는 거 같아. 예컨대 작년에 내가 말을 꺼내자마자 월터를 채용했잖니. 그분들이 나를 존중한다는 뜻이라고 생각하지 않니, 앨리스?"

"맞아요, 아빠." 앨리스는 꼼짝도 하지 않고 말했다.

"일도 제법 즐겁단다." 애덤스는 말을 이었다. "우리 부서 직원들은 매우 선량한 사람들이야. 따져보면 모든 부서에 좋은 사람들이 있지. 우리는 때로 아주 즐겁게 시간을 보내."

앨리스는 고개를 들었다. "어떤 날에는 집에서보다 더 즐거우시겠죠, 아빠." 앨리스가 말했다.

애덤스는 미미하게 항의했다. "아니, 그런 의미로 한 말이 아니다. 너를 언짢게 하려고―"

앨리스는 파르르 떨리는 속눈썹 아래로 아버지를 보았다. "아빠 회사를 '구덩이'라고 불러서 죄송해요."

"아니다, 아니야." 애덤스는 부드럽게 말렸다. "네 엄마가 그렇게 불렀지."

"아뇨, 저도 그랬어요."

"네 엄마가 하는 말을 들어서야."

앨리스는 고개를 젓고 아버지에게 입맞춤했다. "엄마한테 얘기할 거예요." 앨리스는 결심한 태도로 일어섰다.

아버지의 괴로운 목소리가 곧바로 커졌다. "네 엄마는 그냥 두는 게 낫겠다. 너랑 이야기하고 싶었을 뿐이야. 불화를 일으키려는 게―네 엄마는 절대―"

"자, 아빠!" 앨리스는 다시 웃으며 발랄하게 말했다. "걱정은 그만하세요! 다 잘될 거고 이제 아무도 아빠를 괴롭히지 않을 거예요. 두고 보세요!"

앨리스는 복도로 나갈 때까지 미소를 유지했지만 문을 닫자마자 낯빛이 어두워졌다. 건넛방에서 딸을 기다리던 어머니가 안타까워하며 물었다.

"무슨 일이니, 앨리스? 아빠가 어떤 말로 너를 슬프게 했어?"

"잠깐만 기다려요, 엄마." 앨리스는 손수건을 찾아 눈가를 두드리고 코를 푼 다음에 숨을 크게 들이쉬더니 침대에 쓸쓸히 앉았다. "불쌍한, 불쌍한 우리 아빠!" 앨리스는 중얼댔다.

"왜 그러니?" 애덤스 부인이 나지막하게 물었다. "아빠가 왜? 가끔 너는 아빠가 회복하고 있지 않은 것처럼 행동하더라. 아빠가 뭐라고 했니?"

"엄마—글쎄요, 전 퍽 이기적인 거 같아요. 정말요!"

"아빠가 그렇게 말했어?"

"아빠가요? 아니요! 제 말은, 아빠에게 새 일자리를 찾으라고 보채는 게 이기적인 행동 같아요."

애덤스 부인은 생각에 잠겼다. "그런 말을 하고 있었군!"

"엄마, 우리가 그냥 포기해요. 아빠 마음에 상처를 입힌다는 걸 전혀 몰랐어요."

"아빠는 우리 마음을 아프게 하지 않니?"

"제가 알기로 아빠는 그런 적 없어요, 엄마."

"우리한테 상처가 되는 말을 한다는 소리가 아니야." 애덤스 부인은 답답해하며 설명했다. "그거 말고도 사람 마음을 아프게 하는 방법이 여럿 있어. 가족을 부양하기 힘든 봉급을 주는 직장에 붙어 있는 것도 가족을 아프게 하는 것 아니니?"

"엄마, 아빠 봉급은 우리가 먹고사는 데 충분해요. 제가 사치스럽지만 않으면—우리한테 필요한 건 다 있잖아요. 저도 제가 사치스럽다는 걸 알아요!"

앨리스가 자인하자 어머니가 날카롭게 소리쳤다. "사치스럽다니! 너는 네 친구들이 가진 것의 십분의 일도 없어. 네 아빠가 그 끔찍한 곳을 그만두지 않는 한 그런 것들을 못 가질 거야. 네 아빠 봉급은 그저 끼니나 때우고 머리 위에 지붕이나 마련하는 정도지. 하지만 그게 뭐니?"

"더 이상 아빠한테 부담을 주면 안 될 거 같아요."

"그래?" 애덤스 부인이 한 발 다가왔다. "엄마 말 들어라, 앨리스. 네 아빠는 잠들어 있어. 그게 아빠의 문제야. 아빠는 깨어나야 해. 세상이 바뀐 걸 몰라. 너랑 월터가 어렸을 적에는 우리도 넉넉하게 살았단다. 적어도 우리가 아는 사람들만큼은 잘살았어. 하지만 이 지역은 그 시절과 달라졌어. 시대가 바뀌었고, 물가도 무섭게 올랐지. 네 아빠만 빼고 모든 게 변했단다. 그러는 동안 아빠는 제자리에 있었어. 아빠는 그걸 몰라. 그 사람들이 2년마다 봉급을 100달러씩 올려줬다고 자기가 꽤 부자라고 생각해. 우리가 부모한테 받은 것보다 자식들한테 더 쓰니까, 그게 충분하다고 착각하는 거야!"

"하지만 월터는—" 앨리스는 머뭇거렸다. "월터는 집에서 용돈을 안 받잖아요." 앨리스는 충격을 받은 목소리로 말했다. "전부—제가 쓰는 거예요!"

"그럼 왜 안 되니?" 어머니가 외쳤다. "넌 젊어. 맘껏 누리고 행복해야 할 나이야! 그런데 네가 가진 게 뭐가 있니?"

앨리스의 입술이 떨렸다. 어머니의 호소에 솔깃하지 않은 건 아니었지만 그래도 항의 비슷한 걸 했다. "그렇게 힘들지는 않아요. 적어도 자주 그렇진 않아요. 저도 다른 애들만큼 가진 게 많아요—"

"네가?" 애덤스 부인이 서글프게 빈정거렸다. "오늘 파티에 리무진을 타고 가는 모양이구나. 꽃집에 전화 한 통만 하면 난초를 보내주겠구나? 또—"

그때 앨리스가 말을 잘랐다. 순식간에 모든 감정이 가라앉은 듯했다. 사무적인 태도로 돌변했는데, 어머니가 나열한 사소한 목록 하나가 중대한 문제를 상기시켰기 때문이다. 앨리스는 벌떡 일어나 드레스 옷장으로 갔다. "이것 좀 보세요." 앨리스가 밝은 목소리로 말했다. "엄마가 안감을 새로 대주면 이 하얀색 오르간디 드레스를 입을래요. 그런데 미안하게도 엄마 오후 시간을 몽땅 잡아먹을 거 같아요."

앨리스는 드레스를 가져와 침대 위에 펼쳤다. 애덤스 부인은 집중해서 살펴보았다.

"엄마, 가능할 거 같아요?"

"못할 건 뭐니." 애덤스 부인이 찬찬히 천을 만지며 말했다. "네댓 시간 이상 걸리지 않을 거야."

"엄마가 재봉틀 앞에 그렇게 오래 앉아 있어야 한다는 게 마음에 걸려요." 앨리스는 말하고 멍하니 덧붙였다. "아빠를 내버려두는 게 좋겠어요. 우리 그냥 포기해요, 엄마."

애덤스 부인은 생각에 잠긴 채 드레스를 살펴보았다. "앨리스, 시폰이랑 리본은 샀니?"

"네. 아무튼 아빠 앞에서 그 문제를 더는 꺼내지 않기로 해요."

"두고 보자꾸나."

"우리 둘 다 다시는 아무 소리 말기로 해요." 앨리스가 강조했다. "아빠 스스로 결심하도록 두는 게 훨씬 나아요."

5

당장 해결해야 하는 현실적인 문제 때문에 모녀는 대화를 중단하고 드레스에 집중했다. 점심 식사가 준비되었다는 종이 아래층에서 울렸을 때도 앨리스는 여전히 드레스에서 수선하고 개선해야 하는 부분을 스케치하고 있었다. 앨리스는 종소리를 무시하고 계속해서 도안을 그렸다.

"점심 먹으러 내려가는 게 좋겠다." 애덤스 부인이 넋을 놓고 말했다. "또 종을 울려대는구나." "잠시만요, 엄마. 여기 소매는─" 그리고 앨리스는 구상을 계속했다. 안타깝게도 종소리는 종을 치는 사람의 기분을 반영하지 못했다. 작은 금속 사발 세 개를 줄에 매달아놓았는데, 사발들의 크기가 각기 달라서 쿠션이 달린 막대기로 치면 거의 음악처럼 듣기 좋았다. 유년 시절 내내 쟁쟁대던 놋쇠 종을 이것으로 대체한 사람은 앨리스였다. 그러나 앨리스는 물론 나머지 가족들도 듣기 좋게 바뀐 종소리 탓에 생활이 더 불편해졌다는 사실을 깨닫지 못했다. 임금이 솟구치는데도 애덤스 가족은 요리사를 계속 두었다. 솜씨 좋은 요리사가 요구하는 수준의 봉급을 줄 능력이 안 되는 그들은 유목민 기질이 다분하고 변덕스러운 흑인 여자를 주로 고용했다. 이전에 쓰던 식사 종은 그런 사람의 손에서 만족스러운 결과를 냈다. 즉시 식사실로 가지 않고 꾸물거리면 삶이 몹시 피곤해질 수 있었다. 치는 사람의 속이 시원하도록 좋은 그 어떤 불경한 뜻도 표현했다. 그러나 섀미가죽으로 감싼 막대기로 조그만 중국식 금속 사발을 밤낮으로 두드려봤자 종을 치는 사람의 속만 터질 뿐 종소리를 듣는 사람을 재촉하기는 커녕 아무 효과도 내지 못했다. 이 부드러운 화음은 짜증을 표현할 수 없기에 모순적으로 짜증을 돋웠다. 요리사는 분통이 터지기 마련이었고, 짜증이 폭발해서 그만두는 경우는 원래 드물지 않았으나 종이 바뀐 뒤로는 더 자주 일어났다.

애덤스 부인은 요리사들이 툭하면 그만두는 현상을 그저 살림을 더 어렵게 하는 불가해하고 새로운 난관의 일면으로만 보았다. 요리사의 봉급은 몇 년 전보다 두 배로 올랐는데 그들의 실력은 반으로 줄었고 일자리를 감사하는 마음은 추호도 없었다. 대우가 좋아질수록 행동이 불량해지는 것 같았으나 봉급을 감축해서 해결할 수 있는 문제가 아니었다. 형편없는 요리사도 요구하는 대로 주어야만 고용할 수 있었기 때문이다. 그래도 애덤스 부인은 이 문제에 관해 들쑥날쑥하게 낙관적으로 생각했다. 애덤스 부인은 자신의 어머니에게 배운 대로 여자 요리사를 '계집'이라고 칭했다. 앨리스는 어머니에게 그 용어보다 더 정확한 뜻을 가진 '하녀'라는 말을 쓰라고 지시했다. 새 요리사가 올 때마다 애덤스 부인은 처음 며칠간 의기양양하게 불쑥불쑥 말했다. "내 생각에는, 물론 단정하기에는 이르지만, 이번 하녀는 우리가 오랫동안 기다려온 보물 같다." 앨리스가 신비롭고 완벽한 짝을 꿈꾸면서 '기다리는' 것과 마찬가지로 그녀의 어머니는 보물같이 완벽한 하녀가 홀연히 나타나 나흘이나 4주가 아니라 평생 일해주리라는 동화 같은 믿음을 품고 있었다.

현직자는 애덤스 부인의 완벽한 '하녀'가 아니었다. 드레스에 정신이 팔린 앨리스가 어머니까지 집중하도록 만든 탓에, 종이 평소와 달리 끈질기게 울려도 모녀는 그 부드러운 경고를 흐릿하게 의식할 뿐이었다. 마침내 화가 치민 독립적인 목소리가 쩌렁쩌렁 울렸다. 아래층에서 난 소리였다.

"전 여기서 안녕이에요!" 목소리가 외쳤다. "끝이라고요!"

현관문이 쾅 닫혔다.

"왜, 아니ㅡ" 애덤스 부인이 버벅댔다.

두 사람은 황급히 아래층으로 내려갔다. 미스 페리가 소식을 전했다.

"합리적으로 굴라고 해도 말을 들어야죠." 미스 페리가 말했다. "종을 네댓 번 울리더니 혼자 구시렁대기 시작했어요. 그리고 방에 올라가서 짐을 쌌어요. 어쨌든 감히 정문으로 나갈 생각은 하지 말라고 경고했어요."

애덤스 부인은 초연하게 소식을 받아들였다. "오늘 아침에 돈을 줄 때 눈빛이 심상치 않다고 생각했어. 놀랍지 않구나. 새로 사람을 구할 때까지는 애덤스 씨에게 알리지 마요."

그들은 그만둔 요리사가 식게 내버려둔 음식을 먹었다. 애덤스 부인은 설거지할 준비를 시작했다. '눈 깜짝할 새' 하겠다고 부인은 명랑하게 말했다. 그러나 설거지는 앨리스가 맡았다.

"앨리스, 엄마는 네가 설거지하는 게 싫어." 어머니가 부엌으로 따라 들어오며 말했다. "손이 거칠어져. 네 손은 특히ㅡ"

"알아요, 엄마." 앨리스는 속상한 기색이었지만 어머니의 제안을 거절했다. "오늘은 어쩔 수 없어요. 엄마는 드레스 수선에만 매달려야 할 거예요."

앨리스는 서툰 손으로 접시와 컵과 그릇을 따뜻한 물에 담갔다. 애덤스 부인은 안쓰러워하며 부엌에서 나갔다. 설거지하던 앨리스는 곧 공상에 빠졌다. 그날 밤에 자신이 어떻게 보이고 어떤 일이 벌어질지 근거 없는 예견을 하며 즐거운 상상의 나래를 펼쳤다. 상상 속에서 그녀는 매력적이고 도도했고, 위층에서 어머니가 굳은 의지로 열심히 수선하고 있는 드레스는 흠잡을 데 없이 풍성하게 완성되었다. 앨리스는 연회장으로 들어가는 입구의 꽃 아치 아래 서 있었다. 빛나는 연회장에서 사람들이 목을 빼고 그녀를 돌아보았다. 사방에서 젊은 남자들이 춤을 신청하러 달려왔다. 앨리스는 멋진 낯선 남자를 상상해 냈다. 키가 훤칠하고 까무잡잡하며 자신만만한 미소를 지닌 남자는 음악이 시작되자 북적거리는 남자들 사이에서 그녀를 빙그르르 돌리며 빼냈다. 앨리스는 남자와 춤추면서 다소 곤란한 미소를 짓는 자신을 상상했는데, 나이프와 포크를 헹구는 그녀의 얼굴에 정확히 그 미소가 떠올랐다.

이런 꿈 같은 일이 벌어지지 않으리라는 건 앨리스도 알았지만, 그래도 사실인 양 가장하며 상상을 이어나갔다. 상상 속 모든 장면에서 앨리스는 꽃을 옷에 달았거나 손에 들고 있었다. 꽃이 없다고 안타까워한 어머니의 말이 꽃의 중요성을 극대화했다. 앨리스는 화려한 난초를 상상하다가 줄기가 길고 꽃송이가 탐스러운 장미 한 아름으로 바꾸고, 그다음에는 풍성하고 새하얀 동백꽃 다발로 바꿨다. 이렇게 점점 길어지는 꽃밭을 따라 온실 속을 걸었는데, 전부 다 딱한 상상 속에서가 아니면 결코 손에 넣을 수 없는 비싼 꽃들이었다.

상상하다 보니 꽃에 대한 열망이 또렷하고 사무치게 피어났다. 꽃이 꼭 필요하다는 생각이 들기 시작했다. "오늘 밤이 그 밤일지도 몰라!" 아직도 앨리스는 댄스파티가 운명을 바꾸는 기회가 될 수 있다고 믿는 나이였다. 지금까지의 파티가 아무리 평범하고 실망스러웠어도 이번 파티는 대단한 만남을 가져올지도 모른다. 꿈에 그리던 낯선 남자가 나타날지도.

이 남자가 등장하는 공상을 앨리스는 또렷이 인식하지 못했다. 금세 흘러가기 마련인 공상은 떠오르자마자 몇 초 만에 사라졌다. 어떤 상상 속에서는 남자가 완전히 낯설지 않았다. 누군가에게서 본 매력적인 미소, 어떤 남자의 체형, 또 다른 남자의 머리칼 등 이미 아는 남자들의 조각이 모여 만들어진 듯한 순간도 있었다. 때때로 앨리스는 자신의 짝이 뜻밖에도 지인 중에 숨겨져 있는데, 서로 알아보지 못하고 마냥 기다리고 있을지도 모른다고 생각했다. 무엇이라도 그들이 서로를 알아보는 계기가 될 수 있다. 어떤 표정. 돌아보며 마주친 시선. 특정한 말. 어쩌면 그녀가 손에 들었거나 가슴에 꽂은 꽃.

앨리스는 그릇의 물기를 천천히 닦다가 하나를 바닥에 떨어뜨렸다. 스토브 아래로 들어간 파편을 망연히 쓸어 담는 것으로 설거지를 마무리했다. 한숨을 내쉬며 빗자루를 창가 자리에 다시 놓고 창밖으로 보이는 작은 뜰로 시선을 떨구었다. 겨우내 보기 흉한 석탄 연기 색깔로 거무튀튀했던 잔디가 최근에 생명력을 되찾아 녹색으로 빛났는데, 그 가운데 자그마한 파란 점 하나가 앨리스의 멍한 눈길을 붙들었다. 그곳에 잠시 머무른 그녀의 눈이 점점 또렷해졌다.

제비꽃이었다.

앨리스는 위층으로 뛰어 올라가 모자를 쓰고, 밖으로 뛰쳐나가서 제비꽃을 찾기 시작했다. 스물두 송이를 찾았다. 그녀의 나이와 같은 숫자였으므로 좋은 징조이기는 했지만 양이 부족했다. 그게 전부였다. 앨리스는 뜰을 구석구석 샅샅이 뒤졌다.

앨리스는 손안의 작은 꽃다발을 미심쩍게 바라보다 옆집 뜰로 시선을 옮겼으나 가망이 없었다. 골똘히 생각에 잠겨 집으로 들어간 앨리스는 스물두 송이 제비꽃을 물에 담갔다. 결연히 미간에 주름을 잡은 채로 재빨리 집을 나섰다. 앨리스는 시가 전찻길로 가서 전차를 타고 도시 외곽에 새로 생긴 공원에 갔다.

그곳에서 탐색을 재개했다. 보상이 쉽게 따르는 일이 아니었다. 공원에 도착한 지 한 시간이 지나도록 앨리스는 제비꽃을 찾지 못했다. 불만스러운 눈으로 두리번거리면서 잔디밭 전체를 꼼꼼하게 뒤졌지만 손질된 잔디에는 파란 점 하나 없었다. 그러나 시의 조경사가 건드리지 않은 작은 숲과 맞닿은 경계에 다다랐을 때 작은 꽃이 마침내 모습을 드러냈다. 앨리스는 꽃을 따기 시작했다. 뿌리째로 뽑으면 꽃이 더 오래 살지도 모른다는 생각에 가느다란 뿌리 주변의 흙을 털어내며 조심스레 뽑았다. 집에서 가져온 냅킨을 급수대에서 적시고 젖은 냅킨으로 줄기를 느슨히 감쌌다.

무릎을 대기에는 땅이 너무 질척했다. 앨리스는 허리를 구부리고 인내하며 일했다. 5시쯤 보슬비를 맞으며 집에 돌아왔을 때는 무리한 무릎이 부들부들 떨리고 허리가 쑤셨으며 온몸이 뻐근했지만, 품에는 제비꽃 300송이가 안겨 있었다. 앨리스가 대야의 물 속에서 향기를 뿜는 꽃을 보여주자 어머니가 탄식했다.

"불쌍한 우리 딸! 다른 여자아이들은 손가락만 까딱하면 살 수 있는 것 때문에 이리 고생해야 하다니!"

"걱정하지 마세요." 앨리스가 쉰 목소리로 말했다. "어쨌든 꽃이 생겼어요. 오늘 밤 파티는 즐거울 거예요."

"그래야지!" 애덤스 부인은 격렬하게 동의했다. "제비꽃을 따느라 그렇게 고생한 네가 좋은 시간을 보낼 자격이 있다는 건 하느님도 아신다. 네게 좋은 시간을 허락하지 않을 정도로 하느님은 냉정하지 않아. 엄마는 드레스 수선을 마치기 전에 저녁을 준비해야 하지만 밥 먹고 나서 몇 분만 더 하면 끝낼 수 있어. 아주 예쁠 거야. 걱정하지 마! 게다가 이 사랑스러운 제비꽃을—"

"혹시—" 앨리스는 운을 뗐다가 말을 멈췄고, 더듬더듬 다시 시작했다. "제 생각에—엄마는 우리가 월터에게 미리 말했어야—"

"아냐." 어머니가 말했다. "툴툴거릴 시간만 더 늘었을 거야."

"하지만 월터가—"

"걱정하지 말렴." 애덤스 부인은 딸을 안심시켰다. "짜증을 좀 내겠지만 고집을 부리지는 않을 거야. 엄마가 말할 테니까 넌 가만히 있어. 걔가 뭐라고 하든지 간에."

월터가 관련된 이 일은 얼마큼의 책략이 필요했다. 저녁 식사 자리에서 어머니가 임무를 맡았다. 앨리스는 어머니의 조언대로 잠자코 있었다. 애덤스 부인은 명랑하게 웃으며 말을 시작했다. "내가 저녁을 만드는 데 들이는 시간이 월터가 밥을 먹는 시간의 몇 배인지 궁금하구나." 어머니가 말했다. "급히 먹지 마라, 애야. 서두를 필요 없어."

월터는 가족과 대화할 때는 말을 헤프게 하지 않았다.

"제가 급해요." 그가 말했다. "데이트 약속이 있어요."

"엄마도 알아. 하지만 시간이 충분해."

월터는 어머니를 측은히 여기는 표정으로 너그러이 웃었다. "물론 어머니가 다 아시겠죠. 혹시 커피를 끓여놓으셨으면, 만약 없으면 신경 쓰지 마세요. 시내에서 사면 돼요." 월터가 자리에서 일어나 나가려고 하자 앨리스는 아랫입술을 깨물고 어머니에게 초조한 시선을 던졌다.

애덤스 부인은 추호도 동요하지 않은 표정으로 평온히 웃었다. "월터, 그런 말도 안 되는 소리가 어딨니! 엄마가 금세 끓여줄게. 하지만 그 전에 디저트를 먹어야지."

"뭔데요?"

"달콤한 복숭아야."

"통조림 복숭아는 싫어요." 솔직한 월터는 의자를 뒤로 빼며 말했다. "갑니다."

"월터, 아무리 일찍 시작해도 9시는 돼야 할 거야."

월터가 어리둥절해하며 멈췄다. "뭐가요?"

"댄스파티 말이다."

"무슨 댄스파티요?"

"물론 밀드레드 파머가 여는 파티지."

월터는 잠시 웃었다. "그게 나랑 무슨 상관이에요?"

"그게 오늘 밤이라는 걸 설마 잊지는 않았지?" 애덤스 부인이 외쳤다. "참, 너도!"

"그런 시시한 파티에는 안 간다고 일주일 전에 말했어요." 월터는 인상을 쓰며 말했다. "제 말 들었잖아요."

"월터!" 어머니가 소리쳤다. "당연히 가야지. 네 양복을 꺼내서 오후 내내 손질했어. 아주 근사해 보이고—"

"제가 입으면 근사하지 않을 거예요." 월터가 끼어들었다. "시내에서 데이트 약속이 있어요."

"하지만 너는 물론—"

"저기, 어머니!" 월터는 단호하게 말했다. "쓸데없는 생각 하지 마세요. 파머네가 여는 지루한 파티에 가느니 유리 파편을 몇 통 먹겠어요."

"하지만 월터—"

월터는 진심으로 화를 내기 시작했다. "월터, 월터, 부르지 좀 마세요! 난 사교계 뱀이 아니에요. 파머네가 다이아몬드를 한 바가지 바쳐도 같이 어울릴 생각 없어요."

"월터—"

"그렇게 불러도 소용없다니까요." 월터가 말했다.

"사랑하는 아들아—"

"아, 정말!"

그러자 애덤스 부인은 명랑한 연기를 그만두고 상처받은 표정을 지었다. 그리고 밥상 건너편에 새침하게 앉아 있는 미스 페리를 흘긋 보았다. "유감스럽게도 네가 예의라고는 전혀 없다고 미스 페리가 생각할 거 같구나, 월터."

"맞아요." 월터는 꿋꿋하게 말했다. "그런 파티에 가라는 소리만 안 들을 수 있으면—"

어머니가 쌀쌀맞게 말을 끊었다. "네가 우리 친구들과는 통 어울리지 않는 게 정말 이상하구나, 월터."

"우리 친구들이요?" 월터는 자리에서 일어나며 외치고 정확히 한 음절의 반어적인 조소를 내뱉었다. "우리 친구들!" 문으로 걸어가며 다시 외쳤다. "아, 그래요! 물론이죠! 전 갑니다!"

월터는 고개를 돌려 비웃는 표정을 한 번 더 보여주고 식사실에서 나갔다.

앨리스는 밭은 숨을 들이쉬었다. "엄마—"

"내가 잡을게!" 어머니는 날카롭게 대답하고 말썽꾸러기를 쫓아갔다. 벌써 모자를 쓰고 비옷까지 입은 아들을 현관에서 붙잡았다.

"월터—"

"시내에서 데이트가 있다니까요." 월터가 거칠게 말하고 문을 열려고 했지만 어머니가 팔을 붙잡고 막았다.

"월터, 부탁이니까 돌아와서 저녁을 마저 먹어. 엄마가 힘들게 차려냤는데 적어도 네가—"

"참 나!" 월터가 말했다. "그거 때문이 아니잖아요. 밥 먹으라고 이러시는 게 아니잖아요. 무슨 얘기 하시려는지 다 알아요."

"그래, 할 얘기가 있어!" 애덤스 부인은 아들의 팔을 더 세게 붙잡았다. "월터, 엄마가 부탁할게!" 부인이 떨리기 시작한 목소리로 간청했다. "제발 힘들게 하지 좀 말럼!"

월터는 팔을 잡힌 한에서 최대한 몸을 떨어뜨리고 사납게 쏘아보았다. "이거 보세요, 어머니!" 그가 말했다. "왜 이러시는지 알아요. 알겠어요? 누나가 파티에 혼자 가면 그게 뭐 어때서요?"

"그럴 수 없단다!"

"왜요?"

"그러면 애가 얼마나 난처해지는데. 다른 여자애들은 전부 파티에서 의지할 사람이 있어."

"누나는 왜 아무도 없어요?" 월터가 성질을 내며 말했다. "왜 나 말고 같이 갈 사람이 없냐고요! 왜 아무도 같이 가자고 청하지 않았죠? 그 정도 인기는 있어야 하지 않아요? 그러니까, 누나가 노력은 엄청나게 하잖아요!"

"어떻게 그런 못된 말을 하니." 어머니가 쉰 목소리로 외쳤다. "남자애들이 왜 누나 말고 다른 여자애들을 쫓아다니는지 너도 알잖아. 우리가 가난하기 때문이야. 앨리스가 배경이 없어서야."

"배경이요?" 월터가 표현을 되풀이했다. "배경이라뇨? 어떻게 그런 말을 하세요?"

"월터, 누나랑 갈 거지?" 어머니는 설명은 일단 생략하고 애원했다. "앨리스가 얼마나 처지가 딱하고 또 얼마나 의연히 견디고 있는지 너는 몰라. 네가 알았으면 이렇게 이기적으로 행동하지 못할 거다! 엄마는 오늘 밤에 앨리스가 실망하는 모습은 도저히 못 보겠다. 네 누나는 아까 오후에 벨뷰 공원까지 가서 몇 시간이나 옷에 달 제비꽃을 땄어. 너는—"

월터의 심장은 쇳덩어리가 아니었던지라 제비꽃에 대한 일화가 그의 마음을 움직였다. "에이, 젠장!" 월터는 외치며 중절모자를 난폭하게 벽에 다시 걸었다.

어머니가 기쁨으로 얼굴을 빛냈다. "그래야 착하지! 절대 후회하지 않을—"

"그만 좀 하세요." 월터가 말렸다. "누나를 데려가면 택시비는 어머니가 주실 거예요?"

"월터!" 애덤스 부인은 다시 속상한 표정이었다. "네가 낼 수 없을까?"

"싫어요. 귀한 돈을 그렇게 낭비할 수는 없죠. 누나가 집에 몇 시에 오려는지도 모르잖아요. 어머니가 내는 게 어때서요?"

"돈이 없으니까 그렇지."

"그럼 아버지한테—"

애덤스 부인은 애처롭게 고개를 내저었다. "아침에 돈을 좀 받아서 또는 못 물어봐. 아빠가 언짢아하시잖니. 아빠는 항상 돈 쓰는 것에 인색해서—"

"어쩔 수 없으시겠죠." 월터가 말했다. "이대로라면 우리는 구빈원에 가게 생겼어요. 글쎄, 그 망할 파티에 걸어가면 안 돼요?"

"비가 내리잖니."

"그냥 보슬비고 집에서 한 블록만 가면 전차가 다니잖아요."

어머니는 다시 고개를 저었다. "그럴 수는 없어."

"운이 지지리도 없네! 알았어요!" 월터는 고함을 치며 하릴없이 승낙했다. "누나가 탈 차를 구할게요. 75센트 들 거예요."

"월터!" 애덤스 부인이 기뻐하며 외쳤다. "그렇게 저렴하게 택시를 구할 줄 아니? 정말 멋지구나!"

"택시는 아니에요." 월터가 못마땅해하며 말했다. "틴 리지예요. 하지만 누나가 탈 때까지 그걸 말해줄 필요는 없어요. 그렇죠?"

애덤스 부인은 그렇다고 동의했다.

6

저녁 식사가 끝나고 앨리스는 두 시간에 걸쳐 부지런히 단장했다. 9시가 되기 조금 전에 준비를 마친 그녀는 진지하고 빛나는 눈으로 전신거울 앞에 섰다. 아름답게 매만진 머리가 바랄 수 있는 모든 효과를 냈다. 얼굴에 인위적으로 덧바른 색은 고유의 미모를 강조하는 정도에서 그쳤다. 어머니가 몇 시간이나 고생해서 조심스레 수선한 덕분에 구겨지지 않은 드레스는 사랑스러움으로 빚은 하얀 구름 같았다. 마지막으로 앨리스는 당당한 제비꽃 두 묶음의 줄기를 포일로 싸고 보랏빛 시폰 리본으로 묶었다. 하나는 허리춤에 달고 다른 하나는 손에 들었다.

환희에 찬 어머니는 미스 페리를 불러 찬란한 딸의 자태를 무료로 보여주었다. 미스 페리는 앨리스가 절세미인이라고 주장했다. "완전히, 두말할 나위 없이 절세미인이에요!" 다른 어떤 표현도 부족하다는 듯이 미스 페리가 말했다. "오늘 밤 미스 앨리스가 절세미인이 아니면 대체 누가 그렇게 불리겠어요." 간병인이 감탄하며 선언했다. "아버님도 동의하실 거예요. 미스 앨리스가 완전히, 두말할 나위 없이 절세미인이라고 하시지 않나 봅시다."

앨리스가 인사하고 자기 모습을 '보여주려고' 들어갔을 때 애덤스는 간병인의 표현을 쓰지는 않았지만 힘없이 웃으며 감탄했다. "이런, 이런, 이런!"

"예쁘구나. 정말 예뻐!" 애덤스는 깡마른 손가락으로 두 개의 꽃다발을 가리켰다. "그래, 앨리스. 남자는 누구니?"

"염려하지 마세요!" 앨리스는 손에 든 제비꽃 다발로 아버지의 코를 장난스럽게 쓸어내리며 웃었다. "저한테 참 잘하죠?"

"낭비를 좋아하는 남자인가 보구나! 제비꽃 냄새가 아주 달콤해. 너와 파티에 가려면 응당 그래야지. 즐거운 시간을 보내렴."

"그럴 작정이에요!" 앨리스는 외쳤다. 방에서 나가는 길에 이 말을 반복했는데, 이번에는 단호한 결심이 서려 있었다. "그럴 작정이에요!"

"아빠가 뭐라셔?" 침대에 펼쳐놓은 조금 해지고 오래된 야회용 숄의 주름을 펴며 어머니가 물었다. "그럴 작정이라는 게 무슨 소리야?"

앨리스는 삼면 거울을 마지막으로 한 번 더 보고 전신거울 앞에 섰다. "오늘 밤에 즐겁게 보낼 작정이라고요." 앨리스는 거울 속 자기 모습에서 돌아서 어머니가 내민 숄을 받았다. "그럴 수 있을 것 같지 않아요?"

"오늘 밤 너는 여왕이야." 어머니는 애정을 담아 속삭였다. "너 자신을 의심하지 말렴."

"바라는 게 딱 하나 있어요." 앨리스는 말했다. "오늘 밤에는 프랭크 다울링이랑 춤추지 않아도 될 정도로 내가 예뻐 보인다고 생각해요. 딱 한 번만 그렇게 되길 바라요. 오늘 밤에 그 애가 접근하면 다른 여자아이들이랑 똑같이 대할 거예요. 월터가 택시를 불렸을까요?"

"지금—지금 복도에서 기다리고 있어." 애덤스 부인은 불안해하며 대답하고 숄 위에 걸칠 걸 내밀었다.

앨리스는 눈살을 찌푸렸다. "이게 뭐예요, 엄마?"

"이건—네 아버지 비옷이야. 숄 위에 걸치면—"

"택시를 탈 거니까 필요 없어요."

"택시를 타도 내릴 때 필요하잖니. 파머 씨 집에 가져갈 필요는 없어. 거기 두고 내리면—여하튼 지금 비가 부슬부슬 오니까 필요할 거야."

"알았어요." 앨리스는 수긍했다. 몇 분 후 월터의 도움을 받아 차에 오를 때에야 어머니가 무엇을 염려했는지 이해가 되었다.

"월터, 이게 대체 뭐야?" 앨리스는 물었다.

"걱정하지 마. 지붕을 올리면 안 젖을 거야." 월터가 운전석에 앉으며 말했다. 차가 덜컹거리며 거리로 나갈 때까지 앨리스는 침묵을 지켰다. 하지만 끝내 다시 물었다.

"월터, 이게 뭐냐고?"

"뭐가 뭐야?"

"이거. 이 차?"

"자동차잖아."

"그러니까, 무슨 종류냐고?"

"눈이 없어?"

"너무 어두워."

"중고 틴 리지야." 월터는 말했다. "무슨 뜻인지 알지? 똥차라고."

"알아, 월터."

"불만 있어?"

"아냐, 동생아." 앨리스는 달래듯이 말했다. "네 거니? 샀어?"

"내가?" 월터는 웃었다. "나는 손수레를 살 돈도 없어. 외출할 때 가끔 이 차를 빌려. 75센트에 기름값만 내면 돼."

"꽤 저렴하네."

"그렇지! 차 주인이 나한테 빚을 좀 졌는데, 이렇게밖에 받아낼 수가 없어."

"수리소 주인이야?"

"정확히 그렇지는 않아!" 월터가 우스워하며 쉰 목소리로 말했다. "누구인지 몰라서 누나한테 나쁠 거 없어."

동생의 말투를 듣고 불안해진 앨리스는 차 주인이 누군지 알려줄 필요 없다고 솔직히 말했다. "네가 참 비밀스럽다고 내가 가끔 농담하잖니." 앨리스는 덧붙였다. "하지만 난 네 일에 절대 간섭하지 않아, 월터."

"맞아. 안 하지!"

"그래. 안 해."

"물론이지. 필요한 걸 얻어낼 때만 잘해주면서 살살 꾀니까." 월터가 빈정댔다. "차를 어디서 구했는지 말하고 싶은걸."

"안 했으면 좋겠어." 앨리스는 말했다. "하지 마."

그러나 월터는 말하기로 마음먹었다. "정확히 범죄적이지는 않아." 월터가 말했다. "J. A. 램브, 그 노인네 거야. 노인네가 흑인 운전사더러 쓰라고 준 건데, 그 사람한테 빌렸어."

"램브 씨한테?"

"아니, 흑인 운전사한테."

"월터!" 앨리스는 기겁했다.

"물론이야! 그 사람이 쓰지 않는 날에는 언제든지 빌릴 수 있어. 오늘은 리무진을 운전하거든. 헨리에타 램브 공주님께서 파티에 가야 하니까! 자기 아버지가 죽은 지 1년도 안 됐지만 말이야." 월터는 말을 멈추고 물었다. "어때, 마음에 들어?"

앨리스는 침묵했다. 월터는 말을 너무 많이 한 것을 후회하기 시작했다. 그러나 월터는 후회를 남다르게 표현했다. "뭐, 누나가 어머니까지 끌어들이는 바람에 내가 누나를 지루한 파티에 데려가야 하잖아." 월터가 말했다. "그러니까 나는 능력껏 최선을 다해야 하지 않겠어?"

여전히 앨리스는 침묵했다. "차는 무척이나 깨끗해." 월터가 말했다. "그 운전사는 여느 백인만큼이나 깔끔을 떤다고. 걱정하지 않아도 돼." 그래도 앨리스가 말이 없자 월터는 퉁명스럽게 덧붙였다. "형편이 됐으면 더 좋은 차를 얻었을 거야. 그렇게 화낼 필요는 없잖아."

"난 이해하지 못하겠어." 앨리스가 조용히 말했다. "네가 그런 사람들을 어떻게 아는지 모르겠어."

"그런 사람들?"

"그—흑인 운전사 같은 사람들."

"잠깐, 이거 봐라!" 월터가 크게 외쳤다. "이 나라가 민주주의 국가라는 거 몰라?"

"그렇게 민주적이지는 않지. 안 그래, 월터?"

"누나의 문제는 말이야." 월터가 되받아쳤다. "실크 셔츠를 입은 무리 말고는 이 지역 사람들을 아무도 모른다는 거야." 월터는 말을 멈추고 앨리스가 반박하기를 기다렸다. 하지만 반박이 오지 않자 확실하게 자기 의견을 표현했다. "난 그 인간들이 역겨워."

목적지에 가까워졌다. 휘황하게 불을 밝힌 거대한 저택이 축축한 어둠 속에서 빛을 뿜었다. 남매의 차와 딴판인 차들이 눈부신 빛의 중심을 향해 달리고 있었다. 길쭉한 삼각형 불빛들이 땅 가까이에서 가느다란 빗줄기를 가르며 지나갔다. 빨갛게 빛나는 조그만 꼬리등이 젖은 도로에 반사되었다. 구부러진 사유 차도 위로 웃자란 나무들의 무성한 잎사귀에 빗방울이 맺혀 반짝거렸고, 반짝이는 잎새 사이로 저택의 정문 앞 포르테 코셰가 보였다. 그 아래로 리무진에서 사람들이 내릴 때마다 하얀빛 속에서 화려한 색채가 웅성거렸다.

앨리스는 당황하여 월터의 팔을 붙들었다. 두 사람의 차가 사유 차도 입구로 들어서던 참이었다. "월터, 저기로 갈 수 없어."

"왜?"

"이 끔찍한 차를 밖에 세워."

"왜, 내가—"

"멈춰!" 앨리스가 격렬하게 외쳤다. "나가야 해! 뒤로 빼!"

"아, 진짜!"

작은 차는 이미 차도 입구의 기둥 사이에 있었지만, 월터는 뒤차를 피해 돌아가며 후진했다. 뒤에 있던 고급 차가 그들의 차를 지나칠 때 남자가 차창 밖으로 얼굴을 내밀고 외쳤다. "똥차가 번지수를 잘못 찾았네!"

"쟤가 우릴 봤니?" 앨리스가 외쳤다.

"누가 우릴 봐?"

"하비 말론. 방금 외제 차 쿠페 말이야."

"아니, 지붕 때문에 안 보였을 거야." 월터가 연석 옆에 주차하며 그녀를 안심시켰다. "그 대단하신 분이 봤으면 어때?"

앨리스는 대답하는 대신 크게 한숨을 쉬고 가만히 앉아 있었다.

"집으로 돌아갈래?" 월터가 물었다. "나는 찬성인 거 알지?"

"아니야."

"그럼 포르테 코셰로 가는 게 어때서? 반대편에 주차할 공간이 있던데."

"아니야, 안 돼!"

"그럼 어쩌자는 거야? 여기 계속 앉아 있으려고?"

"아니야, 차는 여기에 둬."

"차를 어디에 놓든 나는 상관없어." 월터가 말했다. "기다려봐. 차 문 좀 잠글게. 여기 백만장자들이 훔쳐 가지 못하게." 월터는 맹꽁이자물쇠와 체인을 들고 내려 차를 고정하고 앨리스에게 손을 내밀었다. "준비됐으면 가자."

"잠깐." 앨리스는 낡은 비옷을 벗어 월터에게 건네줬다. "네 옷이랑 같이 남자 의상실에 맡겨줘. 네가 웃옷을 하나 더 가져온 것처럼."

월터는 고개를 끄덕였다. 앨리스는 차에서 내렸고, 남매는 보슬비를 맞으며 서둘러 걸어갔다.

포르테 코셰에 가까워지자 앨리스는 천연덕스럽게 웃으며 정문 앞에 서 있는 제복 차림의 덩치 큰 남자에게 말했다.

"난감하네요!" 남자를 지나쳐 정문으로 급히 걸음을 옮겨놓으며 앨리스는 덧붙였다. "입구 밖에서 차가 고장 났어요."

남자는 무표정을 유지했으나 월터가 앨리스의 거짓말을 폭로하듯이 냉소적으로 얼굴을 구기며 돌아보자 희미하게 웃었다. 남매를 위해 문이 활짝 열렸고, 대리석 복도가 나타났다. 젊은 남자 무리가 담배를 피우고 장갑을 끼며 파트너를 기다리고 있었다. 앨리스는 고개를 치켜들고 미소를 띤 채 잰걸음으로 나아가며 몇몇 남자에게 고개를 끄덕였다. 앨리스가 서둘러 다가가고 있는 문 앞에서 월터가 그녀를 붙잡았다.

　"잠깐." 월터가 말했다. "첫 번째 춤을 내가 누나랑 춰야겠지?"

　"그러면 좋겠어, 월터." 앨리스가 유순하게 답했다.

　"의상실에서 준비하는 데 얼마나 걸릴 거 같아?"

　"너보다도 먼저 나올게." 앨리스는 약속했다. 한시바삐 즐거운 시간을 보내고 싶어 안달이 난 앨리스는 약속을 지켰다. 월터가 나오자 남매는 함께 홀을 지나 커다란 방 세 개가 늘어선 복도로 갔다. 사잇문을 열어 하나로 합친 방 세 개에서 가구는 전부 치웠고 바닥은 반들거리게 왁스 칠을 해놓았다. 복도 한쪽 구석에 푸른 숲처럼 꾸며놓은 무대에서 밴드가 준비하고 있었다. 월터가 밴드에 관심을 보이며 돌아섰지만 그의 누나는 팔을 잡은 손에 힘을 주고 반대 방향으로 이끌었다.

　"또 뭐가 문제야?" 월터가 물었다. "재즈 루이와 혼혈 무리라는 밴드야. 백인 세 명에 혼혈이 네 명. 가서—"

　"아니, 안 돼." 앨리스가 속삭였다. "밀드레드랑 그 애 부모님이랑 몇 마디 나눠야 해."

　"몇 마디 나눈다고? 난 그 인간들이랑 할 말 없어!"

　"월터, 제발 점잖게 행동할래?"

월터는 일단은 수긍하고 누나에게 이끌린 채로 복도를 지나 내실로 갔다. 꽃으로 꾸민 내실에 파티의 주인공이 부모와 나란히 서 있었다. 다른 커플들과 손님들도 내실로 가며 왁자지껄 수다를 떨고 웃음을 터뜨렸다. 앨리스는 미소를 띤 얼굴로 주변 사람 모두에게 열심히 인사했지만 그들은 심드렁하게 화답했다. 한편 월터는 한두 명에게 말없이 대충 고개를 끄덕이고 소리 내어 하품했다. 하품은 억지스러운 상황에서 불편한 사람에게 주어진 최후의 대처법이라고 할 수 있다. 연거푸 하품하던 월터가 다시 한번 입을 연 순간 앨리스가 경련을 일으키듯이 손을 뻗어 동생의 팔을 잡으며 다른 방법으로 마음을 가라앉히라고 경고했다. 남매는 꽃으로 가득 채운 내실에 도착했다.

밀드레드는 가능한 한 신속히 손님들과 차례로 악수하고 부모에게 넘겼다. 동시에 그녀는 파티 주최자의 임무를 저버리고 막 연주되기 시작한 음악에 춤을 추러 가자고 조르는 서너 명의 젊은 이들을 뿌리치고 있었다.

밀드레드는 체격이 크고 금발에 흰 피부를 지녔다. 눈빛은 친절했지만 깐깐한 표정 때문에 친절한 느낌이 다소 삭감됐다. 죽었다 깨어나도 '부적절한' 행동이나 '부적절한' 옷차림을 하지 않을 아가씨라는 사실을 한눈에 알 수 있었다. 그러나 태도에 기품이 깃들어 있어서, 의식적으로 정숙한 체한다거나 가식적이라는 느낌은 들지 않았다. 규칙에 대한 관념이 본인도 모르게 머릿속 깊이 뿌리를 내리고 있었기 때문에 밀드레드는 어떤 행동도 규칙에 어긋나게 하지 않았다. 완벽한 자태를 뒷받침하는 밀드레드의 배경은(애덤스 부인의 표현을 빌리자면) 더욱 완벽했다. 거대하고 호화롭고 세련된 저택과 부모도 배경의 일부였다. 밀드레드 옆에서 딸과 마찬가지로 체격이 크고 침착한 부모가 모양 좋은 머리를 우아하고 친절하게 기울이며 손님들과 악수했다. 손님 중 가장 어리고 혈기 왕성한 젊은이들도 이들 근처에서는 차분하고 정숙한 몸가짐을 자기도 모르게 따라 했다.

월터보다 한 걸음 앞서 이 구역에 들어선 앨리스는 가까이 몸을 기울이며 밀드레드에게 귓속말했다. "옥수수색 조젯 드레스를 안 입었네! 난 네가 그거 입을 거라고 생각했어. 그나저나 오늘 정말 예쁘다. 진주 목걸이도—"

손님들은 점잖게 앞으로 다가오면서도 얼른 인사를 마치고 춤추러 가고 싶어서 조바심을 내고 있었다. 밀드레드는 앨리스가 적극적으로 귓속말하며 형성한 친밀한 순간을 오래 끌지 않았다. 밀드레드는 얼굴을 살짝 붉히며 굳은 미소를 지었고, 앨리스의 손을 곧바로 어머니에게 넘겼다. 그 몸짓에 담긴 권고를 깨달은 앨리스도 얼굴을 조금 붉혔다. 가슴속에서 우러나온 홍조는 금세 옅어지지 않았는데, 월터가 위풍당당한 파머 씨와 짤막하게 인사를 나누자마자 다시 하품으로 마음을 가다듬는 모습이 눈앞을 스쳤기 때문이었다.

그러나 앨리스는 동생에게 따지지 않았다. 정말 그랬는지 확인하기보다는 자신이 잘못 봤을지도 모른다는 의심의 여지를 남겨두는 편이 나았다. 앨리스를 뒤따라 왁스 칠이 된 무대로 나온 월터는 포기한 말투로 "춤이나 추자."라고 말하고 앨리스에게 팔을 둘렀다. 남매는 춤추기 시작했다.

앨리스도 우아하게 잘 추었지만 월터만큼 잘 추지는 못했다. 재즈 루이와 혼혈 무리가 연주하는 것과 같이 요란하고 거칠고 원시적인 음악이 유행시킨 발놀림과 장난스러운 꺾기와 회전, 박자에 맞춰 몸을 기울이고 젖히는 동작을 창백하고 깡마른 이 청년만큼 멋지게 해내는 사람은 이곳에 없었다. 하나의 매끄럽고 민첩한 동작에서 다른 동작으로 재빠르고 정확하게 바꾸는 중에도 월터의 얼굴에는 자신이 쉽사리 해내는 경이로운 동작을 비웃는 표정이 떠올라 있었다. 지나치게 우아하거나 질투 많은 남자는 월터처럼 현란하게 추는 것은 신사답지 않다고 불평할지 몰라도, 어쨌든 월터의 춤은 음악에 걸맞았다. 무대 위 누구도 대적할 수 없었다. 앨리스가 그렇게 말했다.

"멋져!" 앨리스는 말했다. "정말 신기해! 대체 어디서 이렇게 추는 걸 배웠니? 넌 춤을 따로 배운 적도 없는데 너를 절반도 따라올 사람이 없어. 이렇게 잘 추면서 왜 파티에 가기 싫다고 떼를 쓰는지 몰라."

월터는 입꼬리로 비웃음을 짧게 내뱉고 두 커플 사이의 조붓한 틈새에서 기적적으로 앨리스를 한 바퀴 돌렸다. "누나가 세상 물정을 잘 안다고 생각해? 냉동 인간들만 득시글거리는 이런 곳이 아니면 우리 동네에 춤출 곳이 없다고 생각하겠지."

"냉동 인간?" 앨리스는 웃으며 되풀이했다. "냉동 인간이라니, 모두 얼마나 즐기고 있는데. 둘러봐."

"시끄럽게 꽥꽥거리기는 하지." 월터가 말했다. "자기가 좋은 시간을 보내고 있다고 남들에게 광고하고 싶어서 하는 짓이야. 누나는 파머네 집안사람들을 냉동 인간이라고 부르지 않겠지?"

"물론 아니야. 위엄 있고—"

"그래!" 월터가 말했다. "위엄이 넘치지. 누나가 친한 척하면서 귓속말할 때 자기 부모에게 떠넘기는 모습이 특히 위엄 있던걸. 아주 다정한 친구야, 그렇지?"

"나쁜 뜻으로 그런 게 아니야. 그건—"

"파머는 호탕하게 등 두드리는 타입의 아저씨지." 월터는 덤덤하게 덧붙였다. "꼭 한 번, 그 아저씨를 한 대 갈기고 싶어."

"월터! 그건 그렇고 오늘 가기 전에 밀드레드한테 춤 신청하는 거 잊지 마."

"내가?" 월터는 비웃으려는 것처럼 입을 일그러뜨렸지만 소리는 내지 않았다. "내가 신청하나 두고 봐."

"밀드레드는 아마 대기자가 꽉 찼을 거야. 그래도 물어봐."

"왜?"

"첫째로, 원래 그렇게 하는 거고, 둘째로는 밀드레드가 내 절친이기 때문이야."

"그래? 누나가 그 여자를 '절친'이라고 부르는 건 여러 번 들었는데, 그 여자가 한 번이라도 절친답게 행동한 적 있어?"

"네가 신경 안 써도 돼. 어쨌든 춤추자고 신청해, 월터. 그랬으면 좋겠어. 다른 여자들이랑도 춰. 누구랑 춰야 하는지 말해줄게."

"계속 그렇게 희망을 품어. 누나한테 좋을 거야."

"너 진짜—"

"이거 봐!" 월터가 말했다. "저 여자들이랑 춤추느니 녹슨 못을 한 바가지 먹겠어. 꿈도 꾸지 마! 누나한테서 벗어나는 순간 의상실로 가서 죽도록 담배나 피울 거야."

재즈 루이와 혼혈 무리의 요란한 연주가 멈추자 앨리스는 조금 불쌍하게 말했다. "나한테서 너무 빨리 벗어나면 안 돼, 월터."

남매는 널찍한 문 근처에서 그대로 멈춰 서 있었다. 여기저기서 커플들이 다른 커플들과 모여 쾌활하게 떠들었지만 아무도 남매를 끼워주지 않았다. 다음 춤을 앨리스와 추려고 서둘러 오고 있는 사람도 없는 듯했다. 원래 남자들은 '즐거운 시간을 보내고 있는' 여자에게 끌리는 법이라고 믿었기에, 앨리스는 무척이나 중요하게 여기는 명랑한 표정과 태도를 유지하며 주위를 둘러보았다. 한술 더 떠, 발랄한 미녀의 이미지를 실감 나게 꾸미기 위해 흥겨운 제스처를 곁들이며 큰 소리로 재잘거리기 시작했다. 앨리스는 끊임없이 웃으면서 재잘거리는 내내 어깨를 들썩이고 팔을 너풀거렸다. 예쁜 집게손가락을 동생 얼굴 앞에서 흔들고, 어깨를 두드리다가 제비꽃 다발로 장난스럽게 코를 쓸어내렸다.

"넌 참 나빠, 월터!" 앨리스는 외쳤다. "그렇게 춤을 잘 추면서 친누나랑만 추다니 부끄럽지 않니? 원하기만 하면 넌 댄서가 될 수 있어. 부자가 될걸. 한번 해보는 게 어때? 수많은 사람이 손뼉을 치면서 '만세! 월터 애덤스 만세!' 외치면 멋지지 않을까?"

월터는 동정하는 표정으로 앨리스를 지그시 보았다.

"그만둬." 월터가 말했다. "저 녀석들한테 눈웃음쳐서 춤 신청이나 받아봐."

그러나 앨리스는 순순히 말을 듣지 않았다. 조용히 하는 대신 크게 웃음을 터뜨리고 제비꽃 다발을 동생의 얼굴 앞에서 다시 흔들었다. "너도 좋아할 거야. 네가 원하는 걸 너도 알잖아. 아닌 척하지 않아도 돼. 상상해봐! 수많은 관중이 '만세! 만세! 만—"

"누나 목소리가 조금만 더 커지면 이 집이 무너질 거야." 월터가 말을 잘랐지만 말투는 거칠지 않았다. "그리고 난 뿔 없는 소가 아니야."

"소?" 앨리스는 웃음을 터뜨렸다. "대체 무슨—"

"시든 제비꽃은 못 먹어." 월터가 설명했다. "그러니까 자꾸 먹이려고 하지 마."

이 말은 월터가 원한 효과를 내서 앨리스를 진정시켰다. 앨리스는 누나답지 않은 교태를 그만두고 환한 얼굴로 주위를 둘러보았으나 입술에 걸고 있는 미소는 처음보다 기계적이었다.

집에서는 자신이 아름다워 보였다. 하지만 이곳에서 다른 여자들과 경쟁하자니 비교할 사람이 어머니와 미스 페리밖에 없던 집에서와 달랐다. 여기 있는 여자들 모두 예뻐 보이려고 최선을 다해 꾸몄는데, 그 목표를 달성하려고 앨리스만큼 노력한 사람은 없었다. 그들은 그럴 필요가 없었다. 낡은 드레스를 수선해달라고 어머니에게 부탁할 필요가 없었고 제비꽃을 찾아 빗속을 헤맬 필요도 없었다.

집에서는 드레스 역시 아름다워 보였다. 하지만 이 또한 여기서는 다르게 느껴졌다. 연회장에 가득한 아름다운 드레스는 최신 유행을 따랐고, 어떤 유행은 놀라웠지만 드레스를 입은 사람을 돋보이게 할 뿐 충격적이지는 않았다. 더구나 앨리스는 조금 전에 어떤 여자가 "어머, 오르간디야. 한여름도 아닌데 누가 오르간디를 저녁 파티에 입고 오니."라고 말하는 걸 들었다. 앨리스가 미처 고려하지 못한 사항이었다. 주위를 둘러보고 자기 말고는 아무도 오르간디를 입지 않은 걸 확인한 앨리스는 원하는 만큼 미소를 환하고 즉흥적으로 유지하기 힘들었다. 사실, 미소를 짓고 있느라 얼굴이 욱신거리기 시작했다.

밀드레드가 여러 사람에게 둘러싸인 채로 연회장에 입장했다. 밀드레드는 제비꽃과 은방울꽃을 섞은 화려한 꽃다발을 들고 있었다. 큼직하고 탐스러운 보라색 제비꽃 다발은 줄기를 금색 천으로 감싸고 기다란 술 장식이 달린 실크 끈으로 묶었다. 밀드레드와 그녀의 호위대가 애덤스 남매 옆을 지나갔다. 호위병 한 명이 파티 주인공에게 춤추는 도중에 '끼어들기'를 허락해달라고 간청하고 있는 듯했다. 최근에 '다른 지역'에서는 다들 그렇게 한다고 주장했다. 간청은 거절당했고, 그는 열여섯 번의 춤에서 세 번째인 본인 차례가 올 때까지 꽃다발을 들고 기다리는 것으로 만족하라는 지시를 받았다. 앨리스는 자신의 꽃다발을 미심쩍게 내려다봤다.

문득 앨리스는 제비꽃이 자신을 배신했다고 느꼈다. 촌스럽고 솜씨 없는 꽃집에서 샀다고 다들 생각할 것이 분명했다. "시든 제비꽃은 못 먹어."라고 월터가 말했다. 후덥지근한 실내에서 실제로 시들고 있는 조그만 야생화는 단체로 쓸쓸히 고개를 떨구고 있었다. 시든 꽃을 보면 누구라도 그녀가 직접 땄다고 추측할 것 같았다. 앨리스는 꽃다발을 버리기로 결심했다.

월터는 점점 초조해지고 있었다. "누나!" 월터가 말했다. "저기 꼬리 긴 새 한 마리 꼬셔서 다음 춤을 같이 출 수 없어? 좋은 시간을 보내러 왔잖아. 빨랑빨랑 노력해서 좋은 시간을 보내란 말야. 밖에 나가서 담배 피우고 싶어."

"월터, 절대 어디 가면 안 돼." 앨리스는 다급하게 속삭였다. "조금만 기다리면 누가 춤을 신청하러 올 거야. 하지만 그때까지—"

"그때까지 어디 앉아 있으면 안 돼?"

"저 녀석들한테 눈웃음쳐서 춤 신청이나 받아봐."

"아니야, 안 돼! 같이 앉을 사람이 없어."

"왜 없어? 저기 구석에 있는 아줌마들 봐. 저 사람들이랑 이야기 좀 하면 어때?"

"제발, 월터! 안 돼!"

실은 월터가 말한 중년 여인들 때문에 앨리스는 미소를 꿋꿋이 유지하기가 더 힘들었다. 이들 여인 부대는 춤추고 있는 아가씨들의 어머니들로, 자기 자식들을 보호하고 지지하려 그 자리에 왔다. 어떤 난관 앞에서도 아이들의 체면을 살려주려고, 아이들의 모든 만남에 외교적 수완을 빌려주려고, 그들의 '배경'이 되어주려고, 또한 본질이 생물학적인 이런 자리에서 그들의 짝짓기를 모방하여 신혼의 떨림을 되살리려는 것이었다. 이들의 남편이자 혼기가 찬 아가씨들의 아버지인 중년 남자들도 보였는데, 대부분 당구대가 있는 건너편 방에 파머 씨와 있었다.

애덤스 부부는 초대받지 못했다. '밀드레드는 엄마랑 아빠를 잘 모르니까.' 앨리스는 생각했다. '여기 있는 여자애들 부모님은 대부분 파머 씨 부부의 오랜 친구야. 그래도 오실 수 있냐고 물어볼 줄 알았는데. 예의상 물어볼 수는 있잖아. 어차피 못 오실 걸 알면서.' 미소를 띤 채로 소리 없는 독백을 끝맺는 앨리스의 입술이 조금 위협적으로 씰룩거렸다. '월터라도 초대해줘서 내가 고마워해야 한다고 생각하겠지.'

사실 월터는 꽤 눈에 띄었다. 밀드레드의 손님 가운데 연미복 대신 짧은 재킷을 입고 장갑을 끼지 않은 사람이 월터뿐만은 아니었지만, 정수리 근처에만 머리를 남기고 나머지 부위를 바짝 민, 마치 몽골인들에게서 영감을 받은 듯한 머리 모양 덕분에 월터는 단연 도드라졌다.(적어도 이곳에서는) 그러나 월터를 다른 사람들과 구분하는 가장 큰 요소는 그의 표정과 태도였다. 월터의 음침하고 비밀스러운 표정에는 멸시감과 우월감이 감돌았는데, 이런 느낌은 한쪽 입꼬리만 올린 채로 짤막하고 크게 웃음을 터뜨릴 때 특히 심해졌다. 월터가 웃을 때마다 앨리스는 크게 웃어서 동생의 웃음소리를 묻으려 했다.

"그래서," 월터가 말했다. "언제까지 여기 서 있을 거야? 발에서 뿌리가 자라고 있어."

앨리스는 동생의 팔을 잡고 정처 없이 방에서 방으로 옮겨 다니기 시작했다. 그러는 중에도 눈을 크게 뜨고 입을 살짝 벌린 채 확실한 목적지가 있는 것처럼 보이려고 노력했다. 저만치에서 자기들을 신나게 부르고 있는 흥겨운 친구들에게 가고 있다는 인상을 꾸며내는 것이었다.

앨리스가 이렇게 유령을 찾듯이 떠돌고 있는데 드럼과 색소폰이 정열적으로 울리면서 두 번째 춤곡의 전주를 시작했다.

월터는 다시 춤을 추기는 했지만 경고를 날렸다. "누나를 곤란하게 하고 싶지는 않아." 월터가 말했다. "하지만 못 견디겠어. 냉동 인간들이 없는 곳으로 가야겠어. 계속 보다가는 눈이 멀 지경이야. 다음 차례에 곧바로 담배를 피우러 갈 거니까 파트너를 빨리 찾는 게 좋을 거야."

물론 앨리스는 파트너를 찾으려고 노력하고 있었다. 춤추면서 눈이 마주친 모든 남자에게 환한 얼굴로 고개를 끄덕였고, 아랫입술을 살짝 깨문 미소를 보냈다. 그러나 춤이 끝나고 휴식 시간마저 끝나갈 무렵에야 비로소 도움이 찾아왔다.

아침에 마주친 둥그런 부인이 연회장 반대편에 앉아 있었다. 둥그런 부인 옆에는 척 봐도 그녀의 딸이 분명한, 몸도 얼굴도 둥글둥글한 아가씨가 있었다. 다울링 부인 앞에서 무어라고 열변을 토하고 있는 땅딸막한 젊은이에게서도 가문의 체형이 엿보였다. 월터와 마찬가지로 그 젊은이도 제 누이와 세 번째로 춤추길 거부하는 중이었다. 그는 다른 곳으로 가고 싶었다.

앨리스는 곁눈질로 논쟁을 지켜봤다. 둥근 젊은이가 어깨 너머로 앨리스를 흘끔거렸는데, 이 눈길을 쫓아온 다울링 부인의 눈초리는 노골적으로 분노를 표했으며 논쟁이 진행됨에 따라 점차 더 사나워졌다. 부인은 강세를 주기 위해 자기 무릎을 오동통한 주먹으로 한 번 내리치기까지 했다.

"간다." 월터가 말했다. "춤이 시작하려는데 아까 말했듯이—"

앨리스는 고마워하며 고개를 끄덕였다. "괜찮아. 그래도 너무 늦게 오지 마."

짜증이 나서 얼굴이 새빨개진 둥글둥글한 젊은이가 가족에게서 떨어져 나와 서둘러 다가오고 있었다.

"같이 출 수 있을까?"

"어머, 프랭크 다울링, 넌 참 친절하구나!" 앨리스가 외쳤다. "정말 멋져!

7

두 사람은 함께 춤췄다. 다울링 씨는 춤 말고 다른 여가 활동과 운동을 선택했어야 했다.

자연은 모든 이에게 춤추는 재능을 공평하게 선사하지 않는데, 때로는 재능을 부여받지 못한 이들이 자연의 인색함을 가장 늦게 알아차린다. 둥글둥글한 젊은이는 하여간에 기력은 넘쳐흘렀다. 그의 무릎이 앨리스의 무릎과 부딪혔을 때는 기력이 지나치게 강했다. 젊은이는 몸집이 워낙에 견고했던지라 자신이 넘어지거나 파트너가 넘어지게 내버려두지 않았다. 그는 용맹하게 앨리스를 붙들고 계속해서 힘으로 밀어붙이며 사람들 틈새로 길을 냈다.

다울링 씨는 연주자들이 표현하려는 바에는 전혀 주의를 기울이지 않았다. 그들의 연주와 자신의 춤 사이에 어떤 관계가 있어야 한다는 사실도 눈치채지 못하는 듯했다. 어쩌면 자기만의 음악을 듣고 있는지, 다울링 씨는 매우 만족스럽고 당당했다. 앨리스는 같이 춤추는 한에서 최대로 몸을 떨어뜨렸고, 발놀림을 멈출 때마다 아래를 내려다보며 치마 속의 은밀한 동작으로 발등과 양쪽 구두코를 보호했다.

앨리스의 기운찬 파트너가 고급 손수건으로 자신의 장밋빛 눈썹을 두드렸다. "아주 멋졌어!" 다울링이 말했다. "복도로 나가서 앉자. 편한 의자가 있던데."

"글쎄, 그러지 말자." 앨리스는 대답했다. "여기서 사람들을 구경하고 싶어."

"그것 때문이 아니잖아." 다울링은 집게손가락을 흔들며 그녀를 꾸짖었다. "나가면 다른 사람이 너한테 춤을 신청할 기회를 놓치고, 그럼 또 나랑 추게 될까봐 그러는 거잖아."

"아니야!" 그러나 아무리 주위를 두리번거려도 희망이 보이지 않자 앨리스는 사근사근하게 덧붙였다. "네가 원하면 다음 춤도 같이 출게."

"좋아!" 다울링은 기계적으로 외쳤다. "이제 나가자. 어쨌든 이 방에서는 나가는 게 좋겠어."

"왜? 여기가 어때서ㅡ"

"우리 어머니." 다울링이 설명했다. "돌아보지 마. 엘라랑 춤추라고 자꾸 부르잖아. 절대 그럴 생각 없거든!"

앨리스는 웃음을 터뜨렸다. "그것 때문만은 아닐걸." 앨리스는 다울링 부인의 끈질긴 신호가 보이지 않을 옆방 구석으로 가자는 제안에 동의했다. "네 어머니가 나를 싫어하셔서."

"아니야. 그렇지 않아." 다울링은 순진하게 반대했다. "너를 잘 알지도 못하는데 왜 싫어해?"

"싫어하셔. 척 보면 알아."

다울링의 둥근 눈썹에 주름이 잡혔다. "아니야. 우리 어머니가 뭘 생각하고 있는지 알려줄게. 이런 거야. 너도 알다시피 엘라가 인기가 아주 많은 편은 아니잖아. 왜 그런지 모르겠어. 제 나름대로 착한 애야. 그래서 어머니는 내가 엘라를 챙겨야 한다고 생각해. 춤도 같이 많이 추고, 다른 남자들한테 엘라랑 춤추라고 부추기라는 거야. 그럴 수 없다고 어머니를 이해시킬 수가 없어. 게다가 내 경우에는, 만약 어머니 뜻대로 됐으면 난 밀드레드 파머나 헨리에타 램브 같은 애들과만 춰야 할 거야. 어머니는 내 일을 하나부터 열까지 모두 조정하려고 하는데, 어머니가 원해도 난 그 애들이랑 출 수 없어. 엘라를 잠시 떼어놓을 수 있을 때쯤이면 걔네는 파티가 끝날 때까지 대기자가 차 있잖아. 그럼 나더러 어떡하라고?"

앨리스는 끝까지 다정한 표정으로 고개를 끄덕였다. "그렇구나. 그래서 나랑 추는구나."

"아니, 너랑 추고 싶었어." 다울링이 말했다. "나는 그 여자애들보다 너랑 추는 게 좋아." 다울링은 이 문제로 인해 어머니에게 상당히 시달린 경험을 돌이켜보는 듯 단호하게 말했다. "어머니한테도 그렇게 말했어!"

"프랭크, 용기를 마지막 한 방울까지 쥐어짜야 했니?"

다울링은 앨리스를 예리하게 보았다. "지금 나를 놀리는구나." 다울링이 말했다. "괜찮아. 난 너랑 추는 게 더 좋아! 첫째, 넌 춤을 아름답게 잘 추고, 둘째, 그 애들보다는 너랑 추는 게 더 마음이 편하거든. 물론 나도 대부분 남자들이 그 애들과 잘 어울리는 걸 알아. 하지만 난 걔네들한테 쓸데없이 시간 낭비하지 않아. 난 모두에게 한결같이 상냥한 사람이 좋거든—너처럼."

"고마워." 앨리스는 생각에 잠겨 말했다.

"진심이야." 다울링이 말했다. "연주를 또 시작하네. 갈까?"

"앉아서 쉴래?" 앨리스가 제안했다. "복도로 나가고 싶은 거 같아. 안이 좀 덥네."

다울링은 쾌활하게 동의하고 회양목들 사이에 은밀하게 감추어진 안락의자로 앨리스를 안내했다. 이 휴양지에 다다랐을 때 밀드레드 파머가 그곳을 막 떠나고 있었다. 밀드레드는 서른 살 정도의 잘생긴 신사와 함께 있었다. 두 사람은 연회장 쪽으로 천천히 걸어가며 친밀함을 한껏 과시했다. 함께 걸어가는 시간을 심지어 더 늘리고 싶은지, 밀드레드는 한두 번 걸음을 멈추기까지 했다. 훤칠한 동행의 얼굴을 올려다보는 밀드레드의 눈빛은 부드럽고 수줍은 경외심까지 어려 있었다. 앨리스는 친구가 이렇게 행동하는 걸 처음 봤다.

"이상하네!" 앨리스가 중얼거렸다.

"뭐가 이상해?" 다울링이 자리에 앉으며 물었다.

"방금 그 남자 누구야?"

"만난 적 없어?"

"본 적도 없어. 누구야?"

"아서 러셀이잖아."

"아서 러셀이 누군데? 못 들어봤어." 앨리스의 말을 듣고 다울링은 당혹스러워했다. "정말 이상하네! 저번에 네가 밀드레드 파머랑 친하다고 했잖아."

"맞아." 앨리스가 말했다. "제일 친한 친구야."

"그래서 네가 러셀에 대해 들어보지 못한 게 이상해. 밀드레드 파머가 저 남자랑 아직 약혼은 안 했지만 가까운 시일 내에 그렇게 될 거라고 다들 말하고 있거든. 내가 봐도 그렇게 보이던데."

"말도 안 돼!" 앨리스는 외쳤다. "내 앞에서 저 사람 이름도 꺼낸 적이 없는데."

다울링은 미심쩍어하며 앨리스를 힐끔 보고 포크처럼 가느다랗고 뾰족한 뭉치가 전부인 콧수염을 쓰다듬었다.

"글쎄, 밀드레드가 꽤 조심스럽잖아." 다울링이 말했다. "러셀이라는 남자는 파머 씨네 친척 같아."

"그래?"

"응, 육촌인가 팔촌인가 그렇다고 여자애들이 말했어. 실은 내 동생 엘라는 집에서 하는 일이 별로 없어. 책을 읽거나 바느질을 하거나, 심지어 솔리테어도 하지 않아. 그 대신 동네에 떠도는 갖가지 소문을 거의 다 꿰고 있는데, 엘라 말로는 여자애들 사이에서 밀드레드랑 아서 러셀에 대한 소문이 꽤 오래전부터 파다했나 봐. 남자가 어떻게 생겼는지 궁금해하고, 그런 것들. 러셀은 어제야 도착했거든. 그러니까 밀드레드가 몇 명한테는 말한 게 틀림없지. 아니면 그 애들이 어떻게—"

앨리스는 가볍게 웃었지만 예쁜 웃음소리는 숨을 들이쉬는 소리로 갑작스레 끝났다. "물론 밀드레드가 나랑 친하기는 하지만," 앨리스가 말했다. "나한테 모든 걸 털어놓는다는 뜻은 아니야. 물론 나 말고 다른 친구들도 있지. 네 동생이 뭐라고 했니? 밀드레드가 러셀이라는 남자에 대해서 뭐라고 했대?"

"글쎄, 굉장한 부호인가봐. 적어도 헨리에타 램브가 엘라한테 말한 바로는 그래. 엘라가 말하길—"

한층 기분이 상한 앨리스는 다시 말을 잘랐다. "엘라 말이 무슨 상관이니! 러셀 씨라는 사람 말고 더 재미있는 이야기를 하자!"

"뭐, 난 물론 그러고 싶어." 다울링은 쓸쓸히 찬성했다. "무슨 이 야기를 하고 싶어?"

그러나 앨리스는 관대한 제안에 즉각 반응하지 않았다. 앨리스 는 등받이에 기대앉아 팔을 팔걸이에 늘어뜨린 채 잠자코 앉아 있 었다. 촉촉하게 빛나는 눈은 춤추는 사람들이 오가는 널찍한 문에 고정되어 있었다. 앨리스는 밀드레드의 조심성보다 다른 무언가 때문에 동요하고 있었다. 물론 밀드레드의 대단한 조심성은 두 사 람이 '절친'이라는 앨리스의 주장을 뿌리째 흔들었으며 달리 암시 하는 바가 명백했지만, 이로 인한 상처는 나중에 느낄 것이다. 지 금 앨리스는 다른 생각에 잠겨 있었다. 조금 전 그녀는 이상한 경 험에 놀랐다. 앨리스는 아서 러셀 씨라는 남자를 보자마자 속으로 혼잣말했다. 자신이 아니라 내면에 존재하는 낯선 사람이 말한 것 같으면서도 실제로 소리가 난 것처럼 귀에 똑똑히 들렸다. '저 사 람이야! 내가 결혼하고 싶은 바로 그 사람!'

초조하고 간절한 사람에게 신의 뜻은 불가해함 그 이상이다. 듬 직하지 않은 전능의 신은 피조물들을 제멋대로 변덕스럽게 다룬 다. 어떤 이들은 무작위로 참혹하게 박탈하는 한편 다른 이들에게 는 연거푸 축복을 내린다.

앨리스가 봤을 때 밀드레드는 축복을 충분히 받았다. 다른 여자 에게 양보할 차례도 되었다. 하루하루가 크리스마스 같은 밀드레 드의 완벽한 삶을 완성할 약혼자 아서 러셀 씨가 잘생기고 우아하 고 친절해 보이고 완벽한 데다가 '굉장한 부호'이기까지 하다니. 물론이다! 부자들은 언제나 자기들끼리 결혼한다. 밀드레드 같은 여자들이 아서 러셀 같은 남자들과 춤출 때 외부인에게 주어진 최고의 선택은 프랭크 다울링과 앉아 있는 거였는데, 이것이 그와 춤추는 것보다 그나마 나은 단 하나의 대안이었다.

"자, 무슨 이야기를 하고 싶어?" 다울링이 물었다.

"딱히 하고 싶은 이야기는 없어." 앨리스가 말했다. "그냥 여기 앉아 있자, 프랭크." 하지만 잠시 후 앨리스는 무언가를 기억하고 활달하게 떠들기 시작했다. 앨리스는 복도 끝에 보이는 밴드를 가리켰다. "저 사람들 봐! 리더를 봐! 신기하지 않니? 누가 그러는데 밴드 이름이 '재즈 루이와 혼혈 무리'래. 정말 멋지지 않아? 마음에 쏙 들지 않니? 한번 봐, 프랭크."

앨리스는 계속해서 재잘거리며 다울링의 시선을 딴 데로 돌린 다음에 시든 제비꽃을 드레스에서 떼어내 손에 들고 있던 다발 옆에 슬그머니 놓았는데, 그 꽃다발은 이미 회양목 아래 잘 보이지 않는 구석에서 잠들어 있었다.

그러고 나서 앨리스는 말을 뚝 멈췄다.

"넌 정말 이상한 애야." 다울링이 말했다. "하고 싶은 이야기가 없다고 하더니 갑자기 쉴 새 없이 떠들다가 내가 관심을 가지려니까 또 말을 멈추네! 여자들은 왜 그러는 거야?"

"나도 몰라. 우리가 이상한가봐."

"맞아! 이제 어떻게 할래? 이야기할래, 아니면 앉아 있을래?"

"잠시만 더 앉아 있자."

"뭐든 좋아." 다울링이 찬성했다. "네가 원하는 만큼 앉아 있자."

그러나 프랭크 다울링이 이토록 다정하게 구는 사이에 평화를 깨뜨릴 위협이 찾아왔다. 그의 어머니가 몰려오는 불길한 먹구름처럼 복도에서 걸어오고 있었다. 다울링 부인은 노한 표정으로 주위를 샅샅이 훑어보며 아들을 찾고 있었고 프랭크에게는 유감스럽게도 그를 발견하고야 말았다. 부인은 곧바로 매섭게 아들의 동행을 노려본 다음에 꾸짖는 표정으로 고개를 가로저으며 통통한 팔을 고압적으로 흔들었다. 불운한 젊은이는 차가운 눈빛으로 어머니를 물리치려 했으나 쫓아버린다는 소망을 이룰 가능성이 희박해 보이자, 의자를 돌려 당혹스러워하는 어머니를 등져버렸다. 현명한 대처가 아니었다. 그가 뒤돌아 앉자마자 다울링 부인이 무서운 기세로 뒤뚱뒤뚱 다가왔다.

회양목 사이 쉼터로 쳐들어온 부인의 둥근 얼굴 아래쪽은 서둘러 지어낸 과하게 인자한 미소로 일그러졌지만, 작위적인 표정이 성난 눈과 초조한 이마까지 미치지는 않았다.

"어머니께서 할 이야기가 있으신가봐." 앨리스가 말했다.

부인이 고개를 끄덕였다. "안녕, 미스 애덤스." 다울링 부인이 말했다. "지금 춤추고 있지 않으니 내가 아들과 이야기를 좀—"

"네, 괜찮아요." 앨리스는 중얼댔다.

다울링은 그럴 생각이 없어 보였다. "무슨 일이에요?" 다울링이 물었다. 어머니는 부채로 장난스럽게 아들을 내리쳤다.

"나쁜 아이!" 다울링 부인이 앨리스를 돌아보았다. "프랭크가 엄마 부탁을 들어주러 잠깐 실례해도 괜찮지, 미스 애덤스?"

"무슨 일인데요?" 아들이 다시 물었다.

"아주 좋은 일이 두 가지 있어." 다울링 부인이 말했다. "헨리에타 아버님께서 돌아가시고 처음으로 그 애가 파티에 왔잖니. 다들 헨리에타가 좋은 시간을 보내길 바라고 있어. 게다가 그 애 할아버지가 네 할아버지랑 오랜 친구이시니까—"

"잠시만요!" 아들이 말을 끊었다. "미스 애덤스가 관심을 가질 일이 아니에요, 어머니."

"아까 헨리에타가 나랑 엘라랑 이야기하러 왔어. 네가 같이 춤추고 싶어 한다고 내가 말했단다."

"저기, 어머니!" 다울링이 외쳤다. "그런 건 제가 알아서—"

"그래, 바로 그거야." 다울링 부인이 설명했다. "좋은 기회라고 생각한 것뿐이야. 헨리에타는 대기자가 거의 찼어. 다 차기 전에 네가 신청하면 같이 추겠대. 얼른 가봐야 할 것 같아."

다울링은 얼굴을 붉혔다. "그럴 수는 없어요."

"나쁜 아이!" 그의 어머니가 쾌활하게 말했다. "당장 헨리에타에게 가는 게 좋겠어. 좀 있으면 대기자가 꽉 찰 거야. 그리고 다음 춤은 엘라와 추기로 약속하지 않았니. 그러고 나면 헨리에타에게 물어볼 기회를 놓칠 거야. 미스 애덤스는 물론 이해하겠지."

"괜찮아요." 앨리스가 말했다.

"제가 안 괜찮아요." 다울링이 말했다. "어머니가 나서서 제 춤 상대를 찾아줄 필요가 없다는 걸 이해하셨으면 해요. 전 여섯 살이 아니잖아요!"

그가 너무 발끈한 바람에 다울링 부인은 승리할 방법을 제꺽 알아차렸다. 부부 사이나 부녀 사이에서 그렇듯이 어머니와 아들 사이도 마찬가지다. 남자는 공공장소에서 화를 내고도 그것이 대단한 일이라고 생각하지 않고, 여자가 좀 성내도 크게 마음 쓰지 않을 것이다. 하지만 사람들 앞에서 여자가 울컥한 기색을 보이는 순간 남자는 겁쟁이로 전락한다. 이러한 남자들의 오래된 약점을 여자들은 물론 잘 알고 있다. 그들의 가장 강력한 방어 수단 중 하나

인데, 가끔은 비열하게 쓰이기도 한다.

다울링 부인은 떨리는 목소리로 말했다. "자기 아들에게 이런 말을 듣다니—정말 괴롭구나—그것도 다른 사람 앞에서!"

"이런! 이것 봐요!" 당황한 다울링이 항의했다. "별말 안 했어요, 어머니. 저를 아직도 어린애 취급하신다고 농담한 거예요. 단지—"

다울링 부인은 말을 이었다. "난 그저 네게 좋은 일을 한다고 믿었어. 네가 이렇게 화낼 줄이야."

"어머니, 제발! 미스 애덤스가 뭐라고 생각—"

"그러니까," 다울링 부인이 애처롭게 말을 끊었다. "내가 어떻게 생각하는지는 중요하지 않은 모양이구나."

"아, 정말!"

앨리스가 끼어들었다. 무자비한 다울링 부인은 끝내 자기 뜻을 관철할 것이다. "가보는 게 좋겠어, 프랭크. 진심이야."

"들었지!" 다울링 부인은 외쳤다. "미스 애덤스가 직접 말하잖니! 뭘 더 바라는 거야?"

"아, 이런!" 다울링은 다시 한탄하고 질린 표정으로 앨리스를 돌아보더니 어머니에게 팔을 내주고 끌려갔다. 복도를 지나기도 전에 다울링 부인은 기분이 매우 좋아졌다. 죽상인 아들 옆에서 부인은 방방 뛰듯 걸었고, 눈빛과 푸짐한 얼굴의 모든 굴곡이 행복을 노래했다.

앨리스는 월터를 찾으러 들어갔지만 크게 기대하지 않았다. 냉동 인간들의 파티에서 월터가 과연 무엇을 하는지는 몰라도 그는 감쪽같이 모습을 감추었다. 두리번거렸지만 아무런 실마리도 찾지 못했다. 휴식 시간이 되어 연주자들이 악기를 다시 내려놓자 앨리스는 회양목에 가려진 피난처로 혼자 돌아왔다.

이제 앨리스는 전문가들에게도 까다로운 고난도 기술을 발휘해야 했다. 사실은 혼자지만 에스코트나 파트너가 있는 것처럼 보이는 연기였다. 배우는 오직 몸짓과 표정만을 이용해 파트너가 심부름하러 잠시 자리를 비운 상황을 연출해야 한다. 가능하다면, 그녀가 제법 재미있는 심부름을 시켰다고 사람들이 생각하게 해야 한다. 어쨌든 그녀는 버림받은 게 아니라 자기가 원해서 잠시 혼자 있는 것이다. 금방 돌아올 헌신적인 남자를 기다리는 중이다.

쉼터에 앉고 싶어서 들어온 사람들은 이미 자리를 차지하고 있는 앨리스를 보았다. 앨리스는 빈 의자를 자기 의자 가까이 옮겨놓았고, 옆 의자의 등받이에 팔을 늘어뜨린 채로 레이스 손수건을 들고 있었다. 이런 자세는 선반에 놓인 여행 가방만큼이나 명백히 소유권을 표시한다. 그러고는 다리를 꼬고 앉아서, 한쪽 발로는 땅바닥을 두드리고 다른 다리는 박자에 맞추어 흔들었다. 여기에 앨리스는 훌륭한 디테일을 첨가했다. 앨리스는 마치 당장이라도 터져 나오려는 웃음을 참고 있는 것처럼 아랫입술을 지그시 깨물고 엷은 미소를 지었다. 파트너에게 몹시 엉뚱한 심부름을 시켰는데, 물론 그가 돌아오면 시치미를 떼겠지만 생각만 해도 우스워서 견딜 수 없다는 표정이었다. 척 봐도 모종의 유쾌한 음모가 진행되고 있었다. 앨리스는 은밀한 즐거움으로 눈을 빛내며 딴 곳을 바라보다가, 누군가 쉼터를 차지하러 들어올 성싶으면 자리를 비운 파트너 생각에 웃음을 터뜨릴 것처럼 입술을 실룩였다. 여자들 한두 명이 돌아서면서 의심스러운 눈초리로 앨리스를 힐끔거렸다. 그러나 여자들의 파트너는 일말의 의심도 하지 않았다. 앨리스 애덤스가 대체 얼마나 흥미진진한 일을 벌이고 있나 궁금해하기만 했다. 앨리스는 이 기술을 완벽히 습득했다.

지난 2년간 연마한 덕분이다. 춤출 상대가 없는 충격적인 상황이 처음 닥쳤을 때 앨리스는 스무 살이었다. 앨리스가 열여섯 살이었을 때만 해도 여름 저녁이면 애덤스 부인이 '근방의 훌륭한 자제들'이라고 부른 소년들이 앨리스네 집의 작은 포치와 계단에서 북적대고 뜰에 책상다리하고 앉아 있었다. 열여덟 살 때 앨리스는 소년들을 '좀더 성숙한 청년들'로 대체했다. 당시에 또래 소녀들은 대부분 기숙사나 대학에 가 있었다. 그들은 고향에 돌아와 사교계에 '데뷔'라는 것을 했는데, 이것은 부족 일원 모두가 처녀를 검사할 수 있게 공식적으로 내보이던 고대 관습을 미미하게 되살린 의식이나 다름없다. 앨리스는 고향을 떠나지 않았고 '데뷔'하지도 않았다. 그래서 어쩌면 그런 과정을 거친 소녀들보다 덜 신선하고 광택이 부족해 보였을지도 모른다. 보석은 흰 벨벳 상자에서 처음 꺼냈을 때 가장 빛나 보이는 법이다. 더구나 앨리스는 새로운 충신을 얻는 데 지나치게 열성적이었고, 옛 신하들을 지키려고 너무 친절히 굴었다. 다른 말로, 앨리스는 인기를 너무 일찍 누렸다.

8

잠시 자리를 비운 파트너를 꾸며내는 기법의 단점은, 한 번에 10~15분밖에 쓸 수 없고 하룻밤에 세 번 이상 반복할 수 없다는 것이다. 심지어 두 번째만 되어도 효과가 약해지고 들킬 가능성이 커졌다. 앨리스는 이번 휴식 시간이 지나면 연기를 그만두어야 한다는 걸 알았다. 문 옆에서 웅성대는 파트너 없는 남자들을 초조한 심정으로 은밀히 세었다. 그들 모두 자신에게 춤을 신청했어야 마땅하다고 생각했다. 왜 그래야 '마땅하냐'고 누가 물어보면 딱히 할 대답은 없었지만, 앨리스의 마음속에서는 그들에 대한 원망이 들끓었다.

인기가 많았던 여자는 한 번도 인기를 누려보지 못한 여자보다 이런 상황이 더 괴로운 법이다. 춤이 거듭되는 동안 엘라 다울링은 물감으로 색칠하고 바니시로 윤을 낸 목각 인형처럼 벽에 맥없이 기대어 차분히 앉아 있었다. 엘라처럼 어머니라도 같이 왔으면 목석처럼 앉아 있는 게 쉬울 터이다. 어머니와 함께 파티를 그저 구경하러 온 체를 할 여지가 있다. 자신을 훑어보고 거부한—거부당한 것이 처음도 아니다—남자들과 춤추지 않아도 되었다. '거부당한 것이 처음도 아니다'라는 생각이 가슴을 후비었다. 왜 이번 파티는 다를 거라고 기대했지? 왜 그렇게 허리가 끊어지도록 몇백 송이의 제비꽃을 땄을까?

자신이 꾸며낸 이미지를 유지해야 하는 매 순간 앨리스는 문가에서 얼쩡거리는 얼간이들이 미웠다. 미소를 띠고 있었지만, 벌떡 일어나 그들에게 "야, 이 얼간이들아!"라고 외치고 싶은 격렬한 충동을 느꼈다. 청년들은 손을 주머니에 넣은 채 벽기둥에 기대거나 서로를 마주 보고 실실거리고 있었다. 하나하나가 옷을 꿰입은 못된 고깃덩어리로밖에 보이지 않았다. 너희는 한낱 고깃덩어리보다 나을 게 없다고 말하고 싶었다. 그들이 젊은 왕 같은 기분으로 으스대며 살아가도록 내버려두는 하늘이 원망스러웠다. 청년들은 그야말로 아무것도 안 하면서 시간만 낭비하고 있었다. 내가 아무리 별로라도 시간 때울 수단은 되지 않을까? 못된 고깃덩어리들은 그렇게 생각하지 않는 듯했다. 마침내 그중 한 명이 말을 걸려고 다가왔는데, 앨리스가 혼자 있는 것보다 심지어 더 싫어하는 사람이었다.

"누굴 기다리고 있나, 레이디 알리시아?" 젊은이가 건성으로 물었다. 그녀의 이름을 쉽게 조롱하는 태도가 남자의 모든 것을 대변했다. 덩치가 크고 천박하게 잘생긴 그는 건장하고 활동적이지만 혹독한 훈련을 통해 운동선수로서 성취를 이루지는 않는 남자 중 하나로, 이들은 소년 시절에 비싼 캠프에 가서 사냥과 낚시를 배우기는 한다. 이런 부류를 단번에 알아보게 해주는 가장 확실한 외적 표시는 번지르르함이다. 이들은 요즘에는 콧수염에 브릴리언틴을 바르는 대신 네일숍이나 마사지숍, 혹은 자동차 회사에서 글로스를 산다. 대개 눈이 크고 번들거리지만 이런 것들이 사업에 지장을 주지는 않는다. 다수가 '수완 좋은 사업가'고 큰돈을 번다. 머릿속은 돈과 여자로 꽉 차 있는데, 이 두 가지 상상력이 협동한 덕분에 첫 결혼 상대는 보통 현명하게 고른다. 그러나 시간이 흐르면서 그들은 삶을 더 즐겁게 해줄 듯싶은 젊은 여자에 대해 지나치게 상상하기 시작한다. 결국에는 첫 아내에게 위자료를 잔뜩 남기고 도망간다. 이들은 절대 의도적으로 여자에게 불친절하지 않다. 끝에 가서는 자기가 지닌 재산만큼 가치 있는 삶을 살았다는 착각을 하기 마련이다. 지금 앨리스에게 다가오는 남자는 하비 말론 씨였는데, 말론 씨는 이러한 남성 유형의 발달 초기 단계에 있는 젊은 표본이었다. 헨리에타 램브와 결혼하는 것을 목표하는 말론 씨는 미래의 아내와 다음 춤을 추기 전에 앨리스와 얘기나 하면서 시간을 때우려고 느긋하게 걸어오고 있었다.

앨리스가 못 들은 척 대꾸하지도 않았지만 말론 씨는 빈 의자에 게으르게 털썩 앉았다. 앨리스는 재빨리 손을 치웠다. "이 사람이 돌아올 때까지 앉아도 되지? 싫은 건 아니지, 친구?"

"마음대로 해." 앨리스는 말했다. "앉든 말든 상관없어. 그리고 나를 그렇게 부르지 마."

"이러기야?" 말론 씨는 아랑곳하지 않고 너그럽게 웃었다. "널 한번 찾아가야겠다고 꽤 오랫동안 생각해 왔어. 진짜야. 옛날 이야기를 하고 싶었거든. 네가 어처구니없다고 생각하는 거 알아. 한때는 일주일에 두세 번, 가끔은 더 자주 가다가 아무 말 없이 발길을 끊어서 네가 상처받았다면, 그걸 탓하지는 않겠어. 솔직히 별다른 이유가 없었거든. 중요한 일이 많이 생겨서 시간이 없었어. 하지만 언제 한번 찾아갈게. 진짜야. 물론 너는—"

"착각하지 마." 앨리스는 말했다. "네가 안 오는 것에 대해 생각한 적도 없어."

"자, 자!" 말론 씨는 나른한 눈으로 앨리스를 보았다. "옛 친구한테 삐져서 좋을 게 뭐니? 난 항상 의도는 좋았어." 그가 팔을 뻗어 어깨를 친근하게 두드리려고 했지만 앨리스는 피했다. "이런, 이런!" 말론 씨가 말했다. "성격이 나빠졌네! 옛 친구들을 이제 좋아하지 않아?"

"다 좋아하지는 않아."

"새 남자는 누구야?" 말론 씨가 놀리듯이 물었다. "말해봐, 앨리스. 누구를 위해 의자를 맡고 있어?"

"관심 꺼."

"글쎄, 이 사람이 돌아올 때까지 기다리면 돼. 그러면 누군지 알게 되겠지."

"그 전에 네가 가야 할걸."

"이번에는 네가 이겼다!" 말론은 웃으면서 인정하고 자리에서 일어났다. "음악이 시작하는데 이번 춤은 추기로 했어. 언제 한번 저녁에 찾아갈게." 말론은 걸어가며 어깨 너머로 외쳤다. "진짜야!"

앨리스는 시선도 들지 않았다.

연기를 가능한 한 길게 끌었으나 회양목 사이의 쉼터를 버릴 때가 되었다. 앨리스는 심부름하러 간 파트너가 너무 오래 걸려서 짜증이 난 것처럼 인상을 쓰고 밖으로 나왔다. 앨리스가 나오자마자 이번 춤은 '쉬기로' 마음먹은 커플이 시시덕거리며 자리를 차지했다. 앨리스는 급히 넓은 복도로 나가 더 넓은 홀에서 방향을 틀고, 숄을 맡겨둔 의상실로 얼른 들어갔다.

거울 앞에서 머리를 매만지고 구두 버클을 만지작거리며 최대로 시간을 끌었다. 하지만 방을 지키고 있는 현명한 중년 부인 때문에 무한대로 머무를 수 없었다. "제가 도와드릴 수 있을 것 같군요, 아가씨." 여자가 도와주려고 다가왔다. "버클이 느슨해졌나요?" 앨리스는 다급하게 버클을 잡아당겨 느슨하게 만들었다. 유능한 여자는 실과 바늘을 가져와서 야무지게 버클을 고정했다. 앨리스는 고맙다고 인사하고 나갈 수밖에 없었다.

앨리스는 건너편에 있는 외투 보관실로 갔다. 흑인 하인이 문가를 지키고 있었다. "제 동생을 아시는지 모르겠네요. 월터 애덤스 씨예요." 앨리스가 말했다.

"네, 압니다."

"어디 있는지 아세요?"

"아뇨, 모릅니다."

"동생을 보면 미스 애덤스가 급히 할 이야기가 있어서 찾고 있다고 전해주시겠어요?"

"네, 물론이죠, 물론입니다!"

멀어지는 앨리스를 지켜보는 하인은 어떤 감정 때문에 몸이 터질 것처럼 보였다. 그는 더는 못 참고 방으로 재빨리 들어가 참고 있던 웃음을 터뜨렸다.

월터가 조용히 하라고 야단쳤다. 월터는 방구석의 외투와 모자를 걸어두는 번듯한 칸막이 뒤에 무릎을 꿇고 앉아서 다른 흑인 하인과 주사위 내기를 하고 있었다. 너무 크게 웃으면 게임에 방해가 될뿐더러 자칫하면 냉동 인간들의 주의를 끌 위험도 있었다.

"못 참겠는 걸 어쩌나." 웃던 남자가 말했다. "못 참겠어! 너는 이 도시에서 제일 웃긴 백인이야!"

사람들이 앙코르 연주에 춤추는 동안 앨리스는 문가에서 미적거렸다. 연회장 건너편에서는 어머니 부대가 한담을 나누며 춤추는 딸들을 보고 있었다. 난민이 느낄 법한 용기를 끌어낸 앨리스는 춤추는 커플들 사이를 뚫고 어른들의 영토로 건너갔다. 끄트머리에 앉아 가까운 자리의 부인에게 열심히 말을 걸기 시작했다. 그런 활발함이 익숙지 않은 듯 부인은 시큰둥하게 대답했지만 앨리스는 더욱 명랑하게 말을 이었다. 이제 앨리스는 현명한 중년 여자들과의 대화에 푹 빠져서 춤추자고 조르는 어리석은 젊은이들에게 신경 쓸 겨를이 없는 발랄한 아가씨를 연기하기로 했다.

앨리스가 선택한 부인은 옆자리 아가씨의 생기발랄함에 부담을 느끼고 이따금 관대하게 고개를 끄덕여주었다. 앨리스는 이것에라도 감사해야 했다. 이렇게 앨리스가 회양목 쉼터와 의상실에서 소진한 수단을 대체하며 두 차례 춤을 버텼을 때 프랭크 다울링이 다시 춤을 신청했다.

다울링과 춤춘 다음에는 의상실에서 수선이 필요한 척 연기하지 않아도 되었다. 이번에는 진짜로 수선이 필요했다. 다울링은 의상실 밖에서 기다리다가 앨리스가 나오자 사고가 난 연유를 네댓 번째로 해명했다. "절대적으로 그 사람들 잘못이었어." 다울링이 말했다. "나를 구석으로 몰아넣었잖아. 그 남자 둘 다 파트너를 인도하는 법을 모르더라고. 막무가내로 밀어붙인 다음에 다른 사람들이 알아서 피하길 기대하는 격이지. 샬럿 톰의 초승달 모양 다이아몬드 핀이 네 드레스 뒷면에 걸린 거야—"

"괜찮아." 앨리스는 지친 목소리로 말했다. "이 집 하녀가 고쳐줬어. 별로 눈에 띄지 않는대."

"맞아. 잘 안 보여." 다울링은 답했다. "문제가 있는 티도 안 나. 어디로 갈래? 어머니가 계속 간섭하는 바람에 다음 춤은 다른 사람과 추기로 약속이 돼 있어."

"조지 드레서 부인과 앉아 있었어. 거기로 데려다줘."

다울링이 부인 옆에 데려다주고 떠나자 앨리스는 연기를 재개했다. 다시 두 차례 춤이 지나는 동안 앨리스를 본 사람은 누구나 어른들과의 이야기에 집중하고 있는 명랑하고 영리한 아가씨를 보았다. 음악이 멈추고 앨리스가 눈을 들었을 때 친구 밀드레드가 앞에 서서 아서 러셀 씨를 소개하고 있었다. 러셀 씨는 앨리스에게 춤을 신청했다.

앨리스는 선약이 있는지 기억나지 않는 척 확신 없는 표정을 지었다. 그러나 이번 춤은 약속되어 있지 않다는 것을 곧 깨닫고 고개를 끄덕였다. 앨리스는 훤칠한 남자와 리듬을 타며 빙글빙글 춤췄다. 난감한 상황에서 구해주었다고 파티 주인공에게 고마워하지는 않았다. 파티 주최자는 약혼자에게 부탁해서라도 인기 없는 아가씨들의 춤 상대를 구해주기 마련이다. 아서 러셀 씨가 엘라 다울링과 벌써 춤을 췄으리라고 앨리스는 예상했다.

다른 여자에게 떠맡겨진 약혼자는 이 상황이 불만스러울지도 모른다는 생각이 들었다. 앨리스는 한껏 밝게 미소를 지었지만 러셀 씨에게 할 말이 떠오르지 않았다. 어쩌면 러셀 씨는 자기에게 할 말이 있을지도 모른다고 생각했다. '밀드레드가 내 얘기를 어떻게 했을지 궁금하네.' 앨리스는 생각했다. '아마 이렇게 말했겠지. 자기야, 같이 춤춰줄 여자애가 한 명 더 있어. 그 애가 마음에 들지는 않을 거야. 그래도 춤은 괜찮게 추는 편이고 지금 여기서 몹시 우울해하고 있거든. 이제는 다들 그 애를 기피해.'

연주가 끝났다. 러셀은 요란스러운 악기를 계속 울리라고 부추기는 박수갈채에 합류했고, 밴드가 앙코르를 수락하자 힘주어 말했다. "잘됐네요!"

앨리스는 러셀을 흘끔 보았다. 춤을 추느라 자연스레 몸이 밀착된 자세에서 올려다본 남자의 눈은 친절하고 명랑했다. '모두를 다 좋아하는' 착한 영혼이 틀림없었다. 이런 남자는 엘라 다울링과 춤춘 다음에도 똑같이 '앙코르'를 외치며 손뼉을 치고, 똑같이 상냥한 표정으로 "잘됐네요!"라고 외쳤을 것이다.

앙코르 연주가 끝난 후에야 앨리스는 처음으로 말을 걸었다.

"밀드레드가 당신을 찾고 있을 거예요." 앨리스는 말했다. "제가 있던 자리로 데려다주시는 게 좋겠어요." 남자는 자못 놀란 낌새였다. "가셔야 하면—"

"밀드레드가 기다리고 있을 거예요." 앨리스는 말했다. 그러나 남자의 팔에 손을 얹고 드레서 부인 쪽으로 가던 길에 어쩌면 이 대출을 좀더 활용할 수 있겠다는 생각이 들었다. "혹시—" 앨리스가 운을 뗐다.

"네?" 남자는 즉시 대답했다.

"제 동생 월터 애덤스를 모르시죠." 앨리스는 말했다. "동생이 없어졌는데, 흡연실이나 여자들이 잘 안 가는 그런 곳에 있을 거예요. 괜찮으시면 혹시—"

"제가 찾겠습니다." 러셀은 곧바로 말했다. "함께 춤춰줘서 고마워요. 동생분을 금세 데려오겠습니다."

금세가 아니라 한참 걸릴 것이다. 한편 드레서 부인은 참을성이 바닥났다. 부인은 자신에게 의지하고 있는 아가씨의 명랑한 수다에 마지못해 고개만 살짝 끄덕이거나 건성으로 답했다. 자기가 속한 세계 사람들 눈에 앨리스 애덤스의 보호자로 보일 생각은 추호도 없었다. 부인은 마침내 속뜻을 명확히 표현했다. 앨리스의 말을 끊고 한두 마디 핑계를 중얼대며 벌떡 일어난 뒤에 어른 집단의 핵인 밀드레드의 어머니 옆자리에 앉았다. 앨리스는 난감하기 짝이 없었다. 홀로 남겨진 그녀의 양옆으로 빈 의자들이 몇 개 늘어서 있었다. 연기할 소재도 바닥났다. 하릴없이 앨리스는 의자 팔걸이에 흥미로운 게 있는 척 만지작거렸다.

이때쯤 앨리스는 밀드레드의 남자가 자기 부탁을 완전히 잊어버렸다고 믿었다. '내가 밀드레드랑 친하지 않으니까 그 사람은 월터를 못 찾겠다고 말할 필요도 못 느끼나봐.' 앨리스는 이렇게 생각했다. 그런데 그때 러셀 씨가 월터와 함께 연회장을 가로질러 오고 있었다. 앨리스는 기뻐서 벌떡 일어났다.

"고마워요!" 앨리스가 외쳤다. "얼마나 찾기 힘드셨을까요. 밀드레드가 절 용서하지 않을 거예요. 너무 많은 시간을—"

"괜찮습니다." 러셀은 상냥하게 말하고 남매 곁을 떠났다.

"월터, 한 번만 더 추자." 앨리스는 달래듯이 동생의 팔을 잡고 말했다. "그다음에, 글쎄, 집에 가도 될 거 같아."

그러나 월터는 모욕당한 것처럼 얼굴이 붉으락푸르락했다. "싫어." 월터가 말했다. "기왕 이렇게 오래 있었는데 좀더 기다려서 이 집에서는 어떤 음식을 내놓는지 볼 거야. 그리고 누나!" 월터는 화를 버럭 내며 앨리스를 향해 돌아섰다. "다신 그런 짓 하지 마!"

"그런 짓이라니?"

"날 찾을 때까지 집을 구석구석 뒤질 그런 남자를 내 뒤에 붙이지 말라고! 당신이 월터 애덤스 씨입니까? 이렇게 물어보더군. 여기 있는 사람들을 다 붙들고 똑같이 물어봤겠지! 그 사람이 나를 어디서 찾았는지 누나가 알았으면 저 집요한 남자한테 나를 찾으라고 시키는 일 따위는 두 번 다시 안 할 텐데!"

"어디 있었는데?"

월터는 누나를 벌주려고 말했다. "외투 보관실에서 흑인들이랑 주사위 내기를 하고 있었어."

"그러고 있는데 그 사람이 널 봤다고?"

"장님이 아니라면!" 월터는 말했다. "이리 와. 한 번 더 추지 뭐. 야식은 그다음에 주는 것 같더군. 그러고 나서 집에 가자."

앨리스가 열쇠로 문을 여는 소리를 듣고 애덤스 부인은 급히 계단으로 나와 딸을 맞이했다.

"오는 길에 몸이 젖었니?" 애덤스 부인이 물었다. "즐거웠어?"

"아주 즐거웠어요!" 앨리스는 명랑하게 말했다. 차를 돌려주러 간 월터가 들어올 수 있게 걸쇠를 열어두고, 앨리스는 콧노래를 부르며 어머니를 따라 위층으로 올라갔다.

"좋은 시간을 보냈다니 엄마는 정말 기쁘구나." 앨리스의 방 앞에 도착했을 때 애덤스 부인이 말했다. "넌 그럴 자격이 있어. 정말 잘됐어—"

그 순간 아무런 경고 없이 앨리스는 어머니의 품에 몸을 던지고 크게 흐느끼기 시작했다. 건넛방에서 반쯤 졸고 있던 아버지는 그 소리에 번쩍 깼다.

9

축제의 꿈이 산산이 조각난 날로부터 일주일 후 아침, 애덤스 부인과 딸은 사흘간의 소동, 즉 봄맞이 대청소를 마무리하고 있었다. 애덤스 씨가 오래 앓는 바람에 계속 미루다가 드디어 해치운 것이다. 앨리스는 어머니 방 서랍장 앞에 무릎을 꿇고 앉아서 해진 모슬린 천에 싸인 편지 한 묶음의 먼지를 털다가 생각에 잠겨 손을 멈췄다. 열어놓은 방문 바로 앞에서 복도의 바닥을 닦고 있는 어머니에게 물었다.

"맨 아래 서랍에 있는 오래된 편지들 말인데요. 결혼하기 전에 아빠가 엄마한테 쓴 거 아니에요?"

애덤스 부인이 웃으며 말했다. "맞아. 원래 자리에 넣거나 다락방에 보관하렴. 네가 원하는 대로 해."

"읽어봐도 돼요?"

애덤스 부인은 다시 웃었다. "그러럼. 상당히 우스울 텐데!"

앨리스는 미소로 답하고 묶음 맨 위에 있는 편지를 골랐다. 편지는 '나의 소중한, 아름다운 자기에게'로 시작했다. 이 특이한 단어들에서 눈을 뗄 수 없었다. 입이 떡 벌어지도록 부도덕한 말을 우연히 들었을 때처럼 충격적이었다. 앨리스는 이 구절을 연거푸 되

읽고, 다른 충격을 경험하기 위해 편지를 읽어나갔다.

"나의 소중한, 아름다운 자기에게,

어제 이맘때쯤엔 몹시 우울했어. 기나긴 이틀 동안 당신으로부터 한마디도 못 들었기 때문이지. 하루라도 소식이 안 오면 모든 게 우울해져. 당신의 편지가 드디어 도착했으니 이제 기분이 나아졌고, 당신이 나만큼이나 반길 소식이 있어. 달링, 우리 미래를 바꿀 이 소식을 들으면 놀랄 테니 마음의 준비를 단단히 해. 이런 일이야. 난 입사했을 때부터 사장님이 나와 내가 일하는 방식을 좋아한다는 느낌을 받았어. 이번 출장에 나를 데려가셨을 때 확신이 생겼는데, 이제는 내 예감이 적중했다고 증명되었어. 나는 세상에서 가장 훌륭한 상사를 모시고 있고, 당신도 그렇게 생각하리라고 믿어. 그래, 자기야, 방금 J. A. 램브 씨와 나눈 이야기를 생각해 보면 난 그분을 위해 팔도 잘라드릴 수 있을 것 같아. 그분 덕분에 우리가 함께할 시간을 더는 미루지 않아도 되기 때문이야. 새해부터 나는 잡화 부서의 부장이 될 거야. 봉급이 어떨 거 같아? 1,100달러야! 그래! 아주 멋진 1,100달러 연봉이라고! 이제 당신 어머니도 내가 한 가정을 책임질 능력이 있다는 걸 아시겠지. 이 소식을 들었을 때 당신의 사랑스럽고 아름다운 얼굴에 떠오를 표정이 정말 보고 싶어.

길거리로 뛰쳐나가서 소리를 지르고 춤이라도 추고 싶은 걸 편지를 쓰면서 참고 있어. 그리고 다음 주에 자기를 만나서 함께 이야기할 수 있을 테니까. 아, 달링. 당신 부모님이 우리의 약혼을 미룰 핑계가 더는 없으니까, 이번 크리스마스에는 우리가 한집에서 살고 있을지도 몰라. 당신이 행복해할까?

달링, 이 승진이 모든 걸 해결했어. 우리 미래는 누구 부럽지 않게 밝아. 오랜 기다림 끝에 역경이 끝난 거야. 이제 삶이라는 멋지고 아름다운 것이 우리에게 건네줄 행복을 즐기기만 하면 된다는 사실이 믿기지 않아. 나도 내가 시인이 아니라는 걸 잘 알아. 저번 피크닉 때 당신을 위해 쓰려고 했던 건 끔찍했지. 하지만 내가 당신을 생각하는 방식 자체가 시(詩)야.

이 소식을 어떻게 생각하는지 알려줘. 그래, 나도 알아. 그래도 편지에 써줘. 퇴근하기 전에 당신 편지가 도착하면 집에 가는 전차에서 계속 읽을 수 있을 테니까.

언제나 당신을 사랑하는

버질."

복도에서 어머니가 바닥을 부지런히 닦는 소리가 천천히 다시 들리기 시작했다. 앨리스는 편지를 묶음 위에 내려놓고 모슬린 천으로 싸서 서랍에 다시 넣었다. 편지를 읽는 동안 무릎을 꿇고 앉아 있었던 앨리스는 생각을 잘할 수 있게 무의식적으로 양손을 뒤로 뻗어 바닥을 짚고 편히 고쳐 앉았다. 앨리스의 얼굴에는 경이감이 가득했다.

처음으로 앨리스는 삶이 끊임없이 흘러간다는 사실을 어렴풋이나마 인지했다. 젊은이들은 흐르는 물을 영원한 얼음으로 착각한다. 시간이 어느 한 시점에 멈춰 있다고 믿는다. 어떤 이들을 머리칼이 짙고 어떤 이들은 금발이며, 또 어떤 이들은 처음부터 머리가 잿빛이었다고 생각한다. 여태껏 앨리스는 자신이 태어나기 전에도 세상이 항상 존재해 왔다는 걸 믿지 못했다. 모든 것을 자신의 배경으로만 여겼다. 달은 여름밤에 그녀의 미모를 한층 부각하는 조명일 뿐이었다.

이 오래된 편지를 읽으며 앨리스는 젊은 사랑이 아득한 옛날에 뿜은 별빛이 아직도 반짝이는 것을 보고 충격을 받았다. 눈앞에 부모님의 한평생이 아슴푸레하게 나타났다. 그들은 한때 젊었으나,(그들이 젊었던 적이 실제로 있었다) 젊음이 흔적도 없이 사라진 탓에 편지에 찍혀 있는 모습은 사라진 젊음을 풍자하는 것에 그치는 듯했다. 앨리스 또한 그런 변화를 거칠 것이고, 지금 그녀에게 세상 최고로 중요해 보이는 것들이 그때 가서는 무의미해질 터이다.

그날 오후에 앨리스는 청소를 마치고 아버지 방에 들어갔다. 애덤스의 병세가 많이 호전되어서 미스 페리의 도움이 더는 필요 없었다. 애덤스는 잠옷 위에 아내의 숄을 걸치고, 닫아놓은 창문 옆에 등받이가 긴 의자를 놓고 앉아 있었다. 날씨는 온화했지만 창문을 닫고 플란넬 숄을 걸쳐도 충분하지 않았다. 그는 앨리스의 낡은 코바늘 목도리를 어깨에 두르고 두꺼운 담요로 다리를 덮고 있었다. 이렇게 포대기에 싸여 눈을 감고 있는 애덤스의 숱 없고 희끗희끗한 머리가 베개에서 아주 조금 도드라졌다. 그는 늙고 작고 기묘해 보였다.

앨리스가 조용히 다시 나가려고 했지만 애덤스는 눈을 감은 채로 말했다. "가지 마라, 아가. 아빠와 잠시 앉아주렴."

앨리스는 의자를 가져왔다. "낮잠 주무시는 줄 알았어요."

"아니, 나는 낮잠을 거의 안 잔다. 이따금 떠다닐 뿐이지."

"떠다니다니, 무슨 뜻이에요, 아빠?"

애덤스는 딸을 멍하니 바라보았다. "음, 글쎄. 이런저런 장면이 떠오른단다. 뒤죽박죽 섞이기도 하지. 과거의 일과 미래의 일, 그러니까, 앞으로 어떻게 할지 계획 같은 거 말이다. 이렇게 여러 장면이 섞이는 게 나한테는 낮잠 비스름한 거야. 그때 잠깐 조는 거 같다."

앨리스는 아버지의 손을 잡고 토닥였다. "앞으로 어떻게 할지 계획한다는 게 무슨 뜻이에요?" 앨리스가 물었다.

"다시 일할 수 있게 되면 뭘 해야 하나, 그런 거 말이다."

"그건 계획이 필요 없잖아요." 앨리스는 재빨리 말했다. "램브 컴퍼니의 아빠 자리로 돌아가실 거예요."

애덤스는 눈을 감고 무거운 한숨을 내쉴 뿐 대꾸하지 않았다.

"왜요, 물론 그렇게 하실 거예요!" 앨리스는 외쳤다. "무슨 말씀을 하시려는 거예요?"

천천히 고개를 돌려 딸을 보는 애덤스의 눈빛은 지쳐 있었다. "그날 네가 파티에서 돌아왔을 때 들었다." 애덤스는 말했다. "뭐가 문제였는지 알아."

"아니, 아빠는 몰라요." 앨리스가 말했다. "아빠는 전혀 몰라요. 아무 문제 없었거든요."

"울음소리를 내가 못 들었을 거 같니? 아무 문제 없었으면 왜 울었니?"

"그냥 신경이 곤두서서 그랬어요, 아빠. 정말 괜찮았어요."

"됐다." 애덤스가 말했다. "네 엄마가 말했어."

"말하지 않기로 나랑 약속했는데!"

이 말에 애덤스는 슬피 웃었다. "네 엄마가 먼저 말하지 않았더라도 네가 그렇게 속상해하는 소리를 듣고 내가 안 물어보겠니?

아빠를 속일 필요 없다. 뭐가 문제인지 알아."

"제가 바보같이 징징댄 게 유일한 문제예요." 앨리스는 반대했다. "게다가 한바탕 쏟아낸 덕분에 훨씬 나아졌어요."

"어떻게 나아졌는데?"

"제가 뭔가 해야겠다고 결심했어요, 아빠."

"네 엄마는 그렇게 생각하지 않는 것 같아." 애덤스가 처량하게 말했다. "네 엄마는 우리 부모가 나서서 뭔가 해야 한다고 믿어. 글쎄, 난 잘 모르겠다. 모르겠어. 요즘 세상은 모든 게 달라진 거 같구나. 앨리스, 넌 항상 착한 딸이었다. 주변 여자애들만큼 누릴 자격이 있어. 네 엄마가 하는 말 중에서 이것만큼은 사실이야. 문제는—" 애덤스는 미안해하며 머뭇거리다 말을 이었다. "문제는—네게 그런 것들을 어떻게 주냐는 거지."

"아니에요!" 앨리스는 외쳤다. "바보들이 저와 춤추고 싶어 하지 않았다는 이유로 그렇게 소란을 피우면 안 됐어요. 물론 월터 때문에 창피했던 것도 있죠. 월터는 정말 나빠요."

"이런, 이런!" 애덤스는 한탄했다. "그건 그냥 자연스레 해결되게 내버려둬야 할 것 같다. 자립한 열아홉, 스무 살짜리 남자애를 어떡하니? 회초리를 들 수도 없고 집에 가둘 수도 없잖니. 알아서 철이 들기를 바랄 수밖에."

"물론 월터는 파티에 가기 싫어했어요." 앨리스가 이해하려고 노력하면서 설명했다. "저랑 엄마 때문에 억지로 가야 했으니까 그애는 제가 이기적이라고 생각했겠죠. 그래서 자기가 원하는 대로 재미있게 놀 권리가 있다고 생각했고요. 하지만 끔찍한 건, 걔가 그러고 있는데—러셀 씨라는 분이—"

앨리스는 참으려고 했지만 기억이 되살아나자 목이 메었다.

"그래, 창피한 일이지." 애덤스가 동의했다. "창피하지. 이런!"

앨리스는 곧바로 감정을 추스르고 명랑한 표정으로 돌아왔다. "몇 년 후에는 아마 기억도 안 날 거예요! 사건이 벌어졌을 당시에 느끼는 것만큼 계속해서 큰 의미가 있는 일은 별로 없어요."

"글쎄—때로는 그렇지."

"생각해 봤어요, 아빠. 제가 뭔가 해야 할 거 같아요."

"어떤 거 말이니?"

앨리스는 꿈꾸는 표정이었지만 분명히 진지했다. "별 볼 일 없는 사람으로 남는 대신 뭔가 해야겠어요. 제가—" 앨리스는 말을 멈췄다.

"뭐니, 아가?"

"사실은 하고 싶은 게 하나 있어요. 제가 잘할 거라고 믿어요."

"그게 뭐니?"

"배우가 되고 싶어요. 제가 연기력이 좋다는 걸 알아요." 그 말을 듣자마자 아버지는 뜻밖에도 웃음을 터뜨리고 힘없이 쿡쿡댔다. 놀라는 한편 기분이 상한 앨리스가 왜 웃었냐고 따졌지만 애덤스는 "아무것도 아니야, 아가. 갑자기 딴 게 생각났어."라고 말하며 대답을 회피했다. 앨리스는 끈질기게 캐물어서 대답을 받아냈다.

"네 말을 들으니까 네 엄마 동생 플로라가 생각나서 그랬어. 네가 어렸을 때 죽은 이모 말이야." 애덤스는 말했다. "자기가 무대에 오를 거라고, 멋진 배우가 될 자신이 있다고 입에 달고 살았지. 그런데 어느 날은 네 엄마가 갑자기 자기가 배우를 해야 했다고, 재능이 있다는 걸 항상 알고 있었다고 하는 게 아니니. 둘이 누가 더 좋은 배우가 될 건지를 두고 말다툼까지 벌였단다. 아빠는 너무 웃겨서 복도로 나가서 웃어야 했어!"

"아빠가 틀렸을지도 몰라요." 앨리스는 심각하게 말했다. "만약 두 분 다 그렇게 느꼈다면 집안에 재능이 있다는 증거일지도 모르잖아요. 전 항상─"

"아니다, 아가." 애덤스가 마지막으로 킥킥대며 말했다. "네 엄마랑 플로라는 다른 수많은 여자와 마찬가지였어. 내가 아는 여자 가운데 열에 아홉은 다 자기가 기회만 있었으면 훌륭한 배우가 됐을 거라고 믿을 거다. 나쁠 거 없지. 그런 상상을 하면서 즐거울 수 있고, 상상한다고 누구한테 해가 되는 것도 아니니까."

그러나 앨리스는 기분이 몹시 상했다. 며칠이나 그녀는 자신의 천부적인 재능으로 이룰 성공을 계속 상상했던 것이다. 세부적인 계획을 세우거나 첫 단추를 어떻게 끼울지 고민하진 않았다. 앨리스의 상상은 이런 단계를 훌쩍 뛰어넘었다. 상상 속에서 이 불친절한 도시의 모든 빌보드에 그녀의 이름이 걸렸다. 그녀는 나이는 지금 그대로이지만 매우 유명했으며 파리에서 주문한 옷을 입고 개인 승용차를 타고 다녔다. 상상에서 가장 즐거운 부분은 물론 밀드레드와 나누는 가상의 대화였다. 이 상상은 특히 실감 나서, 앨리스는 양측 모두의 표정을 적절히 얼굴에 띠고 대사를 입속말로 읊었는데, 때로는 심지어 소리 내어 말하기도 했다. "아니, 당신을 잊지 않았어요, 러셀 부인. 꽤 즐거운 마음으로 당신을 기억한답니다. 제가 기억하기로, 그 우스운 옛날에 당신은 미스 파머였지요. 친절하시군요. 당신의 아담한 집에 저를 초대하고 싶은 마음은 감사히 받을게요. 당신 말마따나 모임을 하면 옛 친구들과 재회할 수 있겠죠. 하지만 저는 그런 촌구석에서 별 영감을 찾을 수 없답니다. 이렇게 말했다고 섭섭해하진 않으시겠죠. 자꾸 부탁하지 말아주세요. 예술가의 시간은 그녀만의 것이니까요. 물론 당신은 이해하기 힘들겠지만—"

앨리스는 이렇게 반짝이는 상상으로 지루한 시간을 빛냈다. 아버지와 대화를 마치고 나갈 때까지 앨리스는 겉으로는 한껏 명랑한 척했지만, 마음은 흐물흐물한 케이크를 먹은 것처럼 우울감으로 무거워지고 있었다. 아버지는 연기에 문외한이었고, 앨리스도 그 사실을 알았다. 그런데도 왠지 아버지가 순진하게 미심쩍어하고 우스워하는 모습이 그녀의 빛나는 계획을 거의 무산시켰다. 이런 일은 늘 생기는 듯했다. 앨리스는 끊임없이 이런저런 즐거운 상상을 했으며 그것들은 전부 금테를 두른 오색찬란하고 반짝이는 상상이었지만, 다른 누구의 시선이 닿기만 해도—심지어 그녀를 사랑하는 아버지조차—모든 영롱한 이미지가 색이 바래고 시시해졌다. "이런 게 인생인가?" 앨리스는 자문하면서, 그 질문이 자기만의 독창적인 것이라고 철석같이 믿었다. "현실과 딴판이고 결코 이룰 수 없는 것들을 상상하다 끝나는 게 인생인가? 근사한 일들은 다른 사람들에게만 생기지. 왜 나한테만 그런 일이 안 생길까?"

밤새 지속된 침울한 기분은 이튿날 오후에 시내로 아버지 심부름을 나갈 때도 여전히 남아 있었다. 다시 담배를 피우기로 한 애덤스의 심부름을 가는 것이었다. 아버지가 알려준 큰 가게에 들어가 싸구려 담뱃잎을 사면서 앨리스는 수치심과 모멸감을 느꼈다. 그래서 앨리스는 어처구니없는 상황을 넓은 아량으로 받아들이고 있다는 분위기를 풍김으로써, 자신이 쇠약해진 충성스러운 늙은 하인을 위해 담배를 사러 온 상황을 연출하려고 했다. 앨리스를 도운 점원의 무덤덤한 태도로 미루어 이런 정교한 연기는 불필요했다. 그래도 앨리스는 담배를 외투 주머니에 넣으며 희미한 미소를 띠고 이렇게 말했다. "좋아할 것 같아요. 그 사람이 좋아하는 담배라고 들었어요." 앨리스는 집에서 부리는 아일랜드인 하인이나 늙은 흑인이 기뻐할 모습을 상상하며 흡족해하는 관대한 귀부인 연기를 계속하며 가게를 나갔다. 그러나 복잡한 길가로 나오자마자 앨리스의 얼굴에서 웃음기가 싹 가셨다.

담배 가게 옆 건물의 입구는 계단으로 통했고, 음산하고 어두운 입구 위로 금박 글자가 적힌 지저분한 간판이 걸려 있었다. 간판은 건물 위층에 프링크 비서 학교가 있으며, 이 학교는 일반인에게 '실용 수학, 장부 관리, 속기술, 타자 기술 등 사무업과 관련된 각종 훈련과 개인 교습'을 제공한다고 광고했다.

앨리스는 걸음을 멈추었다. 이토록 충격적이고 거북한 것은 난생처음이라는 듯이 눈살을 찌푸리고 간판을 쳐다봤다. 그러나 간판은 번잡한 골목에서도 눈에 확 띄었다. 앨리스는 시내에 나올 때마다 거의 항상 이 간판 아래를 지나갔으며 한 번도 무심코 지나치지 않았다. 모호한 불안감이 깃든 표정으로 간판을 올려다본 것도 처음이 아니었다.

건물은 변화무쌍한 도시가 현대적이라고 부를 만하지 않았다. 입구를 통해 인도에서도 보이는 먼지투성이 목조 계단은 위로 갈수록 뿌연 어둠에 덮이며 사라졌다. 이 계단을 오르는 여자의 발걸음도 슬프게 잊히겠지, 앨리스는 생각했다. 잊히는 것은 죽음만큼이나 영원하고 무시무시했다. 발치에 떨어지는 낙엽처럼 을씨

"배우가 되고 싶어요. 제가 연기력이 좋다는 걸 알아요."

년스러운 그림이 5월 하늘을 배경으로 아른거렸다. 타자기를 두드리다 시들어가는 예쁜 아가씨들. 목살이 늘어진 남자들의 말을 받아쓰는 노처녀들. 앨리스는 노처녀 속기사의 모습을 수없이 다양하게 상상했다. 수많은 노처녀의 이미지가 눈앞을 스쳤다. 이 계단 앞을 지나갈 때마다 그랬다. 여자들의 모습은 제각기 달랐으나 모두 그녀와 어딘가 닮은 구석이 있었다.

앨리스는 그곳을 끔찍하게 여기면서도 걸음을 서두르거나 시선을 피하지 않았다. 불쾌하면서도 눈을 잡아끌고, 묘하게 꾸중하는 듯한 그것이 과연 무엇인지 알아내려 하지도 않았다. 상념에 잠긴 채 걷던 앨리스는 집 방향 거리로 접어들자마자 깜짝 놀랐다. 아서 러셀이 뒤에서 급히 쫓아오고 있었다. 앨리스가 돌아보자 러셀이 모자를 치켜들며 인사했다.

"북쪽으로 가십니까, 미스 애덤스?" 러셀이 물었다. "함께 걸어도 괜찮을까요?"

앨리스는 썩 내키지 않았지만 반가운 척하며 웃었다. "그러면 좋겠네요!" 앨리스는 외치고 어여쁜 손을 살짝 흔들었다. 자기가 담배 가게에서 나오는 모습을 남자가 봤을지도 모른다는 생각이 문득 들었다. 앨리스는 웃으며 말했다. "어이없는 심부름을 나왔어요!"

"어떤 겁니까?"

"아버지를 위해 시가를 사러 왔어요. 아버지가 안타깝게도 편찮으세요. 또 어쩌나 까다로우신지 몰라요. 하지만 제가 시가에 대해 뭘 알겠어요?"

러셀이 웃었다. "글쎄요, 뭘 아시나요? 가격을 보고 고르셨나요?"

"설마요!" 앨리스는 외치고, 외치고 난 다음에야 생각난 말을 덧붙였다. "아버지가 원하는 종류의 이름을 적어주셔서, 쪽지를 가게 점원에게 보여줬어요. 전 발음하지도 못했을 거예요."

10

말하는 동안 앨리스의 손은 주머니 속의 작은 담배쌈지에 닿아 있었다. 안절부절못하는 손 아래에서 담배쌈지가 항의하는 것 같았다. 앨리스는 왜 자신이 아서 러셀 씨한테 이런 이야기를 꾸며내고 있는지 의아했다. 월터가 지루한 시간에 무엇을 하고 있었는지 러셀 씨가 안다는 사실이 물론 부끄럽고 속상했다. 그러나 러셀 씨가 아니라 다른 누구라도 마찬가지로 속상했을 것이다. 앨리스는 러셀이 밀드레드의 남자라는 것을 알게 되자마자 '개인적인 관심'을 뚝 끊었다. 이제껏 앨리스는 자기와 관련된 것이 아니면 흥미를 느껴본 적이 없는데, 스물두 살짜리에게는 특이한 경우가 아니다.

러셀 씨는 '임자 있음'이라는 간판을 달고 있는 것이나 매한가지였다. 앨리스가 러셀을 보는 눈길은 식당에서 '예약' 표시가 놓여 있는 테이블을 보는 사람과 비슷했다. 조금 시큰둥한 그 눈길은 테이블을 단숨에 스쳐 지나간다. 이미 확실한 소유주가 있는 산등성이를 불만스럽게 훑어보다가 그 산 너머 주인 없는 땅을 찾는 투자자의 눈길과도 같았다. 물론 투자자가 정직한 경우에만 해당하는데, 앨리스는 주인 표시가 있다면 남의 것을 넘보지 않았다.

비록 러셀에게 관심은 없었지만 앨리스는 습관대로 행동했다.

아버지의 시가를 사러 나왔다는 이야기를 왜 지어냈는지 의아해하면서도 말라카 지팡이를 당당하게 들고나오지 않은 것을 내심 후회했다. 반사적으로 앨리스는 발랄해졌다.

"당신이 피울 시가를 사는 거라고 점원이 오해했을지도 모릅니다." 러셀이 말했다. "당신을 스페인의 백작 부인 정도로 생각했을지도요."

"확실히 그랬을 거예요!" 앨리스는 명랑하게 동의했다. 그러고는 '스페인의 무희'를 연기하는 것처럼 〈라팔로마〉의 소절 한두 마디를 흥얼거리며 캐스터네츠를 치듯 손가락을 튕기고 몸도 조금 흔들었다. "당신이라면 그렇게 생각하셨을까요?" 앨리스가 흉내를 마무리하며 물었다.

"저요? 물론입니다." 러셀이 말했다. "당신이 어떤 사람으로 보이길 원하든지 저는 믿었을 겁니다."

"말을 참 잘하시네요!" 앨리스는 웃으면서 외쳤지만 진심으로 놀라서 그를 흘깃 보았다. 무언가를 묻는 눈빛으로 자신을 보고 있는 러셀의 눈에 생생한 즐거움이 가득했다. 앨리스는 또 한 번 놀랐고, 러셀 씨와 마주친 것이 이제는 진심으로 기뻤다.

러셀 같은 남자와 함께 걷는 건 더더욱 즐거웠다. 앨리스는 러셀 씨를 '전반적으로 상당히 눈부신 사람'이라고 표현했을 것이다. 훤칠한 키와 까무잡잡한 피부와 마른 체격은 물론 회색 양복과 중절모자, 깨끗한 갈색 구두도 좋았다. 느긋하게 지팡이를 흔드는 모습 또한 매력적이었다.

"제가 말실수를 했습니까?" 러셀이 물었다. "스페인 백작 부인이라는 이미지가 마음에 안 드시나요?"

"그게 아니에요." 앨리스가 설명했다. "방금 말씀하시길—"

"당신이 어떤 사람으로 보이길 원하든지 전 믿었을 거라고 했죠. 그래도 괜찮을까요?"

"경우에 따라 다르지 않을까요?"

"물론 당신이 무엇을 원하느냐에 따라 달라지겠죠."

"아니에요!" 앨리스는 웃었다. "달라질 조건은 참 많아요."

"예를 들면?"

"글쎄요—" 앨리스는 망설였다. "밀드레드요!"라고 말하고 싶은 짓궂은 충동을 느꼈지만 결국 그렇게 말하지 않기로 했다. 밀드레드네 집에서 러셀이 도와준 상황이 떠오르자 들뜬 기분이 가라앉았다. "제가 어떤 사람으로 보이고 싶은지에 대해 말하니까 생각나네요." 앨리스는 말했다. "저를 어떻게 보셨을까, 그날 밤 이후 줄곧 궁금했어요! 유감스럽게도 저를 전문 도박꾼의 누이로 보셨겠죠!"

러셀의 친절한 표정이 실제 성격을 나타낸다는 것을 앨리스는 알게 되었다. 러셀은 곧바로 친근한 웃음을 터뜨리며 그녀를 안심시켰다. "동생분이 제가 어디서 찾았는지 말했군요? 그때는 표정을 관리했습니다만 나중에 웃음을 터뜨리고 말았습니다. 저 혼자 있을 때요. 동생분은 뭐랄까, 참 독창적인 친구라는 생각이 들었어요. 흑인들과 어울리는 거 말입니다."

"월터는 정말 독창적이에요." 남동생의 별난 행동을 바라보는 새로운 관점이 마음에 든 앨리스는 더욱 그럴싸하게 만들고자 충동적으로 말했다. "참 특이하죠. 러셀 씨가 오해하셨을까봐 걱정했어요. 월터는 그 사람들과 관련된 흥미로운 이야기를 곧잘 해요.

흑인들한테 접근해서 이런저런 이야기를 들으려고 노력한답니다. 밀드레드네 집에서 당신이 그 애를 찾으셨을 때도 바로 그러고 있었던 거예요. 같이 주사위 놀이를 하면 그 사람들이 흉금을 터놓는대요. 우리 가족은 월터가 언젠가 그들에 대한 소설을 쓸 거라고 믿어요. 상당히 문학적이거든요."

"당신은요?" 러셀이 미소를 지으며 물었다.

"저요? 아—" 앨리스는 양손을 매력적으로 추어올리고 난처해하는 손짓을 하며 말했다. "아, 저는 그냥 저예요!"

러셀은 가볍게 손사래 치는 손을 흐뭇하게 바라보다 생기 넘치는 발그스레한 얼굴로 시선을 옮겼고, 개암빛 눈과 작고 예쁜 코, 그리고 사랑스러운 표정이 절정을 이루는 아랫입술을 깨문 미소를 보았다. 이토록 톡톡 튀고 간절한 여자는 처음이었다.

밀드레드와 정반대였다. 밀드레드는 간절한 것과 거리가 멀었고 튀고 싶은 충동이 들면 곧바로 자제했다. "맹세컨대!" 러셀이 말했다. "당신은 정말 다르군요!"

그 말을 듣자 앨리스의 마음속에서 도저히 억누를 수 없는 짓궂은 용기가 치솟았다. 앨리스는 미소를 띠고 반짝이는 눈으로 러셀을 바라다보았다.

"누구랑 다르다는 거죠?" 앨리스가 물었다.

"모든 사람과요!" 러셀이 말했다. "독심술을 하나요?"

"왜요?"

"당신이 밀드레드와 다르다고 생각한 걸 어떻게 아셨죠?"

"왜 제가 알았다고 생각하세요?"

"알았잖아요!" 러셀이 말했다. "제가 무슨 생각을 했는지 당신은 알았어요. 당신이 알았다는 걸 저는 알아요."

"맞아요." 앨리스는 담담하게 인정했다. "우리가 순식간에 친해진 것 같네요!"

러셀은 앨리스의 명랑한 모습에 느끼는 호감을 고스란히 표현했다. "맹세컨대!" 러셀이 다시 외쳤다. "처음 봤을 때부터 당신이 이런 사람일 거라고 생각했어요!"

"그게 어떤 사람이죠? 저와 춤추라고 밀드레드가 부탁했을 때 제가 어떤 사람인지도 말하지 않았나요?"

"밀드레드는 그런 부탁을 하지 않았습니다. 제가 당신을 찾았어요. 당신이 부인들과 이야기를 나누고 있을 때, 당신이 누구냐고 제가 먼저 물어봤어요."

"그럼 밀드레드가―" 앨리스는 튀어나오려던 말을 삼켰다. "그래서 밀드레드가 뭐라고 했어요?"

"그냥 미스 애덤스라고만 했습니다. 그래서―"

"그냥 미스 애덤스요?" 앨리스는 그의 말을 끊었다.

"네. 그래서 소개해달라고 부탁했죠."

"그렇군요. 부인들 틈에서 저를 구출하기로 하셨나봐요."

"아니요. 밀드레드가 같이 춤추라고 부탁한 아가씨들로부터 저 자신을 구출하려고 했죠. 미스 다울링이라는 분과―"

"딱해라!" 앨리스가 부드럽게 말했다. 밀드레드가 매우 신중하게 행동했으며 자기방어 차원에서 그녀의 신중함은 납득할 만하다는 생각이 곧바로 들었다. 아서 러셀 씨는 상상 이상으로 반응이 좋은 남자였다.

"러셀 씨. 그러면 제게서 받은 첫인상 말고는 저에 대해 아무것도 모르셨다는 말씀인가요?"

"네, 하지만 제가 받은 인상이 정확하다는 걸 알아요."

"어떤 인상을 받았는지 아직 말하지 않으셨어요."

"당신의 지금 모습을 그대로 느꼈습니다."

"설명이 명확하진 않군요. 조금 전에 제가 밀드레드와 다르다고 했을 때는 좀더 분명히 표현하신 것 같은데요. 유감스럽게도, 그 말은 과연 사실이에요!"

"저는 그렇게 말한 적이 없습니다." 러셀이 말했다. "그렇게 생각만 했는데 당신이 제 생각을 읽어버린 거죠. 당신이 남자의 생각을 읽을 수 있는 여자라고 첫눈에 느꼈어요. 그나저나 밀드레드와 다른 게 왜 유감스럽죠?"

앨리스의 매끄러운 손짓은 밀드레드를 그리는 듯했다. "밀드레드는 완벽하잖아요. 완벽하게 완벽해요! 실수도 하지 않아요. 모두가 그 애를 우러러보죠. 그래요. 우리 모두 밀드레드를 흠모해요! 보통 사람들보다 훨씬 높은 곳에 있는, 거대하고 고귀하고 차가운 조각상 같아요. 밀드레드는 심술궂거나 앙큼한 일도 거의 안 해요. 좀스러운 책략을 꾸미는 일도, 제가 아는 사람 중에서는 밀드레드가 제일 드물어요. 그리고—"

러셀이 혼란스러워하는 표정으로 끼어들었다. "완벽하게 완벽하다고 하셨잖습니까. 그런데 책략을 꾸미기는 한다는—"

앨리스는 남자의 무지가 귀엽다는 듯이 웃었다. "남자들은 참 우스워요!" 앨리스가 말했다. "물론 여자라면 누구나 그런 일을 때때로 해요. 제 경력만 돌이켜봐도 그래요. 뻔뻔한 음모의 연속인걸요! 제 말은, 밀드레드가 다른 여자들과 비교했을 때 완벽하게 완

115

벽하다는 뜻이었어요."

"그렇군요." 러셀은 말했지만 생각할 시간이 필요한 듯했다. 이윽고 러셀이 물었다. "당신은 어떤 앙큼한 일을 하나요?"

"저요? 아, 가장 고약한 짓들이죠! 저는 대부분 사람이, 특히 이 동네 남자들이 너무 지루해요. 지루하다는 티도 내죠."

"저라면 그걸 앙큼하다고 하지 않겠습니다."

"그 사람들은 그렇게 말해요." 앨리스는 웃었다. "그 탓에 인기가 없어졌어요! 여기 남자들이 싫어하는 행동을 많이 하거든요. 예를 들어 저는 파티에서 하찮은 남자와 춤추느니 지혜로운 부인들과 이야기를 나누는 편이 훨씬 즐거워요. 실제로 그렇게 하고요."

"하지만 춤출 때 즐거워 보이시던데요. 저와 함께 춘 어떤 여자보다 춤을 잘—"

"그런 아부에 넘어가지 않아요." 앨리스는 말했다. "더구나 저와 비교할 상대로 밀드레드가 엘라 다울링밖에 주지 않았잖아요."

"아닙니다." 러셀이 주장했다. "다른 아가씨들과도 춤을 췄어요. 물론 밀드레드와도요."

"물론이죠. 그걸 잊었네요. 음—" 앨리스는 말을 멈췄다가 다시 시작했다. "전 반드시 춤을 잘 춰야 해요."

"왜 그런 의무감을 느끼죠?"

"아버지가 수많은 춤 선생님들에게 지불한 수업료를 생각하면요! 별별 명망 높은 선생님을 다 만났어요. 이래서 딸들에게 아버지가 필요한가봐요. 그렇지 않아요? 딸들에게 돈을 쏟아붓도록?"

"설마—" 러셀이 흠칫하며 말을 시작했다. "설마 그런 일을—"

앨리스는 러셀의 생각을 눈치채고 쾌활하게 대답했다. "설마요,

아니에요! 제가 때로 망사만 걸치고 분수 주위를 서른 번 돌다가, 앙코르에 대한 화답으로 팔을 뱀처럼 배배 꼬는, 그런 일을 할까 봐 걱정하셨군요."

"독심술이라고 그러지 않았습니까!" 러셀이 외쳤다. "그런 일을 하시나 걱정하는 척한 겁니다."

"척이라고요? 그 말은 좀더 친절하군요. 아니요. 전 무희가 되는 것에는 열정이 없어요."

"그럼 어떤 일에 열정이 있으십니까?"

"지금은 잘 모르겠어요. 물론 흔한 열정이 하나 있었죠. 여자라면 누구나 한 번쯤 품는 그거 말이에요."

"그게 뭔가요?"

"세상에, 러셀 씨. 여자라면 누구나 자기가 연기에 천부적인 소질이 있다고 믿는 시절이 있다는 걸 모르세요? 그렇다면 세상 물정에 훤한 남자라고 볼 수 없겠어요. 여자에 대한 보편적인 법칙 중에서 유일하게 예외가 없는 거죠. 여자들이 전부 배우를 꿈꾼다는 말은 아니에요. 다들 자기가 시도만 했다면 훌륭한 배우가 됐을 거라고 믿는다는 거죠. 심지어 밀드레드도요. 물론 밀드레드는 그런 속마음을 털어놓지 않을 거예요. 밀드레드를 세상 누구보다 잘 알아야만 그런 면을 발견할 수 있어요."

"그렇군요." 러셀이 말했다. "여자들은 남자는 여자를 이해하지 못한다고 늘 말하죠. 하지만 어쩌면—"

앨리스는 그의 말을 이어받았고, 러셀은 텔레파시처럼 느껴지는 기민한 응답에 다시 한번 매료되었다. "물론 여자들끼리는 서로 잘 이해해요!" 앨리스가 외쳤다.

"그런 것에 관해서는 비밀을 지켜야 해요. 남자들 눈앞에서 벌어지는 일들 말이에요!"

"왜 남자들에게 얘기해주지 않죠?"

"그럴 수 없어요."

"의리 때문인가요?"

"아뇨. 여자들끼리는 도둑보다 의리가 없어요, 러셀 씨. 우리 여자들이 서로를 상대로 꾸미는 계략을 남자들에게 말하지 않는 건, 말해봤자 소용없어서예요. 어차피 남자들을 겨냥한 계략이 아닐 뿐더러 남자들은 사랑스럽게 내숭 떠는 고양이에 약하잖아요."

"남자들을 겨냥한 계략은요?"

"아, 그거요!" 앨리스는 웃었다. "우리는 그것들이 제법 귀엽다고 생각해요!"

"브라보!" 러셀은 외치고 지팡이 끝으로 길바닥을 두드렸다.

"무엇을 위한 브라보였나요?"

"당신입니다. 방금 당신이 한 말은 돛대에서 펄럭이는 검은 깃발 같았어요."

"아니에요. 예쁜 꽃밭에 꽂힌 소박한 팻말에 불과해요. '신사분들, 조심하세요!'"

"과연 조심해야겠네요." 러셀은 정중하게 말했다.

"고마워요! 하지만 꽃밭 전체를 조심하라는 뜻이었어요!" 그리고 앨리스는 거의 사라졌던 말꼬리를 도로 끌어왔다. "밀드레드도 예외가 아니라는 말이 진짜인지 아닌지 본인한테 직접 물어봐서는 절대 알아내지 못할 거예요." 앨리스가 말했다. "당신에게 털어놓지 않을 거예요. 밀드레드는 고백하는 성격이 아니거든요."

그러나 러셀은 앨리스가 무슨 이야기를 다시 시작하는 건지 이해하지 못했다. "밀드레드도 예외가 아니라고요?" 러셀이 흐리멍덩하게 물었다. "무슨 말인지 이해가―"

"밀드레드도 자기가 마음만 먹었으면 대단한 배우가 됐을 거라고 믿는 여자 중 하나라고요. 하지만 당신이 물어보면 밀드레드는 이렇게 대답하겠죠. '말도 안 돼요!' 밀드레드는 최고로 사랑스럽고 훌륭하지만, 직접 물어봐서는 그 애에 관해 많이 알아내지 못할 거예요."

친척이 화제로 오를 때면 어김없이 그렇듯 러셀의 표정이 진지해졌다. "그렇게 생각해요?" 러셀이 물었다. "밀드레드가 혹시―"

"아니요. 꼭 밀드레드가 솔직하지 않아서가 아니에요. 다만 밀드레드는 높은 기대에 부응해야 하잖아요. 특출난 여자가 되어야 한다는 부담이 얼마나 크겠어요." 앨리스는 멈춤 없이 말을 이어나갔다. "제가 배우가 되려는 열정에 사로잡혔을 때를 보셨어야 해요! 방에서 혼자 줄리엣을 연기했어요." 앨리스는 간청하듯이 우아하게 팔을 들고 음악 같은 어조로 읊었다.

"달에 대고 맹세하지 말아요. 달은 변덕스러워요.

한 달 내내 그 둥근 모습을 바꾸는걸요.

당신의 사랑이 혹시나―"

앨리스는 조금 과장된 몸짓과 함께 연기를 뚝 멈추고, 길게 뻗은 양손의 엄지와 검지를 튕긴 다음에 웃으면서 말했다. "아빠가 얼마나 놀리셨는데요! 고작 열다섯 살이었으니까 다행이에요. 후년에는 훌훌 털어버렸어요."

"열정에 사로잡혔던 게 당연합니다." 러셀이 말했다. "아름다운 연기였어요. 왜 대사를 끝마치지 않았죠?"

"어떤 거요? '당신의 사랑이 혹시나 그렇게 변할까' 이 부분 말이에요? 러셀 씨도 아시겠지만 이 구절은 줄리엣이 로미오를 두고 한 말이에요. 만난 지 얼마 되지도 않았는데. 남자가 변심할까 봐 너무 일찍 겁먹은 것 아닌가요!"

그녀의 동행은 다시 깊은 생각에 잠겼다. "맞습니다." 러셀은 동의했지만 앨리스의 말이 마음을 다소 어지럽힌 듯 착잡한 표정이었다. "맞아요. 그런 것 같네요."

러셀의 표정을 힐끔 본 앨리스는 대담한 충동이 떠미는 대로 말했다. "너무 걱정하지 마요." 앨리스는 장난스럽게 말했다.

"당신 이야기가 아니에요. 『로미오와 줄리엣』일 뿐이에요."

"이거 봐요!" 러셀이 외쳤다. "또 마음을 읽으려고 했군요? 그게 통하지 않을 때도 있다는 걸 알아야 합니다!"

앨리스는 허물없는 사이처럼 가까이 몸을 기울였다. 그들은 천천히 걷고 있었다. 이 친밀한 몸짓으로 인해 두 사람의 어깨가 살며시 맞닿았다. "제 독심술이 싫으신가요?" 맞닿은 어깨 너머로 앨리스가 물으며 문득 애틋한 미소를 지었다. "불쾌하나요?"

러셀은 고개를 가로저었다. "아니요." 러셀이 진지하게 말했다. "오히려 유쾌합니다. 하지만 '신사분들, 조심해요!'라고 경고하는 것 같군요."

앨리스는 가식을 떨다 들킨 사람처럼 거침없이 뻔뻔한 웃음을 터뜨리고 곧바로 몸을 떨어뜨렸다. "멋져요!" 앨리스는 앞을 가리켰다. "우리가 헤어질 시간이에요. 저의 누추한 집에 거의 도착했어요. 우스꽝스러운 집이죠. 하지만 아버지가 저 집에 애착을 느끼셔서 우리 가족은 교외에 번듯한 집을 지을 희망을 버렸답니다. 아버지는 우리가 다른 것에는 사치해도 이해하시면서 당신의 소중한 낡은 집은 한 군데도 못 바꾸게 하세요. 어쩔 수 없죠!" 앨리스는 걸음을 멈추고 손을 내밀었다. "아듀!"

"혹시." 러셀은 망설이다 끝내 물어봤다. "제가 잠깐 같이 들어가도 괜찮을까요?"

"오늘은 안 돼요." 앨리스는 황급히 말했다. "다음번에—" 앨리스는 말을 멈췄다.

"언제요?"

"거의 아무 때나 괜찮아요." 앨리스는 몸을 돌려 집으로 이어지는 곁길로 들어섰다. 러셀은 기다리고 있었다. "원하시면 저녁에 오셔도 돼요." 앨리스가 돌아보고 말했다.

"곧이요?"

"오고 싶으실 때 바로요!"

앨리스는 손을 흔들고 집 안으로 뛰어 들어갔다. 그리고 창가에 숨어서 러셀이 걸어가는 모습을 훔쳐보았다. 우아하고 여유롭게, 러셀은 지팡이의 움직임으로 들뜬 심정을 표현하며 빠르게 걸었다. 그러나 레이스 커튼의 들쑥날쑥한 구멍 사이로 훔쳐보는 앨리스의 얼굴에는 들뜬 기색이 없었다. 집에 들어와 현관문을 닫자마자 반짝이는 생기가 사라졌다. 또다시 앨리스는 가족들에게 익숙한, 단순하고 가끔 우울해하는 아가씨가 되었다.

"밖에 무슨 일이니?" 어머니가 식사실에서 나오며 물었다.

"별일 아니에요." 앨리스는 돌아보고 무덤덤하게 말했다. "러셀 씨라는 분을 시내에서 만나서 같이 걸었어요."

"러셀 씨? 아, 밀드레드와 약혼했다는 그분?"

"글쎄, 잘 모르겠어요. 별로 약혼한 남자처럼 보이지 않던데요."
앨리스는 생각에 잠긴 말투로 덧붙였다. "적어도 완전히 약혼한 사
람 같지는 않았어요!"

앨리스는 위층으로 뛰어 올라가 아버지에게 담배를 주고 파이
프를 채워준 후, 담배에 불을 붙이는 그를 토닥였다.

11

그러고 나서 앨리스는 자기 방으로 들어가 삼면 거울 앞에 앉았다. 앨리스는 방에서 딱히 할 일이 없으면 거의 항상 이 거울 앞에 앉았다. 개가 자신의 구석 자리로 가듯이 거울 앞 의자로 직행하는 것이었다.

앨리스는 앞으로 몸을 기울이고 옆모습을 관찰했다. 심각한 표정이었다. 한참 동안 거의 꼼짝하지 않고 바라보던 앨리스는 항시 준비된 무대, 즉 자기 얼굴에 극적인 장면을 연출하기 시작했다. 명랑함, 조롱, 의심, 상냥함, 함께 있어서 즐거운 표정, 숨기고 있는 사랑을 고백하는 표정 따위를 처음에는 옆모습으로 관찰하고 '얼굴의 4분의 3'이 보이는 각도에서 되풀이했다. 이어서 얼굴을 정면으로 보고 다시 표정을 연습했다.

이런 식으로 앨리스는 아서 러셀과의 재회를 소재로 하는 장난스러운 극본의 개요를 썼다. 그러다 좀 전에 러셀 앞에서 꾸며낸 모습을 떠올리고 문득 심각해졌다. '절친'을 깎아내린 것에 대해서는 아무런 가책을 느끼지 않았다. 사실 앨리스는 자신이 밀드레드의 본모습을 정확하고 곧이곧대로 러셀 씨에게 보여주었다고 믿었다. 하지만 그에게 진짜가 아닌 앨리스 애덤스를 보이려는 충동은 왜 느낀 걸까?

러셀에게 한 말 대부분이 즉흥적으로 떠올라 입에서 곧바로 튀어나왔다. 그렇지만 앨리스는 마치 내면에 숨어 있는 자아가 그런 말을 미리 신중히 계획하고 있다가 자신의 목적대로 그녀가 쓰도록 냉큼 건네준 것처럼 느꼈다. 내면의 자아는 러셀의 마음에 거짓되고 화려한 이미지를 심으려는 속셈을 품고 있는 듯했다. 그러나 러셀이 그것에 매혹된다면 그건 앨리스 애덤스에게 끌린 게 아니며, 앨리스에 대해 생각하는 것도 아니다. 그런데도 앨리스는 러셀을 다시 보면 자기가 화려하게 색칠한 거짓 앨리스를 보여주리라는 것을 알았다. 방금 거울 앞에서 바로 그것을 연습했다. '내가 왜 이러지?' 앨리스는 자문했다. '왜 그런 거짓말을 하지? 왜 나의 진짜 모습을 보여주지 않을까?' 그러다 앨리스는 생각했다. '내 진짜 모습이 과연 뭐지?'

앨리스의 시선이 거울 속 진지한 눈에 머물렀다. 점점 깊어지는 의구심에 동요한 입술이 속삭였다.

"너는 대체 누구니?"

방금까지만 해도 눈앞의 환영은 민첩한 노예처럼 복종했다. 그러나 앨리스가 완전히 가만히 있자 환영은 앙심을 품은 거울처럼 그녀를 조롱하기 시작했다. 거울에 비친 공허한 두 눈 뒤에서 기이한 것들의 핵심이 모여 형태를 갖추며 실제로 존재하는 것처럼 느껴지기 시작했다. 그것이 무엇인지 감별할 수 있다면, 그건 바로 이해할 수 없는 목적으로 거짓된 이미지를 꾸며내 앨리스에게 건네준 비밀스러운 자아일지도 모른다. 그게 무엇이든지 간에, 돌연 기괴하고 오싹하게 느껴졌다. 앨리스는 몸서리치며 벌떡 일어나 방의 다른 곳으로 갔다.

잠시 후 앨리스는 조용히 휘파람을 불면서 얇은 코트를 옷장 속 나무 옷걸이에 걸었다. 별난 생각이 들었다. 이 생각을 불러일으킨 조금 전의 경험보다 더 색달랐다. 앨리스는 이런 생각을 하는 중이었다. '난 정말 특이해!' 앨리스는 자신의 독창성에 제법 자부심을 느꼈다. 이날 방에 들어와 한 생각들이나 거울 속에서 기이한 존재감을 느끼고 놀란 경험이나 전부 자기가 처음일 거라고, 세상 그 누구도 그런 적이 없으리라고 믿었다. 이 사소한 사건이 그녀에게 미친 영향은 흡족하게 골몰하는 표정에서 훤히 드러났다. 자기가 세상 그 누구와도 다르다고 믿을 만한 이유를 발견한 여느 아가씨에게서나 볼 수 있는 표정이었다.

앨리스의 얼굴을 물들인 옅은 홍조는 저녁 식사 시간에도 은은하게 빛났다. 식탁 맞은편에서 월터는 그것을 보고 잘못 해석했다. "뭐 때문에 그렇게 자기만족을 하고 있어?" 월터는 다 안다는 듯이 덧붙였다. "내가 누나 봤어. 아주 깜찍하던데!"

"어디서 봤는데?"

"시내에서."

"오늘 오후에 말이니, 월터?"

"응, 오늘 오후에 말이야, 월터." 월터는 앨리스의 목소리를 흉내 내고, 적어도 자기 기준에서는 꽤 비슷하다고 느꼈는지 흐뭇하게 웃었다. "누나는 날 못 봤지. 이를 뽑을 수 있을 정도로 가까이 지나갔는데도 못 봤어. 아주 바빴거든. 누나가 남자를 꼬실 때처럼 바삐 움직이는 사람은 본 적이 없어. 와, 손을 가만히 두지를 않더라! 손에 한가득 공기를 쥐고 있는 것처럼 말이야! 그래서 누나가 지금 왜 그렇게 들떠 있는지 아는 거야. 그 거물이랑 같이 있는 거 봤어."

애덤스 부인이 인자하게 웃었다. 부인은 월터가 놀리면서 하는 말이 싫지 않았다. "그러면 어떠니, 월터?" 어머니가 물었다. "젊은 신사가 누나한테 관심을 보였다고—"

월터는 컹컹거리다 낄낄거렸다. "와, 잠시만요!" 월터가 말했다. "어머니가 헷갈리셨어요. '관심을 보이는' 쪽은 누나였어요. 누나가 관심을 보인 사람이 누군지도 난 알아요."

"그래." 그의 누이가 조용히 대꾸했다. "그분이 누구인지 네가 모를 수가 없지, 월터."

월터는 짜증을 냈다. "아직도 그 소리야!" 그가 투덜댔다. "나는 열이 뻗치면 얼굴 한 방 갈기고 바로 잊어버리는 여자가 좋더라. 그나저나 러셀이라는 사람이 누나의 다정하고 사랑스러운 옛 벗 밀드레드의 남자친구라고 들었는데, 그 사람이랑 바짝 붙어 다니면서 뭐 하는 거야?"

애덤스 부인은 아들을 부드럽게 나무랐다. "어머, 월터!"

"신경 쓰지 마세요, 엄마." 앨리스가 말했다. "비뚤어진 사람들 눈에는 모든 게 비딱해 보이는 법이에요."

"웃기네!" 월터는 끄떡없이 반박했다. "회사에서 러셀이라는 남자에 대해 다 들었어. 조 램브는 말이 하도 많아서 할아버지 사업을 다 말아먹지 않을까 싶어. 우리 졸개들을 모아놓고 온종일 자기 이야기만 늘어놓거든. 조가 말하길, 러셀이란 남자는 파머네 친척인가 뭐 비슷한 건데 자기 재산이 꽤 있대. 파머의 신탁 회사에 투자할 거고, 파머가 그 사람한테 부사장 자리를 줄 거래. 재산을 가

문 안에 지키는 거라고 하더군."

애덤스 부인은 골똘히 생각하는 표정이었다. "무슨 말인지 잘 모르겠구나." 부인이 말을 시작했다.

"왜요, 러셀이란 남자가 밀드레드랑 결혼하기로 되어 있어요." 아들이 설명했다. "파머가 죽으면 사위 러셀이 가볍게 그 자리를 꿰차는 거죠. 러셀은 땡잡은 거예요. 그 사람한테서 손 떼는 게 좋을 거야, 누나. 잃을 게 별로 없는 사람을 고르면 성공할 확률이 더 높을걸."

애덤스 부인은 여전히 생각에 잠겨 있었다. "하지만 러셀 씨도 부유하다고 하지 않았니, 월터."

"자기 재산이 있다고 조 램브가 말했어요. 얼마나 있는지는 모른대요."

"글쎄, 그러면—"

월터는 특유의 웃음소리를 냈다. "그만두세요." 월터가 말렸다. "누나는 4등도 못 할 거예요."

앨리스는 자기 것이 아닌 수집물에서 표본 하나의 가치를 가늠하는 표정으로 무심히 동생을 보고 있었다. "그래." 앨리스가 냉정하게 말했다. "넌 진짜 천박하구나, 월터."

식사를 마친 월터는 자리에서 일어나 식탁을 돌아서 앨리스에게 왔다. 다정하게 어깨를 두드렸다. "우리 착한 누나!" 월터가 말했다. "솔직히 말하는데 누나는 4등도 못 할 거야. 나라면 그런 경주에 끼지도 않아. 누나 본심을 알아차리자마자 냉동 인간들이 누나를 몰아낼걸."

"월터!" 어머니가 다시 나무랐다.

"뭐, 저는 누나 동생이잖아요." 웬일로 월터는 진솔하게 말하는 듯했다. "저는 누나를 좋아해요. 하지만 솔직히, 가끔 안쓰러워요."

"그나저나 대체 왜 이러니?" 앨리스가 외쳤다. "딱 한 번 만난 잘 알지도 못하는 남자랑 내가 시내에서 같이 있었다고 이러는 거야? 왜 이렇게 헛소리하는데?"

"왜?" 월터는 싱긋 웃으며 말했다. "누나가 그렇게 시동 거는 걸 본 적 있으니까 그렇지." 월터가 문 앞에서 멈췄다. "오늘 밤에는 데이트 없어. 누나가 원하면 영화관에 데려가줄게."

앨리스는 냉담하게 거절했다. "고맙지만 됐어."

"가자." 월터는 자기가 할 수 있는 한 가장 사근사근하게 말했다. "냉동 인간들이랑 있을 때보다 훨씬 즐겁게 해줄 기회를 줘. 영화 보고 춥수이도 사줄게."

"됐다고."

"그래." 월터는 대꾸하고 경박하게 손을 흔들어 인사했다. "이발사가 말한 대로야. '좋은 조언일수록 더 낭비되는 법.' 안녕!"

앨리스는 어깨를 으쓱했다. 하지만 잠시 후 현관문이 꽝 닫히는 소리가 집 안에 울리자 고개를 저으며 다시 생각했다. "같이 갈 걸 그랬나봐요. 쟤가 친구라고 부르는 끔찍한 사람들한테서 적어도 하룻밤이라도 떼어놓을 수 있었을 텐데."

"월터는 착한 아이야. 엄마는 믿어." 애덤스 부인이 달래듯이 말했다. 앨리스나 남편이 월터에 대해 걱정할 때마다 부인이 하는 말이었다. "엉뚱한 면이 있고 아주 이상한 버릇이 생겼지만 그건 우리가 월터한테 다른 젊은이들 같은 기회를 주지 못해서야. 착한 아이라는 건 확실해."

식사 후 설거지를 할 때 부인은 옆에서 접시의 물기를 닦는 앨리스에게 다시 한번 이 화제를 꺼냈다. "물론 월터가 우리 지역의 반듯한 젊은이들과 다시 어울릴 기회가 완전히 사라지진 않았어." 부인이 말했다. "우리가 경제적으로 뒷받침해줄 수 있으면 말이야. 그 애들은 전부 차가 있고 컨트리클럽의 회원이고―"

"그만해요, 엄마." 딸이 부탁했다. "말해서 무슨 소용이에요?"

"소용이 있을 수 있어." 애덤스 부인은 우겼다. "네 아빠가―"

"하지만 아빠는 못 하세요."

"할 수 있어."

"어떻게요? 아빠 나이에 거의 평생 한 일을 그만두고 있을지 없을지 확실치도 않은 기회를 찾아 헤맬 수는 없다고 하셨어요. 물론 저도 아빠 말이 옳다고 생각해요!"

애덤스 부인은 가슴속 해묵은 한을 떠올리며 한층 거칠어진 손길로 접시를 씻었다. "그래." 부인이 말했다. "네 아빠는 물론 그렇게 말했겠지만 사실이 아니야. 아빠도 그걸 안다."

"엄마, 어떻게 그게 사실이 아니에요?"

"아빠는 방법을 알거든!"

"무슨 방법요?"

애덤스 부인이 고개를 쳐들었다. "아빠한테 대책 없이 직장을 그만두라고 말할 정도로 엄마가 어리석다고 생각하니, 앨리스? 아빠 표현대로 아빠가 '헤매고 다니길' 원하는 것 같아? 물론 그건 미친 짓이야. 아빠가 램브 컴퍼니에서 아무리 못 벌어도, 다른 일을 찾는다는 가능성 하나만 믿고 그만두라고 할 정도로 엄마가 어리석지는 않다. 세상에, 앨리스. 엄마도 생각이 있다는 걸 한 번쯤

129

은 믿어주면 안 되니!"

앨리스는 혼란스러웠다. "가능성 말고 뭐가 있어요? 저는—"

"엄마는 알아." 어머니가 단호하게 말을 잘랐다. "아빠는 마음만 먹으면 우리를 부자로 만들 수 있어. 아빠가 가장이라면 마땅히 지녀야 할 책임감을 느꼈다면 우리는 오래전에 부자가 됐을 거야."

"뭐라고요? 대체 어떻게—"

"너도 나만큼 잘 알아." 애덤스 부인이 속상해하며 말했다. "아빠가 쓰러지기 바로 전 일요일에 엄마를 어떻게 대했는지 너도 기억하지 않니."

애덤스 부인은 기억을 떠올리며 거친 손길로 접시를 계속 씻었다. 어머니의 말을 이해한 앨리스는 침울하게 조소했다. "또 풀 공장 이야기군요!" 앨리스가 외쳤다. "정말 바보 같아!" 앨리스는 다시 웃음을 터뜨렸다.

흔히 자식들은 부모의 원대한 계획을 깔본다. 풀 제조 공장을 시작하면 마법처럼 하루아침에 부자가 될 거라고 굳게 믿는 어머니의 말을 앨리스는 한 번도 진지하게 받아들이지 않았다. 귀에 못이 박히도록 들은 황당한 이야기로 취급했다. 앨리스가 열다섯 살이었을 즈음 어머니는 다소 소심하고 애매하게 '풀 공장'에 관한 이야기를 이따금 꺼내기 시작했는데, 그때마다 아버지는 몹시 화를 냈다. 그리고 몇 년 동안 이 황당한 이야기는 다시 입에 오르지 않았다. 딸이 없을 때 애덤스가 폭발했기 때문이었는지도 모른다. 그런데 작년부터 애덤스 부인은 조용히 이 주제로 돌아가 간간이 암시하기 시작했고, 그와 더불어 남편의 짜증도 함께 다시 불러일으켰다. 앨리스가 지루해하면서 이해한 바로는, 어머니는 아버지

130

가 풀 공장을 매입하거나 설립하기를 원했는데 아버지는 그 제안이 비현실적임은 물론 모욕적이라고 여겼다. 부모는 자식들이 없는 자리에서만 이 주제로 싸웠지만 이따금 앨리스는 언쟁의 끝자락을 들었다. 아버지는 고함치다가 자리를 박차고 나가면서 상스러운 단음의 욕설로 충격을 남겼고, 어머니는 심란한 표정으로 잠자코 있었다. 앨리스는 들볶임을 당하는 아버지가 딱했다. 그래서 지겨운 말싸움이 재개된 이유를 묻자 어머니는 시무룩하게 아리송한 말로 대답했다. "아빠는 할 수 있어. 마음만 먹으면 말야." 앨리스는 어머니가 풀 공장에 집착하는 이유를 이해할 수 없었다. 앨리스의 관점에서 풀 공장을 운영하는 아버지는 딱히 근사하지 않았고, 램브 컴퍼니에서 일하는 아버지보다 나을 것도 없었다. 또한 사업의 수익 가능성에 대해서는 어머니보다 아버지가 잘 알겠거니 생각했는데, 아버지는 풀 제조에 전망이 없다고 확신하는 듯했다. 아버지가 괴로운 대화 끝에 이렇게 고함치는 걸 들었기 때문이었다. "당신이 죽고 내가 죽는 날까지 계속 지껄여봐! 나는 그런 식으로는 한 푼도 벌 수 없어!"

말다툼이 쌓여 최고조에 다다른 적이 있었다. 애덤스가 앓아눕기 전 일요일에 앨리스가 교회에서 돌아오니 어머니는 아래층에서 겁에 질려 흐느끼고 있고 아버지는 발소리가 쿵쿵 울릴 정도로 위층에서 시끄럽게 오가고 있었다. 끊임없이 되풀이하는 욕설도 함께 들렸다. "저 여편네! 빌어먹을 여편네!"

애덤스 부인은 자신이 '지겨운 풀 공장'을 들먹인 탓에 싸움이 벌어졌다고 딸에게 고백했다. 남편이 광폭하게 으박지르는 바람에 그 이야기를 평생 다시 꺼내지 않겠다고 맹세한 것도 말했다.

앨리스는 웃고 말했다. '풀 공장'이라는 아이디어는 지루하기만 한 게 아니라 터무니없었다. 이에 대한 어머니의 집착은 사람들이 가장 가까운 이들에게서 이따금 발견하는 불가해한 괴팍함이었다. 하여간에 일요일의 소동이 풀 공장 이야기에 마침표를 찍은 듯했다. 한 시간 뒤에 애덤스는 평소와 다르게 명랑한 얼굴로 밥을 먹으러 내려왔다. 앨리스는 아버지가 화를 낸 덕분에 집안에서 풀 공장 소리가 쏙 들어갔다고 다행스럽게 여겼다. 그리고 이날 일을 잊어버렸다. 그러나 금요일 오후에 애덤스는 위대한 J. A. 램브, 즉 그의 오랜 고용주의 차에 실려 왔다.

아버지의 기나긴 병치레 동안 적어도 앨리스는 '풀 공장'을 잊고 있었다. 하지만 어머니가 그 골칫거리를 여태 마음속에 품고 있던 것을 알아차린 지금, 부엌에서 울리는 앨리스의 웃음소리에는 조롱과 더불어 슬픔이 깃들어 있었다. "그 터무니없는 생각은 이제 버린 줄 알았어요, 엄마." 앨리스가 말했다.

애덤스 부인은 서글프게 웃었다. "물론 넌 터무니없다고 여기겠지. 젊은이들은 아무것도 모르면서 죄다 터무니없다고 하니까."

"세상에!" 앨리스가 외쳤다. "저도 끔찍한 풀 공장에 대해서는 뭘 좀 알 정도로 지겹게 들었어요."

"아니." 어머니가 차분히 답했다. "넌 아무것도 못 들었어."

"못 들었다고요?"

"그래. 네 아빠랑 내가 너희 앞에서는 말하지 않았으니까. 넌 이야기 끝에 아빠가 성질내는 소리만 들었지. 네가 집에 왔는데도 아빠가 감정 조절을 못 해서야. 엄마는 항상 조용하지 않았니? 내가 계속 말한 적 있어?"

"아뇨. 없는 거 같아요. 하지만 엄마, 다시는 그 이야기를 안 꺼내 겠다고 아빠한테 약속했는데, 지금 말하고 있잖아요."

"네 아빠 앞에서 이야기를 안 꺼낸다고 약속했지." 애덤스 부인 이 부드럽게 말했다. "내가 지금 아빠한테 말하고 있지는 않잖니?"

"하지만 엄마가 저한테 말하는 걸 보니까, 또 나중에 아빠 앞에 서 들먹일까봐 걱정돼요. 엄마는 속에 있는 말을 해야만 직성이 풀 리잖아요. 그러다 아빠를 또 흥분하게 하면―"순간 앨리스는 깨달 음으로 눈을 빛내며 말을 멈췄다. "아!" 앨리스가 외쳤다. "알겠다!"

"뭘 알겠다는 거니?"

"아빠한테 이미 그러고 있었군요!"

"한마디도 안 했어!"

"아니에요!" 앨리스가 외쳤다. "한마디 안 했어도 결국 그 소리 였어요! 그 얘기를 직접적으로 하지는 않았지만, 아빠한테 직장을 옮기라고, 더 나은 기회를 찾으라고 보채는 게 결국은 지긋지긋한 풀 공장을 시작하라는 거잖아요! 아빠가 화낼 거라는 것도 알면서 요. 엄마가 엄숙하게 맹세까지 한 마당에요! 말은 안 했지만 넌지 시 내비친 거예요. 아빠도 엄마 속마음을 읽었겠죠."

애덤스 부인은 물이 넘치는 설거지 대야 속에서 손을 기계적으 로 계속 움직이며 딸 쪽으로 고개를 돌렸다. "앨리스." 어머니가 떨 리는 목소리로 말했다. "내가 날 위해 그러니?"

"네?"

"내가 날 위해 그러냐고? 내가 원하는 게 있다고 생각하니? 내 생각만 했다면 아빠 지금 봉급으로 충분히 만족할 거라는 걸 몰 라? 내가 편하게 살려고 이러는 거 같니? 나는 하녀도 필요 없다.

살림하는 것에 불만 없어. 자식들이 없었으면 난 네 아빠를 위해 평생 기꺼이 요리하고 청소하고 빨래하고 다림질했을 거야. 아무 불만 없이. 엄마는 요리도 살림도 잘 못하고 잘하는 게 없지. 하지만 우리 둘만 있었으면 괜찮았을 거야. 불평은 단 한마디도—"

"아, 정말!" 앨리스가 한탄했다. "대체 왜 이래요?"

"이것 때문이야." 애덤스 부인은 울음을 삼키고 말했다. "너랑 월터는 새로운 세대고, 너희 세대 사람들이랑 똑같이 혜택을 누려야 해. 불쌍한 월터. 너한테 영화를 보고 중국 음식을 먹으러 가자고 했지. 그게 자기가 해줄 수 있는 전부니까. 그 딱한 애가 어떻게 망가지고 있는지 엄마가 모르는 거 같니? 네가 겪는 일들을 엄마가 이해하지 못할 거 같아? 그리고 위층의 저 남자를 생각하면—" 애덤스 부인이 흥분하며 목소리가 커졌다. "저 사람의 고집 때문에 내 자식들이 누릴 권리가 있는 기회를 뺏기고 있다고 생각하면, 네 아빠가 미친 사람처럼 굴어서 어쩔 수 없이 한 같잖은 약속 때문에 내가 가만히 있을 거 같아? 그럴 수 없어! 절대 못 해! 자기 자식들이 굶고 있는데 아빠 되는 사람이 풍요의 뿔을 옷장에 감춰두는 걸 보고만 있을 엄마는 없어!"

"세상에!" 앨리스가 항의했다. "우리가 굶고 살진 않잖아요?"

애덤스 부인은 흐느끼기 시작했다. "굶는 거나 마찬가지야. 오늘 오후에 집 앞에 온 청년과 함께 걷고 나서 네가 얼마나 행복했는지 엄마가 못 봤을 거 같아? 우리가 잘살았으면 그 남자가 밀드레드 파머 같은 애를 거들떠보겠어? 그 애 아빠랑 사업을 할 거 같니, 만약 네 아빠가—"

"정말, 엄마. 엄마는 월터보다 더 심해요. 난 그 사람을 잘 알지도 못해요. 말도 안 되는 소리 그만해요!"

"그래, 난 항상 '말도 안 되지.'" 애덤스 부인이 울먹였다. "그저 울기만 하지. 네 아빠가 풍요의 뿔을—"

앨리스는 쓸쓸하게 웃으며 말을 끊었다. "풍요의 뿔이라니! 제발 정신 차려요. 엄마 상상 속에만 존재하는 풀 공장이 어떻게 풍요의 뿔이에요? 제발 합리적으로 생각하세요!"

"풍요의 뿔이 될 수 있어!" 눈물을 글썽이며 애덤스 부인은 주장했다. "정말이야! 넌 아무것도 몰라."

"그래요, 들어볼게요." 앨리스는 지친 목소리로 회의적으로 말했다. "이해할 수 있게 설명해줘요. 어떻게 그 생각을 하게 됐어요?"

애덤스 부인은 대야에서 손을 빼고 수건으로 물기를 닦은 뒤에 손수건으로 눈가를 두드렸다. "네 아빠는 마음만 먹으면 재벌이 될 수 있어." 부인이 조용히 말했다. "재벌까지는 아니라도 지금보다는 훨씬 더 많이 벌 수 있단다."

"네, 그 이야기는 전에도 들었어요, 엄마. 풀 공장을 하면 돈을 벌 수 있다고요. 제 질문은 이거예요. 어떻게요?"

"어떻게? 풀을 만들어서 팔아야지. 뭐 좀 붙이려고 하면 대부분 풀이 얼마나 형편없는지 너도 알지? 성능 좋은 풀처럼 찾기 힘든 것도 없어. 시장에 나오기만 하면 저절로 팔릴 거야. 글쎄, 네 아빠는 세상에서 제일 잘 붙는 풀을 만들 줄 알아."

앨리스는 관심이 없었다. "그래서요? 풀은 누구나 만들 수 있잖아요."

"너는 아무것도 모른다고 했지. 그건 아무나 못 만들어. 하지만 네 아빠는 제조법을 알아."

"그게 뭐예요?"

"기밀 제조법이야. 어디에 써놓지도 않았어. 부르는 게 값이야."

"부르는 게 값이라고요?" 여전히 미심쩍어하며 앨리스가 말했다. "그러면 아빠는 왜 제조법을 팔지 않았어요?"

"그걸로 아무것도 안 한다고 고집을 부리니까!"

"아빠가 그걸 어떻게 손에 넣었어요?"

"네가 태어나기 전이란다. 우리가 결혼한 직후였어. 그때는 나도 별생각 없었어. 너희가 크면서 집에 돈이 얼마나 필요한지 알아차렸기 때문에—"

"알았어요. 그런데 아빠가 그 제조법을 어떻게 알게 됐냐고요?" 앨리스는 숨겨진 보물의 가능성에 좀더 관심이 생겼다. "아빠가 개발했어요?"

"부분적으로." 애덤스 부인은 딴생각에 빠져 멍하니 답했다. "아빠랑 다른 분이 공동으로 개발했어."

"그 다른 분은—"

"죽었어."

"그분 가족들은—"

"유족이 없는 거 같아." 애덤스 부인이 말했다. "어쨌든 그 제조법은 네 아빠 거야. 적어도 다른 누구보다는 네 아빠에게 권리가 있어. 그 제조법으로 무엇이든 할 권리가 있단다. 아빠가 엄마 말만 들으면 우리 모두 편히 살 수 있어. 아빠도 그걸 알아!"

앨리스는 안쓰러워하며 고개를 저었다. "불쌍한 엄마!" 앨리스가 말했다. "성공할 가능성이 없다는 걸 아빠가 아시니까 그러셨겠죠. 그게 아니면 오래전에 무언가를 하셨을 거예요."

"했을 거라고?" 어머니가 소리쳤다. "네가 아빠를 얼마나 모르는지 알겠구나!"

"불쌍한 엄마!" 앨리스는 다시 달래듯이 말했다. "엄마 말이 사실이라면, 그건, 그건 아빠가 제정신이 아닌 거예요!"

애덤스 부인이 흥분하여 격하게 동의했다. "네가 아빠에 대해 딱 한 번 맞는 말을 하는구나. 바로 그거야! 우리가 부엌에서 노예처럼 일하고 있는데 네 아빠는 고집을 부리고 앉아서—자기가 손가락 하나만 까딱하면 우리가—"

"아이참!" 앨리스가 웃었다. "손가락 하나만 까딱해서 어떻게 풀 공장을 세워요."

비유를 트집 잡을 때가 아니라고 부인이 말하려는 순간 초인종이 울렸다. 부인은 대답을 미룰 수밖에 없었다. "누구지?" 소리 내어 궁금해하는 부인의 얼굴이 금세 밝아졌다. "혹시 러셀 씨가?"

"아니요, 오늘 저녁에는 안 올 거예요." 앨리스가 말했다. "아마 위대한 J. A. 램브 씨겠죠. 보통 목요일에 아빠가 어떤지 물어보러 오잖아요. 내가 갈게요."

앨리스는 생각에 깊이 빠진 표정으로 앞치마를 벗어 던지고 현관으로 갔다. 애매하게 풀 공장에 대해 생각하며, 정말 거기에 '무언가' 있는지 궁금해하고 있었다. 기밀 제조법의 가치에 대한 어머니의 말이 사실이라면—하지만 앨리스의 생각은 거기서 멈췄다. 어차피 아버지가 그런 사업을 시작할 자본이 없으리라는 생각이 들었고, 현관문에 도착했기 때문이었다.

12

앨리스가 문을 열었을 때 모습을 드러낸 품위 있는 노신사는 아마도 미국의 위대한 사업가 중 마지막으로 턱수염을 기른 사람이었을 것이다. 서리처럼 하얀 턱수염은 매우 세밀하고 짧게 다듬어져 있었고 윗입술과 뺨 아랫부분은 말끔하게 갓 면도한 장밋빛이었다. 깨끗하게 다듬은 하얀 턱수염, 하얀 넥타이와 하얀 조끼 위에 꿰입은 고급스러운 회색 양복, 반들반들 광을 낸 널찍한 검은 신발, 그리고 챙이 넓은 회색 중절모자로 멋을 낸 이 노인은 지난 세기의 70년대에 자신의 스타일을 찾은 뒤로 한결같이 유지했다. 그 시절에 발간된 오래된 잡지 더미를 뒤지면 '보스턴 사업가 부류'라는 목판화에서 그를 볼 수 있을지도 모른다. 풍자만화가 나스트는 그를 정직한 시의원으로 그렸을 것이다. 여든 살인 노신사는 정정하고 건장했으며 시들지 않았다. 아직 반점이 생기지 않은 민첩한 파란 눈은 소년의 눈처럼 밝았고 아무것도 놓치지 않았다.

"이거 보게나, 이거 봐!" 노인이 호탕하게 말했다. "지난주에 본 이래 미모를 전혀 잃지 않았군, 미스 앨리스. 자네가 아버지를 별로 걱정하지 않았다고 생각할 수밖에 없겠어. 우리 젊은이는 상태가 좋아지고 있나?"

"많이 나아지셨어요. 이제 앉아계실 수 있어요, 램브 씨. 들어오시겠어요?"

"글쎄, 잘 모르겠네. 그렇게 할까?" 램브는 연석을 비추는 한 쌍의 불빛을 돌아보았다. "빌리, 금세 나오겠네." 복도로 들어오는 노신사 뒤로 차 옆에서 경례하는 운전사의 실루엣이 보였다.

"손님을 맞이하긴 아직 힘들겠지?"

"지난주에 오셨을 때보다 많이 나아지셨어요. 하지만 손님을 맞이할 행색이 아니에요."

"손님을 맞이할 행색?" 노인이 쾌활하게 되풀이했다. "어이구, 난 병자를 수없이 봤네. 병자들이 어떤 모습이고, 낡은 담요나 숄 따위에 둘둘 싸여 있길 얼마나 좋아하는지 알지. 자네 아버지가 날 만날 생각이 있다면 행색일랑 걱정하지 말게, 미스 앨리스."

"아빠는 물론 뵙고 싶어 하시죠, 만약—" 앨리스는 망설이다 급히 덧붙였다. "아빠는 당연히 뵙고 싶어 하실 거예요. 그 정도 기력은 있으신 것 같아요. 올라오시겠어요?"

앞장서 계단을 올라간 앨리스는 막간을 이용해 아버지의 어깨에서 코바늘 목도리를 벗겼다. 언제나처럼 겹으로 칭칭 싸인 채 테이블 옆에서 석간신문을 읽고 있던 애덤스는 사장이 들어오자 인사하려는 것처럼 몸을 반쯤 일으켰다.

"그대로 앉아 있게!" 노신사가 외쳤다. "뭐 하는 짓인가! 자네가 고양이처럼 약해진 걸 모르나? 자네만큼이나 오랫동안 병치레를 하고도 고양이처럼 약해지지 않을 사람이 있다고 생각하나? 나한테 쓸데없이 격식은 왜 갖추는 게야?"

이런 질문과 함께 다가온 손을 애덤스는 감사히 잡고 흔들었다.

"감사합니다, 사장님." 애덤스가 말했다. "이 말라깽이를 보려고 매주 와주시는 걸 가족 모두가 얼마나 고마워하는지 앨리스가 말한 모양이군요. 그렇지 않니, 앨리스?"

"맞아요, 아빠." 앨리스는 자리를 비켜주려고 돌아섰지만 램브가 붙잡았다.

"여기 있게, 미스 앨리스. 난 앉지도 않을 거야. 앓아눕고 나서 가족 아닌 사람을 처음으로 만날 때 병자들이 얼마나 불편해하는지 잘 알지."

"불편하지 않습니다." 애덤스가 말했다. "사장님을 뵈니 몸이 훨씬 좋아진 기분입니다."

문병객의 웃음소리는 살짝 쉬었지만 목소리와 마찬가지로 호탕했고, 애덤스를 안심시키려는 듯했다. "우리 직원들이 이렇게 아첨이 심하네, 미스 앨리스." 램브가 말했다. "기분을 띄워주면 내가 일을 덜 시킬 거라고 생각하나봐. 아버지에게 소용없다고 전하게. 아플 때도 나를 봐서 반가운 척한다고 내가 물렁해질 거 같나."

"이제 별로 아프지 않습니다." 애덤스는 말했다. "늦어도 열흘 안에 복귀할 거 같습니다."

"서두르지 말게, 버질. 서두르지 마. 천천히 해, 천천히."

애덤스의 힘 없는 미소에서 자못 우쭐해하는 기색이 엿보였다. "왜 그러십니까?" 애덤스가 물었다. "제 부서가 엉망진창이 되어간다고 생각하시는 모양이군요?"

고용주는 대답으로 또다시 허스키하게 웃었다. "이런, 이런, 이런!" 노인이 외치며 튼튼한 분홍빛 손으로 애덤스의 어깨를 두드렸다. "이 젊은이 말 좀 들어보게, 미스 앨리스. 자기가 없으면 회

140

사가 1분도 돌아가지 않는다고 생각하는 모양이야! 그래, 자네 아버지는 자기가 붙들고 있지 않으면 회사가 쓰러질 거라고 믿거든. 자만심이 아주 대단한 사람이 아닌가 늘 의심했는데 사실이었어!"

애덤스는 불안해 보였다. "제가 봉급을 받고 하는 일들이 저 없이도 처리되고 있다고 생각하고 싶지 않습니다."

"이 사람 말 좀 듣게, 미스 앨리스. 그건 내가 알아서 할 문제인데 그렇게 내버려두지를 않아. 맹세컨대, 자네 아버지 뜻대로 됐으면 난 두 다리 뻗고 쉬어야 할 거야. 내 어깨의 짐과 온갖 걱정거리를 뺏은 다음에 회사에서 내보냈을 거야! 정말이네!"

"제가 꽤 오랫동안 사장님 돈으로 빈둥거린 것 같습니다." 회복 중인 병자가 시무룩하게 말했다. "기분이 영 찝찝합니다. 하지만 열흘 안에 복귀할 테니 두고 보십시오."

노인은 작별 인사를 하며 애덤스의 손을 잡았다. "알았네. 두고 보자고, 버질. 농담은 그만하지. 물론 우리는 자네가 필요해. 하지만 자네가 다 낫기도 전에 복귀해야 할 정도로 필요하지는 않아." 램브는 문으로 갔다. "들었나, 미스 앨리스? 이 친구에게 내 뜻을 이해시키고 싶었어. 자네가 영향력을 좀 발휘해주게. 회사는 아버지를 기다리고 있고, 완전히 회복할 때까지 10년이 걸린다면 그만큼 기다릴 거야. 그걸 기억하도록 도와주게, 미스 앨리스!"

앨리스는 손님과 함께 계단을 내려갔다. 노신사는 문을 나설 때까지 계속해서 이 말을 강조했다. 심지어 나간 다음에도 어둠 속에서 차로 걸어가는 노인의 쉰 목소리가 들려왔다. "잊지 말게, 미스 앨리스! 조급해하지 말라고 해! 우리는 자네 아버지를 기다리고 있지만 일단 건강을 회복해야 해! 자네도 좋은 밤 보내게!"

앨리스가 문을 닫자 불빛이 들지 않는 거실의 구석에서 어머니가 다가왔다. 앨리스는 어머니를 돌아보았다.

"저분은 싫어할 수가 없어요, 엄마." 앨리스가 말했다. "언제나, 글쎄요, 듬직하고 솔직하고 친절해요! 저는 램브 씨가 좋아요."

애덤스 부인은 공감하지 않았다. "아빠 봉급을 올려준다는 말은 안 했지?" 부인이 건조하게 물었다.

"안 했어요."

"그럴 줄 알았다."

어머니는 계속해서 투덜거릴 낌새였다. 그런 이야기를 들을 기분이 아닌 앨리스는 휘파람을 불며 위층으로 뛰어 올라가 아버지 방에 들어갔다. 서서히 회복 중인 애덤스는 첫 문병객이 일으킨 흥분으로 눈을 빛내고 있었다. 애덤스는 상기된 얼굴에 미소를 띤 채로 파이프에 담뱃잎을 채웠다. 앨리스는 코바늘 목도리를 다시 가져와서 아버지의 어깨에 둘러주고 의자를 가져와 옆에 앉았다.

"램브 씨가 오셔서 기분이 좋아지셨나 봐요, 아빠." 앨리스가 말했다. "아마 그러실 거라고 생각했어요. 그래서 올라오시라고 했죠. 아빠, 정말 예전처럼 보이세요."

애덤스는 '하' 하고 받은소리와 함께 연기를 내뿜으며 성냥을 흔들어 껐다. "좋구나." 애덤스가 말했다. "저녁 먹기 전에 피운 담배는 예전 맛이 아니어서 입맛을 잃은 줄만 알았는데 이건 맛있구나. 물론 사장님을 봬서 좋았지! 이 도시에 살았던 사람들과 앞으로 살 사람들을 통틀어 가장 큰 인물이야. 여기 출신 주지사나 상원의원도 그분과 견줄 수 없지. 그렇게 대단하신 분이, 신경 쓸 일도 많은 분이 일주일에 꼭 한 번은 찾아와서 내가 어떠냐고 묻고,

내게 안부 인사를 하려고—거의 그런 셈 아니니—위층까지 올라
오시는 걸 보니, 때때로 네 엄마가 느끼게 하는 것처럼 내가 하찮
은 사람은 아닌 것 같은 기분이 드는구나."

"아빠도 참 바보같이. 당연히 아빠는 하찮은 사람이 아니죠."

애덤스는 파이프 위로 나지막이 웃음을 터뜨렸다. 딸의 칭찬이
허영심을 한층 더 자극한 듯했다. "J. A. 램브에게 이 정도로 관심
을 받는다고 말할 수 있는 사람은 몇 안 된단다." 애덤스가 말했
다. "물론 순전히 내 능력 때문이라고 생각하지는 않아. 나만큼 회
사에 오래 몸담은 직원이라면 누구에게나 똑같이 하셨을 거야. 그
래도 이렇게 회사에 오래 남고, 또 그분에게 인정받는다는 건 보
통 일이 아니지."

"맞아요, 아빠. 정말 그래요."

"그래." 애덤스는 생각에 잠겨 말했다. "그래, 그런 거 같다. 게
다가 그분의 인격이 돋보이는 행동이잖니. 굉장히 고결한 분이야.
그렇고말고! 램브 씨 밑에서 일한 사람들은 세상 누구보다 그분을
존경한단다. 일하다보면 그분 역시 나를 존중한다고 느끼지. 일을
시작하자마자 사장님이 나를 굳게 신뢰한다는 느낌을 받는데, 그
건 큰 동기 부여가 된단다. 잘못 본 게 아니라고 증명하고 싶게 만
들어. 애사심이 지극해지고 사기가 올라가. 세상에서 돈이 전부가
아니야. 아무렴 절대 그렇지 않아!"

애덤스는 잠시 침묵하다가 한층 더 열정적으로 이 주제로 돌아
갔다. 앨리스는 아버지가 활력을 되찾아서 기뻤다. 병이 난 이래
이렇게 쾌활하게 말한 적이 없었다. 그가 숭배하는 위대한 남자의
방문은 실제로 좋은 영향을 끼쳐서, 정신적으로 기운을 북돋고 나

아가 몸에도 기력을 불어넣었다. 밤새 상태가 호전되었다. 푹 자고 느지막하게 일어난 애덤스는 자기가 이제 "건강한 사람이나 다름 없고 당장 일할 준비가 됐다."라고 선언했다. 오후 늦게까지 낮잠을 자고 일어나서 옷을 갖추어 입고, 앨리스의 부축을 받으며 내려와 저녁 식사 자리에도 참석했다.

"너랑 네 엄마가 쓸고 닦느라 고생했구나!" 거실을 지나칠 때 애덤스가 말했다. "집이 이렇게 말끔하고 번쩍거리는 건 처음인데!" 카네이션을 한 움큼 꽂아놓은 꽃병을 보고 감탄하며 웃음을 터뜨렸다. "꽃까지 있구나! 이걸 사려고 아침에 나한테 1달러 50센트를 뜯어냈군!"

애덤스는 조그만 식탁에서 자기 자리인 상석에 앉았다. 그러고는 눈에 들어온 또 하나의 아름다움에 대해 한마디 했다. "맹세컨대, 앨리스!" 애덤스가 외쳤다. "번쩍이게 쓸고 닦은 집이랑 응접실, 아니, 네가 '거실'이라고 부르라고 했지. 그게 요즘 사람들이 쓰는 용어니까. 아무튼 '거실'에 있는 꽃이랑 이런저런 것들에 정신이 팔려서 지금까지 널 제대로 못 봤어! 제대로 빼입었구나! 무슨 일이니? 뭐 때문이야? 너는 예쁘게 단장했고 응접실에는 꽃이 다 있고 말이다."

"모르시겠어요? 아빠가 내려오신 걸 기념하는 거예요."

"그렇구나." 애덤스가 말했다. "그런 이유는 상상도 못 했어."

월터는 아버지를 힐끔거리다가 특유의 은밀하고 의미심장한 웃음을 터뜨렸다. "저도 못 했어요!" 월터가 말했다.

애덤스는 익살맞게 눈썹을 치켜올렸다. "아들아, 질투하니? 늙은 아비를 위해 우리 아가씨가 이렇게까지 애썼다고 아버지가 감동하는 게 싫으니?"

"아버지를 위해서라고 계속 생각하세요." 월터는 우스워하며 대꾸했다. "쭉 그렇게 생각하세요. 아버지한테 좋을 거예요."

"물론 그럴 생각이다." 애덤스가 말했다. "오늘이 누구 생일도 아니잖니. 내가 내려온 걸 기념하려고 집을 꾸민 게 분명해. 앨리스가 그렇게 말하는 것 못 들었니?"

"그럼요. 들었어요."

"그런데—"

월터는 짧은 노래를 부르며 말을 끊었다. 노래하면서 예리한 눈으로 앨리스를 주시하고 있었다.

"월요일에 사랑스러운 그녀와 산책했지
그녀는 나의 예쁜이라네
사랑스러운 아가씨
화요일 밤에 그녀를 보러 가야지
오, 우리는 부둥켜안으리—"

"월터!" 어머니가 외쳤다. "대체 어디서 그런 저속한 노래를 배웠니?" 그렇지만 진심으로 불쾌하진 않았는지, 부인은 미소를 띠고 있었다. "그랬구나, 앨리스!" 애덤스가 말했다. "아빠를 깜짝하게 속이려고 했구나? 새로 남자친구가 생겼니?"

"그랬으면 좋겠네요." 앨리스는 차분히 대답했다. "하지만 아니에요. 제가 말한 대로예요. 아빠를 위해서예요."

"누나한테 속지 마세요." 월터가 조언했다. "기대하는 바가 있거든요. 식사 마치시고 아래층에서 기다려보세요. 그럼 알게 되실 거예요."

애덤스가 기다리지 않고 곧장 방으로 돌아가기는 했으나 월터의 예언은 틀렸다. 아무도 오지 않았다.

앨리스는 '거실'에 9시 30분까지 앉아 있다가 느릿느릿 위층으로 올라갔다. 어머니는 눈물까지 글썽이며 위층에서 앨리스를 붙잡고 속삭였다. "속상해하지 말렴, 아가."

"뭐가 속상해요?" 앨리스는 묻고, 방으로 가면서 놀리듯이 웃었다. "무슨 헛소리예요!"

다음날 앨리스는 숫자가 다소 빈약한 카네이션의 줄기 끝을 잘라내고 꽃병의 물을 갈았다. 여전히 기분이 좋은 아버지는 자신이 아래층으로 내려온 두 번째 날을 기념하려고 딸이 또 '빼입었다.'라고 말했다. 월터는 저속한 노래 구절을 반복했다. 하지만 저녁 식사 후에 역시 아무 일도 없었기 때문에 농담들은 무의미해졌다. 이튿날 아침에 카네이션은 꽃잎이 바래고 줄기가 흐늘거렸다.

앨리스는 꽃을 한참이나 바라보다 버렸다. 그날 저녁에는 앨리스가 평범한 옷을 입어서 월터도 아버지도 농담할 거리가 없었다. 애덤스 부인의 얼굴에는 우울한 기색이 완연했다.

어머니를 도와 설거지를 마친 앨리스는 밖으로 나가 작은 포치의 계단에 앉았다. 따스한 남풍이 살랑이는 밤공기가 기분 좋게 피부를 감쌌다. 대기의 매연이 한층 줄어들었다. 사람들이 더는 난로에 불을 때지 않아서였다. 기차 터널 속에서 사는 듯한 답답함이 가셨다. 무성한 잎사귀와 공기와 하늘에서 여름이 느껴졌다. 스모그가 옅어진 덕분에 별이 모습을 드러냈다. 이날 밤에는 별이 유난히 총총했다. 손에 닿을 듯한 별은 따스해 보였다. 앨리스와 같은 거리에 사는 다른 아가씨들도 포치의 계단에 앉아 있었다. 강가의 젊은 어부처럼 활기찬 목소리가 밤하늘에 울려 퍼졌다.

드문드문 들려오는 여자들의 맑고 높은 웃음소리가 앨리스의 귓속에 우울하게 파고들었다. 앨리스는 낚싯줄을 드리워놓지도, 그물을 쳐놓지도 않았다. 그녀가 '기대하는 바'라고 월터가 부른 것은 사라졌다. 앨리스는 경험으로 알았다. 경험을 통해 내린 결론 중 하나는, '당신이 어떤 사람으로 보이길 원하든지, 저는 믿었을 겁니다.'라는 남자의 말은 진심일 수도 아닐 수도 있지만, 진심이었던 남자는 자기 마음을 더 표현할 기회를 미루지 않는다는 것이었다. 한번 시작된 소소한 만남은 빨리 달아올라야 했다. 식어 버리면 끝이다.

그러나 앨리스는 아서 러셀을 생각하고 있지 않았다. 카네이션과 함께 그에 대한 미련도 버렸다. 앨리스의 심정은 저만치 땅바닥에 떨어져 있는 동그랗고 반짝이는 것, 어쩌면 다임짜리 동전일지도 모르는 무언가를 보고 있는 아이와 비슷했다. 아이는 자기가 보고 있는 것이 다임이기를 기대한다. 가까이 가서 확인하기 전까지 다임이라고 믿으며 즐거운 상상의 나래를 펼친다. 마음속에서는 이미 동전을 집어 모험에 나섰거나 좋아하는 것을 샀다. 그러나 손에 닿은 순간 아이는 그것이 포일에 싸인 동그란 어떤 물체에 지나지 않는다는 것을 깨닫고 실망한다. 침울해진다.

마찬가지로 앨리스는 모험의 가능성이 사라져서 침울한 것이었다. 동네 아가씨들의 웃음소리가 간간이 들려왔으나 그들의 즐거움을 질투할 기운도 없었다. 더구나 이웃들은 계층이 달랐으므로 그녀의 질투를 받을 자격이 없었다. 파머가의 저택에서 열리는

147

댄스파티를 신문에서나 읽을 수 있는 아가씨들이었다. 아가씨들의 웃음소리는 시내의 상점이나 사무실에서 일하는 팔팔한 젊은 이들, 점원, 경리 같은 남자들을 부추길 텐데, 아마 그중에는 프링크 비서 학교 졸업생도 있을 것이다.

앨리스는 어두침침한 입구, 그리고 조붓한 벽 사이로 올라갈수록 그림자에 묻혀 보이지 않는 먼지투성이 계단을 떠올렸다. 그곳이 떠오르자마자 연옥의 입구에 발을 들인 것처럼 흠칫했다. 그 장면은 앨리스의 몽상에 자주 등장했다. 때로 그것은 어둑어둑한 심연에서 솟구치듯 연관도 순서도 없이 다른 생각들 사이에 불쑥 끼어들었고, 한번 머릿속에 들어온 장면은 끈질기게 머물렀다. 먼 타지를 헤매는 여행자가 특별한 이유도 없이 가족 묘지를 떠올리며 '내가 과연 그곳에서 죽음을 맞이할 수 있을까'라고 막연히 생각하는 것과 비슷했다.

순간 앨리스는 놀라서 숨을 들이쉬었다. 불길한 전조가 홀연히 사라졌다. 가로등 불빛 아래 형체가 나타났다. 북쪽에서 한 남자가 박자에 맞추어 지팡이를 양옆으로 여유롭게 흔들며 걸어오고 있었다. 앨리스는 러셀을 포기했다. 그런데 그가 찾아왔다.

"운이 좋군요!" 러셀이 외쳤다. "혼자 있을 때 마주치다니!"

앨리스는 자리에서 일어나지 않고 손만 잠깐 내밀었다. "다행이에요." 앨리스가 말했다. "여기 바깥에 있기로 하죠. 여자 집의 계단에 함께 앉는 건 촌스럽다고 생각하시나요?"

"촌스럽다뇨? 이 나라 최고의 풍습입니다." 러셀이 옆에 앉으며 말했다. "적어도 오늘 밤에는 그렇게 느껴지네요."

"고마워요! 언젠가 어디서 쓰려고 연습한 말인가요?"

"아닙니다." 러셀이 웃으며 말했다. "오늘 밤에 쓰려고 연습했습니다. 제가 너무 일찍 왔나요?"

"아니요." 앨리스는 진지하게 대답했다. "아슬아슬하게 딱 맞추어 왔어요!"

"그렇게 정확했다니 기쁘네요. 지난 이틀 내내 오고 싶었습니다, 미스 애덤스. 제가 있던 곳 말고 여기에 있고 싶었죠."

"어디에 있었는데요?"

"만찬이 있었습니다. 성대하고 기나긴 만찬이었어요. 당신의 동료 시민들은 새로 온 사람에게 매우 친절하더군요."

"그렇지 않아요." 앨리스는 말했다. "모두를 그렇게 대하지는 않거든요. 반하셨나요?"

"그중 하나는 남자들만 참석한 만찬이었습니다." 러셀이 설명했다. "당숙 어른이 도시의 주요 사업가들에게 저를 소개해야겠다고 생각하신 모양이에요."

"다른 만찬은 어떤 거였죠?"

"제 친척 밀드레드가 주최했습니다."

"그래요?" 앨리스는 날카롭게 물었다가 즉시 자제하고 웃음을 터뜨렸다. "주요 여성 사업가들을 소개하고 싶었나봐요."

"모르겠습니다. 어쨌든 '동료 시민들'에게 환대받았다고 말하긴 어렵죠. 전부 제 친척들, 파머 일가가 열어준 거니까요. 유감스럽게도 만찬이 계속 열릴 것 같습니다. 혹시—그중 몇몇에 당신이 오지 않을까 기대했습니다. 참석하시나요?"

"아마 힘들 거예요." 앨리스는 천천히 말했다. "아버지가 몸져누우신 이래 밀드레드의 댄스파티 말고는 저녁에 거의 외출하지 않왔어요. 그날은 아버지가 좀 회복하신 것 같아서 갔어요. 시가를 피우고 싶다고 하신 날도 몸이 괜찮으셨어요. 아버지 건강은 기복이 심해요." 앨리스는 말을 멈췄다. "당신이 밀드레드의 친척이라는 것을 거의 잊고 있었어요."

"가까운 친척은 아닙니다." 러셀이 설명했다. "밀드레드의 할아버님이 제 큰할아버지입니다."

"그래도 친척이죠."

"네, 먼 친척입니다."

앨리스는 담담하게 말했다. "상당히 유리하네요."

러셀이 동의했다. "네, 그렇습니다."

"아니요." 앨리스는 계속해서 담담하게 말했다. "밀드레드가 상당히 유리하다는 뜻이었어요."

"무슨 말인지—"

앨리스는 웃었다. "물론 모르시겠죠. 당신과 시간을 함께 보내려는 경쟁에서 밀드레드가 유리하다고요. 게다가 우리는 불공정하다고 불평할 수도 없잖아요. 밀드레드가 술수를 써서 당신과 친척이 된 것이 아니니까요. 밀드레드가 당신과 앞으로 무엇을 할 계획이든, 그 애가 계획한 게 아니잖아요. 그러니까 우리 나머지 여자들은 참을 수밖에요!"

"나머지 여자들이라뇨!" 러셀이 웃음을 터뜨렸다. "참 많이도 힘들겠군요!"

앨리스는 다시 태연하게 물었다. "파머 씨 집에 머물고 계시죠?"

"아뇨. 지금은 아닙니다. 아파트를 얻었어요. 여기서 살 거예요. 완전히 이사 왔습니다. 제가 얘기하지 않았나요?"

"그런 이야기를 어디서 들은 듯해요." 앨리스가 말했다. "이곳이 좋아질 거 같아요?"

"그걸 어떻게 벌써 알 수 있습니까?"

"제가 당신이라면 알 거 같아요, 러셀 씨."

"어떻게요?"

"아이참!" 앨리스는 외쳤다. "이 지역에서 가장 완벽한 사람이 당신의 친척이잖아요? 밀드레드가 당신이 이곳을 좋아하도록 만들 요량 아닌가요? 이런 상황에서는 당신이 좋아하지 않으려고 해도 좋아하게 될 거예요."

"글쎄요, 사실 여러 상황이 겹쳐 있어요." 러셀이 말했다. "전 다시 사업에 뛰어들고 싶은지 확신이 없습니다. 지금 이 나라에서 제 또래 남자는 대부분 비슷한 경험을 하고 있을 겁니다. 전쟁 때문에 정신적으로 상당히 불안해졌어요."

"참전하셨나요?" 앨리스는 재빨리 물어보고 곧바로 자신이 대답했다. "물론 그러셨겠죠!"

"우리 부대는 남겨졌습니다. 미국에 돌아온 지 넉 달밖에 안 됐어요." 러셀이 말했다. "다시 적응하기가 꽤 어렵습니다."

"프랑스에 계셨나요?"

"네. 하지만 전선에 많이 나가지는 않았습니다. 두세 번 나갔고, 그것도 고작 하루 이틀 정도였죠. 수송 부서에 있었거든요."

"당연히 장교이셨겠죠."

"네." 러셀이 말했다. "부대에서 제가 소령 흉내를 좀 내게 해줬습니다."

"소령이었을 거라고 예상했어요." 앨리스는 말했다. "당신은 어

디에서나 꽤 출중한 사람이었을 테니까요."

러셀은 그 말을 우스워했다. "사실을 말하면, 우리 부대에 소령이 적어도 여럿 있었습니다. 제가 왜 '어디에서나 꽤 출중한 사람'이겠습니까?"

"당신은 파머 가문의 친척이잖아요. 그들은 '꽤 출중함'을 늘 과시해요. 눈치 못 채셨어요?"

"제가 파머 가문 사람들이 과시하는 것 중 하나일 뿐이라고 생각하는군요?"

"네, 가장 성공적인 과시 같아요!" 앨리스는 가볍게 말했다. "당신은 확실히 그들에게 속해요." 그리고 앨리스는 어떤 비밀을 떠올린 양 웃었다. "사실이잖아요?"

"그건 이해해주기로 했잖아요." 러셀이 항의했다. "제가 파머 가문과 친척인 걸 두고 누구를 탓할 수는 없다고요. 모순적인 아가씨군요!"

앨리스는 고개를 가로저었다. "제가 어떤 아가씨인지는 얘기하지 않기로 해요."

"아니요." 러셀이 말했다. "그 이야기를 하고 싶어서 왔어요."

앨리스는 다시 고개를 가로저었다. "당신이 어떤 남자인지부터 얘기하죠. 참전하셨다니까 좋네요."

"왜죠?"

"글쎄요." 앨리스는 잠시 침묵했다. 부지불식간에 진심을 말했다는 생각이 들어서였다. 참전 용사라는 사실이 매력을 부가해서 러셀을 향한 호감이 커졌다. 같이 걸은 날에도 호감을 느꼈는데, 러셀이라는 사람 자체가 마음에 들었기 때문이었다. 이제 호감이 커지고 있었다. 앨리스는 러셀을 바라보았다. 별빛 말고는 거의 빛이 없었지만, 자신을 가만히 응시하고 있는 러셀의 친절하고 진지한 미소가 보였다. 불현듯 밤공기가 더욱 달콤하게 느껴졌다. 멀리서 갓 봉오리를 터뜨린 꽃의 향기가 흘러온 것 같았다. 앨리스는 그를 따라 미소 짓고 말했다. "그래서 당신은 어떤 남자죠?"

"글쎄요. 저도 종종 그게 궁금합니다." 러셀이 답했다. "당신은 어떤 여자죠?"

"기억 안 나요? 저번에 말했잖아요. 저는 그냥 저예요!"

"하지만 그게 누굽니까?"

"죄다 잊었군요." 앨리스는 말했다. "제가 어떤 여자인지 당신이 말했잖아요. 첫눈에 제게 큰 관심을 느낀 것처럼 말했어요."

"사실 그랬습니다." 러셀은 호기롭게 인정했다.

"하지만 빨리도 잊어버렸네요!"

"아, 아닙니다. 그저 당신이 자기 자신을 어떻게 정의하는지 듣고 싶었어요."

앨리스는 장난스럽게 말했다. "글쎄요. 저도 종종 그게 궁금하네요! 밀드레드는 제가 어떤 여자라고 하던가요? 그냥 미스 애덤스라고 알려준 다음에 저에 대해 뭐라고 말했죠?"

"글쎄요. 안 물어봤습니다."

"그럼 물어보지 마세요." 앨리스는 재빨리 말했다.

"왜요?"

"밀드레드는 너무 완벽한데 저는 완벽과 거리가 멀잖아요. 완벽한 사람들은 완벽하지 못한 사람들을 완벽하게 망가뜨리죠."

"그렇다면 그들은 완벽한 사람이 아닙니다. 만약—"

"아니에요. 그들은 끝까지 완벽하게 완벽한 사람으로 남아요." 앨리스는 단언했다. "그들은 구체적으로 흉보지 않아요. 아무개가 닭을 훔쳐서 감옥에 갔네, 이런 식으로 격조 없게 대놓고 말하지 않아요. 그저 멍한 표정을 짓다가 조용히 말하죠. '그 애를 잘 알아요. 하지만 당신이 그 애를 좋아할 거라는 생각은 들지 않아요.' 그리고 곧바로 화제를 바꾸죠."

러셀의 얼굴에서 미소가 사라졌다. "네." 러셀은 조금 침울하게 말했다. "밀드레드가 할 법한 말이에요. 당신은 밀드레드를 잘 아는 것 같아요! 여기 사람들 모두를 그렇게 잘 알아요?"

"하지만 나 자신은 잘 몰라요." 앨리스는 말했다. "내가 누군지 전혀 모르겠어요. 우리가 같이 걸은 오후에 이것에 대해 고민했어요. 내가 과연 누구인지."

러셀은 외마디 탄성을 내지르고 뒤이어 이유를 설명했다. "남자가 어리석은 착각을 하게 만드네요! 마치 저와 보낸 시간 때문에 그런 궁금증이 생긴 것처럼요!"

"사실인걸요." 앨리스는 덤덤히 말했다. "우리가 행여나 다시 만나면 당신한테 어떤 사람으로 보이고 싶은지도 생각했어요."

대담한 고백에 러셀은 할 말을 잃은 듯했다. "설마요!" 러셀이 외쳤다.

"놀라지 마요." 앨리스는 말했다. "그날 이런 결론을 내렸어요. 당신을 또 만나려면 내 진짜 모습을 꼭꼭 숨겨야겠다고요. 그런데 지금 보니까 결국에는 진짜 모습을 보여주고 있군요!"

"당신은 정말 유쾌한 충격의 연속이에요." 러셀이 외쳤다. 앨리스는 유쾌한 충격의 연속에 한 가지를 추가했다.

"말해봐요. 내가 당신을 계속 이렇게 대해도 괜찮을까요?" 러셀은 놀리는 듯한 앨리스의 어조에 매료되었다. "고상한 세계에서 일종의 휴가를 온 것처럼, 나와 있을 때는 계속 놀라게 해줄까요?"

'고상함' 또한 밀드레드를 표현하는 말 중 하나였다. 단번에 알아볼 수 있는 특징이었다. 그렇지 않았다면 앨리스의 말에서 유머가 느껴지지 않았을 것이다. 이 분야에 탁월한 앨리스의 능숙한 손 안에서 조각상같이 당당한 친구는 풍자가에게 맡겨진 고급 왁스 모형만큼이나 우스운 꼴이 되고 있었다.

그러나 활기찬 조각가는 무리하지 않았다. 모든 말과 행동이 유쾌한 마음에서 비롯된 것처럼 보여야 했다. 그래서 앨리스는 못 참겠다는 듯이 웃음을 터뜨리고 말했다. "밀드레드를 놀리면 안 되는데! 일단 당신 친척이고, 그 애는 남들을 웃기려고 그러는 게 아니잖아요. 자기 자신을 대단히 중요하게 생각하는 훌륭한 사람들을 놀리면 안 되죠. 더구나 내가 계속 이러면 당신이 다시는 나를 찾아오지 않을 거잖아요."

"그건 확신하지 마요." 러셀이 말했다. "당신이 무엇을 하든지 간에요."

"무엇을 하든지 간에요?" 앨리스는 러셀의 말을 되풀이했다. "나한테서 충격적인 행동을 예상하는 것처럼 들리네요. 조심하세요. 당신을 오지 못하게 할 방법이 하나 있어요."

"그게 뭐죠?"

"오지 말라고 금지할 수 있겠죠." 앨리스는 말했다. "그렇게 해야 하나 고민하고 있어요."

"왜 그런 고민을 합니까?"

"모르겠어요?"

"모르겠습니다."

"그럼, 우리 서로에게 비밀스럽기로 해요." 앨리스는 말했다. "내가 이런 고민을 하는 게 당신은 의아하고, 나는 당신이 그 이유를 짐작하지 못하는 게 의아하군요. 하지만 이 얘기는 그만하기로 해요. 알았죠?"

"좋습니다. 당신을 찾아오지 말라고 금지하지만 않는다면요."

"그러지 않겠어요—아직은요." 앨리스는 말했다. "사실—" 앨리스는 말을 멈추고 고개를 갸웃하며 생각했다. "사실, 당신한테 오지 말라는 말은 아마 안 할 거예요. 어쨌든 당신이 진심으로 오고 싶어 하는 게 아니라는 느낌이 들 때까지는요. 그런 날이 오면 순순히 놓아줄게요. 난 분명 눈치챌 거예요. 어쩌면 당신보다 먼저 알아차릴지도 몰라요."

"좋습니다." 장난기를 지운 목소리로 러셀이 말했다. 그는 심각해져 있었다. "당신이 와도 된다고 할 때 진심이기를 나도 바랍니다. 물론 내가 원할 때마다 오게 해달라는 건 아니에요. 그렇게 많이 바라지 않아요! 당신을 꽤 자주 볼 수 있기만 하면 돼요."

"진심이에요." 앨리스는 말했다. "하지만 '꽤 자주' 와도 된다고 허락하기 전에, 당신이 '원할 때마다' 온다면 내 시간을 얼마나 할애해야 할지 알고 싶어요. 물론 이 질문에 당신이 할 수 있는 답은 하나밖에 없죠. 목요일은 빼도 될까요?"

"아니, 농담이 아닙니다." 러셀이 항의했다. "진짜 알고 싶어요. 꽤 자주 와도 괜찮을까요?"

"가까이 와봐요." 앨리스가 말했다. "당신이 잘 알아들었으면 해

156

요." 러셀이 순종적으로 고개를 기울이자 앨리스는 귓속말하려는 것처럼 가까이 입술을 대더니 우렁차게 말했다.

"네!"

러셀이 손뼉을 쳤다. "세상에!" 그가 말했다. "당신은 정말 굉장해요!"

"왜요?"

"글쎄요, 일단 당신은 좀 전의 장난처럼 발랄하니까요. 아버님께서 편찮으신 걸 은근히 즐기시리라는 생각이 드네요. 당신과 집에 종일 있을 수 있으니까요."

"그러니까," 앨리스가 물었다. "내가 익살맞은 행동으로 가족들을 즐겁게 할 것 같다는 말인가요?"

"네, 아닌가요?"

"당신은 남자 형제만 있군요. 맞죠, 러셀 씨?"

"안타깝게도 난 외아들입니다."

"그래요." 앨리스가 말했다. "여자 형제가 없을 거 같았어요."

러셀은 잠시 무슨 뜻인지 몰라 어리둥절하다가 이해했고, 앨리스에게 더욱 매료되었다. "아까 대답하지 못한 당신 질문에 이제 답할 수 있을 것 같아요."

"네, 알아요." 앨리스는 조용히 말했다.

"내가 무슨 말을 하려는지 어떻게 압니까?"

"이곳이 좋아질 거 같냐고 제가 물어봤었죠." 앨리스가 말했다. "당신은 좋아질 거라는 확신이 들었다고 말하려던 참이었고요."

"또 텔레파시군요!" 러셀이 외쳤다. "네, 정확히 그 말이었습니다. 아마도 당신은 그런 말을 하도 많이 들어서—"

"아뇨, 그렇지 않아요." 앨리스는 잠시 얼떨떨해하며 말했다. "전혀 그렇지 않아요. 그러니까—" 앨리스는 말을 멈추고 부드럽게 물었다. "정말 알고 싶어요?"

"네."

"난 당신이 진심이 아닐까봐 걱정한 것뿐이에요."

"이거 봐요." 러셀이 말했다. "진심입니다. 전쟁에서 돌아와서 다시 적응하기가 힘들다고 말했죠. 글쎄요, 당신이 상상할 수 있는 것 이상으로 어렵습니다. 하지만 당신 같은 사람을 '꽤 자주' 볼 수 있으면 제법 씩씩하게 해낼 수 있을 것 같아요."

"좋아요." 앨리스는 사무적인 어조로 말했다. "오고 싶으면 와도 괜찮다고 아까 제가 말했죠."

"네, 오고 싶습니다." 러셀이 다짐했다. "정말이에요!"

"그렇다면 '꽤 자주'가 얼마나 자주인가요, 러셀 씨?"

"이따금 같이 산책할래요? 내일은 어떻습니까?"

"이따금 해요. 내일은 안 돼요. 내일모레 해요."

"좋아요!" 러셀이 말했다. "내일모레 같이 산책하고 그다음 날에는 미스 램브의 댄스파티에서 보겠군요. 그렇죠?"

이 말은 앨리스에게 찬물을 뿌린 격이었다. "미스 램브의 댄스파티라뇨? 어떤 미스 램브를 말하는 거예요?" 앨리스는 물었다.

"잘 모르겠습니다. 얼마 전까지 상중이었다고 들었어요."

"아, 헨리에타요. 그렇군요. 그 파티가 벌써 열리나요? 잊고 있었어요."

"올 거죠?" 러셀이 물었다. "제발 온다고 해줘요."

앨리스가 곧바로 대답하지 않자 러셀은 다시 재촉했다. "온다

158

고 약속해요."

"아뇨, 약속할 수 없어요." 앨리스는 천천히 말했다. "아빠 건강이 안 좋아질 수도 있어요."

"괜찮으시면요?" 러셀이 물었다. "아버님이 괜찮으시면 당연히 올 거죠? 아니면—" 러셀은 망설이다 재빨리 말을 이었다. "나는 이 지역 관습을 아직 잘 모릅니다. 지역마다 각기 다른 관습이 있으니까요. 파티에 오려면 보호자가 필요하나요, 아니면 때때로 여자들이 남자들과 파티에 가기도 하나요? 만약 그렇다면 내가 동행해도 괜찮을까요?"

앨리스는 놀랐다. "어머나!"

"왜 그래요?"

"당신 친척들이—그러니까 당신은 밀드레드랑 파머 부인과 가야 하지 않아요?"

"꼭 그렇지는 않습니다. 사람들이 내게 뭘 바라는지는 상관없어요." 러셀은 말했다. "나랑 같이 갈래요?"

"나는—아니요, 그럴 수 없어요."

"왜요?"

"갈 수 없어요. 안 갈 거예요."

"하지만 왜요?"

"사실 아빠가 여전히 매우 편찮으세요." 앨리스는 쉰 목소리로 말했다. "아빠가 너무 걱정돼서 파티에는 못 갈 거 같아요." 감정이 북받친 목소리였는데, 충분히 진심이었다. 흐느낌 같은 것이 배어 있었다. "우리 제발 딴 이야기 해요."

러셀은 상냥하게 승낙했다. 젊은이들이 앉은 자리 바로 위쪽에 창문이 열려 있었는데, 창가에 서 있던 애덤스 부인은 러셀의 말은 못 들었지만 앨리스의 목소리에서 새어 나온 흐느낌은 정확히 해석했다. 부인은 갑자기 치솟은 분노로 몸을 떨며 벌떡 일어나 사나운 기세로 남편의 방으로 돌진했다.

13

아직 취침 준비를 하지 않은 애덤스는 테이블 옆에 앉아서 담배를 피우며 신문을 읽고 있었다. 그가 겪은 고충의 역사가 담긴 지도라고 할 수 있는 이마의 주름이 최근 들어 조금 옅어졌다. 건강이 회복되었을뿐더러 항상 즐겨온 익숙한 일상으로 돌아가리라고 믿는 만족감 덕분이었다.

아내가 들어와 문을 닫자 애덤스는 쾌활한 표정으로 올려다보았다. "그래서, 애들 엄마." 애덤스가 말했다. "아래층에서 무슨 소식이 있어?"

"그 얘기를 하러 온 거야." 부인이 쏘아붙였다.

애덤스는 신문을 무릎에 펼쳐놓고 안경 위로 아내를 보았다. 문가에 그대로 서 있는 아내는 테이블 위의 작은 램프가 드리운 푸르스름한 그림자에 흐릿하게 묻혀 있었다. "무슨 문제가 있어?" 애덤스는 물었다. "왜 그래?"

"걱정하지 마. 말할 거니까." 애덤스 부인이 말했다. 여전히 말투가 거칠었다. "문제가 많아, 버질 애덤스. 삶에 넌더리가 날 정도로 문제가 많다고."

애덤스의 이마에 주름이 다시 날카롭게 파이며 예전의 무늬가 돌아왔다. "아, 이런, 이런!" 애덤스가 한탄했다. "오랜만에 다들 평화롭게 지내려나 했지. 이번엔 또 무슨 일이야?"

"앨리스 때문이야. 내가 나를 위해서, 나 하나 좋자고 이러는 거 같아?"

축차적으로 작동할 준비가 항시 되어 있는 오래된 기계처럼 애덤스의 짜증은 곧바로, 그리고 자동으로 아내의 감정에 반응했다. "대체 무슨 일이고 누구 때문인지 내가 어떻게 알아? 어서 말해봐, 그래야 이 대화가 끝나지!"

"말할 거야." 부인은 불길한 어조로 약속했다. "이걸 물어보러 왔어. 그 늙은이와 그치의 짓거리를 내가 언제까지 참아야 하지?"

"무슨 짓거리? 늙은이가 누구야?"

애덤스 부인은 맹렬히 따지며 한 발 다가왔다. "누구 말하는지 잘 알잖아, 버질 애덤스! 이전 밤에 왔던 늙은이 말이야."

"사장님?"

"그래. 사장님!" 부인은 그의 목소리를 흉내 내어 조롱했다. "J. A. 램브 말고 내가 어떤 늙은이를 말하는 줄 알았어?"

"그분이 무슨 일을 저지르셨나?" 남편이 빈정댔다. "지난번에 뵌 이래 그분한테 또 무슨 불만이 생긴 거지?"

"이것뿐이야!" 부인이 외쳤다. "그 늙은이가 내 딸을 이렇게 힘들게 할 줄 알았으면, 전에 찾아왔을 때 집에 발도 못 들이게 했을 거야."

아내의 추궁이 너무나도 황당해서 외려 마음이 놓인다는 듯 애덤스는 의자 등받이에 기댔다. "알겠어." 그가 말했다. "당신은 그냥 정신이 나갔군. 아니면 그런 소리를 왜 하겠어. 그게 지금 상황에 가장 적절한 설명이야."

"그 늙은이 때문에 우리가 평생 매일 고생하지 않았어?" 애덤스
부인이 물었다. "나랑 아이들의 인생이 왜 그 인간한테 희생되어
야 하는지 알고 싶어."

"대체 어떻게 희생됐다는 거야?"

"당신이 계속 그 늙은이 밑에서 일하기 때문이지! 그자가 내키
는 대로 주는 쥐꼬리만 한 봉급을 당신이 계속 받기 때문이야! 그
인간이 마치 거대한 신상이라도 되어서, 그걸 기쁘게 한답시고 아
버지라는 사람이 애들을 제물로 바치는 꼴이라고."

"이런 헛소리는 더는 듣지 않겠어!" 애덤스는 신문을 펼치고 읽
는 척했다.

"내 말을 듣는 게 좋을 거야." 부인이 경고했다. "안 그러면 후회
하게 될걸. 다시 이 집에 들어오려고 해봐! 그자 면상에 대고 내
생각을 말할 테니까."

애덤스는 신문으로 무릎을 철썩 쳤다. "참 나, 당신이 그분을 어
떻게 생각하든 누가 상관이나 할 것 같아?"

"당신은 상관하는 게 좋을걸!" 부인이 외쳤다. "늙은이랑 그 치
가족이 내 자식들에게 하는 짓을 언제까지 보고만 있을 거 같아?"

"그분이랑 그분 가족이 '당신 자식'에게 무슨 짓을 했다고?"

애덤스 부인이 말했다. "건방진 헨리에타 램브는 기회만 되면 앨
리스를 깔아뭉개. 다른 여자애들을 따라 하는 거지. 그것들은 항
상 앨리스를 질투했어. 앨리스는 행복해지려고 노력할 용기가 있
고, 자기들보다 화려하고 예쁘니까. 당신이 옷 살 돈을 1년에 고작
35센트밖에 주지 않는데도 말이야. 그 못된 것들은 앨리스 남자를

뺏는 것도 모자라서 남자들 사이에서 앨리스 평판을 깎아내리려고 갖은 수를 다 썼어. 그중 헨리에타 램브가 가장 악질이야. 그 애는 기회만 되면 앨리스를 괴롭혔다고."

"뭐 때문에?" 애덤스는 믿을 수 없다는 듯이 물었다. "헨리에타나 다른 여자애들이 앨리스를 왜 괴롭혀?"

"왜냐고? 뭐 때문에?" 아내는 한층 격하게 그의 말을 되풀이했다. "당신이 내게 그걸 물어보는 거야? 정말 알고 싶어?"

"그래. 알고 싶어. 당신 말이 사실이라면 알고 싶어."

"그럼 말해줄게." 부인이 차가운 분노에 휩싸인 채 말했다. "당신 때문이야, 버질. 다른 무엇도 아니라 당신 때문이라고."

애덤스는 야유를 퍼부었다. "아, 그렇구먼! 여자애들이 날 안 좋아해서 앨리스를 괴롭힌다고."

"허튼소리 하면서 회피하지 마." 애덤스 부인이 말했다. "그런 여자애들은 앨리스처럼 예쁜 애가 있으면 야수처럼 행동하는 법이야. 갈기갈기 할퀴거나 내쫓는다고. 앨리스가 자기들보다 돋보일 가능성이 있다는 걸 알기 때문이지. 밀드레드 파머 같은 애한테는 그렇게 못해. 그 애는 돈이 있고 가족이 뒤에서 떡하니 버티고 있으니까. 내 말 잘 들어, 버질 애덤스. 요즘 세상에서는 돈이 곧 가족이야. 당신이 경주에서 뒤처지지만 않았으면 앨리스에게 누구 못지않은 '가족'이 있었을 거야."

"내가 대체 뭘—"

"그래, 당신이 한 짓이야!" 부인이 외쳤다. "25년 전에 우리가 자리를 잡기 시작하고 이 도시가 지금보다 작았을 때, 우리가 열심히 노력했으면 그 사람들만큼 성공할 수 있었어. 당시에 알고 지낸 사람들은 지금 이 지역 누구와 있어도 자신 있게 고개를 들고 살잖아. 어떻게 그렇게 됐을 거 같아? 가장이 돈을 벌어서, 삶을 가치 있게 해주는 모든 걸 자식들에게 제공했기 때문이야! 우리는 왜 고개를 들고 살지 못하지? 그 사람들이 경쟁에서 당신을 제쳤으니까. 그 사람들은 출세했고, 당신은—당신은 아직도 그 구덩이에서 점원 노릇을 하고 있어!"

"부탁이니까 그 얘기는 하지 마." 애덤스가 말했다. "헨리에타 램브가 우리 앨리스한테 무슨 짓을 했는지 말한다며."

"말할 테니 걱정하지 마." 애덤스 부인이 맹렬히 다짐했다. "하지만 먼저 헨리에타가 왜 그런 짓을 하는지 알아야 해. 당신이 앨리스를 뒷받침해주지 않아서야. 당신이 딸의 배경이 되어주지 않아서야. 자기들이 앨리스한테 어떤 짓을 해도 벌 받지 않으리라는 것을 알아서야. 우리 딸이 걔네가 가진 것의 100분의 1만 있었어도 오래전에 형세가 뒤집혔을 거야."

"대체 어떻게?"

"세상에, 당신은 정말 답답해!" 애덤스 부인이 신음했다. "들어봐! 몇 년 전만 해도 이 지역의 괜찮은 소년들이 죄다 우리 집에 들락거리던 걸 기억하지. 남자애들이 앨리스한테 푹 빠져 있었어. 그래서 여자애들도 앨리스한테 잘해줘야 했지. 지금은 어떻게 달라졌나봐! 한 달이 지나도 앨리스를 찾아오는 남자가 없어. 사탕이나 꽃을 보내거나, 심지어 데이트 신청을 하는 애도 없다고. 남자애들이 들러붙었을 때보다 심지어 더 예쁘고 빛나는데 말이야. 그 남자애들을 못 잡아두는 게 앨리스 탓은 아니야, 그렇지? 앨리스는 충분히 노력한다고! 당신은 애를 탓하겠지."

"아니야, 그렇지 않아."

"그럼 누구 탓이야?"

"내 탓이야. 내 잘못이야." 애덤스는 지친 듯이 말했다. "물론 내가 그 남자애들을 내몰았겠지."

"당신이 내몬 거나 마찬가지야. 같은 결과를 초래했다고."

"어떻게?"

"나이가 들면서 애들 대부분이 돈에 대해 생각하기 시작했어. 그게 이유 중 하나야. 결국, 돈이 모든 문제의 발단이야. 컨트리클럽 같은 곳을 생각해 봐. 다른 여자애들의 가족은 거기 회원인데 우린 아니야. 앨리스도 아니지. 앨리스는 초대받아야지 갈 수 있는데, 이제 아무도 초대하지 않아. 다른 여자애들의 집을 보고 우리 집을 봐. 낡고 구식이라서 누가 찾아온다고 해도 앨리스가 부끄러워할 거야. 애가 입는 옷을 봐. 아 그래, 지난 3월에 앨리스한테 모자랑 치마랑 코트를 사줬다고 당신은 큰돈을 썼다고 생각하겠지. 하지만 그건 아무것도 아니야. 어떤 여자애들은 당신 한 달 봉급을 옷에 써. 그리고 앨리스는 장신구가 뭐 있어? 도금 시계랑 그 여자애들 하녀도 차지 않을 반지랑 브로치 두어 개뿐이지. 세상에, 버질 애덤스! 정신 차려! 딸이 궁핍 때문에 괴로워하는 걸 모르는 척 앉아 있지 말라고!"

애덤스는 양손으로 깡마른 무릎을 문지르기 시작했다. 들볶는 아내의 목소리가 유발하는 지긋지긋한 괴로움을 이렇게라도 완화하려는 듯했다. "아, 이런!" 애덤스는 중얼거렸다. "이런, 이런!"

"그래. 당신이 '아, 이런, 이런!' 그럴 줄 알았어." 애덤스 부인이 큰 소리로 말했다. "그래봤자 아무 도움이 안 돼! 당신이 이 문제를 해결하려고 마음만 먹으면 불쌍한 우리 딸이 인생에서 작은 희망을 찾을지도 몰라. 하지만 당신은 애를 아끼지 않아. 그게 문제야. 당신은 딸을 전혀 아끼지 않아."

"내가 앨리스를 안 아낀다고?"

"맞아. 아끼지 않아. 당신 봉급이 적긴 하지만 그래도 애한테 더 줄 수 있었어. 당신은 내가 아는 사람 중 가장 인색한 남자야. 이따금 애한테 1달러라도 줄라치면 마치 이를 뽑는 것 같지. 그러면서 매달 야금야금 숨겨놓고 있잖아. 변변찮은 투자를 한답시고 말이야. 당신은—"

"내 말을 들어." 애덤스는 왈칵 화를 내며 말을 끊었다. "내 말을 들으라고! 내가 채권 같은 것을 조금이라도 사놓지 않으면 나한테 무슨 일이 생겼을 때 당신은 어쩌지? 보험 회사가 보낸 의사들은 내 병을 인정하지 않았어. 당신도 알잖아. 우리도 비상금이 필요하지 않겠어?"

"필요하지!" 부인이 외쳤다. "하지만 당장 필요한 걸 살 돈도 있어야 해! 앨리스가 친구들을 접대할 능력이 있었으면 그 못된 것들이 우리 딸을 그렇게 대할 거 같아? 개네들은 앨리스가 만찬이나 댄스파티를 못 여는 걸 아니까 자기들 파티에도 초대하지 않아! 주거니 받거니 할 수 없다는 거야! 그게 다야! 그래서 헨리에타 램브가 그런 짓을 한 거고."

애덤스는 다시 무릎을 비비기 시작했다. "이런, 이런!" 그가 말했다. "무슨 짓?"

"당신의 소중하고 위대한 램브 씨의 손녀 헨리에타가 큰 파티를, 아주 성대한 파티를 열기로 하고 사람들을 초대했어. 이 지역에서 조금이라도 이름이 있는 사람은 전부 초대했을 거야. 러셀 씨라고 최근에 여기로 이사 온 참 괜찮은 젊은이가 있는데, 앨리스한테 관심이 있어서 파티에 같이 가자고 했어. 하지만 앨리스는 승낙할 수 없어. 너무도 가고 싶겠지만 못 가. 알아들어? 헨리에타 램브가 초대하지 않았기 때문이야. 왜 초대하지 않았는지 알아? 앨리스가 보답으로 파티를 열 수 없으니까. 자기 할아버지가 부리는 일개 점원의 딸이기 때문에 무시해도 된다고 생각하는 거야. 당신이 이해하길 바라!"

"아, 이런, 이런!" 애덤스는 한탄했다.

"그게 당신의 소중한 사장님이야." 애덤스 부인이 빈정거렸다. "그게 당신의 소중하고 친절하고 위대한 램브 씨라고! 이전부터 앨리스는 따돌림을 많이 당했어. 만찬이나 소소한 댄스파티 같은 것들에서 소외됐지. 하지만 이번 일은 앨리스가 완전히 쫓겨났다는 공지나 다름없어! 당신의 소중하고 위대한—"

"이것 봐!" 애덤스가 외쳤다. "그만 좀 해! 그분 손주들이 하는 일을 두고 그분을 탓하는 거야? 램브 씨는 아마 알지도 못할 거야. 설마 그분이 그런 문제까지—"

애덤스 부인은 분통을 터뜨렸다. "당신은 그런 문제에 신경 써야 해! 그러는 게 좋을 거야, 버질 애덤스! 당신 딸이 시들어서 비참한 노처녀가 되는 꼴을 보고 싶지 않으면 말이야. 앨리스는 아직 젊고 행복해질 기회가 있어. 아버지 되는 사람이 딸한테 마땅히 줘야 할 것들 대신 맷돌을 목에 걸지 않는다면! 당신이 죽어서 하느님을 만나면 당신한테 가슴속에 심장 대신 뭐가 들었냐고 물어보실 거야!"

"이런, 이런!" 애덤스가 신음했다. "내 심장이 여기서 무슨 상관이야?"

"상관없지! 심장이 있었으면 딸한테 필요한 걸 줬을 테니까. 당신한테 불가능한 일을 하라는 게 아니잖아! 당신도 내가 그런 요구를 하는 게 아니라는 걸 알잖아!"

이 말에 애덤스는 갑자기 뻣뻣하게 굴었다. 무릎을 문지르던 초조한 두 손이 멈췄다. 애덤스는 아내를 빤히 노려보았다. "말해." 애덤스가 천천히 말했다. "지금 내게 뭘 바라는 거야?"

"알잖아!" 부인이 흐느꼈다.

"그 얘기를 다신 안 꺼내기로 한 약속을 지금 깨는 거야?"

"내가 약속 따위에 연연할 거 같아?" 애덤스 부인은 울면서 남편의 발치에 몸을 던지고 몸부림쳤다. "그깟 약속 때문에 내 새끼들의 행복을 위해 싸우지 않을 거 같아? 그럴 수 없어. 그럴 수 없다고! 죽을 때까지 계속 싸울 거야! 죽을 때까지, 죽을 때까지 할 거라고!"

애덤스는 이제 무릎 대신 머리를 문지르며 온몸을 떨었다. 자리에서 일어나 비틀거리며 방 안을 오갔다.

"제길, 제길, 제길!" 애덤스가 외쳤다. "또 이 소리라니!"

"맞아!" 부인이 흐느꼈다. "내가 죽을 때까지."

"그래, 내가 회복하는 동안에 당신은 이것만 노렸군."

"그래. 죽을 때까지 계속할 거야!"

"아주 훌륭한 마누라야." 애덤스가 말했다. "남편더러 비열한 개가 되라고 하다니!"

"아니! 남자가 되라는 거야! 난 죽을 때까지 계속 말할 거야!"

애덤스는 예전에 쓰던 방법으로 마음을 가라앉히려고 노력했다. 비틀비틀 오락가락하며 걸음에 맞추어 욕설을 내뱉었다.

부인도 넋두리를 되풀이했다. 낡은 우물 펌프처럼 점점 갈라지는 목소리로 연이어 외쳤다. "죽을 때까지! 죽을 때까지! 죽을 때까지!"

부인은 소리를 지르는 것으로 넋두리를 마무리했다. 위층으로 올라오던 앨리스는 러셀이 떠나서 다행이라는 생각뿐이었다. 앨리스가 아버지 방으로 뛰어 들어왔다.

애덤스는 딸을 보고 바닥에서 몸을 들썩이는 형체를 떨리는 손으로 가리켰다. "데리고 나가줄래?"

앨리스는 어머니를 부축해서 일으켜 세웠다. 비통한 여인은 격정적으로 딸을 끌어안았다.

"데리고 나가!" 애덤스가 고함쳤다. 그러나 잠시 후 그가 말했다. "잠깐!"

앨리스는 걸음을 멈추고 어머니의 어깨 위로 멍하니 아버지를 건너다보았다. "왜 그래요, 아빠?"

애덤스는 팔을 뻗어 아내를 가리켰다. "네 엄마가 말하길, 네 엄마가 말하길 네 삶이 비참하다는구나, 앨리스."

"아니에요, 아빠."

애덤스 부인이 딸의 품속에서 몸을 돌렸다. "애가 거짓말하는 거 들었어? 딸만큼 용감해질 수 없어, 버질?"

"거짓말이니, 앨리스?" 애덤스가 물었다. "비참하니?"

"아니에요, 아빠."

애덤스가 가까이 다가왔다. "나를 봐!" 애덤스가 말했다. "이 댄스파티라는 거, 그게 그렇게 견디기 힘드니?"

앨리스는 "아니에요, 아빠."라고 다시 말하려고 했으나 할 수 없었다. 갑작스레 앨리스는 참고 있던 울음을 터뜨렸다. "듣고 있어?" 그의 아내가 흐느꼈다. "이래도 당신은—"

애덤스는 사납게 손을 휘둘렀다. "나가!" 그가 말했다. "둘 다 나가! 나가라고!"

모녀가 나가자 애덤스는 의자에 털썩 주저앉았다. 허리를 깊숙이 숙여 초췌한 얼굴을 숨겼다. 앨리스가 문을 닫는 동안 애덤스는 또다시 무릎을 문지르며 한탄하기 시작했다. "아, 이런, 이런!"

14

　만남이 약속된 '내일모레'에는 태양이 눈부시게 빛났다. 시원하지는 않았지만 산책하기에 안성맞춤인 날씨였다. 햇빛이 흩뿌려진 공기는 왕성한 생명력으로 반짝이는 것처럼 보였다. 아서 러셀은 날씨가 마음에 쏙 드는 발랄한 동행처럼 느껴졌다. 실제로 옆에서 걷고 있는 발랄한 동행은 더더욱 마음에 들었다. 그녀는 아리따운 모습으로 재치 있게 말하고 애틋한 미소를 지었는데, 이런 모습들이 합쳐져 그를 더없이 기쁘게 했다.

　"당신이 이렇게 즐거워하는 걸 보니 아버님 병세가 많이 호전되었군요." 러셀이 말했다.

　"맞아요. 적어도 오늘 오후에는 꽤 좋아 보이셨어요." 앨리스가 말했다. "내가 즐거워 보이는 데는 다른 이유가 있을지도 모르지만요."

　"예를 들면?"

　"바로 이거예요!" 앨리스는 놀리는 듯한 웃음이 섞인 귀여운 표정으로 말했다. "예를 들면!"

　"말해줘요." 러셀이 부탁했다.

　"뻔하지 않아요?" 앨리스가 물었다.

"당신은 항상 즐거우니까, 이 뜻인가요?"

"아니요." 앨리스가 답했다. "당신이란 사람이 즐거우니까, 이 뜻이에요!"

이런 식으로 순간적인 표정과 다양한 몸짓을 이용해 말에 이런저런 의미를 부여하는 화법은 앨리스의 특기였다. 앨리스는 명랑하게 특기를 발휘하며 상대가 원하는 대로 크고 작은 의미를 붙이게 내버려두었다.(이런 화법의 크나큰 장점 중 하나였다) 러셀은 소소한 화제로 운을 띄우는 역할에 만족했다. 자기만의 교태가 없는 건 아니었지만 최근에 러셀은 앨리스가 애교를 부릴 때만 인생이 즐겁게 느껴졌던 것이다. 행복하게도, 이런 고마운 순간은 앨리스와 함께 있는 시간 내내 지속됐다. 아무리 심각해 보여도, 또 어떤 주제로 이야기하든지 간에, 앨리스는 둘만의 특별한 순간을 만들어냈다.

앨리스가 없으면 저녁 시간이 지루하리라고 느낀 러셀은 더 자주 보고 싶은 충동에 떠밀려 금지된 주제를 입에 올렸다. "미스 램브의 댄스파티 말입니다. 아버님 병세가 좋아지셨으니—"

앨리스는 얼굴을 조금 붉혔다. "아이참." 앨리스가 꾸짖었다. "그 얘기는 하지 않기로 했잖아요."

"네, 하지만 아버님이 나아지셨으니—"

앨리스는 고개를 저었다. "내일은 편찮으실 거예요. 병세가 나아졌다가 꼭 다시 나빠지곤 해요. 오늘처럼 유난히 좋아 보이신 날 다음에는 더 심하게 앓으실 가능성이 커요."

"이번에는 다를 수도 있어요." 러셀은 고집을 피웠다. "만약 내일 저녁에 아버님이 괜찮으시면 파티에 갈래요? 파티가 시작하기 직전까지 기다렸다가 결정하면 어때요?"

앨리스는 가볍게 손사래 쳤다. "이게 무슨 난리람!" 앨리스가 외쳤다. "가엾은 앨리스 애덤스가 파티에 가고 말고가 무슨 별일이라고요?"

"당신이 없으면 나는 상당히 우울할 거라고 말했잖아요."

"잘도 그렇겠군요!" 앨리스가 놀렸다.

"명백한 사실입니다." 러셀이 주장했다. "요즘에는 파티에 별 흥미를 못 느껴요. 그리고 당신이 없으면—"

"안 가면 되잖아요." 앨리스가 제안했다. "당신은 가겠죠!"

"유감스럽게도 빠질 수가 없습니다. 안타깝게도 나를 핑계 삼아 여는 파티예요. 미스 램브가 가족의 친구 자격으로—"

"당신을 위해서 연 파티군요! 알겠어요! 결국 밀드레드를 위해서죠?"

러셀은 한층 더 얼굴을 붉혔다. "밀드레드의 친척이니까요."

"물론이죠! 당신은 즐거울 거예요. 헨리에타가 미스 다울링 말고—딱하기도 하지—다른 파트너들을 구해주겠죠!"

"하지만 나는 당신과 춤추는 모습을 사람들에게 보이고 싶어요. 어쩌면 아버님이—"

"잠깐만요!" 앨리스는 중요한 말을 할까 말까 망설이는 것처럼 눈살을 찌푸렸다. 그러고는 결국 말하기로 결심한 어조로 물었다. "진실을 알고 싶어요?"

"나한테 너무 괴로운 진실이 아니라면요."

"당신과는 상관없어요." 앨리스가 말했다. "물론 나도 당신과 파티에 가서 함께 춤추고 싶어요. 하지만 파티에 가도 우리가 같이

174

!"

못 믿어요?"

, 내가 게을러서 신발 끈도 단정히 묶지 않는다고 사람들

기회를 당신이 줄까봐 너무 불안해요!"

우스워했다. "사람들이 그런 말을 해요?" 그가 물었다.

이든 마찬가지예요! 자기 목적을 이룰 수 있는 말이라

든지 해요." 앨리스는 심각한 표정으로 고개를 주억거렸

. 여기 사람들은 그래요!"

끈이 풀려 있어도 괜찮아요." 러셀이 말했다. "당신 신

면요."

들은 당신이 뭘 질색하는지 기어이 알아낼 거예요."

러셀이 장난스러운 눈빛으로 바라보며 물었다. "당신

는 아무것도 싫어하지 않는다면요?"

무릎을 살짝 구부려 인사했다. "듣기 좋네요! 하지만

는 여자에게는 치명적으로 불리한 점이 하나 있어요."

요?"

예요. 사람들은 꼭 뒤에서만 험담하거든요. 그렇게 죽

"

지 잘 모르겠습니다."

요? 헨리에타나 밀드레드나, 그중 누구나, 그 애들의

아, 모두가 그래요! 아무튼 그중 한 명이 당신한테 와

끈이 풀린 채로 돌아다닌다고 말했다고 가정해봐요.

에 있으면 당신은 나를 보고 그들 말이 사실이 아니

지요. 내가 앉아 있기 때문에 발이 보이지 않아서 사

시간을 보내기 어렵다는 걸 당신이 모르는 것 같아요."

"아니, 난 물론—"

"신경 쓰지 말아요!" 앨리스는 외쳤다. "나랑 있을 시간이 없을 게 당연하죠. 실은, 아빠가 내일 괜찮으시더라도 난 안 갈 거 같아요. 아니, 안 가요. 아빠 말고도 다른 이유가 있거든요."

"그래요?"

"네, 솔직히 말하면 난 헨리에타 램브와 친하지 않아요. 그 애를 좋아하지 않아요. 그 말은 헨리에타도 날 좋아하지 않는다는 뜻이죠. 내가 여는 파티에 그 애를 초대할 리 없는데 헨리에타가 날 초대하겠어요?" 새롭게 떠오른 발상이었다. 난처한 상황을 빠져나갈 구멍을 발견한 앨리스는 진즉에 떠올리지 못한 것을 아쉬워했다. 헨리에타와 사이가 나빠서 서로 초대하지 않는다고 처음부터 말했어야 했다. 불안해할 이유가 또 있었다. 앨리스는 부유한 아버지 아래서 누릴 대로 누린 딸인 척하지 말았어야 했다고 후회했다. 이제는 별수 없이 그 역할을 계속해서 정교하게 꾸며나가야 했다. 진실은 대개 단순하다. 그러므로 진실의 반대도 성공하려면 단순해야 한다. 그러나 진실의 반대를 행하는 사람들은 대개 앨리스처럼 충동적이고, 역시 앨리스처럼 복잡한 덫에 얽혀버린다.

"나도 그 애를 우리 집에 부르기 싫은데," 앨리스가 말을 이었다. "내가 그 집에 가면 안 되겠죠. 난 한 번도 헨리에타를 좋아한 적 없어요. 사람으로서 마땅히 지녀야 하는 품성이 부족한 애라고 생각해요. 예를 들면, 자기를 애지중지하던 아버지의 죽음에 대한 감정 같은 거요. 당신 친척이 파티를 연 날은 헨리에타의 아버지가 돌아가신 지 열한 달 하고도 이십칠 일 되는 날이었어요. 하지

만 헨리에타는 고작 며칠을 못 참아서 1년을 채우지 않았어요. 파티에 왔죠."

앨리스는 문득 걸음을 멈추더니 후회하는 미소를 띠고 외쳤다. "나는 참 나빠요!"

"그래요?"

"당신에게 성대한 파티를 열어주는 사람을 험담하고 있잖아요. 헨리에타가 당신 앞에서 나를 험담할 것처럼 말이에요. 만약 내 얘기가 나오면 그 애가 무슨 말인들 안 할지! 물론 그게 공정하겠죠. 하지만, 글쎄요, 그런 일이 없었으면 좋겠네요!" 앨리스는 하얀 장갑을 낀 예쁜 손을 잠시 러셀의 팔에 포갰다. 자기 팔에 얹힌 앨리스의 손을 내려다본 러셀은 순간 가슴이 뭉클했다. "난 이 문제에서만큼은 공정하고 싶지 않아요." 매력적인 목소리에 불안스럽게 떨리는 웃음을 첨가하며 앨리스는 말했다. "다른 사람이라면 이런 말 하지 않아요. 하지만 당신은! 나에 대한 험담이 당신 귀에 안 들어갔으면 좋겠어요! 만약 괜찮다면, 헨리에타에게 그럴 기회를 안 주면 안 될까요?"

앨리스의 말은 전적으로 진심인 비애와 유머가 섞여 있어 매력적이었다. 갑자기 러셀은 "당신은 정말 사랑스러워!"라고 외치고 싶은 충동을 느꼈다. 그 어떤 다른 말도 적절치 않을 것 같았다. 그러나 러셀은 좀더 보수적인 표현을 택했다.

"누가 당신을 험담하겠습니까—칭찬이라면 모를까!"

"누가 나를 칭찬했어요?" 앨리스는 급히 물었다.

"당신 이야기를 한 적 없어요. 만약 했다면 당연히 칭찬을—"

"아니요!" 앨리스는 다시 떨리는 웃음소리를 곁들이며 말했다.

"당신은 이곳을 아직 몰라요. 알게 들은 달라요. 서로를 수시로 험담ᄒ 하는 거 들었죠? 그게 증거예요. ᄋ 그건 내가 여기 사람들처럼 행동ᄒ 들은 겉으로 보이는 최악의 단점ᄋ 을 지어낸답니다. 네, 정말 그래ᄋ 않았으면 좋겠어요. 당신에게 말ᄋ

"행여나 사람들이 그런들 무슨 물었다. "사실이 아니라는 걸 내ᄀ

"그래도 뭔가 달라질 거예요." ᄋ 타깝지만 사람들은 얼룩이 있는 운 다음에도요. 어쨌든 한 번 망ᄀ 가져도 완전히 망가진 거나 다름 의 마음이 그렇죠. 나에 대한 마ᄋ

"망가질 단계는 훨씬 지났습ᄂ

"그렇게 되지 않아요!" 앨리스ᄉ

"왜죠?"

"불가능하기 때문이에요. 남ᄀ 사리 바꾸지 않아요. 바꿀 때는 한 이유가 있었던 것처럼 말ᄒ 채 시내에 나가기만 해도 그ᄀ 각해요. 이게 사실이라는 걸 ᄆ

"나는 그렇지 않습니다."

"그거예요!" 앨리스는 외쳤ᄂ

다고 해ᄋ
"나를 ᄇ
"글쎄ᄋ
이 험담할
러셀은

"무슨 ᄆ
면 무엇이
다. "맞아ᄋ
"난 신ᄇ
발 끈이라
"그 사람
"만약—
에 대해서ᄇ
앨리스ᄂ
험담을 당
"어떤 거ᄉ
"바로 이ᄀ
이는 거예ᄋ
"무슨 말ᄋ
"모르겠ᄋ
어머니라도
서 내가 신ᄇ
내가 그 자ᄅ
라는 걸 알ᄀ

실 여부를 확인할 수 없어도, 눈앞의 나를 보고 당신은 내가 신발 끈 따위를 소홀히 할 여자가 아니라는 걸 알 수 있어요. 하지만 현실에서는 그렇게 되지 않아요. 그들은 내가 없는 자리에서만, 즉 내가 진짜 어떤 여자인지 당신에게 상기시킬 수 없을 때만 그런 말을 할 거예요."

"하지만 당신은 그렇게 해주지 않아요." 러셀이 불평했다. "상기시키기는커녕 당신이 어떤 사람인지도 알려주지 않아요. 난 진심으로 당신을 잘 알고 싶어요."

"그럼 우리 진지해지기로 해요." 앨리스는 제법 진지한 표정으로 말했다. "진심으로 알고 싶어요?"

"네."

"그럼 조심하세요."

"조심하라고요?" 러셀은 흥미가 동했다.

"나를 혼동하지 않게 조심하라고요." 앨리스는 말했다. "다른 사람들이 말하는 앨리스 애덤스와 내가 솔직하게 보여주려는 앨리스 애덤스를 혼동하지 않게 조심해요. 당신이 그 둘을 헷갈리면 전부 망가질 거예요!"

"왜 그렇게 생각합니까?"

"왜냐하면―" 지나치게 충동적으로 입을 연 앨리스는 말을 삼켰다. 자기가 얼마나 까다로운 일을 벌이고 있는지 깨닫고 불안해졌다. 앨리스의 혀끝에서 맴돈 말은 이것이었다. "전에도 그런 일이 있었으니까요!" 앨리스는 그 대신 이렇게 말했다. "모든 것은 쉽게 망가지지만, 즐거운 일들은 특히 더 쉽게 망가지니까요."

"때에 따라 다릅니다."

"아니요, 사실이에요. 당신이 조금이라도 아낀다면, 그러니까, 타인에게 자신의 본모습을 보여주고 싶은 여자를—"

"나는 그냥 '타인'입니까? 실망스럽네요."

"그러니까, 당신에게요." 앨리스가 말했다.

"그럼 내가 얼마나 '조심'해야 하는지 말해줘요!"

"조금 전에 내가 헨리에타 램브를 험담한 것처럼 누가 나에 대해 이야기할 기회를 아예 주지 않으면 좋겠어요."

앨리스가 말을 끝마치자 두 사람은 함께 웃었다. 러셀이 말했다. "당신도 알겠지만, 그럼 나는 많은 정보에서 차단될 거예요."

"네." 앨리스는 인정했다. "물론 누가 당신 앞에서 나를 칭찬할지도 모르죠. 따라서 내 이름이 언급되자마자 화제를 바꾸라고 부탁하는 건 좋은 생각이 아닐 거예요. 하지만 결국에는—" 앨리스는 말을 멈췄다.

"'결국에는'은 생각을 마무리하는 단어가 아니잖습니까?"

"여자의 생각은 그렇게 끝날 수 있어요. 남자들은 생각이 정돈됐고 항상 마무리를 짓겠죠. 어쨌든 내가 하던 생각의 끝은 아니었어요."

"끝은 무엇이었습니까?"

앨리스는 충동적으로 시선을 들었다. "바보 같아요." 그러고는 안 될 줄 알면서도 물어보는 사람처럼 웃었다. "두 사람 관계를 당사자들만 알면 좋지 않을까요? 남들이 쑥덕거리거나 참견하지 않게 두 사람만 알고 친구로 지낼 수는 없을까요?"

"그건 좀 어렵겠습니다." 앨리스의 제안에 놀라기보다는 흥미로워하며 러셀은 말했다.

"글쎄요. 나는 가능할 거 같아요." 앨리스는 희망적으로 말했다. "특히나 이렇게 큰 도시에서는요. 최근에 상당히 커졌거든요. 당신도 알겠지만 넓은 지역에서는 사람들이 사생활을 더 잘 유지할 수 있어요. 예를 들어, 오늘 우리가 함께 산책하는 걸 아무도 모르잖아요."

"말도 안 돼요. 이렇게 남들 다 보는 곳에 있는데요!"

"그렇지 않아요."

"아니라고요?"

"전혀 아니에요!" 앨리스는 웃었다. "지난번에는 우리가 사람들이 다 보는 시내에서 같이 걸었죠. 당신이 나를 집에 데려다준 날 말이에요. 하지만 우리가 우연히 만난 건 누가 봐도 명백했어요. 당신이 나를 보고 쫓아왔으니까요. 사람들은 그런 건 쉽게 알아봐요. 어쨌든 지금 우리는 사람들의 눈에 띨 만한 곳에 있지 않아요. 내가 당신을 어디로 데려왔나 보세요!"

재밌어하면서도 조금 당황한 기색으로 러셀은 거리를 둘러보았다. 황량한 아파트 단지와 검댕으로 뒤덮인 낡은 기숙사 목조 건물, 작은 슈퍼마켓과 약국, 빨래방, 단칸짜리 배관 상점 따위가 늘어선 거리에 점집 간판이 군데군데 달려 있었다.

"봤죠?" 앨리스는 말했다. "당신이 모르는 사이에 여기로 데려온 거예요. 물론 당신이 이곳 지리를 모르고 토박이를 믿고 따라온 덕에 가능했어요."

"글쎄요, 미스 애덤스. 당신과 함께라면 내가 어디든지 갈 거라는 뜻인지도 몰라요."

"좋아요." 앨리스가 말했다. "이 누추한 거리 저편에 더 아름다운 곳이 있다는 걸 보여줄 때까지만이라도 계속 따라오세요."

"비유적인 표현인가요?" 러셀이 물었다.

"어쩌면요!" 앨리스는 명랑하게 대꾸했다. "길 끝에 예쁘고 아담한 공원이 하나 있어요. 노동자들이 즐겨 찾는 곳이기 때문에 거기서 우리 지인을 만날 가능성은 이 거리에서만큼이나 적어요."

"당신은 상상력이 엄청나군요!" 러셀이 외쳤다. "우리의 얌전한 산책을 낭만적인 모험으로 둔갑시켰어요."

앨리스는 매우 당황한 표정으로 러셀을 보았다. "당신의 친척들이―우리의 이런 낭만적인 모험을 불쾌하게 여길까요?"

"전혀 그렇지 않아요." 러셀은 말했다. "나보다 오히려 당신이 그분들을 자주 생각하는 거 같아요."

앨리스는 그 말을 흥미롭게 여기는 듯했다. 적어도 제법 마음에 들었는지, 웃음을 터뜨렸다, "그럼 나도 그만 생각할게요. 한때는 밀드레드와 꽤 친했거든요―하여간에 됐어요! 그 이야기는 굳이 안 해도 돼요. 헨리에타 램브와는 친한 적이 없어요. 그 애가 당신과 친해지려고 노력하지 않기를 바랄 정도예요."

"나랑 친해지려는 게 아니에요. 그저―"

"밀드레드 때문이라고요." 앨리스는 담담히 러셀의 말을 끝맺었다. "네, 물론 그렇겠죠."

"두 집안이 친하기 때문입니다." 러셀은 불편해하면서도 성심껏 설명했다. "내가 파머가의 친척이기 때문이에요. 파머가와 램브가는 오랜 친구 같아요."

"애덤스가는 확실히 아니죠." 앨리스는 말했다. "두 집안 어느 쪽과도 친하지 않아요. 특히 램브가는요!" 이때 앨리스는 무엇이 그런 충동을 자아냈는지도 모르는 채 또다시 이야기를 지어내고 색칠하기 시작했다. "나와 헨리에타 사이의 갈등이 전부 개인적이지는 않아요. 내가 그 애를 좋아했어도 그 집에 가지 못했을 거예요. 집안끼리 사이가 나쁘거든요. 사실은 절교하기 직전이에요."

"당신을 힘들게 하는 일이 아니었으면 좋겠군요."

"왜요? 나를 힘들게 하는 일은 많아요."

"그렇다면 정말 안됐습니다." 진정 안타까워하는 말투였다.

앨리스는 감사의 표시로 고개를 끄덕였다. "상냥하시군요, 러셀 씨. 우리 집안과 램브 집안 사이의 결절은 상당히 골치 아픈 일이에요. 아주 오래된 악연이거든요." 앨리스는 깊은 한숨을 내쉬었는데, 절반쯤은 진심에서 우러나온 것이었다. 진심인 부분은 아버지를 가엾이 여기는 마음이었고, 나머지는 가문 간의 갈등에 휩쓸린 비운의 줄리엣 캐플릿을 본능적으로 모방한 듯했다. "너무 싫어요!" 앨리스가 덧붙였다.

"물론 힘드시겠죠."

"집안끼리의 싸움은 대부분 사업과 관련된 거 같아요." 앨리스가 말했다. "그래서 더 추하고요. 난 램브가가 야비하다고 생각하지만, 물론 나는 편견이 있죠." 그리고 앨리스는 애덤스가와 램브가 사이에 일어난 사업적 갈등의 역사를 그리기 시작했다.

즉흥적이고 극적인 그림이었다. 수학적인 요소는 일절 없었고 램브 컴퍼니라는 기업과 애덤스 씨의 관계를 명확히 묘사하지도 않았다. 불분명한 점이 많았지만, 사업이나 거래 같은 미지의 세계를 마주한 젊은 아가씨가 이해하기 어려운 부분이라고 쉽게 설명될 수 있었다. 앨리스의 말에 따르면 애덤스 씨는 회사에서 애대한 종류의 부임원이었거나 아니면 그런 자리에 마땅히 올랐어야 하는 인물이었다. 여하튼 그는 회사의 터줏대감 중 한 명이었고, 램브가의 여느 집안사람만큼이나 회사의 성공에 이바지했다. 그러나 남 좋은 일에 그토록 큰 노력과 지식을 제공하는 데 신물이 난 애덤스는 이제 회사를 떠나서 자기 사업을 차리기로 했다. 그의 계획이 알려지면 램브가 사람들은 백발백중 분노할 것이다.

앨리스가 급히 엮어낸 이야기는 모호하지만 대충 이런 내용이었다. 이야기의 배경에는 서글픈 사실이 숨겨져 있었다. 애덤스가 마침내 굴복한 것이다.

애덤스 부인은 끝내 뜻하는 바를 이뤘지만 의기양양하기보다는 침울하고 불안해했다. 위대한 J. A. 램브가 화가 나서 앙심을 품을지도 모른다고 딸에게 말했다. 애덤스가 그를 두려워한다고도 말했다.

"왜요, 엄마?" 앨리스는 물었다. 그녀가 듣기에는 얼토당토않았다. "아빠가 회사를 그만두고 자기 사업을 한다고 램브 씨가 왜 화를 내요? 무슨 권리로요? 자기가 주장하는 것처럼 아빠의 좋은 친구라면 오히려 기뻐해야죠. 풀 공장이 성공한다면 말이에요. 왜 화를 내요?"

애덤스 부인은 불안한 눈빛으로 딸을 흘깃 보고 망설이다가 설명했다. 램브 컴퍼니는, 특히 '그 늙은이'는 직원이 사직하는 것을 배반으로 여긴다는 것이었다. 직원들이 회사에 뼈를 묻기를 기대한다고 부인은 쓸쓸하게 말했고, 딸은 조금 이상하게 여기면서도 납득했다. 애덤스는 자신이 항복했다는 사실을 딸에게 말하지 않았다. 누구와도 말할 기분이 아닌 듯했다.

앨리스는 오랫동안 심각하게 있지 않았다. 이윽고 자신이 꾸며낸 정교한 그림을 마무리하며 웃기 시작했다. "아무튼 이 모든 게 어처구니없어요." 앨리스가 말했다. "사실 우습기까지 해요! 아빠가 램브 컴퍼니를 그만두고 하려는 일 말이에요! 그게 뭔지 당신은 상상도 못 할 거예요!"

"그렇다면 시도하지 않겠습니다." 러셀이 말했다.

"그걸 알고 나면 나에 대해 낭만적인 생각을 품기 어려울 거예요." 앨리스는 웃었다. "내가 어떤 기업의 상속녀가 될지 당신이 알게 되면 두 번 다시 나와 낭만적인 모험에 나서지 않을 거란 말이에요." 두 사람은 앨리스가 예고한 작은 공원의 입구에 다다랐다. 앨리스가 말한 대로 예쁜 공원은 날이 좋아서 특히 아름다웠다. 태곳적 숲에서나 볼 수 있는 고목이 말끔히 손질된 연녹색 잔디 위로 정정하고 고요히 서 있었다. 아직 공장에서 노동자들이 나오지 않을 시각이었다. 아이를 데리고 나온 어머니들만 나무 그림자 속에 띄엄띄엄 자리를 잡고 있었다. "집에 돌아가기 전까지 말해주지 않을 거예요." 자갈길을 걸으며 앨리스가 말했다. "조금만 더 가면 연못 옆에 벤치가 있어요. 거기서 많은 이야기를 나누기로 해요. 내 지참금처럼 끈끈한 이야기 말고요."

"끈끈하다고요?" 러셀이 되풀이했다. "대체 무슨—" 그러자 앨리스는 자포자기한 것처럼 웃음을 터뜨렸다.

"풀 공장이에요!"

러셀도 웃었다. 재밌기도 했으나 앨리스에게 느낀 친밀감에서 우러나온 웃음이기도 했다. 앨리스는 아버지의 계획이 '집안 비밀'이라고 말하는 걸 잊지 않았다. 하지만 얼마 안 가 모두가 알게 될 거라고 덧붙였다. 램브가와 친한 사람들은 별별 소리를 다 할 거예요, 누가 알겠어요!

이렇게 앨리스는 한결같이 발랄하게, 적어도 발랄한 분위기를 풍기며 어설픈 방어벽을 세웠다. 재잘거리는 중에도 앨리스는 내심 끊임없이 의아해하고 있었다. 새롭게 지어내는 이야기는 모두 이전에 지어낸 이야기를 지탱하는 데 필요한 듯했다. 어쩌다 이렇게 됐을까? 다음 순간 또다시 거짓말하는 자신의 목소리가 들렸다. 기왕 아버지가 큰 변화를 꾀하기로 마음먹었으니, 이참에 아버지가 고집하는 '누추한 작은 집'을 그만 떠나자고 자신과 어머니가 설득 중이라고 말했다. '시골에 살고 싶다'는 개인적인 소망이 입에서 미끄러져 나올 뻔한 순간 가까스로 자제하고 말을 멈췄다. 때맞추어 신중함을 발휘한 것인데, 신중함과 더불어 앨리스의 입을 막은 무언가가 있었다. 앨리스는 갑자기 말을 멈추고 얼굴을 붉혔다.

이때 그들은 연못가의 벤치에 앉아 있었다. 예쁜 동행을 더 잘 보려고 벤치 등받이에 팔꿈치를 대고 턱을 괴고 있던 러셀은 앨리스가 왜 얼굴을 붉혔는지 추측도 할 수 없었지만 사랑스럽다고 생각하는 것에 만족했다. 러셀은 앨리스를 처음 보았을 때 자기 마음에 쏙 들게 예쁘다고 생각했었다. 함께 있는 매 순간 점점 더 예뻐 보였다. 보고 또 봐도 부족할 정도였다. 그의 눈이 앨리스가 말할 때마다 쉼 없이 움직이는 손을 좇다가 생기발랄한 얼굴로 기꺼이 다시 올라갔다. 그는 매혹되었다.

갑자기 말을 멈춘 앨리스는 한숨을 내쉬고 눈썹을 익살맞게 추어올리며 러셀을 쳐다보았다. "당신, 헨리에타에게 기회를 주지 않겠다고 아직 약속하지 않았어요." 웃음기를 살짝 머금은 채로 앨리스는 매우 조용히 말했다.

러셀은 당황했다. "기회라뇨?"

"무슨 말인지 알잖아요! 내가 계속 불공정할 수 있도록 해줄 거죠? 다른 여자애들이 보복할 기회를 안 줄 거죠?"

러셀은 흔쾌히 약속했다.

15

앨리스는 공원이나 누추한 거리에서 그들의 지인을 만날 가능성이 적다고 말했다. 하지만 초라한 거리에서 왔던 길을 되밟았는데도 두 사람은 양쪽이 다 아는 사람과 마주쳤다. 러셀은 조금 놀랐고, 앨리스는 놀람보다 더 뜨끔한 감정으로 그 사람을 보았다.

더러운 동네는 속속들이 흉했지만 전반적으로 정직해 보였다. 그러나 이내 한 골목이 눈앞에 나타났는데, 첫눈에는 견실해 보이지만 외설스러운 책이 주머니 위로 삐져나와 있는 노동자처럼 수상쩍었다. 단층짜리 어두침침한 가게 서너 개는 더럽기는 하지만 상호만 보면 문제없는 간판을 달고 있었다. 간판 하나는 담배 가게라고, 다른 하나는 중고품 가게라고, 나머지 하나는 '소다와 시가' 가게라고 주장했다. 그러나 아무리 순박한 사람이라도 이 간판들이 주장하는 바를 의심할 만했다. 현대 상인들은 행인들의 시선이 가게 내부로 끌리도록 솜씨를 부린다. 눈에 보인 것이 마음에 들면 발걸음도 따라오기 마련이기 때문이다. 하지만 담배 가게라는 곳과 그 옆의 가게들은 창문에 먼지를 쌓는 것을 오랫동안 즐겨온 듯했고, 가게 입구 유리창에는 블라인드를 끝까지 내렸다. 환한 거리의 밝은 햇빛에 수축된 동공이 침침한 가게 내부로 향하지 않도록 의도한 것이다. 장사 수완이 부족한 탓이 아니라 다른 이유가 확실히 있었다. 간판은 무의미했다. 굳이 버리기가 귀찮아서 내버려두었을 뿐, 이 가게들의 진짜 장사는 어둑한 앞방이 아니라 환한 뒷방에서 이루어졌다. 위험한 새 주류와 주사위 도박과 거친 여자들이 거래되는 곳이었다.

고약한 가게들이 더없이 천진하게 정체를 드러낸 채로 버젓이 늘어서 있었고, 이들과 비슷한 종류의 친근함을 풍기는 이발소가 골목의 끝을 장식했다. 이 가게들을 지나면 검댕으로 그을린 2층짜리 목조 단독주택들이 있었다. 도시가 중년쯤 되고 안정적이던 시절, 즉 도시가 늙고 비대해지기 전에 활기가 넘치던 동네의 일부였다. 지금은 모든 집에 '빈방 있음' 사인이 달려 있고, 세입자들로 바글거리되 그 누구의 '집'도 아닌 건물에서 흔히 느껴지는 불안한 느낌이 서려 있었다. 거짓 가게들과 마찬가지로 무언가를 숨김으로써 광고하는 듯한, 비밀스러운 낌새 또한 엿보였다.

이발소 옆집 정면에 널찍하고 낡은 포치가 있었다. 한때는 일요일 오후에 한 가족의 아버지가 거리를 오가는 마차들을 바라보며 야자수 이파리로 땀을 식혔고, 별빛이 총총한 저녁이면 그의 딸이 길에서 들려오는 만돌린 소리와 친밀한 농담에 귀를 기울였을 것이다. 지금도 젊은이들이 포치를 차지하고 있기는 했지만, 젊은이들과 포치는 함께 퇴락하고 있었다. 이날 오후에 그 포치에서 빈둥거리고 있는 젊은이 네댓 명은 수상쩍은 당구장을 들락거리는 부류였다. 그중 누구도 중절모를 쓰지 않았다. 하나같이 야구 모자를 썼고, 같은 곳에서 구매한 것으로 보이는 꼭 끼는 옷은 사선 주머니와 가짜 벨트, 부활절 달걀처럼 알록달록한 색으로 이루어

러셀은 앨리스를 처음 보았을 때 자기 마음에 쏙 들게 예쁘다고 생각했었다.
함께 있는 매 순간 점점 더 예뻐 보였다. 보고 또 봐도 부족할 정도였다.

져 있었다. 젊은이들의 또 다른 공통점은 눈매와 입가에 걸린 표정이었다. 딴생각에 잠겨 있던 앨리스는 이 표정이 특히 불쾌했다.

포치는 인도에서 열두 걸음 정도밖에 떨어져 있지 않았다. 포치에 가까워짐에 따라 앨리스는 젊은이들을 의식하고 표정을 살짝 굳혔다. 아는 사람과 어딘가 닮았다는 의심이 뇌리를 스치기도 전이었다. 그러다 앨리스는 은밀하게 비웃는 젊은이들의 표정이 특정한 상황에서 비롯된 것이 아니라 습관적이라는 걸 깨달았다. 그들은 물고 있는 담배를 떨어뜨리지 않으려는 것처럼 입술을 한쪽으로 치켜올리고 눈에 나른한 우월감을 띠고 있었다. 앨리스는 곧바로 월터를 떠올렸다. 이 생각에 앨리스가 이마를 찡그리기 시작했을 때 월터 본인이 열려 있던 문을 통해 포치로 나왔다. 새 밀짚모자를 썼고, 상아 손잡이가 달린 말라카 지팡이를 들고 있었다. 앨리스가 결국 포기하고 동생에게 준 것이었다. 월터는 기운이 넘쳐 보였다. 행진 지휘자처럼 지팡이를 손가락 사이로 돌리며 휘파람을 크게 불고 있었다.

게다가 월터는 혼자가 아니었다. 강렬한 흑백 포스터의 색조로 치장한 마른 여자와 함께 있었다. 여자는 검은 드레스를 입고 얇고 긴 검은 스카프를 목에 둘렀다. 검은 스타킹에 하얀 구두를 신었고, 커다란 검은색 모자를 까만 눈 바로 위까지 눌러썼다. 모자 아래로 보이는 뺨과 턱은 페인트칠한 것처럼 하얗게 분을 발랐다. 여자는 질겅질겅 껌을 씹으며 턱을 양쪽으로 힘차게 움직였다.

포치에서 빈둥거리는 무리는 월터와 여자를 잘 아는 모양이었다. 그들은 낄낄거리며 커플을 반겼고, 그중 한 명이 쉿소리 나는 목소리로 노래하기 시작했다.

"그리고 나와 내 치마는 샐과 곧바로

영화관에 갔다네

아, 수줍은 요부여"

여자가 가볍게 웃었다. "세상에, 그래도 너흰 정말 재치 있어!" 여자가 말했다.

"이리 와, 월리."

월터는 누나를 빤히 보다가 희미하게 웃고, 모자를 들어 인사하는 러셀에게 고개를 끄덕였다. 앨리스는 알아들을 수 없는 외마디를 내뱉었다. 걸음을 서두르며 입술을 꽉 깨물었는데, 애틋해 보이려는 게 아니라 눈에 차오르는 분노의 눈물을 참기 위해서였다.

러셀은 쾌활하게 웃었다. "오늘 동생분이 '색깔' 있는 장소를 잘 찾았군요." 러셀이 말했다. "아까 그 여자는 그런 이야기를 많이 알 거 같아요."

앨리스는 월터의 특이한 취향에 대해 자기가 지어낸 이야기를 까맣게 잊어버렸던지라 러셀의 말을 이해하지 못했다. "뭐라고요?" 앨리스가 쉰 목소리로 물었다.

"동생분에 대해 한 말 잊었어요? 동생분이 글을 쓸 거고, 흑인들 이야기를 듣고 관찰하기 위해서는 어디든지 간다고요?"

앨리스는 시선을 앞에 고정한 채 날카롭게 말했다. "문학적 취향이라고 해도 이건 선을 넘었어요!"

"너무 확신하지 말아요. 전혀 당황한 거 같지 않던데요. 당신이 자기를 봤다고 걱정하는 낌새도 아니었어요."

"그래서 더 나빠요. 그렇지 않아요?"

"아니, 그렇지 않아요." 그녀의 친구가 다정히 말했다. "자기 행동에 떳떳하다는 증거입니다. 저 나이 청년들이 하는 일을 전부 이해할 수는 없어요. 별별 이상한 짓을 하기 마련이고, 나이가 들면 그만둘 겁니다. 동생분은 특이한 사람들에게 관심이 많은 게 분명해요. 문학적인 동기라고 당신에게 말했을 때 아마 적어도 반은 진심이었을 거예요. 우리 모두 그런 시기를—"

"고마워요, 러셀 씨." 앨리스는 말을 끊었다. "그만 이야기하기로 해요."

앨리스는 새빨개진 얼굴로 눈을 부릅뜨고 있었다. 러셀은 이렇게 화를 내는 모습 때문에 그녀가 더욱 좋아졌다. 지금 앨리스의 머릿속에 월터 생각은 별로 없다는 걸 알지 못하는 러셀은 좋은 누나라면 화를 내는 게 당연하다고 생각했다. 그는 한마디 더 추가했다. "너무 속상해하지 마요. 정말 별일 아닙니다."

그러나 앨리스는 고개를 가로젓고 계속해서 침묵을 지켰다. 집에 도착할 때까지 시선을 피하던 앨리스는 다시 눈을 내리깔기 전에 아주 잠깐 눈을 맞췄다. "다 망가졌어요. 그렇죠?" 앨리스가 조그맣게 속삭였다.

"뭐가 망가졌다는 거죠?"

"우리의 산책요—그리고 모든 게요. 늘 결국에는 그렇게 돼요."

"늘 그렇게 된다니, 무슨 뜻입니까?"

"망가진다고요." 앨리스가 말했다.

러셀은 웃음을 터뜨렸다. 하지만 앨리스는 시선을 다시 마주치지 않고 손을 내밀었다. 그 손을 잡은 러셀은 손가락을 급히 꽉 누르는 압력을 느꼈다. 앨리스가 절실함에 가까운 심정으로 그의 친절에 감사를 표하는 것 같았다. 러셀이 다시 말할 기회를 찾기 전에 앨리스는 가버렸다.

앨리스는 방으로 들어가 문을 잠그고, 거울 앞에 앉는 대신 침대 위로 쓰러져 얼굴을 묻었다. 베개 때문에 모자가 구겨져도 신경 쓰지 않았다. 분노 뒤로 순수한 슬픔이 따라왔다. 앨리스는 아름다운 오후를 망친 재앙을 슬퍼했고, 모든 게 끝났다는 생각에 슬퍼했다. 그러나 시간이 흐르며 점차 진정한 앨리스는 어머니의 노크 소리를 듣고 문을 열었다. 애덤스 부인은 근심스러운 표정으로 딸을 보았다.

"딱한 아가! 혹시 그가―"

앨리스는 자초지종을 설명했다. "내가―내가 어떻게 보일지 아시죠, 엄마." 이야기를 마치고 앨리스는 몸을 떨었다. "댄스파티에서 월터의 끔찍한 행동은 '문학적' 취향 때문이라고 포장했어요. 하지만 그 어떤 이야기도 이번 사건은 포장할 수 없어요. 아! 다른 이야기도 다 내가 지어냈다고 그 사람이 의심할 거예요!"

"아니야, 아니야!" 애덤스 부인은 반대했다. "모르겠니? 최악의 가능성을 따져도, 월터가 그런 핑계를 지어냈다고 러셀 씨는 생각할 거야. 너는 동생 말을 믿은 거고. 그 사람은 그렇게밖에 생각할 수 없어. 모르겠니?"

앨리스의 젖은 눈에 희망의 빛이 희미하게 떠올랐다. "정말로 그렇게 생각해요, 엄마?"

"그 사람이 했다는 말로 짐작건대 그렇게 생각한 게 분명하단다. 다시 널 보러 오겠다고 하지 않았니?"

"아뇨," 앨리스는 확신 없이 말했다. "하지만 올 거 같아요. 어쨌든 이젠 그런 생각이 들어요. 그 사람은—" 앨리스는 말을 멈췄다.

"네 이야기를 들어보니 아주 훌륭한 젊은이 같구나." 애덤스 부인이 점잔을 빼며 말했다.

딸은 한동안 침묵을 지켰다. 내리깐 속눈썹에 새로이 눈물이 맺혔다. "그 사람은 정말—다정해요!" 앨리스가 더듬더듬 말했다.

애덤스 부인은 고개를 끄덕였다. "자기가 약혼한 몸이 아니라고 너한테 말했지?"

"아뇨. 하지만 약혼하지 않았다는 걸 알아요. 여기 처음 왔을 때는 거의 그런 사이였을지 몰라도 지금은 아니에요."

"밀드레드 파머는 약혼하고 싶겠지!" 애덤스 부인은 의기양양한 말투로 말할 정도로 노골적이었다. 하지만 앨리스는 고개를 떨 군 채 중얼거렸다.

"누구라도—그럴 거예요."

거의 들리지 않을 정도로 목소리가 작았다.

"걱정하지 마." 어머니가 어깨를 토닥이며 말했다. "다 괜찮을 거야. 마음 편히 가져, 앨리스. 이 도시 어느 여자랑 비교해도 네가 여왕 같다는 걸 모르니? 편견이 없는 남자라면 누구라도 널 보기만 하면—"

앨리스는 위로하는 손에서 벗어났다. "신경 쓰지 마요, 엄마. 그 사람이 나한테 관심이 있는지도 모르겠어요. 게다가 동생이 그런 사람들과 어울리는 걸 본 마당에—"

"아냐, 아냐." 애덤스 부인은 서글픈 어조로 반대하며 말을 잘랐다. "엄마는 월터가 착한 아이라고 믿는—"

"그래요?" 앨리스가 갑자기 흥분해서 외쳤다. "정말요?"

"월터가 착하다는 건 믿어. 그래. 만약 그렇지 않다고 해도 월터 잘못이 아니야. 내 탓이지."

"무슨 말도 안 되는 소리예요!"

"아니, 사실이야." 애덤스 부인이 한탄했다. "내가 월터를 착하게 키우려고 얼마나 노력했는지 하느님이 아신다. 어렸을 때 월터만큼 착한 아이도 없었어. 일요일에 성경 학교에서 돌아오면 항상 내게 달려와서 같이 복습했어. 거의 열여섯 살이 될 때까지 밤이면 내가 자기 방에 와서 같이 기도할 수 있게 해줬어. 그 나이까지 자기 엄마랑 같이 기도하는 남자애는 드물단다. 올곧게 키우려고 정말 노력했어. 하지만 뭔가 잘못됐다면 그건 내 탓이야."

"그게 왜 엄마 잘못이에요? 방금 엄마가 말하길—"

"네 아빠가—새로운 길을 찾도록 내가 진즉에 설득하지 못했잖아. 월터가 다른 애들만큼 누리면서 자랐다면—"

"엄마, 제발!" 앨리스가 애원했다. "그 이야기는 그만해요. 지금부터 월터를 어떻게 해야 할지가 더 중요하지 않아요? 이렇게 우리 망신을 주고 돌아다니게 내버려둘 거예요?"

애덤스 부인은 깊은 한숨을 내쉬었다. "어떻게 해야 할지 모르겠구나." 부인이 우울하게 고백했다. "네 아빠는—새로운 길을 찾기로 한 것에 대해 너무 화가 나 있고, 나는 이 이야기를 꺼낼—"

"아니요!" 앨리스는 외쳤다. "아빠는 다른 일도 많은데 이 문제로까지 속을 썩이면 안 돼요! 하지만 우리는 어떻게든 월터가 정신을 차리게 해야 해요!"

"우리가 뭘 할 수 있겠니?" 어머니가 무력하게 물었다. "어떻게?"

앨리스는 자기도 모른다고 인정했다.

한 시간 뒤에 저녁 식사 자리에서 월터는 습관적으로 눈을 내리깔고 이따금 앨리스를 힐긋거렸다. 월터에게 익숙한 표현을 쓰자면, 그는 누나가 '쏘아대길' 기다리고 있었다. 월터는 자신이 경제적으로 자립한 어엿한 성인으로서 사생활을 침범받지 않을 권리가 있다는 짤막하고 진심인 자기변호까지 준비해두었다. 그렇지만 앨리스도 부모도 아무 말이 없었다. 월터는 아무도 자기를 공격하지 않을 모양이라고 결론을 내렸지만, 식사 시간 내내 침울한 표정으로 음식에 거의 손도 대지 않은 아버지가 자리에서 일어나 이렇게 말하자 생각을 바꿨다.

"월터." 아버지가 말했다. "밥 다 먹으면 잠깐 내 방으로 오렴. 너한테 하고 싶은 이야기가 있다."

월터는 무표정으로 일관하는 앨리스를 한 번 쏘아보고 아버지 쪽으로 고개를 돌렸다. "내일 하세요." 그가 말했다. "오늘은 토요일 밤이고 전 약속이 있어요."

"아니." 애덤스는 인상을 쓰며 말했다. "나가기 전에 올라와. 중요한 일이다."

"알았어요. 밥 다 먹었어요." 월터가 답했다. "시간 없으니까 짧게 하세요."

월터는 아버지를 따라 위층으로 올라갔다. 애덤스는 문을 닫고 자리에 앉아 무릎을 문지르기 시작했다.

"류머티즘이에요?" 아들이 짓궂게 물었다. "그 얘기를 하고 싶었어요?"

"아니다." 애덤스는 말을 잇지 않았다. 어떻게 운을 떼울지 몰라 고민하는 듯한 아버지를 보고 월터는 도와주기로 했다.

"그냥 쏟아내세요." 월터가 말했다. "속 시원하게 쏟아부으세요. 내 일은 내가 알아서 해요! 아버지가 뭐라고 해도 난 신경 안 쓸 건데, 왜 아버지가 걱정하세요? 누나가 쪼르르 달려와서 그랬겠죠. 내가 꽤 유쾌해 보이는 녀석들과 어울리고 있었다고—"

"앨리스?" 아버지 얼굴에 놀란 기색이 역력했다. "앨리스와 무관한 일이야."

"누나가 아버지한테 말한 게—"

"난 종일 앨리스랑 한마디도 하지 않았어."

"알겠어요." 월터가 말했다. "누나가 어머니한테 일러바쳤고, 어머니가 아버지한테 말했군요."

"아니, 둘 다 나한테 별말 하지 않았다. 무슨 일이니?"

월터는 웃었다. "아무것도 아니에요." 그가 말했다. "여자친구랑 한 내기에 져서 오늘 오후에 큐빅 버클을 사주러 시내에 나갔는데, 누나가 러셀이라는 도련님이랑 있다가 절 봤어요. 성난 표정이더라고요. 누나는 나도 자기가 좋아하는 사람들과 어울리길 바라지만 난 그 사람들이 싫거든요. 그래서 아버지한테 고자질한 줄 알았죠."

"아니, 아니다." 아버지가 짜증스럽게 말했다. "그 일에 대해서는 모른다. 관심도 없어. 너한테 할 중요한 이야기가 있다."

애덤스는 다시 입을 다물었다. 월터가 말했다. "그럼 말해요. 듣고 있어요."

"바로 이거다." 애덤스는 어렵게 말을 시작했다. "내가 풀 제조 사업을 시작하려고 한다. 네 엄마한테 들어서 알고 있지?"

"회사로 복귀하지 않고 사업을 시작한다고 했어요. 그거밖에 몰라요. 저는 제 일 하기도 바빠요."

"글쎄, 이게 네 일이라니까." 아버지가 눈살을 찌푸리고 말했다. "넌 램브 컴퍼니에 계속 있을 수 없어."

월터는 놀란 듯했다. "무슨 소리예요, 있을 수 없다니? 왜요?"

"네가 나를 도와야 한다." 애덤스는 천천히 설명했다. 대화가 점점 힘겨워지는 듯, 찌푸린 눈살의 주름이 점점 깊어졌다. "이 사업이 자리를 잡기까지 꽤 어려울 거야."

"그렇겠죠!" 월터는 회의감을 뚜렷이 드러내며 외쳤다. "물론 그렇겠죠!" 월터는 미심쩍은 눈길로 아버지를 빤히 봤다. "이거 보세요, 아버지. 너무 갑작스럽게 시작하시는 거 아니에요? 어머니 등쌀에 못 이겨 넘어가셨군요? 요즘 시대에 사업을 새로 시작하는 게 어떤지 알기나 하세요?"

"그래, 안다." 애덤스가 말했다. "사업에 대해서도 다 알아."

"어떻게요?"

"오랫동안 연구했기 때문이야. 사업이 망할까봐 두렵지는 않다. 하지만 고생스러운 일이고, 너는 네가 가진 모든 힘과 지식을 동원해서 날 도와야 한다."

월터의 숨이 가빠지기 시작했다. 입술이 떨렸다. 끝내 월터는 고집스럽게 입을 다물었다. "물론이죠." 월터가 말했다.

"그래, 그래야지." 아들의 빈정대는 말투를 눈치채지 못한 애덤스가 말했다. "우리 두 사람이 젖 먹던 힘까지 내서 매달려야 해. 적금을 다 끌어 쓰고, 이 집을 담보로 잡혀서 대출을 받아야 할 거다. 시작하기로 마음먹은 이상 제대로 해야 해. 넌 다음 주말까지 회사를 그만두는 거다."

"제가요?" 월터의 목소리가 커지고 날카로워졌다. "제가 다음 주말까지 회사를 그만두어야 하는군요?" 월터는 화를 내며 한 발짝 다가왔다. "제 말 들으세요!" 월터가 말했다. "저는 그만두지 않을 거예요, 알겠어요? 안 그만둔다고요! 계속 다닐 거예요!"

애덤스는 놀라서 아들을 올려다보았다. "다음 주 토요일에 그만두는 거다." 그가 말했다. "네가 필요해."

"그렇지 않아요." 월터는 매몰차게 대꾸했다. "봉급은 줘요?"

"지금 회사에서 버는 것만큼 줄 거다."

"그럼 다른 사람을 쓰세요. 난 풀에 대해 아무것도 몰라요. 다른 사람을 구하세요."

"아니, 넌 반드시—"

월터는 맹렬하게 외쳤다. "이래라저래라 하지 마세요! 제 일은 아버지보다 제가 더 잘 알아요! 저는 회사에 계속 다닐 거예요. 알겠어요?"

애덤스는 발끈하여 벌떡 일어섰다. "너는 내가 하라는 대로 하는 거다. 넌 그 회사를 계속 다닐 수 없어."

"왜요?"

"내가 허락하지 않을 거다."

"이봐요, 아버지. 허락하느니 마느니 계속 말해보세요. 저는 안 그만둬요."

그 말에 애덤스는 신랄한 웃음을 터뜨렸다. "회사에서 널 가만두지 않을 거다, 월터! 내가 그만둔다는 말을 들으면 널 계속 써주지 않을 거라고."

"왜요? 아버지가 그만둔다고 회사가 망하기라도 할까봐요?"

"널 데리고 있지 않을 거다." 애덤스는 바득바득 우겼다.

"왜요, 아버지가 그만두건 말건 그 사람들이 신경이나 써요?"

"널 해고할 정도 신경은 쓸 거다, 아들아!"

"저기, 아버지. 왜 그런지 알려주세요."

"자를 거라고!"

"네." 월터가 빈정댔다. "자를 거라고 계속 우기시는데, 이유를 알려달라고 하면 똑같은 말만 반복하시네요. 그런 식으로는 저를 설득할 수 없어요."

애덤스는 앓는 소리를 내다가 머리를 문질렀다. 방 안을 오가기 시작했다. 월터의 거절은 천만뜻밖이었다. 자기 말에 얼마나 설득력이 부족한지도 느꼈다. 월터 말대로 그는 쓸데없이 무력하게 화만 내고 있었다. "아, 이런, 이런!" 애덤스가 중얼거렸다. "아, 이런, 이런!"

평소에도 혈색이 나쁜 월터의 얼굴이 한층 더 창백해졌다. 월터는 눈을 가늘게 뜨고 아버지를 지켜보다가 갑자기 결심한 어조로 말했다. "이거 보세요." 월터가 말했다. "아버지가 그만뒀다고 회사에서 저를 자를 거라는 말은 미친 소리나 다름없어요. 그런 생각이 어디서 났는지도 모르겠어요. 아버지가 그만둬도 회사는 느끼지도 못할 거예요. 제 말 들으세요. 저는 원하면 언제까지나 회사에 다닐 수 있어요. 하지만 이건 어때요? 저한테 좋은 조건을 주세요. 그러면 아버지 풀 공장에서 일할게요."

방 안을 오가던 애덤스는 걸음을 멈추고 아들을 봤다. "좋은 조건을 달라니, 무슨 뜻이냐?"

"당장 300달러가 필요해요." 월터가 말했다. "그 돈을 주면 회사를 그만둘게요. 돈을 안 주시면, 맹세컨대 계속 다닐 거예요!"

"미쳤냐?"

"300달러가 필요하면 미친 거예요?"

"그래." 애덤스가 말했다. "나한테 그 돈을 달라고 하면 미친 게 틀림없지. 지금 있는 돈을 다 끌어모아도 부족할 판인데."

"안 주실 거예요?"

애덤스는 폭발했다. "멍청한 자식아! 내가 너한테 줄 봉급 말고 300달러를 낭비할 여유가 있으면 너보다 그만큼 가치가 높은 사람을 고용하지 않겠냐? 아주 때를 맞추어 300달러를 달라고 하는구나, 그렇지 않니? 대체 왜 필요한데? 네 여자친구 허리에 감을 큐빅 벨트를 사려고? 부끄러운 줄 알아라! 가족 사업을 도와달라고 네게 뇌물을 바치라고?"

"마지막 기회를 드릴게요." 월터가 말했다. "제가 원하는 조건을 맞추어주지 않으면 저도 아버지 부탁을 들어줄 수 없어요. 이번 기회를 놓치고 나중에 다시 부탁하지 마세요. 왜냐하면—"

애덤스는 사납게 월터의 말을 끊었다. "다시 부탁하지 말라고? 걱정 마라! 유일한 부탁은 내 방에서 나가라는 것뿐이야."

"이거 봐요." 월터가 조용히 말했다. 비딱한 미소가 잿빛 뺨을 일그러뜨렸다. "제 목숨을 구할 수 있다고 해도 300달러를 안 줄 거죠?"

"한심한 놈." 부아가 치민 애덤스가 말했다. "나가."

월터는 휘파람을 불며 나갔다. 문이 닫히자 애덤스는 낡은 의자에 털썩 주저앉았다. "이런, 이런!" 그가 신음했다. "주여. 사악한 자의 길은—"

16

애덤스가 일컬은 사악한 자는 다름 아닌 자기 자신이었다. 월터의 고집스러운 거절을 애덤스는 자신의 '사악한' 길에서 마주칠 수밖에 없는, 불가해하지만 정당한 역경으로 여겼다. "아, 하느님, 하느님!" 끙끙대던 애덤스는 화가 치밀어오르자 돌연 외쳤다. "망할 자식! 멍청한 놈!" 그러면서도 내심 자기 자신이 더 멍청하다고 생각했다. 월터에게 진실을 말하지 못했다. 차마 터놓을 수 없었고, 자기 입장을 가능한 한 좋게 포장해서 피력하지도 못했다. 아무리 포장해도 그릇된 행동이라고 굳게 믿었기 때문이었다.

애덤스는 25년 전에 으스대고 싶은 마음과 애정에 북받쳐 젊은 아내에게 사업 기밀을 털어놓은 일을 땅을 치고 후회했다. 남편이 얼마나 중요한 사람이 되고 있는지 아내에게 보여주고 싶었고, 세계에서 가장 위대한 사람인 J. A. 램브가 자신의 도덕심과 능력을 얼마나 신뢰하는지 자랑하고 싶었다. 당시에 그 위대한 남자가 한 가지 발상을 떠올렸다. 애덤스에게 은밀히 한 말에 따르면 램브는 사업을 '확장'할 계획이었고, 풀 제조에서 가능성을 봤다.

액체 풀을 작은 병에 담아 싸게 판다는 계획이었다. "손가락 하나 까딱 안 해도 저절로 팔리는 물건이지." 램브가 말했다. "초기에는 사업을 키우는 데 필요한 자잘한 지출을 메꿀 정도겠지만, 나중에는 제대로 광고할 수 있을 정도로 수익이 늘어날 거야. 누구나 풀을 쓰잖나. 내가 싸고 편리하게 만들면 모두 내 풀을 사겠지. 하지만 제대로 붙는 풀이여야 해. 품질이 최고여야 한다네. 그런 풀을 개발하면 당연히 비밀로 해야지, 아니면 누군가 훔쳐 갈 거야. 지난달에 누가 찾아왔었네. 나한테 팔고 싶은 제조법이 있는데 미리 보여줄 수는 없다더군. 너무 서두르길래 수상해서 알아봤더니, 풀 제조업 쪽의 큰 포장 업체에서 일하다가 제조법을 훔친 거였어. 어쨌든 그것보다는 더 품질 좋은 풀을 만들어야 하네. 자네랑 캠벨에게 맡길 거야. 자네는 빠릿빠릿하고 실리적인 젊은이고 캠벨은 뛰어난 화학자지. 자네 둘이 협력하면 해낼 수 있을 걸세."

램브의 추측은 현명했다. 두 젊은이는 도시 외곽에 있는 창고에서 일을 시작했고, 활기찬 사장은 가끔 들러 냄새 고약한 스튜를 검사했다. 마침내 두 사람은 램브가 맡긴 과업을 달성했다. 그런데 캠벨은 발명품에 대해 딴생각을 품었다. "이거 보게." 그가 말했다. "왜 이게 우리 둘만의 것이 아니지? 우리가 쓴 재료는 램브가 샀지만, 비싼 것도 아니잖아."

"하지만 사장님이 우리 봉급을 주시잖아." 애덤스는 파트너의 생각에 깜짝 놀라 항의했다. "이걸 만들라고 우리에게 봉급을 준 거 아닌가. 당연히 사장님 것이지."

"그분이야 그렇게 생각하겠지." 캠벨이 아쉬워하며 말했다. "별수 없이 줘야겠지. 하지만 특허를 낼 수 있는 품목이 아니니까 공장을 시작하면 우리를 잘 대우하는 편이 좋을 거야. 직원들이 제조법을 알아내지 못하게 하려면 우리가 제조 과정을 일일이 감독

해야 할 테니 말이야. 자네도 나와 같은 봉급을 요구하는 게 좋을 걸. 난 엄청나게 요구할 거네."

이렇게 기쁜 마음으로 상상한 높은 봉급은 끝내 받지 못했다. 그해 여름에 캠벨은 장티푸스에 걸려 죽었다. 아무 데도 적어놓지 않은 제조법을 아는 사람은 애덤스와 그의 고용인뿐이었다. 애덤스는 자신이 위대한 남자에게 그 어느 때보다도 중요한 사람이 되었다는 생각에 기뻐했다. 그는 회사가 곧 시작할 풀 제조업을 자신이 도맡게 될 거라고 아내에게 말했다. 그러나 안타깝게도 회사는 사업을 추진하지 않았다.

램브가 애덤스에게 한 말을 빌리면, 사업의 기획자가 "꼬임을 당해 옆길로 샜다." 아들 한 명이 'J. A. 램브 밤 트로키'라고 불릴 정제형 기침약을 개발하자고 아버지를 설득한 것이다. 기침약 사업은 성공을 거두어서 램브 씨를 즐겁게 하고 그의 여가 시간을 메꿨는데, 바로 이것이 램브가 풀 제조업에서 기대한 전부였다. 애덤스가 풀 사업을 시작하자고 권유했으나 램브는 자신은 '사람이 마땅히 원할 만큼의 재산'이 이미 있고, '소소한 풀 제조업'은 부업으로 언제든지 시작할 수 있다고 했다. 두 사람의 머릿속에만 존재하는 제조법이 새어 나갈 우려는 없었다.

때때로 애덤스는 '소소한 풀 제조업'을 들먹이며 시간이 흘러가고 있다고 상기시켰지만, 다른 취미에 빠진 램브는 이미 흥미를 잃었다. "언젠가는 시작할지도 모르겠네. 아니면 아들들에게 물려주면 되지. 가치가 얼마든지 간에 자산은 자산이니까. 언젠가 자네와 내가 함께 시작하지 않겠나."

램브가 '언젠가'라고 일컬은 날의 태양은 좀처럼 뜨지 않았다.

시간이 흐르며 애덤스는 자신의 소심한 권유를 사장이 지겨워한 다는 걸 눈치채고 더는 이야기를 꺼내지 않았다. 램브는 풀에 관해 까맣게 잊은 모양이었지만, 애덤스에게는 유감스럽게도 다른 누군가 그걸 기억하고 있었다.

"그건 사실 당신 거야." 이날은 애덤스 부인이 기밀 제조법을 애덤스 씨 자신과 가족을 위해서 쓰라고 처음 권유한 고통스러운 날이었다. "캠벨 씨도 부분적으로 권리가 있었지만, 그분은 돌아가셨고 유족도 없으니 이제 당신 거라고."

"J. A. 램브가 나를 고용해서 나무를 톱질하라고 했다고 치자." 애덤스가 말했다. "내가 자른 판자가 내 것이야?"

"그 사람이 당신 발명을 뺏어서 묻어버릴 권리는 없어." 부인이 항의했다. "제조법을 가지고 아무것도 안 하면 그 사람에게 어떤 이익이 있지? 이익을 얻는 사람이 누구 하나 있어? 한 명도 없어! 당신이 자기 자신과 아이들을 위해서 그걸 좀 쓴다고 그 사람에게 어떤 피해를 주는데? 아무 해도 끼치지 않아! 그 사람이 심술궂은 늙은 돼지여서 당신에게 화를 낸다 한들 무슨 해코지를 할 수 있어? 아무것도 못 해. 당신도 그렇게 말했잖아. 그런데도 당신은 아내와 자식들을 위해 그걸 안 하겠다는 거야?"

"이유가 딱 하나 있어. 도의라는 거야." 애덤스가 답했다. 그러나 부인은 그 답변을 받아칠 답변을 준비해놓았다. 애덤스는 아무리 노력해도 가장 쉬운 표현으로도 아내를 설득할 수 없는 듯했다. 부인이 격렬하게 주장하는 모든 것이 애덤스에게는 억지스러운 헛소리로밖에 들리지 않았다. 애덤스는 자신이 여러 예시를 활용하여 다양한 방법으로 입장을 설명하고 있다고 믿었지만, 결국은 소유권에 관한 똑같은 말을 끝없이 반복하고 있었다.

"그분이 날 고용해서 집을 짓게 했다고 치자. 그 집이 내 것이야?"

"그 사람은 당신을 집 짓는 일에 고용하지 않았어. 당신과 캠벨이 발명을—"

"이거 봐. 당신이 요리사한테 수프용 뼈랑 채소를 줬다고 치자. 그리고 수프를 끓이라고 돈을 줬어. 요리사가 그 수프를 가져가서 팔 권리가 있나? 당신도 알잖아!"

"난 이거 하나밖에 몰라. 당신이 당신 발명품을 파는 걸 그 늙은 이가 막으려 하면, 그치는 도둑이나 다름없어!"

윤리적 문제에 관한 격한 논쟁에서 부부는 합의점을 끝내 찾지 못했다. 애덤스가 항복한 이 시점에서도 그 문제는 전혀 풀리지 않았다. 하여간에 논쟁은 끝났다. 두 사람 모두 심각해서 거의 말도 하지 않았고, 애덤스만큼이나 부인도 불안해했다.

애덤스는 몸이 낫기 시작했을 때 집 앞의 작고 푸른 뜰에서 거닐려고 밖으로 나가봤다. 월요일 오후에 그는 택시를 불러 시내로 나갔다. 램브 컴퍼니의 오래된 점포들이 위협적으로 길게 늘어선 도매 상가에는 가까이 가지 않았다. 애덤스는 보유하고 있던 채권을 내놓고 집을 담보로 잡았다. 5시가 넘어 귀가하는 길에 애덤스는 심지어 자기보다도 램브 컴퍼니에서 오래 일한 오랜 친구를 찾아갔다.

퇴근하고 돌아온 노장은 자기가 사는 아파트 앞에 앉아 있다가 택시가 앞에 서자 자리에서 일어나 다가오며 농조로 말했다. "이런, 버질 애덤스 아닌가! 자네한테 멋쟁이 기질이 있다고 항상 생각했지. 개인 운전사를 고용해서 타고 다니는구먼. 아직도 아파서 몸을 아끼고 있나?"

"이제 많이 나았어, 찰리 로어." 택시에서 내린 애덤스가 악수를 하며 말했다. 그는 운전사에게 기다리라고 부탁한 뒤에 친구의 팔을 잡고 벤치로 가서 앉았다. "회복한 지 꽤 됐어." 애덤스가 말했다. "다시 마구에 매일 준비를 하고 있지."

"앓고 나면 과연 성격이 바뀌나보군." 친구가 웃었다. "자네가 타든 남을 태워주든, 택시에 돈을 쓸 거라고는 상상도 못 했네! 그러고 보니 자네가 운구자 역할을 할 때 빼고는 택시에 타는 걸 본 적이 없어. 무슨 일인가?"

"인생을 새로 한번 시작해보려고 해. 그게 진실이네." 애덤스가 말했다. "할 일이 많아. 그리고 이걸 해내려면 서둘러야 해. 아니면 이걸 하는 동안 먹고살 방도가 없어."

"무슨 소리를 하는 거야? 체력을 회복해서 회사에 복귀하는 거 말고 자네가 할 일이 뭐가 있다고?"

"음, 그게—" 애덤스는 말을 멈췄다가 헛기침하고 느릿느릿 말했다. "사실은 말이야, 찰리 로어, 난 회사로 돌아가지 않을 거 같아."

"뭐? 대체 무슨 소린가?"

"돌아가지 않을 거라고." 애덤스가 말했다. "내 사업을 하나 시작하려고 하네."

"이런, 기절초풍할 노릇이구먼!" 찰리 로어는 깜짝 놀랐다. 그가 엄지와 검지로 콧수염을 헝클어뜨리자 그 아래 떡 벌어진 입이 황량한 덩굴 아래 어두침침한 동굴처럼 보였다. "내가 들은 중 가장 놀라운 말이야!" 찰리 로어가 말했다. "회사에서는 이미 내가 제일 오래됐지만, 자네가 떠나고 나면 옛 직원 중에 나밖에 안 남겠군.

대체 뭘 시작하려고 하나?"

"그게," 애덤스가 말했다. "내가 시작할 때까지는 비밀로 했으면 해. 시작하면 물론 누구나 알게 되겠지. 실은 액체 풀을 팔아볼까 생각하고 있어."

잿빛 콧수염을 계속해서 위쪽으로 헝클어뜨리던 친구는 눈살을 찌푸리고 혼란스러운 표정으로 애덤스를 보았다. "풀?" 그가 물었다. "풀!"

"그렇다네. 그 분야에 뛰어들까 고민하는 중이었어."

"어느 기업에서 그 부서를 맡았다는 말인가?"

"아니, 내가 생산할 거네. 풀 제조업 말이야."

로어는 계속해서 미간에 주름을 잡고 있었다. "기다려보게." 그가 말했다. "우리 노인네도 그런 아이디어를 내지 않았었나?"

애덤스는 무릎을 문지르며 몸을 앞으로 기울였다. 입을 열기 전에 다시 기침했다. "맞아. 사실이야. 오래전 일이지만 말일세."

"기억나는군." 로어가 말했다. "내가 알기로 노인네는 그것에 대해 일체 함구했어. 하지만 그런 소문이 돌았던 거 같아. 자네랑, 누구더라? 어디 보자. 캠벨이란 사람 아니었나? 장티푸스에 걸려 죽은? 맞아, 그 사람이야. 캠벨. 노인네가 자네랑 캠벨한테만 풀에 관한 어떤 기획을 맡기지 않았었나?"

"그랬지." 애덤스가 고개를 끄덕였다. "그때 풀에 관해서 많이 배웠어."

"그때부터 계속 연구해온 모양이군?"

"그렇다네. 염두에 두고 있으면서 새로 실험을 몇 개 해봤지."

로어는 심각해 보였다. "글쎄, 내 얘기를 들어보게." 그가 말했다.

"자네가 하려는 일이, 노인네가 자기 권리를 침해하는 거로 의심할 만한 일이 아니었으면 하네. 노인네 성격 알잖나. 아량도 넓고, 생각도 열려 있고, 통도 세상 누구보다 크지. 자기가 누구에게 한 푼이라도 빚졌다는 생각이 들면 오른손을 정육점에 팔아서라도 갚을 거야. 그 방법밖에 없다면 말이지. 하지만 누가 자기 머리 위에 서려고 한다는 의심이 들면 자기 두 손을 잘라내서라도 저지할 사람이네. 그래, 여든 살이나 먹었지만 그러고도 남을 양반이야! 자네가 그런 짓을 꾸미고 있다는 말이 아니네, 친구. 자네는 대단한 구두쇠지만 그럴 사람은 아니지. 내 말은, 노인네가 그렇게 오해할 여지가 없었으면—"

"아니야." 애덤스가 끼어들었다. "사실은 말이지, 사장님은 풀에 관해 까맣게 잊으신 것 같아. 만약 그렇지 않다고 해도 내게 기분 나빠 하실 이유는 없어. 내가 사용할 제조법은 나랑 캠벨이 사장님을 위해서 개발한 것과 전혀 다르고 더 향상되었어."

"그거 좋군." 로어가 말했다. "물론 자네 일은 자네가 잘 알겠지. 그럴 나이는 되지 않았나!" 그가 서글프게 웃었다. "어휴, 자네가 없어지면 기분이 이상하겠구먼! 젊은 친구들 눈에 우리는 산송장이나 다름없겠지. 우리 둘 중 하나가 없어졌을 때 그리워할 사람은 남은 한 명이란 말이야! 노인네한테 말했나?"

"그게 말일세—" 애덤스가 힘겹게 말했다. "아니, 아직 말 못 했네. 사실—음, 이것 때문에 자네를 찾아왔어."

"내가 어떻게 도와줄 수 있을까?"

"내가 그분께 편지를 쓸 테니 자네가 전해주면 어떻겠나."

"저런!" 그의 친구가 외쳤다. "왜 그냥 찾아가서 말하지 않고?"

애덤스는 딱할 정도로 부끄러워했다. 그는 말을 더듬고 쿨럭거렸다. 다시 말을 더듬다가 얼굴을 어쩌나 일그러뜨렸는지 울음을 터뜨릴 것 같았다. 마침내 애덤스는 쑥스러운 웃음을 지어 보였다.
"물론 그래야지. 하지만 뭣 때문인지 도저히 못 하겠단 말이야."

"대체 왜?"로어가 어리둥절해서 물었다.

"자네에게 말하기도 힘들군. 평생 상사 한 분을 모시고 일한 마당에 그분을 떠나기가 참─민망하다네. 직접 찾아가서 말할 용기가 안 나. 아니, 편지를 쓰는 게 가장 좋은 방법이라는 생각이 머릿속에 박혀서, 자네에게 전해달라고 부탁하려고 했지."

"글쎄, 물론 자네가 원하면 전해줄게."로어는 부드럽게 말했다. "하지만 왜 우편으로 부치지 않고?"

"이런 이유 때문이네." 애덤스가 말했다. "우편으로 보내면 그분 아래 사무직원이랑 비서를 거쳐서 갈 게 아닌가. 내가 알지도 못하는 사람들인데, 편지에 쓸 내용 중 민감한 사항이 몇 개 있어. 예를 들면, 나랑 캠벨이 사장님을 위해서 개발한 제조법을 얼마나 바꾸고 향상할 건지, 이런 것들을 설명해서 내가 그분 제조법이 아니라 전혀 다른 상품을 팔려는 거라고 알리고 싶네. 그리고 또 다른 이유가 있어. 병가를 낸 동안 계속 주신 봉급이 상당하단 말이야. 병치레가 오래갔으니까. 회사를 그만두는 마당에 그 돈을 꿀꺽하면 안 될 거 같다는 생각이 들어. 그래서 그 액수가 적힌 수표를 동봉하려고 해. 사장님이 내 뜻을 아시고 수표를 직접 받으셨으면 하는 거지. 우편으로 부치면 여러 사람 손을 거칠 텐데 혹시 모르지 않나. 그래서 자네가 전해드리고, 만약 사장님이 그 자리에서 바로 읽으면 그분이 어떻게 반응하는지 자네가 보고 나중에

211

내게 알려줄 수 있지 않겠나."

"알겠네." 로어가 말했다. "자네가 원한다면 물론이지. 내가 전달하고 사장님이 뭐라고 하는지 알려주겠네. 무슨 말을 내 앞에서 한다면 말이야. 편지는 썼나?"

"아니, 이번 주말까지 가져올게." 애덤스는 택시로 걸어갔다. "아무한테도 말하지 말게, 찰리. 특히 편지를 주기 전까지는."

"알겠네."

"그리고, 찰리. 정말 고맙네." 애덤스는 말하고 작별 인사로 악수하려고 되돌아왔다. "자네가 도와줄 수 있는 일이 하나 더 있을지도 몰라. 자네가 원한다면 말이야." 그는 시선을 친구의 머리 위어느 지점에 애매하게 맞춘 채로 통제할 수 없이 떨리는 목소리로 말했다.

"나는—나는 회사에 오래 근무했고 최근에는 예전보다 쓸모가 없어졌을지 모르지만, 항상 회사를 위해 최선을 다했네. 만약 일이 잘못돼서 그 사람들이 정말 내게 화를 내면, 회사에서 나를 좀 변호해주게나. 만약 자네가 그럴 생각이 있다면 말이야."

찰리 로어는 기회가 되면 좋은 말을 해주겠다고 다짐했다. 택시가 떠난 후 그는 작은 아파트의 3층으로 올라갔고, 아내가 무슨 혼잣말을 그렇게 하냐고 물어볼 때까지 생각에 잠겨 중얼거렸다.

"버질 애덤스 때문에 그래." 로어가 말했다. "긴 병치레를 끝내고 이제 회복했는데, 상황을 보니 몸져누워 있는 게 나을 뻔했어."

"돌아다니기 아직 무리인 것 같아?"

"아니, 몸은 회복하고 있는 모양이야." 로어는 눈살을 찌푸리며 말했다.

"그러면 뭐가 문제인데? 정신이 아프다는 말이야?"

"세상에, 여자들은 꼭 지레짐작한다니까!" 로어가 외쳤다.

"그럼," 로어 부인이 말했다. "당신 말을 듣고 내가 달리 어떤 짐작을 할 수 있어?"

남편이 조금 열을 내며 설명했다. "어떤 병은 정신에 영향을 끼치기도 하잖아? 정신이 아픈 거는 아니지만 영향을 좀 받을 수도 있잖아?"

"그 불쌍한 양반 정신이 어떻게 됐다는 거야?"

"아니, 그렇게까지 보이지는 않아." 로어는 자기가 한 말을 뒤집고 명확하게 설명하기를 거부했다.

애덤스는 저녁 시간 내내 편지를 쓰는 데 매달렸다. 심란한 일이었고, 11시에 딸이 계단을 올라오는 소리가 들릴 때까지도 끝마치지 못했다. 앨리스는 사랑스러운 목소리로 나지막이 흥얼거리고 있었다. 애덤스는 세상에서 가장 기묘한 소리를 들은 것처럼 펜을 손에 들고 입을 벌린 채, 못 믿겠다는 표정으로 노랫소리를 들었다. 잠시 후 그는 펜을 압지에 내려놓고 방문을 열었다. 계단을 올라오는 딸을 바라보았다.

"아가, 기분이 꽤 좋은가 보구나." 애덤스가 말했다. "뭐 하고 있었니?"

"집 앞 계단에 앉아 있었어요, 아빠."

"혼자 앉아 있었나 보구나."

"아니요, 러셀 씨가 찾아왔어요."

"아, 그랬어?" 애덤스는 놀란 척했다. "이렇게 늦은 시간까지 무슨 할 이야기가 그렇게 많았니?"

앨리스는 명랑하게 웃었다. "아빠는 저를 몰라요!"

"무슨 뜻이야?"

"대화할 때 항상 저만 말한다는 걸 아직도 모르시잖아요."

"저녁 내내 남자가 입도 벙긋 못 하게 했니?"

"가끔은 하게 해줬어요."

애덤스는 딸의 손을 잡고 토닥였다. "그래, 뭐라고 했니?"

앨리스는 빛나는 얼굴로 아버지를 보고 입을 맞추었다. "아빠가 생각하는 말은 아니에요!" 앨리스는 웃으면서 아버지의 뺨을 잔망스럽고 다정하게 토닥인 다음에 피루엣을 하며 좁은 복도를 지나 방으로 갔다. 문을 닫으며 한쪽 무릎을 구부려 인사했다.

애덤스는 한결 가뿐해진 마음으로 임무로 돌아갔다. 앨리스는 태어났을 때부터 눈에 넣어도 안 아픈 딸이었다. 딸을 생각할 때 그가 실제로 떠올리는 표현이었는데, 지금 하는 일은 딸을 위한 것이었다.

고통스러운 편지를 새로 쓰려고 펜을 다시 들며 애덤스는 엷은 미소를 띠었다. 하지만 잠시 후 그는 혼란스러워졌다. 앨리스는 지금 이대로도 행복해 보였다. 그렇다면 그는 아내가 '새로운 길'이라고 부른, 그토록 오랫동안 저항해온 일에 대체 왜 발을 들이려는 걸까?

애덤스는 한숨을 내쉬고 의아해할 수밖에 없었다. '인생은 항상 묘하게 흘러가는 법이지.' 그는 생각했다. 이제는 돌이킬 수 없었다. 왜 그런지는 확실히 알지 못했지만, 그렇게 느껴졌다. 계속 나아가야 했다.

17

다음 날 아침에 애덤스는 다시 택시를 타고 나갔고, 정오쯤에 목표를 달성했다.

애덤스가 빠르게 일을 진행하는 속도는 묘하게 의미심장했다. 아내가 끈질기게 조르던 오랜 시간 동안 애덤스는 아내뿐 아니라 자기 자신에게도 이 사업은 절대 시작하지 않으리라고 맹세했었다. 그런데 아내의 설득에 넘어간 지금, 애덤스는 계획을 따로 세울 필요도 없었다. 머릿속에 만반의 준비가 구체적으로 마련되어 있었다. 자기는 절대 하지 못하리라고 믿은 일을 마치 오랫동안 구상해 온 것 같았다.

이따금 애덤스는 '좋은 물건'을 구할 수 있으면 지금껏 사놓은 소량의 채권을 팔아서 부동산 임대를 부업으로 할까 생각했다. 숱한 시간에 이상적인 '물건'을 찾아 어마어마하게 커지고 있는 도시와 도시의 변두리를 탐색했다. 적당한 물건은 끝내 못 찾았지만, 그 대신 다른 여러 가지를 발견했다.

집에서 곧은 길로 2마일도 떨어지지 않은 곳에 황폐한 빈민가가 있었다. 쇠퇴한 공업지대였다. 그곳에 있던 공장은 대부분 중소기업이었다. 몇몇은 파산하거나 화재로 인해 사라졌고, 나머지는 건물의 골조만 남기고 다른 곳으로 옮겨갔다. 이렇게 버려진 유적 중에 상태가 좋은 벽돌 건물이 있었는데, 한때는 그 지역에서 가장 크고 중요한 공장이었다. 공장 건물은 화재만큼이나 치명적인 장기간의 방치로 훼손되어 있었다. 애덤스는 그걸 수리하는 데 얼마나 들까 종종 생각했었다.

애덤스는 건물을 지나칠 때마다 쳐다봤지만 무심하고 무의미한 관심이라고만 여겼다. '적당하구먼.' 그는 이렇게 생각했었다. '자본이 넉넉한 사람이 큰 사업을 새로 시작한다면 여기가 적당할 거야. 가능하다면, 풀 제조업이 한 예가 될 수 있겠지. 하지만 돈깨나 들 거야. 나 같은 사람에게는 너무 많은 돈이지. 내가 그런 걸 할 의향이 있다고 해도 말이야.'

철거된 공장 건너편으로 2,400평가량의 진흙 공터가 펼쳐져 있었고, 공터 중간쯤에 기다란 벽돌 창고가 있었다. 벽면을 뒤덮은 공연, 의약품 따위 광고마저 색이 바랜 채로 창고는 쓸쓸히 서 있었다. 창고에서 목조 건물 두 개가 니은 모양으로 뻗어 나왔다. 단층짜리 건물이었지만 소박한 규모의 사업에는 적당한 크기였다. '어떤 사업을 시작하든지 간에 이 정도 공간이면 충분하지.' 그쪽 지역을 살피던 어느 날 애덤스는 낮은 건물 사이를 기웃거리며 생각했다. '그래, 이 정도면 해볼 만하겠어.' 애덤스는 생각했다. '제조법이 내 거였으면, 물론 내 것이 아니니까 가당치 않은 상상이지만, 혹은 내가 그런 짓을 감행할 수 있는 사람이라면, 여기 건물은 꽤 저렴한 가격에 얻을 수 있을 거야. 저 큰 건물은 임대료가 비싸겠지만, 이건 거의 거저 빌릴 수 있을걸.'

애덤스는 부동산 중개업을 하는 지인과 조우했을 때 건물에 관해 슬쩍 물어봤는데—호기심을 충족하려는 것뿐이라고 믿었다—그의 예상이 맞았다. 한 가지 차이는, 큰 건물의 주인은 임대하기보다는 팔고 싶어 했는데, 터무니없이 비싸서 애덤스는 실소를 터뜨렸다. 그러나 진흙 공터의 긴 벽돌 창고는 누가 원하기만 하면 팔거나 '거의 거저 빌려줄' 생각이라는 사실을 알게 되었다.

이제 애덤스는 창고를 원했다. 그 창고를 빌릴 운명이었다거나, 머릿속 구석에 도사리고 있던 음울한 마법사가 모든 걸 예상하고 준비를 끝내놓았다는 생각 따위는 뇌리를 스치지도 않았다. 애덤스는 택시를 타고 가서 건물을 다시 살펴보고, 시내에서 임대 계약을 맺었다. 그리고 집에 돌아와 아내와 딸과 점심을 먹었다. 일이 '진행 중'이라고 그들에게 말했다.

애덤스는 자신의 결단력을 조금 자랑했다. 빌어먹을 일을 하기로 한 이상 "제대로 할 거다!"라고 선언했다. 그는 마치 열병에 걸린 것처럼 들떠 있었다. 점심 식사 후 택시가 다시 왔을 때는, 일을 제대로만 하는 게 아니라 "잽싸게 해치울 거다!"라고 말했다. 앨리스는 현관문까지 따라 나와 배웅하며 근심스러운 눈빛으로 아버지를 보고 도와줄 일이 없냐고 물었다. 애덤스는 침울하게 웃었다.

"그러면 택시를 타고 같이 갈게요." 앨리스가 부탁했다. "이렇게 무리해서 일하면 안 돼요, 아빠. 이제 막 체력을 회복하고 있는데요. 같이 가서 도와드릴 게 없나 볼게요. 아니면 적어도 같이 가서 아빠가 몸이 안 좋아지면 도와드릴 수 있게 해줘요."

애덤스는 거절했으나 딸이 보채자, 주머니에 암모니아 스프레이 병을 가져가서 어지럼증이 들면 쓰겠다고 약속했다. 그리고 다시 나갔다. 다음 날 아침에는, 임금으로 나갈 돈을 생각하면 아찔

했지만, 벌써 창고에서 사람들이 일을 시작했다.

애덤스는 하나부터 열까지 구체적으로 지시했다. 시범을 보이고 잔소리하며 일꾼들을 재촉했다. 그 결과로 몇몇 일꾼들이 독립적으로 일할 권리를 요구했다. 한 명은 그 자리에서 그만뒀다.

"댁 같은 자본가들은 남들이 등뼈가 휘도록 일해서 당신 배를 채워야 한다고 믿는 모양이야." 그만둔 사람이 큰 소리로 불평했다. "조심하는 게 좋을걸. 노동자들의 시대가 오고 있어. 그리 오래 걸리지 않을 거야!" 그러나 자본가는 연설가의 자리를 채울 사람을 알아보러 이미 나가고 없었다.

한 주가 지나갔다. 애덤스는 생산에 필요한 기본 장비가 그럭저럭 만족스럽게 마련되었다고 생각했다. 일요일이었지만 쉬고 싶지 않았다. 앨리스가 하루 쉬면 좋을 거라고 제안했을 때 그는 쉬고 싶은 생각이 눈곱만큼도 없다며 신경질을 냈다.

그날 오후에 애덤스는 찰리 로어네 아파트로 걸어가서 램브 컴퍼니 사장에게 '직접' 전할 편지를 건네줬다. "자네가 직접 전해주면 정말 고맙겠네, 찰리." 헤어질 때 그가 말했다. "부디 기억해주게. 사장님이 혹시 뭐라고 하면—내 얘기 좀 잘해주게나."

찰리는 기억하겠노라 약속했다. 애덤스가 떠나고 부인이 '간이 부엌'에서 나오자 로어는 곰곰이 생각하며 말했다. "뼈랑 가죽밖에 안 남았군."

"애덤스 씨 말이야?" 로어 부인이 물었다.

"아니면 누구겠어?" 로어가 말했다. "벽지에 그려진 자고새 이야기라도 하는 줄 알았어?"

"그렇게 안 좋아 보여?"

"넋이 나간 거 같아." 남편이 대답했다. "하지만 가끔 보면 말라 깽이들이 진득하게 버티기도 하지. 월요일에 다시 올 거야."

"다시 온대?"

"아니." 로어가 말했다. "하지만 올 거야. 두고 봐. 내가 이 편지를 줬을 때 사장이 뭐라고 했는지 궁금해서 오겠지. 내가 저 친구 입 장이었어도 좀 불안할 거야."

"왜? 애덤스 씨가 불안해할 이유가 있어?"

속마음을 터놓았다가는 아내가 대뜸 지레짐작부터 한다는 걸 깨달은 남자의 신중한 표정이 로어의 얼굴에 떠올랐다. "아무것도 아니야." 그가 말했다. "사업을 새로 시작하는 사람은 당연히 한동 안은 불안한 법이지. 내일 저녁에 또 올 거야. 두고 봐."

로어의 예언은 적중했다. 저녁 식사를 마치고 로어 부인이 접시 를 '간이 부엌'으로 옮기자마자 애덤스가 찾아왔다. 그러나 로어는 친구에게 해줄 말이 별로 없었다.

"한마디도 안 했네, 버질. 단 한마디도. 그분 사무실로 가져가서 건네줬어. 곧바로 자리에 앉아서 읽더군. 그게 다야. 가능한 한 오 랫동안 안 나가고 미적거렸는데, 내게 옆모습을 보인 채 읽으면서 한 번도 고개를 돌려 나를 보지 않았어. 그래서 표정도 잘 읽을 수 없었어. 편지를 읽었다는 게 내가 아는 전부네."

"글쎄, 이보게." 애덤스가 초조히 말했다. "글쎄—"

"무슨 말이 하고 싶은 게야?"

"글쎄, 그래서 나중에 뭐라고 하셨나?"

"아무 말도 안 했다니까. 적어도 내가 있는 동안에는 안 했어. 그 냥 앉아서 읽기만 했지. 꽤 천천히 읽더군. 거의 다 읽었을 때 편지지를 넘겨서 처음부터 다시 읽었네. 그때쯤엔 사무실 밖에서 서너 명이 사장님과 면담하려고 기다리고 있어서 난 나가야 했네."

애덤스는 한숨을 내쉬고 머뭇대며 바닥을 내려다봤다. "그럼 난 집에 가야겠구먼, 찰리. 사장님이 어떻게 생각했는지 알 길이 없었다는 거지?"

"전혀 모르겠네. 내가 아는 건 지금 다 말했어."

"그럴 거야, 그렇겠지." 애덤스가 침통하게 말했다. "정말 고맙네, 찰리 로어. 진심으로 고마워. 잘 자게." 애덤스는 당혹스러운 표정으로 한숨을 쉬며 떠났다.

복잡한 심경으로 집에 가는 길에 애덤스는 너무나도 느리게 걸었던지라 한두 번은 완전히 걸음을 멈추고 서 있으면서도 스스로 알지 못했다. 정문으로 이어지는 짧은 벽돌 길 앞에서 그는 또다시 걸음을 멈추고 1분 넘게 우두커니 서 있었다. "알았으면 좋겠는데." 애덤스는 애처롭게 중얼거렸다. "그분이 어떻게 생각하는지 알았으면."

그때 집 앞의 작은 포치에서 살랑살랑 들려오는 웃음소리에 그는 정신을 차렸다. "아빠!" 앨리스가 명랑하게 불렀다. "거기서 뭐라고 혼자 중얼거리고 계세요?"

"거기 있었니, 아가?" 애덤스는 곁길로 들어서며 말했다. 포치의 의자에서 훤칠한 남자가 일어났다.

"아빠, 러셀 씨예요."

애덤스는 "만나서 반갑습니다."라고 말했다. 두 사람은 악수했고, 현관문 위쪽의 불투명한 유리에서 번져 나오는 흐릿한 불빛 아래 서로를 관찰했다. 애덤스는 러셀이 키가 크고 건장하며 세련

됐지만 온화한 젊은이라는 인상을 받았다. 러셀이 본 애덤스는 수척하고 왜소한 몸에 후줄근하고 우중충한 옷을 꿰입은 늙은 사업가였다. 콧수염은 희끗희끗했고 두 눈에 근심이 맴돌았다. 전반적으로 가정적인 인상이었다.

"좋은 저녁 보내시오." 애덤스가 손을 놓으며 말했다. "1년 중 제일 좋을 때지만 이렇게 좋은 날씨는 드물어요. 그게 문제죠. 그럼—" 그는 문으로 걸어갔다. "좋은 밤 보내시오." 애덤스는 다시 말하고 집 안으로 들어갔다.

앨리스는 웃음을 터뜨렸다. "우리 아빠는 이 지역에서 가장 구식일 거예요. 당신한테서 강한 인상을 받았나봐요. 딱 봐도 알겠어요!"

"그럴 리가요!" 러셀이 말했다. "누가 나한테서 강한 인상을 받겠습니까?"

"왜 아니겠어요? 당신이 조용한 사람이라서요? 아이참! 당신 같은 사람이 가장 인상적인 부류라는 걸 모르세요? 우리 수다쟁이들은 당신 같은 사람들을 위해 종일 떠드는데요."

"바로 그거예요. 나 같은 사람들은 그저 청중일 뿐이죠."

"그저 청중일 뿐이라뇨!" 앨리스가 그의 말을 되풀이했다. "우리는 당신들을 위해 살고, 당신들 없이는 살 수 없어요."

"당신이 나 없이 못 살면 좋겠네요." 러셀이 말했다. "우리 두 사람 모두에게 새로운 경험일 거예요. 그렇지 않아요?"

"나에겐 꽤 암담한 경험일 수도 있겠군요." 앨리스는 가볍게 말했다. "당신과 보내는 이 여름밤이 끝나면 그리울 거 같아요. 아주 그리울 거예요. 고마워요!"

"끝나야 합니까?" 러셀이 물었다.

"모든 게 언젠가는 끝나지 않나요?"

러셀이 웃었다. "그렇게까지 멀리 내다보지는 맙시다." 그가 말했다. "벌써 묫자리를 생각할 필요는 없지 않을까요?"

"그걸 걱정한 게 아니에요." 앨리스는 고개를 가로저으며 말했다. "우리의 여름밤은 그보다 한참 전에 끝날 거예요, 러셀 씨."

"왜죠?" 러셀이 물었다.

"어머!" 앨리스는 외쳤다. "바로 이런 게 간결한 말재주군요! 단어 하나로 청혼한 거나 다름없어요. 걱정하지 마요. 이행하라고 하지는 않을 테니까. 당신 질문에 대답하자면, 글쎄요. 난 늘 미래를 염두에 두고 앞일에 대비하는 편이에요."

"네." 러셀이 말했다. "대부분 사람이 그런 것 같습니다. 적어도 그러는 것처럼 보이긴 해요. 어떤 일이 벌어졌을 때 여간해서는 놀라지 않잖아요. 하지만 그건 현실에서는 대부분 일이 연극과는 달리 점차적으로 벌어지기 때문에 우리가 적응할 수 있는 거죠."

"아니요. 난 내가 상당히 멀리 내다본다고 자신해요." 앨리스는 진지하게 주장했다. "우리의 여름밤은 오래가지 않을 거예요. 무언가―아니 누군가 방해를 할 거예요. 어떤 말을 할 테고―"

"그러면 어떻습니까?"

앨리스는 두렵다는 듯이 어깨를 살짝 떨었다. "당신이 변할 거예요." 앨리스가 말했다. "나한테 악독한 일이 생길 거라는 확신이 들어요. 당신 마음이 변할 거예요―어떤 것에 관해서."

"말도 안 돼요!" 러셀이 외쳤다.

"그렇게 될 거예요." 앨리스는 고집했다. "악독한 일이 벌어지리라는 걸 알아요!"

"당신은 나에 대한 선입견이 있는 것 같은데, 내가 우쭐할 만한 선입견도 아니에요."

"그럴 만하지 않아요? 바로 그런 생각인데요! 왜 우쭐할 만하지 않다는 거죠?"

"내가 실바람에도 흔들리는 줏대 없는 남자로 보인다는 거잖아요. 나는 보이는 것과 매우 다릅니다. 사람들이 주로 자기가 할 법한 일을 두고 남을 의심한다는 말이 있죠. 만약 그게 사실이라면, 지금 걱정해야 할 사람은 오히려 나예요. 내가 전문 사기꾼이라고 누가 당신 앞에서 나를 모함할까봐요."

"그럴 일은 없으리라는 걸 우리 둘 다 알아요." 앨리스가 말했다. "당신은 모두가 칭찬하는 부류의 사람이고, 그건 누구나 아는 사실이에요." 러셀이 웃으려고 했지만 앨리스는 손을 들어서 막았다. "정말이에요! 어쩌면 당신은 끼가 좀 있는 거 같아요. 조용한 남자들은 대개 그들만의 교활한 구석이 하나쯤 있거든요. 진짜예요! 하지만 당신은 모두가 칭찬하고 싶어 안달하는 그런 부류의 남자예요. 만약 그렇지 않아도, 나한테 당신을 험담할 사람은 없어요. 내가 인기가 별로 없다고 말했죠. 이제는 사람들과 어울리지도 않아요. 지난 한 달간 당신 말고 나를 보러 온 사람은 그 끔찍한 뚱보 프랭크 다울링밖에 없어요. 내가 집에 없다고 쪽지를 보내야 했어요. 이렇듯이 나한테 당신의 결함을 이를 사람은 없어요."

"그럼 나도 새로운 사실을 알려드리죠." 러셀이 말했다. "나한테 당신을 험담한 사람도 없습니다. 사실, 당신을 언급한 사람도 없어요."

앨리스는 애통한 척하며 외쳤다. "완전히 잊혔군요! 최근에 이 도시 인구가 거의 50만 명이라는 사실을 내가 잊은 모양이네요. 그러니까 나 말고도 이야깃거리로 삼을 사람들이 있다는 뜻인가요?"

"나는 누구에 관해서든 뒤에서 수군대고 싶지 않습니다." 러셀이 말했다. "하지만 이 도시가 얼마나 큰지 당신이 기억하고, 당신 마음을 끈질기게 괴롭히는 듯한 걱정을 좀 덜었으면 좋겠어요. 또한 지금보다는 나를 높이 평가해 줬으면 합니다."

"내가 당신을 어떻게 평가하는데요?"

"내 눈으로 직접 본 것보다 남 이야기를 믿고 사람을 판단하는 그런 남자요."

"그렇지 않아요?"

"아닙니다." 러셀이 말했다. "우리의 여름밤을 끝내려면 당신이 직접 날 쫓아버려야 할 겁니다."

"남들은 그렇게 못 해요?"

"못 합니다."

앨리스는 양쪽 팔꿈치를 무릎에 올리고 앞으로 몸을 기울인 다음에 깍지 낀 손에 입술을 대고 잠자코 있었다. 미동도 하지 않고, 부드럽게 말했다.

"나는 안 그럴 거예요!"

앨리스는 다시 침묵했다. 러셀 역시 잠자코 있었지만 앨리스를 보고 있었고, 보는 것만으로 만족하는 듯했다. 앨리스의 자세는 우아한 사람만이 소화할 수 있는 것이었는데, 그녀는 실제로 우아했고 은은하게 몸을 감싼 엷은 불빛 속에서 무척 아름다워 보였다.

어쩌면 그것은 그 시간의 아름다움이었거나, 조금 전에 두 사람이 고백한 것이나 다름없는 사랑의 아름다움이었을지도 모르지만, 어쨌든 앨리스는 아름다웠다. 비록 시간의 아름다움은 지나가기 마련이지만 그것을 본 사람은 그 아름다움과 아름다움을 느낀 순간을 오래오래 기억할 것이다.

"무슨 생각을 하고 있어요?" 러셀이 물었다.

의자 등받이에 기대앉아 있던 앨리스는 바로 답하지 않았다. 잠시 후 앨리스가 말했다.

"잘 모르겠어요. 아무 생각도 안 하고 있었던 거 같아요. 아마 안 했을 거예요. 그저 슬프게 행복했던 거 같아요."

"그래요? 슬프기도 했나요?"

"모르세요?" 앨리스가 물었다. "순수한 행복은 어린아이들밖에 느낄 수 없어요. 어른이 되면 행복한 순간은 방금 내가 느낀 것과 비슷해요. 행복한 순간에조차 단조 음악의 선율이 흘러요. 아, 너무 달콤하지만, 너무 슬퍼요!"

"무엇이 당신을 슬프게 합니까?"

"글쎄요." 앨리스는 좀더 가벼운 어조로 말했다. "꽤 자주 나를 덮치는 쓸데없는 예감인지도 모르죠. 어쩌면 그것 때문이고—아니면 불쌍한 우리 아빠 때문이겠죠."

"당신은 정말 엉뚱하고 우스워요!" 러셀이 웃었다. "아버님이 부쩍 회복하셔서 저녁에도 이렇게 외출하셨는데요!"

"너무 많이 걸으세요." 앨리스가 말했다. "새 공장 때문에 뭐든지 지나치게 하세요. 하지만 말릴 수가 없어요." 앨리스는 웃음을 터뜨리고는 고개를 가로저었다. "남자가 백만장자가 되겠다고 야심을 품으면 가족은 뒷전이 되나봐요. 우리가 아무리 말려도 아빠는 내키는 대로 무리하면서 돌아다니세요."

"그런 것 같군요." 러셀은 무심히 말했다. 다음 순간 그는 몸을 가까이 기울였다. "당신이 왜 '슬프게' 행복했는지 더 잘 알고 싶습니다."

앨리스가 이것에 대해 가능한 만큼 설명하는 동안 '백만장자'가 되기로 야심을 품은 남자는 실제로 무리하게 걷고 있었다. 애덤스는 푹 자고 다음 날 일찍 일어나 오랫동안 일할 수 있길 바라며 잠자리에 들었지만 잠이 오지 않아서, 잠옷에 슬리퍼 바람으로 방 안을 끊임없이 오가고 있었다.

"알았으면 좋겠는데." 애덤스는 계속해서 생각했다. "사장님이 무슨 생각을 하시는지 알았으면 좋겠는데."

226

18

정신 없이 일할 때도 이 생각이 머릿속에서 사라지지 않았다. 시간이 지나도 도무지 떨쳐낼 수 없자 애덤스는 점차 화가 나기 시작했다. "나 같은 멍청이는 또 없을 거야." 어느 날 저녁 아내와 함께 앉아 있을 때 애덤스가 말했다. "그분이 무슨 생각을 하실까 고민하면서 머리를 쥐어뜯는 것 말고도 할 일이 태산인데. 그분이 어떻게 생각하시든 내가 할 수 있는 일은 없잖아. 엎질러진 물인걸. 그런데 왜 계속 이 생각에 속을 썩이는 걸까?"

"차츰 괜찮아질 거야, 버질." 애덤스 부인이 위로했다. 최근에 부인이 상냥하고 이해심이 많아졌기 때문에 애덤스는 수년 만에 다시 퇴근하고 돌아오면 아내와 함께 앉아 대화를 나누기 시작했다. 한 번은 애덤스가 시선을 피하며 말했다. "당신을 탓하지는 않아. 당신이 혼자 잘살려고 그런 것도 아닌데. 어쩔 수 없었지."

"하지만 괜찮아지지 않는걸." 애덤스가 투덜거렸다. "오늘 오후에는 일꾼들에게 탱크 작동법을 설명하고 있는데, 나라는 멍청이가 그 자리에 서서 멍청한 나 자신에게 이렇게 말하는 거야. '그분이 어떻게 생각하는지 아무도 안 알려주는 게 이상하지 않나.' 입 밖으로 소리 내어 말할 뻔했어. 깜깜무소식인 게 진짜 이상해!"

"그게 무슨 뜻인지 모르겠어, 버질? 그 사람이 아무 소리 안 했다는 뜻이야. 당신이 병적으로 집착한다는 생각 안 들어?"

"어쩌면, 어쩌면." 애덤스는 중얼댔다.

"아니, 사실이야." 부인이 경쾌하게 말했다. "그 사람한테는 너무나 사소한 일이라는 걸 당신이 모르는 거 같아. 당신이 마지막으로 그 사람에게 풀 이야기를 꺼낸 지도 한참 됐어. 아마 다 잊었겠지."

"그건 당신이 틀렸어. 그분은 아무것도 잊어버리지 않아." 애덤스가 성마른 투로 말했다. "잊은 것처럼 보일지 몰라도, 절대 잊지 않아."

"하지만 그 사람은 이 일에 관심 없어. 아니면 벌써 당신에게 무슨 말이 들렸겠지."

남편이 머리를 흔들었다. "바로 그거야!" 애덤스가 말했다. "왜 아무 소문도 안 들리지?"

"당신의 병적인 집착이야, 버질. 월터를 봐. 램브 씨가 앙심을 품었으면 아직도 월터를 데리고 있겠어? 벌써 자르고도 남았지."

"망할 녀석!" 애덤스가 말했다. "이제는 나랑 일하고 싶다고 부탁해도 거절할 거 같아. 언제 그렇게 고집이 세졌지?"

"월터도 자기 뜻대로 할 권리가 있잖아?" 부인이 말했다. "확실한 봉급이 나오는 일자리를 붙들고 있어야겠다고 생각했을지도 몰라. 풀 사업이 성공하면 바로 와서 일하려고 할 거야."

"그 녀석은 정신 차리는 게 좋을 거야." 애덤스가 화를 내며 말했다. "300달러를 보너스로 미리 달라더군. 상식이 조금이라도 있는 사람이면 내가 마지막 한 푼까지 긁어모아야 할 때라는 걸 알텐데!"

"걱정하지 마." 아내가 말했다. "언젠가는 정신을 차릴 거고, 당신이 준 기회를 기쁘게 받아들일 거야."

"그때는 내게 빌어야 할 걸! 나는 다시는 안 물어볼 거니까."

"월터는 잘될 거야, 걱정 마. 여보, 램브 씨가 월터를 해고하지 않았다는 건 당신에게 앙심을 품지 않았다는 뜻인 걸 모르겠어?"

"도무지 이해가 안 돼." 애덤스는 인상을 쓰고 말했다. "내가 생각할 수 있는 유일한 가능성은 사장님이 매우 공정한 분이라서, 물론 그분은 더없이 공정한 분이지, 그래서 월터를 해고하지 않은 거야. 하지만 어쩌면—" 애덤스는 음울하게 결론을 내렸다. "내가 이렇게 자기를 모욕한 상황에서 내 피붙이를 데리고 있으면 내가 더 괴롭다는 걸 알고 그러는지도 몰라."

"자, 자!" 부인이 위로하려고 말했다. "당신은 누구를 모욕할 수 있는 사람이 아니야. 그건 세상 모두가 알아."

"그분을 모욕할 뜻은 전혀 없었어. 그건 다들 알아야 해. 하지만 이 세상은 우리가 뜻하는 대로만 행동하며 살 수 있는 곳이 아닌 걸." 애덤스는 말을 멈추고 생각에 잠겼다. "물론 월터가 해고당하지 않은 이유를 설명할 길이 하나 더 있어. 월터가 자기 회사에서 아직 일하고 있다는 사실을 사장님은 모를지도 몰라. 직원이 하도 많으니까 그 애를 봐도 누군지 모를 수도 있지."

"그만 생각해." 애덤스 부인이 말했다. "쓸데없이 속만 상해. 그걸 몰라?"

"내가 모를 거 같아?" 애덤스는 허탈하게 웃었다. "누구보다 더 잘 알아! 정말 웃기지. 아무 득 없는 걱정이란 걸 알면서도 계속 골머리를 앓고 있어."

"왜 그래?" 부인이 물었다. "당신이 잘못하지 않았다는 걸 알잖아? 당신이 그랬잖아. 이전 제조법을 많이 향상해서 정말 당신 거로 만들겠다고."

이것이 애덤스가 마침내 항복하면서 자기 자신을 설득하고자 한 말이었다. 스스로를 설득하는 데 꼭 필요했다. 하지만 물론 마음속에 설득되지 않은 부분이 있었고, 그 불편한 부분이 지금 애덤스를 괴롭히고 있었다. "그래, 알아." 애덤스가 말했다. "사실이야. 그래도 제조법의 기본 원칙은 유사하다는 사실을 잊을 수 없어. 아니, 그보다 더해. 사장님의 명을 받고 나랑 캠벨이 만든 제조법과 거의 똑같아. 실은 누가 봐도 차이를 모를 거고 나도 지금 개선하고 있는 부분 말고는 어떤 차이가 있는지 모르겠어. 물론 이렇게 함으로써 나는 제조법에 대해 완전한 권리를 갖게 되지. 편지에 이 내용을 포함하려고 했어. 하지만 꼭 핑계를 대는 것 같아서 결국 안 썼지. 편지를 쓰는데 계속 마음이 불안했어. 내가 핑계를 대고 있다는 인상을 받으면 그분이 나를 더 싫어하게 될 거 같아서."

남편을 끝내 설득한 뒤로 애덤스 부인의 눈 깊숙한 곳에는 불안감이 늘 도사리고 있었다. 부인도 그 사실을 알았다. 때로는 시선을 돌려 남편과 아이들로부터 불안한 눈빛을 감췄지만 매번 딴생각하는 척 숨길 수는 없었다. 지금 부인의 눈에서 불안감이 선명히 모습을 드러냈고, 목소리가 조금 떨렸다. "그 사람이 당신을 싫어하면 어때. 그럴 거라고 생각하지는 않지만, 어쨌든 그 사람이 당신을 어쩌지는 못한다고 했잖아, 버질."

"그래." 애덤스는 천천히 말했다. "그분이 할 수 있는 일은 없다고 봐. 특허가 아니라 그냥 비밀 제조법이었을 뿐이야. 특허를 낼 수 없는 상품이거든. 만약 그분이 앙갚음을 한다면 어떻게 할지 짐작해봤어. 하지만 내게 타격이 될 만한 방법이 생각나지 않아. 이건 법적인 문제가 아니야. 그분 입장을 동네방네 알려서 사람들이 나를 적대하게 만드는 게 전부야. 그런 일이 벌어지겠거니 각오하고 기다리고 있어."

애덤스 부인은 조금 안심한 듯했다. "나도 그건 예상했어." 부인이 말했다. "특히 앨리스 때문에 걱정을 많이 했지. 젊은 남자들은 영향을 쉽게 받으니까. 하지만 사업적인 면만 생각하면, 램브 씨가 욕 좀 하면 어때? 별로 상관없을 거야. 사업에 악영향은커녕 아무 영향도 없을 거야. 그 사람이 그러고 있지도 않고."

"그래. 어쨌든 아직은 아니지. 아닌 거 같아." 애덤스는 다시 처량하게 한숨을 내쉬었다. "하지만 그분 생각을 알 수만 있다면 얼마나 좋을까!"

항복하기 전에 애덤스는 자신이 풀 제조법을 이용해서 사업을 하는 것처럼 부정한 짓을 저지른다면 수치스러워서 견딜 수 없으리라고 생각했다. 그러나 수치심은 세상에서 가장 드문 감정이다. 애덤스는 옛 사장이 무슨 생각을 하나 끝없이 궁금할 뿐이었다. 집착이었다. 그러면서도 램브에게서 직접 듣고 싶지는 않았다. 애덤스를 사로잡은 감정이 또 하나 있었다. 그는 램브와 마주칠까봐 극히 두려워했다. 애덤스가 의도적으로 피해 다녔으므로 만약 그들이 마주친다면 그건 우연히, 그리고 예고 없이 벌어질 수밖에 없었다. 애덤스는 다리에 힘이 남아 있는 한, 설사 램브가 집으로 찾아와도 어떻게든 피할 작정이었다.

그러나 사람들은 우연히 마주치기 마련이다. 애덤스는 시내에

나갈 때마다 '도매 상가'를 피했지만 그래도 어느 날 램브를 봤다. 점심을 먹으러 귀가하는 길인 램브는 차 안에 태평한 얼굴로 앉아 있었다. 북적거리는 길모퉁이에 있던 애덤스는 노인이 자신을 못 봤다는 걸 알았다. 그런데도 한 시간 뒤에 창고로 돌아가는 전차 안에서 여전히 공포에 질려 발작적으로 몸을 떨었다.

애덤스는 쉬지 않고 일했다. 자면서도 일하는 듯했다. 꿈속에서 계획을 세우거나 계산을 하다가 깨어나곤 했다. 이렇게 몰아붙인 덕분에, 몸값이 비싼 일꾼들을 짧은 시간밖에 고용하지 못하고 있는데도 사업은 빠르게 진행되었다. "돈을 쏟아붓는 꼴이야." 애덤스는 불평했다. 탱크와 급탕 장치의 설치가 완성된 시점에는 자본이 거의 다 떨어졌다. 하지만 장비와 더불어 애덤스는 말 그대로 날것인 '원재료'를 손에 넣었다. 그리고 사업이 진행되면 은행에서 자기를 '업고 갈' 거라고 자신했다.

창고를 빌린 지 6주 차 되던 날에 드디어 풀을 제조하기 시작했다. 고약한 냄새가 창고에서 흘러나와 뱀처럼 꿈틀거리며 근방 지역에 퍼져나갔다. 만족스럽게 공기를 들이마시며 산책하던 남자는 골목을 꺾는 순간 미소를 얼굴에서 지우고 걸음을 서두를 것이다. 이 오래된 지역의 주민은 대부분 흑인이었는데, 그들은 피해를 보았지만 한편으로는 얻은 것도 있었다. 자연의 섭리처럼 느껴지는 일에 대해 철학적인 그들은 바람에 실려온 냄새를 피하거나 보복하려는 대신, 견디는 법을 금세 익혔다. 심지어 그들은 냄새를 소재로 활용해 대화를 꾸미는 비유적인 표현을 풍부하게 넓혔다. 은유와 직유와 욕설의 표현을 더욱 맛깔나게 만들었으므로 심지어 즐겼다고도 할 수 있었다. 정작 냄새를 퍼뜨린 장본인은 생산이 시작된 첫날 저녁에 귀가하자마자 뜨거운 물로 목욕하고 새옷을 입었다. 저녁 식사 후에도 애덤스는 냄새를 떨쳐내지 못하는 것처럼 킁킁거리며 자신에게서 '뭔가 다른 걸 느꼈냐'고 아내에게 물었다.

부인은 웃으면서 무슨 뜻이냐고 물었다.

"풀 냄새가 밴 것 같아." 애덤스가 말했다. "냄새 안 나?"

"아니! 당신 정말 웃겨!"

애덤스도 웃기는 했지만 불안한 웃음이었다. '빌어먹을 풀 냄새'가 몸에 밴 게 확실하다고 말했다. 해 질 녘 그는 집 밖으로 나가서 작은 뜰을 거닐었다. 그러는 중에도 이따금 멈춰 서서 고개를 들고 미심쩍은 듯이 킁킁대며 공기의 냄새를 맡았다. "냄새 안 나니?" 애덤스는 포치에서 예쁘게 차려입고 몽상에 빠진 채 러셀을 기다리는 앨리스에게 물었다.

"무슨 냄새요, 아빠?"

"빌어먹을 풀 냄새 말이다."

앨리스는 어머니와 똑같이 반응했다. 앨리스는 웃으며 말했다. "아빠도 참, 공장은 여기서 2마일은 족히 떨어져 있어요!"

"전혀 안 나니?" 애덤스가 재차 물었다.

"무슨 소리예요! 오늘 밤공기가 참 향긋해요, 아빠."

애덤스에게는 밤공기가 전혀 향긋하지 않았다. 그는 악취를 맡았다고 확신했다. 악취가 얼마나 퍼졌는지, 북쪽으로 1마일 떨어진 집의 정원에서 J. A. 램브도 냄새를 맡았을지 궁금했다. 맡았다면 무슨 냄새인지 맞힐까? 애덤스는 자신의 엉뚱한 생각에 웃음을 터뜨렸지만, 역겨운 냄새를 콧속에서 내보낼 수 없었다. 마치 도시 전체에 풀 냄새가 스민 것 같았다.

어쨌든 풀은 생산됐고 공장은 분주히 돌아갔다. "우리가 이 동네에 퍼뜨리는 게 냄새뿐만은 아닌 거 같군요." 어느 날 아침에 공장 감독이 말했다.

"무슨 뜻입니까?" 애덤스가 물었다.

"우리 창고 건너편에 어마어마하게 큰 버터 공장 있잖습니까." 감독이 말했다. "누구 한 명이 시작해서 모범을 보이는 것만큼 부동산을 살리는 일도 없죠. 지금 목수들이 잔뜩 달라붙어서 그 건물을 수리하고 있습니다. 근 10년간 이 동네에서 가능성을 본 사람은 사장님뿐이니, 사장님 덕이라고 할 수 있겠죠."

애덤스는 기뻐하며 직접 보려고 밖으로 나갔다. 건물 안에서 요란한 망치질과 톱질 소리가 들려왔다. 목수들이 위험한 지붕 위로 조심조심 올라가고 있었다. 애덤스는 진흙 공터에서 마른 땅으로 건너간 다음에 1층 창문에서 깨진 유리창을 빼고 있는 일꾼에게 친근하게 말을 걸었다.

"안녕하시오! 여기서 무슨 일을 하고 계십니까?"

"공장을 싹 뜯어고치려나 봐요." 일꾼이 말했다. "큰 공사예요."

"확실히 그렇게 보이네요."

"네, 상당히 규모가 크죠, 크고 말고요. 4층 전체랑 지붕에서도 사람들이 일하고 있으니까요. 주인이 일을 제대로 하네요."

"누가 하는 일입니까?"

"글쎄요, 모르겠습니다. 뭐, 큰 제조업 회사 중 하나겠죠."

"여기서 뭘 만든답니까?"

"사람들이 말하길." 일꾼이 대답했다. "버터를 다시 만든다고 했어요. 어쨌든 제가 일하는 동안에는 선생님네 풀 공장 같은 냄새는 안 나기를 바랍니다."

"냄새가 그렇게 나쁘지는 않아요." 애덤스가 말했다. "금세 익숙해집니다."

"그래요?" 일꾼은 석연찮아 보였다. "이거 봐요! 난 프랑스에 있었는데, 독일 놈들이 그런 냄새를 풍길 생각을 안 한 게 천만다행입니다. 만약 그랬으면 우린 즉시 줄행랑쳤을 거예요!"

애덤스는 웃음을 터뜨리고 창고로 돌아갔다. "감독 말이 맞는 거 같아." 그날 저녁에 애덤스는 제법 흐뭇한 표정으로 아내에게 말했다. "누군가 쇠퇴한 동네에서 사업을 시작할 진취적 기상만 있으면 다른 사람들도 따르기 마련이거든. 건물을 제대로 고치고 있더라고. 그런 공장이 앞에 있으면 은행에서 대출받을 때 내 공장이 좀 더 바쁘고 성공적으로 보일 거야. 돈을 빌려야 할 날이 얼마 남지 않았어. 일이 잘 풀리면, 물론 아무리 봐도 잘 안 풀릴 이유가 없지만, 사업을 확장해서 그 공장을 내가 사고 싶었는데. 하지만 적어도 2~3년 동안은 그렇게 큰 공장을 돌릴 여력이 안 되겠지. 내가 빌린 터도 상당히 넓으니까 언젠가는 건물을 몇 개 더 지어도 될 거야. 지금은 모든 게 순조롭게 착착 진행되고 있어. 마개를 채울 여직원들을 오늘 뽑았어. 열여섯에서 스무 살 사이 흑인 아가씨들이야. 수익이 좀 나기 시작하면 자동 주입기를 살 거야. 지금으로서는 이 아가씨들 대여섯 명이 수작업으로 할 수 있어. 꽤 괜찮은 공장이 곧 생길 거야. 그래, 꽤 괜찮아!"

애덤스가 쿡쿡 웃었다. 남편이 이토록 명랑하게 말할 수 있다는 사실을 거의 잊고 있던 아내는 그의 팔에 손을 얹기까지 했다. 저녁 식사를 마친 부부는 의자 두 개를 가지고 나가서 느지막한 황혼 속에 함께 앉았다. 정면 포치는 아직 비어 있었지만 그래도 그쪽 에는 얼씬도 하지 않았다. 앨리스는 방에서 옷을 갈아입고 있었다.

"아무튼, 자기." 애덤스 부인은 남편의 팔에 손을 얹는 데 그치지 않고 오래 쓰지 않은 애칭을 되살릴 정도로 용기를 냈다. "자기가 긍정적으로 말하니까 참 좋아. 내가 옳았다고 당신이 언젠가 인 정할지도 모르겠네. 모든 게 잘 풀리고 있어. 당신이 이─이 길을 진작 밟지 않은 게 안타까워. 당신도 그렇게 느끼지 않아, 버질?"

"글쎄─어차피 할 거였으면 일찍 하는 편이 나았을지도 모르지. 당신이 제안한 방향의 전망이 꽤 좋아 보이기 시작했다는 건 인정 해. 풀이 팔릴 거는 확실해. 안 팔릴 이유가 없어. 앞날이 밝아 보 여. 그리고 만약─" 애덤스가 말을 멈췄다.

"만약?" 부인이 갑자기 불안해하며 물었다.

애덤스는 속에 숨기고 있던 미신을 고백하듯이 서글프게 웃었 다. "웃긴 이야기야. 냄새라는 게 참 웃겨. 공장에서는 너무 익숙해 져서 일하는 동안에는 맡지도 못해. 그런데 거길 나오면 꼭 냄새 가 나더라고. 솔직히 말해줘. 정말 냄새가─"

"버질!" 애덤스 부인은 남편의 팔을 살짝 때리며 나무랐다. "말 도 안 되는 소리 좀 그만해!"

"아, 물론 별거 아니지." 애덤스가 말했다. "사람은 냄새를 꽤 잘 참으니까. 걱정하는 건 아니야."

"당연하지. 게다가 냄새가 안 난다니까."

"어쨌든 이 사업에 대해 전반적으로 기분이 꽤 좋아." 애덤스가 말했다. "여하튼 내가 예상했던 것보다는 훨씬 좋아. 당신한테 이

걸 숨길 이유가 없지."

애덤스가 인정하자 부인은 매우 기뻐하며 다정하기 그지없는 목소리로 대답했다. "거봐, 자기야! 당신이 그렇게 생각하게 될 거라고 내가 늘 말했지?"

애덤스는 멋쩍은 듯이 크게 헛기침하고 파이프에 담뱃잎을 채운 뒤에 불을 붙였다. "글쎄," 애덤스가 천천히 말했다. "수수께끼야, 수수께끼."

"뭐가?"

"거의 모든 게."

애덤스가 말하고 있는데 부부의 머리 위로 불이 켜진 창문에서 노랫소리가 흘러나왔다. 갑작스레 창문이 어두워졌지만, 포치에서 러셀을 기다리려고 계단을 내려가는 앨리스의 노랫소리는 계속해서 들려왔다. "Mi chiamo Mimi." 앨리스의 목소리는 거의 충격적으로 달콤한 떨림을 머금고 있었다. 어머니와 아버지는 말없이 노래를 들었고, 앨리스가 현관의 덧문을 열며 나가는 소리와 함께 노래가 멎을 때까지 침묵을 지켰다.

"와!" 아버지가 말했다. "노래를 예쁘게도 하는군! 방금처럼 아름답게 노래하는 소리는 처음 듣는 거 같은데."

"저렇게 노래할 만한 이유가 있어." 아내가 말했다.

"그렇겠지." 애덤스가 한숨 쉬며 말했다. "그래. 당신 생각에―"

"그 남자와 깊이 사랑에 빠졌어!"

"그렇게 예상했지." 애덤스는 말하고 상념에 잠긴 채로 파이프를 들었다가 침울한 미소를 지으며 중얼댔다. "그게 세상을 덜 헷갈리게 하지는 않아. 안 그래?"

"어떤 면에서?"

"글쎄, 이거 봐." 애덤스가 말했다. "우리가 앨리스를 위해 이렇게 악착같이 애쓰고 있는데 결국에는 어떻게 되지? 앨리스는 애초에 가기로 되어 있던 길을 찾았고 이제 우리 곁을 떠날 준비를 하는 거 같아! 그게 참 수수께끼 아니야? 나는 그렇게 느껴."

"그 정도로 일이 진전되지는 않았어."

"왜, 당신이 방금—"

애덤스 부인이 낮은 목소리로 부정했다. "약혼했다고는 안 했어. 물론 그렇게 되겠지. 우리 딸이 빠져 있는 만큼 남자도 앨리스한테 푹 빠졌거든. 하지만—"

"그럼 뭐가 문제야?"

"당신은 정말 단순해!" 애덤스 부인은 외치고 자리에서 일어났다. "이 얘기를 하다보니까 생각났네." 부인이 말했다.

"뭐가?" 애덤스가 물었다. "내가 단순해서 뭐가 생각났는데?"

"아무것도 아니야!" 부인이 웃었다. "당신 때문에 생각난 게 아니야. 줄곧 생각하고 있던 거야. 그 사람이 우리 집에 들어온 적이 없는 거 같아!"

"그래?"

"확실해." 부인이 말했다. "물론 우리가 해야겠지—" 애덤스 부인은 망설이며 말을 멈췄다.

"우리가 뭐를 해?"

"앨리스랑 의논해봐야겠어." 아내가 말했다. "그 사람이 오려면 아직 30분은 남았어. 얘기할 시간이 있을 거 같아." 부인은 애덤스를 수수께끼 속에 남겨둔 채 가버렸다.

19

황혼 속에서 어머니가 집 모퉁이를 돌아왔을 때 앨리스는 혼자 나지막이 흥얼거리고 있었다.

"정말 아름다운 저녁 아니에요?" 딸이 말했다. "1년 내내 여름이면 왜 안 될까요? 이보다 황홀한 석양을 본 적 있어요, 엄마?"

애덤스 부인은 웃고 대답했다. "네 나이 이후로는 본 적 없는 것 같구나."

이 말에 앨리스는 슬퍼졌다. "제 나이가 지나면 아름다움을 더는 느끼지 못해요?"

"글쎄, 그때 같지는 않지."

"그래요? 두 번 다시는?"

"너는 엄마랑 다른 인생을 살지도 몰라." 어머니가 조금 애달프게 말했다. "그래, 다른 삶을 살 거야, 앨리스. 너는 그럴 자격이—"

"아니요, 그렇지 않아요. 어떤 자격도 없다는 걸 알아요. 하지만 요즘 대단히 많이 누리고 있어요. 꿈꾸던 것 그 이상으로요. 저는—꽤 행복해요, 엄마!"

"아가!" 어머니가 입 맞추려고 했지만 앨리스는 피했다.

"아니에요—" 앨리스는 초조해하며 웃었다. "약혼했다는 말이

239

아니에요, 엄마. 약혼하지 않았어요. 그러니까—아! 제가 망칠 만한 일을 많이 저질렀는데도 상황이 꽤 좋아 보여요.”

“네가?” 애덤스 부인은 믿을 수 없다는 듯이 외쳤다. “네가 망칠 만한 일을 뭘 했다는 거니?”

“이런저런 사소한 일들이요.” 앨리스가 말했다. “수많은 사소한—말해서 뭐해요? 그 사람은 참 솔직하고 보이는 모습 그대로예요. 착하고 소박하고 똑똑하고. 그 사람 옆에 서면 나 자신이 꿈수 덩어리같이 느껴져요. 왜 나를 좋아하는지 모르겠어요. 본모습을 알게 되면 마음이 변할 거라는 생각이 이따금 들어요.”

“알게 되면 숭배할 거야.” 애정 넘치는 어머니가 말했다. “알면 알수록 더 숭배할 거야.”

앨리스는 고개를 가로저었다. “그 사람은 여자를 숭배하는 타입이 아니에요. 전혀 아니에요. 그 사람은—”

이런 분석에 무관심한 애덤스 부인은 쾌활하게 말허리를 끊었다. “이제 네 아빠랑 내가 그 사람과 안면을 틀 때가 됐어. 한 번도 우리 집에 들어온 적이 없는 것 같다고 말하던 참이었어.”

“없어요.” 앨리스는 곰곰이 생각하며 말했다. “맞아요, 들어온 적은 없어요. 저녁에 같이 산책하지 않으면 여기 포치에 앉아서 얘기를 나누죠. 비가 좀 온 날에도 두 번 그랬어요. 밖에 앉아 있는 게 훨씬 좋아요.”

“뭔가 하긴 해야지, 물론.” 어머니가 말했다.

“어떤 거요?”

“내 생각에는—” 애덤스 부인은 말을 멈췄다. “이제는 그 사람을 저녁 식사에 초대할 때가 됐단다. 더는 미룰 수 없어.”

앨리스는 어머니의 제안에 열광하지 않았다. 사실, 너무 내키지 않아서 침울한 목소리에 불안감마저 깃들었다. "엄마, 꼭 해야 해요? 그렇게 생각해요?"

"그래. 난 그렇다고 믿어."

"미루면, 그래, 미루면 안 될까요?"

"이상해 보일 거야." 애덤스 부인이 말했다. "젊은 남자가 그토록 자주 여자를 찾아오면서 여자 부모와 안면부지처럼 지내는 건 옳지 않아. 그래, 뭔가 해야 해."

"하지만 저녁 식사는!" 앨리스는 반대했다. "초대하고 싶은 사람도 없어요. 초대할 사람도 없고요."

"성대한 만찬을 열자는 게 아니야." 어머니가 설명했다. "그냥 우리 저녁 식사에 초대하자. 말레나 번스라는 혼혈 여자가 일당을 받고 요리하는데, 웨이트리스를 데려올 수 있어. 꽃을 사서 거실이랑 식탁에 놓자. 기왕에 내일 하면 어떻겠니. 네 아버지도 요즘 기분이 좋고, 오늘 오후에 말레나한테 조만간 도움이 필요할지도 모른다고 말했거든. 이번 주에는 선약이 없다고 했으니까 오늘 밤에 전화해서 오라고 하면 돼. 이따 그 사람이 오면 내일 저녁 식사에 초대하렴, 앨리스. 다 괜찮을 거야. 걱정하지 마."

"글쎄요. 하지만―" 앨리스는 확신이 없었다.

"우리가 아무것도 안 하면 이상해 보인다는 걸 모르겠니?" 어머니가 다그쳤다. "궁핍해 보여. 더는 미루면 안 돼."

앨리스는 승낙했지만 좀처럼 내키지 않았다. "알았어요. 초대할게요. 엄마가 그렇게 생각한다면요."

"그럼 정해진 거야." 애덤스 부인이 말했다. "엄마는 가서 말레나한테 전화할게. 아빠한테도 말하고."

그러나 부인이 집 뒤쪽으로 돌아가니 남편은 흥분해 있었고 어두운 뜰에 월터가 서 있었다. 극히 흥분한 애덤스는 소리를 지르다시피 말하고 있었다.

"조용!" 아내가 다가가며 애원했다. "정면 포치에서 들리겠어!"

"누가 듣든 말든 무슨 상관이야." 애덤스는 쏘아붙였지만 목소리를 낮추었다. "지금 이 자식이 뭘 요구했는지 알아? 드디어 정신을 차리고 가족을 위해 자기가 뭘 해야 하는지 깨달아서 그 말을 하려고 온 줄 알았어! 공장에서 일하고 싶다고 하려는지 알았다고. 하지만, 아니야. 원하는 게 따로 있었지!"

"맞아요." 월터가 말했다. 어둠 속에 있어서 표정이 보이지 않았다. 월터는 무심한 듯한 자세로 꼼짝도 하지 않고 서 있었다. 월터가 조용히 말했다. "맞아요. 그것 때문에 온 게 아니에요."

"너는 그 회사에 남기로 했지." 애덤스가 흥분해서 말을 이었다. "가족을 조금이라도 도우려고 하기는커녕! 네가 아직도 거기에 붙어 있는 건 사장님이 네가 일하고 있다는 사실을 몰라서다. 두고 봐라—"

"아버지 착각이에요." 월터는 계속해서 조용히 말했다. "내가 일하는 걸 알아요. 어제 나랑 말했어요. 요즘 일이 어떠냐고 물어봤어요."

"그래?" 애덤스는 못 믿겠다는 듯이 물었다.

"네, 그래요."

"또 무슨 말을 했니?" 애덤스 부인이 급히 물었다.

"아무 말도 안 했어요. 그냥 지나갔어요."

"네가 누군지 모르셨겠지." 애덤스가 말했다.

"그렇게 생각하세요? '월터 애덤스'라고 불렀는데요."

이 말에 애덤스는 입을 다물었다. 월터 또한 잠시 침묵하다가 말했다.

"어떻게 하실 거예요? 제가 필요하다고 한 것 말이에요."

"뭐가 필요하니?" 애덤스가 대답하지 않자 부인이 물었다.

월터는 목청을 가다듬고 그때껏 말한 대로 조용히 말했지만, 목소리가 조금 갈라졌다. "350달러가 필요해요. 돈을 주라고 아버지한테 말 좀 해주세요."

애덤스가 다시 입을 열었다. "그래." 애덤스는 신랄하게 말했다. "그게 저놈이 원하는 거야! 내 부탁은 일절 들어주지 않으면서 그대신 350달러를 달라는군. 그게 다야!"

"세상에!" 애덤스 부인이 외쳤다. "월터, 그 돈이 왜 필요하니?"

"필요해요." 월터가 말했다.

"뭐 때문에?"

월터는 쉰 목소리로 계속해서 조용히 말했다. "꼭 필요해요."

"왜 필요한지 말을—"

"필요해요."

"저 말밖에 안 해." 애덤스가 말했다. "저렇게 말하면 350달러가 생길 줄 아나봐!"

월터의 쉰 목소리에서 가느다란 떨림이 새어 나오기 시작했다. "없어요?"

"없다!" 아버지가 대답했다. "다음 주에는 직원들 봉급보다 더 많이 은행에서 빌려야 해. 내가 부자인 줄 아냐?"

"이해가 안 되는구나, 월터." 혼란과 근심에 빠진 애덤스 부인이 말했다. "돈이 있다고 해도, 특히 지금 같은 시기에는 수중에 있는 돈을 죄다 끌어 써야 하잖니. 왜 필요한지 말하지도 않고 막무가내로 돈을 달라고 하면 어떡하니. 어쨌든 아버지는 그만한 돈이 없단다."

"알았어요." 월터가 말했다. 그리고 잠시 묵묵히 서 있다가 냉랭하게 덧붙였다. "평생 저한테 뭐 하나 해준 적이 없죠. 두 분 다요."

이 말이 고별사라도 되듯이 월터는 등을 돌리고 잰걸음으로 멀어져 순식간에 어둠 속으로 사라졌다.

"힘들게 키워놨더니 저 모양이구먼!" 애덤스가 불평했다. "정신이 나간 게야. 그거야."

"그런 큰돈을 뭐에 쓰려고 했을까?" 아내가 당혹스러워하며 물었다. "대체 뭐에 쓰려고 했는지 짐작도 안 가. 혹시—" 부인은 말을 멈췄다. "설마—"

"설마 뭐?" 애덤스는 짜증을 내며 물었다.

"나쁜 사람들과 휘말린 걸까."

"누가 알겠어!" 애덤스가 말했다. "나는 모르겠어! 저 녀석한테는 도저히 이해할 수 없는 부분이 있어. 이렇게 큰 도시에서 아들놈이 뭘 하고 다니는지 일일이 감시할 수는 없잖아. 특히 월터 나이 남자애는 말이지. 여자애들은 보통 집에 있지만 사내놈들은 제멋대로 돌아다니니까. 저 자식을 어찌해야 할지 모르겠구먼!"

애덤스 부인의 안색이 조금 밝아졌다. "월터는 결국 괜찮아질 거야." 부인이 말했다. "난 그렇게 믿어. 정말 질 나쁜 짓을 할 애는 아니야. 풀 공장에서도 일하게 될 거야. 기다려봐. 젊은 남자들은 당연히 돈이 필요하지. 돈 좀 달라고 했다고 나쁜 일을 저질렀다는 뜻은 아니야."

"아니지. 하지만 내게 350달러를 달라고 한 걸 보면 생각이 없는 놈이라는 건 확실해. 지금 내가 어떤 상황인지 알면서! 돈을 주고 싶어도 350센트도 못 줄 마당에, 350달러라니!"

"미안하지만 나한테는 그 정도 줘야겠어. 어쩌면 조금 더." 애덤스 부인이 소심하게 운을 뗐다. 그러고는 다음 날의 계획을 말했다. 애덤스는 맹렬히 반대했다.

"앨리스가 벌써 초대했을 거야." 부인이 말했다. "꼭 해야 하는 일이야, 버질. 애가 부모를 부끄러워하는 것처럼 보이길 원하지는 않지?"

"그럼 알아서 해. 나만 빠지게 해줘." 애덤스는 부탁했다. "물론 그 젊은이가 앨리스와의 관계에 대해서 우리에게 뭔가 말할 준비가 되면, 그땐 내가 일종의 대화를 해야겠지만, 잔뜩 격식 차린 저녁 식사를 견디기는 싫다고."

"아니, 전혀 불편하지 않을 거야." 부인이 말했다. "그냥 젊은이 한 명 초대하는 건데."

"하지만 고급스러운 음식을 준비할 거고, 당신이 다락방의 삼나무 궤에서 야회복을 꺼내서 내게 입히려는 것쯤은 다 안다고."

"그러는 게 좋을 거 같아, 버질."

"양복이 좀먹었으면 좋겠군." 애덤스가 말했다. "그 연회에서 입은 게 마지막인데 그때도 꽤 낡았었어. 연회에 참석하려고 입는 건 싫지 않았지. 그럴 만한 중요한 행사였으니까." '연회'라는 단어를 말하며 추억에 잠긴 애덤스는 자못 뿌듯한 기색이었다. 5년 전에 열린 행사였는데, 상공회의소가 주최한 만찬과 연설이 포함된 연회에 700명가량 사람과 더불어 그가 초대받았었다. 애덤스에게는 그 초대가 평생 단 한 번 남들보다 인정받은 일이었다. "여하튼 당신이 말한 대로 젊은이 한 명 초대하는 것뿐인데 야회복을 차려입으면 우스꽝스러워 보일 거야." 애덤스는 미미하게 계속 반대했다. "이렇게 법석을 떠는 게 무슨 소용이야? 우리가 저녁마다 진수성찬을 차린다고 믿을 거 같아? 설마 그걸 노리는 거야?"

"넉넉한 집안이라고 생각하게 해야지." 애덤스 부인이 인정했다.

"그거였군!" 애덤스가 성내며 말했다. "우리가 날마다 차려입고 사는 척하려고? 당신이 아무리 나를 포장해도 그 젊은이는 내가 어떤 사람인지 알아. 앨리스가 처음 소개한 날에 평소대로 입고 있었으니까. 내가 영화배우처럼 매일 빼입고 사는 사람이 아니라는 건 한눈에 알아봤겠지. 그리고 당신이랑 앨리스는 그 젊은이가 우리 집에 다시 올 거라는 생각은 안 하나? 앨리스랑 사이가 확실해지면 번질나게 찾아올 텐데, 그때마다 부자인 척할 수는 없잖아. 그러면 이게 전부 허세고 허풍이었다는 걸 알게 되겠지. 그때는 어떻게 할 건데?"

"글쎄. 그때쯤에는—" 애덤스 부인은 딴생각에 빠진 듯 말을 도중에 멈췄다. "내일 필요한 돈을 줄 거지, 여보?"

"아, 그래, 알았어." 애덤스가 중얼거렸다. "앨리스 같은 딸은 위로가 되지. 5분 안에 350달러를 안 내놓으면 자살이라도 할 것처럼 굴지 않아. 필요하면 당신이 잘난 척할 수 있게 5~6달러 정도는 줄 수 있을 거야."

그러나 애덤스가 잠자리에 들기 전에 부인은 15달러를 받아냈다. 다음 날 아침에 식사가 끝난 뒤에 애덤스 부인은 앨리스에게 침대 정리를 맡기고 장을 보러 갔다. 월터는 그때까지 아래층에 내려오지 않았다. "네가 가서 깨워주렴." 애덤스 부인이 커다란 장바구니를 꿰고 나가며 말했다. "월터가 많이 졸릴 거야. 어젯밤에 얼마나 늦게까지 나가 있었는지, 내가 자정까지 기다렸는데도 들어오는 소리를 못 들었어. 서두르지 않으면 지각하겠다고 말해줘. 딴 거 먹을 시간은 없어도 커피는 마시고 가게 해야 한다. 말레나가 오면 부엌에서 먼저 일을 시작하라고 해. 뭐가 어디 있는지 보여주고." 부인은 버스 정류장이 있는 골목으로 발길을 옮기며 손을 흔들었다. "다 잘 될 거야. 월터 깨우는 거 잊지 말고."

그런데도 앨리스는 몇 분 동안 월터에 대해 잊었다. 앨리스는 현관문을 닫고 넋을 놓은 채 '거실'로 가서 낡은 갈색 쿠션이 깔린 흔들의자 하나를 시름없이 보았다. 근심스러운 공상이 이마에 그림자를 드리웠다. 머릿속에서는 여러 생각이 초조히 뒤죽박죽 섞였다. '이 낡아빠진 의자들을 보고 뭐라고 생각할까? 너무 흉해. 기둥의 검댕 좀 닦아야지. 별로 소용없겠지만. 저기 기둥에 길게 갈라진 틈 좀 봐. 저건 어쩔 도리가 없어. 그 사람이 아빠를 어떻게 생각할까? 엄마가 말을 너무 많이 하지 말아야 할 텐데. 밀드레드나 헨리에타네 집이랑 비교해서 이 집을 어떻게 생각할까. 엄마가 장미를 잔뜩 산다고 했으니까 그게 좀 도움이 되겠지. 이 흉한 의자들은 어쩔 방도가 없어. 다락방에 놓을 수도 없고. 방에 의자가 있긴 해야 하니까. 의자를 어디서 빌릴 걸 그랬나. 아니, 만일 다시 온다면 그 의자들이 없어진 걸 눈치챌 거야. '만일 다시 온다면'이라. 그렇게 나쁘지는 않을 거야. 그 사람 예상과는 다르겠지. 그 사람이 그런 예상을 하게 된 건 내 탓이야. 내가 꾸며낸 모습을 예상할 테니까. 대체 왜 아빠가 부자인 척을 했을까? 그 사람이 뭐라고 생각할까? 그래도 콜로세움 사진은 꽤 멋져. 저거 덕분에 집이 조금은 근사해 보여. 우리가 로마에서 샀다고 생각할지도 몰라. 그랬으면 좋겠다. 당연히 내가 외국에 가본 줄 알겠지. 어젯밤에 그랬잖아. '생트샤펠 성당 안에서 받은 느낌 기억하시죠.' 거기에 가본 적이 없으니까 기억날 수가 없다고 말하지 않은 것도 일종의 거짓말이지. 내가 왜 그러지? 아빠는 꼭 야회복을 입으셔야 해. 하지만 월터는―'

이와 함께 앨리스는 어머니의 당부를 기억하고 2층에 있는 월터 방으로 올라갔다. 앨리스는 손가락으로 문을 가볍게 두드렸다.

"일어날 시간이야, 월터. 우리는 30분 전에 아침 식사를 끝냈어. 거의 8시야. 너 늦겠다. 빨리 내려와. 커피 끓여줄게." 하지만 방에서 아무 소리도 들리지 않았기 때문에 앨리스는 더 세게 문을 두드렸다.

"월터, 일어나!"

소리치면서 다시 문을 두드렸지만 여전히 대답이 없었다. 앨리스는 문이 잠겨 있지 않은 걸 확인하고 열고 들어갔다. 월터는 방에 없었다.

월터가 방에 들른 흔적은 있었다. 침대에서 잠도 잤지만 이불을 덮고 자지는 않았다. 앨리스는 동생이 하도 늦게 들어온 바람에 피곤해서 옷도 안 갈아입고 잠든 모양이라고 생각했다. 침대 발치에는 월터가 '여타 옷'이라고 부르는 양복과 외출복을 보관하는 작은 옷장이 있었다. 옷장 문은 활짝 열려 있었고 속은 텅 비어 있었다. 옷장에 아무것도 없었다. 앨리스는 놀라서 잠시 가만히 서 있었다. "이상하네." 앨리스는 중얼거렸다. 잠시 후 앨리스는 동생이 일어났을 때 입고 잠든 옷이 구겨진 걸 보고 '여타 옷'을 입고 출근했나보다 짐작했다. 설사 그랬다고 해도 옷장 바닥에서 신발까지 모조리 사라지진 않았으리라는 것에 생각이 미치지 않았기 때문에 앨리스는 자신의 추론에 만족하고 멍하니 고개를 끄덕거렸다. "그래, 그랬을 거야." 어머니가 돌아왔을 때 앨리스는 월터가 시내에서 아침을 먹은 것 같다고 말했다. 그들은 이 문제에 관해 깊이 생각할 겨를이 없었다. 요리사가 도착했고, 장바구니 속 내용물을 보여줘야 했다.

"집에 오는 길에 월리그 상점에 들렀어." 마음이 급하고 흥분해서 얼굴이 달아오른 애덤스 부인이 말했다. "캐비어를 한 캔 샀어. 저녁 식사 전에 캐비어 샌드위치를 만들어서 '거실'에서 대접하면 좋겠다는 생각이 들었거든. 누구네 집 만찬에서 그렇게 대접했다고 네가 그랬는데, 누구네였더라—"

"그건 칵테일에 곁들이는 거예요. 우린 칵테일이—"

"없지." 애덤스 부인이 말했다. "그래도 좋을 거 같아. 쟁반에 가지런히 담아서 웨이트리스한테 가져오라고 하자. 수프는 미리 준비해놓고, 샌드위치를 먹은 다음에 식사실로 바로 들어가면 될 거 같아. 그러면 식지 않겠지. 말레나가 버섯이 들어간 송아지 췌장 파테를 만들 수 있다니까, 수프 다음에 그걸 먹자. 고기 요리로는 베이컨으로 둘둘 만 안심을 준비할 거야. 완두콩이랑 감자크로켓이랑 방울다다기양배추를 곁들이고. 시장에서 들었는데 요즘 방울다다기양배추가 유행이래. 그다음에 닭고기 샐러드를 먹고 후 식으로 아이스크림을 먹자. 말레나가 아이스크림이랑 어울리는 엔젤푸드케이크를 만든다고 했어. 마지막으로 커피랑 크래커랑 치즈를 줄게. 월리그에서 파는 새로운 종류의 치즈인데, 주인이 아주 맛있다더라."

앨리스는 불안했다. "과한 거 같지 않아요, 엄마?"

"부족한 것보다는 낫지." 어머니가 쾌활하게 말했다. "우리가 먹을 것에 인색한 사람들이라고 생각하면 안 되잖니. 사실은 거의 매일 허리띠를 졸라매야 하지만! 아가, 꽃을 물에 담가놓으렴. 싱싱하게 오래갈 거야. 시장이 훨씬 싸서 거기서 샀어. 꽃꽂이는 네가 원하는 대로 해. 서둘러! 바쁜 하루가 될 테니까."

애덤스 부인은 장미 세 다스를 사 왔다. 앨리스는 장미꽃을 여섯 송이씩 꽃병 세 개에 나누었는데, 최대한 풍성해 보이도록 성글게 꽂았다. 하나는 거실 중간에 있는 테이블에, 나머지 두 개는 벽난로 선반의 양 끝에 놓았다. 나머지 꽃은 식사실로 가져갔다. 식사 바로 전에 상차림이 완성되면 그때 장식하기로 했다. 앨리스는 고민했다. 남은 열여덟 송이로 충분하면 줄기를 말려서 식탁보 위에 섬세한 장미 덩굴처럼 얼기설기 진열할 것이고, 충분하지 않으면 꽃병 하나에 다 꽂을 계획이었다.

앨리스는 대야 속 물에 담가놓은 장미꽃들을 가만히 바라보다 한숨을 쉬고, 더 고된 임무를 수행하기 위해 나갔다. 어머니와 말레나가 부엌에서 요리하는 동안 앨리스는 '거실'과 식사실을 열심히 청소했다. 시간이 흐를수록 얼굴에 수심의 그림자가 짙어졌다. 먼지를 다 턴 다음에는 가구를 박박 닦았다. 그다음에는 바닥을 걸레질하고 방과 가구의 목제 장식을 청소했다.

정오에 애덤스 부인이 부엌에서 나오니 딸이 무릎을 꿇고 앉아서 복도와 '거실' 사이 기둥밑동을 닦고 있었다.

"아가, 무리하면 안 돼. 이리 와서 뭐라도 좀 먹으렴. 아빠는 은행에 볼일이 있어서 시내에서 먹겠대. 월터도 요즘 늘 시내에서 먹잖니. 그래서 점심상은 안 차리기로 했어. 이리 와. 부엌에서 먹자."

"괜찮아요." 앨리스는 일하는 손을 멈추지 않고 무뚝뚝하게 말했다. "먹고 싶지 않아요."

어머니가 가까이 왔다. "왜 그러니?" 애덤스 부인은 밝은 어조로 물었다. "창백해 보이네. 기분이―기분이 안 좋아 보여."

"그게―" 앨리스는 운을 뗐지만 말을 잇지 못했다.

"이걸 보렴!" 애덤스 부인이 외쳤다. "이게 다 너를 위한 거야! 네가 즐겨야지. 우리가 마지막으로 손님을 대접한 게 언제였는지 기억도 안 나는구나. 네가 열여덟 살 때 작은 파티를 연 게 마지막인 거 같아. 왜 그러니?"

"아무것도 아니에요. 모르겠어요."

"아가. 오늘 저녁이 기다려지지 않니?"

앨리스는 핼쑥하고 우울한 얼굴로 올려다보았다. "물론이에요." 앨리스는 말하고 애써 웃어 보였다. "물론 그 사람을 초대해야겠죠. 즐거울 거라고 믿어요. 기다려지고말고요."

20

과연 앨리스는 저녁을 기다리고 있었다. 하지만 조마조마한 기다림이었다. 앨리스는 미처 몰랐으나 같은 시간에 이런 불안감을 느끼고 있는 사람이 또 하나 있었다. 애덤스 모녀가 엄청나게 공들인 요리와 청소로 기쁘게 하려는 바로 그 손님이었다. 러셀 역시 불길한 예감에 빠진 것이 우연은 아니었다. 마법처럼 두 마음이 통한 것도 아니었다. 그들의 연애 같은 우정이 시작된 이래 표면 아래서 끊임없이 드세게 철썩이던 파도가 불러일으킨 감정이었다.

러셀을 끼 있는 조용한 남자라고 정의한 앨리스의 말은 비방이 아니었으며 그녀가 그때만큼 지혜로운 적은 없었다. 그때 앨리스는 러셀이 '민감한 부류'라고 뜻한 건데, 두 표현은 본질적으로 동일한 말이고, 실제로 러셀은 앨리스를 처음 봤을 때 자신이 그런 남자라는 걸 증명했다. "저 여자!" 러셀은 이렇게 혼잣말했었다. "대체 누구지?" 친척의 댄스파티에 수두룩한 낯선 여자 중에서 그는 앨리스를 알고 싶었다.

그날 이후 함께 보낸 여름밤, 땅거미가 진 후 세 시간 동안 두 사람은 마치 세상에서 떨어져 자기들만의 소중한 나무 그늘 속에 있는 것 같았다. 앨리스네 집의 작은 포치가 바로 그 매혹적인 은신

처였다. 길모퉁이의 가로등에서 빛나는 작고 둥근 불빛 하나를 제외하면 사위가 어두운 가운데, 닫혀 있는 현관문의 유리창에서 스며 나오는 희미한 금색 불빛이 앨리스를 비추었다. 이따금 집 앞 거리를 지나가는 사람들은 웅얼대는 그림자일 뿐이었다. 그들은 별하늘을 배경으로 서 있는 단풍나무들의 흐릿한 실루엣 아래로 언뜻거렸다. 벽과 현관문을 등지고 함께 앉아 있노라면 마치 세상과 등을 맞댄 것 같았고, 두 사람이 같이 있지 않을 때 러셀의 마음속에서 앨리스는 언제나 닫힌 문 앞에 앉아 있었다. 이렇게 앨리스는 신비로운 후광에 싸여 있었고, 그는 주문에 걸렸다. 그러나 러셀은 형언할 수 없고 형체 없는 불안감을 느꼈다. 그의 마음속에서 앨리스는 어떤 모습이든지 간에 늘 닫힌 문 앞에 멈춰 있었기 때문이었다.

러셀이 불안해하는 사항이 하나 더 있었는데, 이건 전적으로 앨리스의 잘못이었다. 앨리스는 사람들이 자기에 관해서 무슨 이야기를 했냐고 너무 자주 물어봤고(아무리 명랑하게 물어봤다 한들), 그들 말에 귀 기울이지 말라고 너무 자주 부탁했다. 러셀의 귀에 들어갈지도 모르는 말들을 미리 막고자 하는 바람에, 앨리스는 선수를 쳐서 지나치게 설명하고 반박하고 비웃었다. 앨리스가 이럴 때마다 러셀은 웃으면서 그녀의 이름이 언급된 적도 없다고 솔직히 말했지만, 방지하려고 애쓰는 일이 결국 발생하는 인간의 영원한 모순이 끝내 승리했다.

최근에 러셀은 앨리스 때문에 얼마나 불안해졌는지 반쯤 고백했다. "누가 당신 이야기를 꺼낼까봐 두려울 정도예요. 당신이 그 문제를 두고 나를 너무 겁주는 바람에 누가 '앨리스 애덤스'라는 이름만 들먹여도 그 자리에서 도망칠 것 같아요." 러셀이 말하면서 웃었기 때문에 반 토막짜리 고백이었다. 앨리스는 러셀이 농담을 통해 헌신적인 애정을 다짐한 거로만 여겼다.

앨리스가 오해했다. 웃기는 했지만, 러셀은 진심으로 불안했다.

경사든 재앙이든, 어떤 일이 일어났을 때 우리는 그 일을 유발한 요소들이 장기간에 걸쳐 쌓여왔다는 것을 깨닫게 된다. 따라서 놀라운 일은 그 사건 자체가 아니라, 우리가 예상하지 못했다는 사실이다. 때로는 치명적인 우연이 치명적인 결과를 초래하지만, 우연적인 요소를 배제하면 사건들은 항시 어떤 법칙을 따르는 법이니, 추후 공지가 있을 때까지는 앞으로도 계속 그러리라고 생각하는 편이 현명하다고 예부터 암시해온 하늘의 말을 귀담아들어야 한다.

마음속에서 늘 앨리스의 배경으로 존재한 그 현관문을 마침내 열고 들어가기로 한 날 오후, 러셀은 친척들과 점심을 먹었다. 호화롭고 시원한 식사실에 러셀과 밀드레드, 밀드레드의 부모님까지 단 네 명뿐이었다. 차양이 달린 아치 모양의 프랑스식 창문을 통해 부드러운 햇빛이 들어왔다. 창밖으로 펼쳐진 푸른 정원의 끝에 자리한 기다란 온실의 유리창 너머로 화려하게 흐드러진 꽃의 축제가 보였다. 러셀은 앉은 자리에서 이 아름다운 전경을 보고 자신이 얼마나 감탄했는지 친척들에게 말했다. "집 안 곳곳에 아름다운 꽃이 워낙에 많아서," 러셀이 말했다. "온실에 꽃이 남아 있으리라고 생각하지 않았습니다. 세상에 아름다운 꽃이 이렇게 많은지 몰랐어요."

딸처럼 몸집이 크고 차분하며 피부가 흰 파머 부인이 부드럽게 나무랐다. "네가 친척인데도 자주 안 오니까 그렇잖니, 아서. 얼굴도 잊어버릴 지경이야."

러셀은 파머 부인의 남편을 보고 손사래 치며 변명했다. "당숙님께서 일을 많이 주셔서—"

파머 씨는 책임을 회피했다. "네댓 시까지는 그럴지 모르지." 그가 말했다. "하지만 그 이후로는 이 젊은이가 당신이랑 밀드레드에게만큼이나 내게도 낯선 사람이 되거든요. 그 숙녀분이 누군지 궁금해하던 참이네."

"남자가 정신이 딴 데 팔리면 반드시 여자 때문이라는 말씀인가요?" 러셀이 물었다.

"그건 남자들 생각이야." 파머 부인이 말했다. "저이가 그렇게 말했지, 나랑 밀드레드는 그렇게 생각하지 않아."

밀드레드는 희미하게 웃었다. "아빠만 그렇게 생각하시는지도 몰라요. 아서 오빠와 무관하게 아빠의 경험을 바탕으로 내린 짐작일 수도 있죠."

"고마워, 밀드레드." 그녀의 친척이 감사히 고개를 끄덕이고 말했다. "너는 나뿐만 아니라 당숙님도 잘 이해하는 거 같아."

의례적인 농담을 주고받으면서도 밀드레드는 심각한 표정이었다. 내용은 물론이고 말투마저 진부했던 조금 전의 농담 때문이 아니라 그녀의 머릿속에 들끓고 있는 어떤 생각 때문이었다. 친척과 눈이 마주친 순간 밀드레드의 얼굴에서 희미한 미소가 사라졌고, 그녀는 눈을 내리깔았다. 그러나 시선을 떨구기 전에 밀드레드의 눈에서 날카롭고 불안한 질문이 번뜩였다. 그것을 본 러셀의 얼굴에서도 미소가 사라지며 밀드레드의 표정과 상응하는 침울함이 깔렸다.

"사실, 아서." 파머 부인이 말했다. "밀드레드가 얼마나 착한지 아니. 네가 몇 주나 우리를 등한시했는데도 너를 꿋꿋하게 변호했어." 러셀이 그릇 속의 얼린 포도알에 정신이 팔려 말을 못 들은 것처럼 보이자 파머 부인은 남편에게 '시내에서 벌어지는 일'에 관해 물었다.

러셀은 계속해서 포도를 먹다가 잠시 후 용기를 내 밀드레드를 슬쩍 보았다. 밀드레드도 러셀과 마찬가지로 포도송이에 집중한 척했으나 한 알도 먹지 않고 줄기에서 따기만 했다. 꿋꿋이 앉아 있는 밀드레드의 얼굴은 대성당 벽감에 놓인 새 대리석 조각상만큼이나 깨끗하고 침착했다. 하지만 내리깔고 있는 눈 속에는 여러 생각이 숨겨져 있는 듯했다. 자기 의지와는 반대로 그녀의 친척은 파머 부부의 일상적인 대화를 듣기보다는 밀드레드가 무슨 생각을 하고 있는지 걱정하고 있었다. 순간 러셀은 어떤 말을 듣고 화들짝 놀라서 부부의 대화에 귀를 쫑긋 세웠다. 이제껏 앨리스가 방지하려고 들인 수고가 힘을 발휘한 순간이었다. 처음부터 러셀은 철렁 내려앉은 가슴으로 이야기를 들었다.

아내에게 방금 전달한 이야기를 조금 우스워하면서 파머 씨는 '버질 애덤스'라는 이름을 입에 올렸다. 이렇게 말했다. "버질 애덤스라고, 그게 그 사람 이름이래요. 참 별일이오."

"누가 말해줬어요?" 딱히 흥미를 못 느낀 파머 부인이 물었다.

"앨프리드 램브가 말했소." 남편이 답했다. "클럽에서 자기 아버지를 조롱하고 있더군요. 램브 씨는 자기가 사람 보는 안목이 있다고 항상 자부해왔으니까요. 단 한 번도 사람을 잘못 본 적이 없다고 아들들한테 맨날 자랑했죠. 앨프리드랑 제임스랑 앨버트 주니어는 드디어 아버지를 놀릴 기회를 잡은 거요. 어찌나 놀려댔는지 요즘은 그분이 아들들이랑 거의 말도 섞지 않는대요. 앨프리드가 말하길, 노인네가 처음부터 이 말만 반복하더랍니다. '두고 봐라. 내가 보여주마!' 그래서 아들들이 대체 뭘 보여줄 거냐고 계속 놀렸더니 이제는 입을 꾹 다물고 있다는 거예요."

"램브 씨는 참 재미있는 사람이에요." 파머 부인이 말했다. "하지만 그분처럼 통찰력 있는 사람이 그토록 오랫동안 속았다는 게 믿기 힘드네요. 20년이라고 했나요?"

"그래요, 그보다 더 오랫동안 함께해온 것 같아요. 애덤스라는 남자가 젊은 점원이었을 때 램브 씨가 기업 기밀을 믿고 맡겼대요. 램브 씨가 투자해서 자체 개발한 풀 제조법이요. 램브 씨는 애덤스라는 남자가 회사에서 오래 일하면서 큰 인물이 될 거라고 믿었어요. 정직하지 않은 자라고는 상상도 못 한 거요. 앨프리드 말로는 애덤스가 오래전에 쓸모를 잃어서 진작에 자르려고 했지만, 램브 씨가 들은 체도 하지 않고 계속 데리고 있겠다고 고집했다는군요. 그래서 연금을 주는 셈 치고 데리고 있었나봐요. 그런데 그 자가 지난 3월 어느 날 아침에 회사에서 일하던 중에 갑자기 쓰러져서 램브 씨가 자기 차로 직접 집에 데려다줬답니다. 병치레하는 동안에도 계속 문병하러 갔대요."

"그랬을 거예요." 파머 부인이 호의적으로 말했다. "정이 많은 사람이잖아요."

남편이 웃었다. "앨프리드는 그분 정 많은 성격이 이제 고쳐질 것 같다는군요! 글쎄, 그 자가 병이 낫자마자 풀 제조법을 훔쳐서 그만뒀대요. 보란 듯이 훔친 거요! 이제는 그가 뇌졸중으로 쓰러져도 램브 씨가 거들떠보지도 않을 거라고 앨프리드가 말하더군요!"

파머 부인은 생각에 잠겨 이름을 되풀이했다. "애덤스─버질 애덤스. 그 사람 이름이 버질 애덤스라고요?"

"그래요."

파머 부인이 딸을 보았다. "아니, 네가 아는 사람이잖니, 밀드레드." 부인이 가볍게 물었다. "앨리스 애덤스네 아버지 아니니? 그 사람 이름이 버질 애덤스지?"

"맞는 거 같아요." 밀드레드가 말했다.

파머 부인은 남편을 향해 고개를 돌렸다. "당신도 앨리스 애덤스를 우리 집에서 본 적 있어요. 램브 씨가 아끼던 사기꾼이 그 애 아버지였군요."

파머 씨는 단정한 회색 머리를 보드라운 손으로 빗어 넘겼다. 기억을 떠올리려는 이러한 자극에도 머리카락 한 올 흐트러지지 않았다. "그래요." 파머 씨가 말했다. "맞아, 확실해요. 밀드레드 친구 중에서 꽤 예쁜 아가씨가 있었지. 정말 별일이군!"

밀드레드는 조금 긴장한 표정으로 시선을 들었으나 아무 말도 하지 않았다. 그녀의 어머니가 상황을 정리했다. "아버지들이란 참 우스워." 파머 부인이 웃으면서 러셀에게 말했다. 자신을 보고 있는 러셀의 눈에 얼마나 힘이 들어갔는지 눈치채지 못한 부인은 곧장 남편을 돌아보고 그의 말을 정정했다. "여보, 밀드레드가 만난다고 전부 친구는 아니에요. 불쌍한 우리 애가 숨어야 할 정도로 귀찮게 찾아오는 애는 특히 그렇죠!"

밀드레드는 다시 눈을 내리깔았지만 얼굴을 조금 붉혔다. "아, 앨리스 애덤스를 그렇게 말하지는 않겠어요." 밀드레드는 조용히 말했다. "한동안 꽤 자주 만났어요. 매력이 아예 없는 애는 아니니까요."

파머 부인은 무심히 앨리스를 정의했다. "극성맞은 부류지." 부인이 말했다. "너무 성가신 아이야."

"제가―" 밀드레드는 운을 떼고 잠시 머뭇거리다 말했다. "나중에 제가 멀리했어요."

"그랬다니 다행이다." 그녀의 아버지가 쾌활하게 말했다. "램브 집안과 관련된 사람들이 우리 집에 자주 오니까 말이야. 그 애가 여기 놀러 오는 꼴을 봤으면 그 사람들은 네가 처세가 부족하다고 생각했을 거다." 파머 씨는 웃으면서 아서 쪽으로 고개를 돌렸다. "미안하게 됐네. 아서가 지루하겠어. 새로 이사 온 사람 앞에서 흔히들 저지르는 실수지. 마치 그 사람도 동네 사람을 전부 다 아는 것처럼 떠들곤 하니까!"

"하지만 우리도 그 이상한 사람들을 잘 모르잖아요." 파머 부인이 말했다. "그 여자애만 좀 알죠. 사실 너무 튀는 애였어요. 어쨌든 당신 말이 옳아요. 이제 아서도 함께 즐길 화제를 찾기로 해요."

파머 부인은 젊은이를 보고 장난스럽게 웃었다. "솔직히 말해보렴." 부인이 말했다. "저기 독재자랑 같이 일하기 싫지?"

"네? 네. 실례했습니다!" 러셀은 말을 더듬었다.

"당신 말이 맞아요." 파머 부인이 남편에게 말했다. "당신이 도둑 점원 이야기로 식사 자리를 지루하게 만든 바람에 아서가 좋은 질문에 대답도 못 하잖아요."

러셀은 겉으로는 평정을 되찾기 시작했다. "다시 말해주세요." 러셀이 말했다. "죄송하지만 잠시 딴생각하고 있었습니다."

그로서는 최선의 대답이었다. 그들에게 항의하거나 반박하고 싶은 마음이 어느 정도 있었으나 차가운 기운이 가슴을 덮치며 열기를 식혀버렸다. 앨리스라는 이름이 처음으로 '언급된' 순간이었고, 왜 이제야 들었는지도 동시에 알게 되었다. 파머 씨는 앨리스를 잘 기억하지도 못했다. 앨리스가 언급된 것은 순전히 그녀의 아버지가 은인을 어처구니없게 배신했는데, 은인의 가족들이 보기에는 그 사건에 실소를 자아낼 요소가 충분하여 클럽에서 이야깃거리로 삼았기 때문이었다. 이 이야기는 치명적이었다. 악의도, 심지어 분노도 담겨 있지 않았기 때문이었다. '극성맞은 부류', '성가신 아이', '사실 너무 튀는 아이'라는 파머 부인의 표현은 더더욱 치명적이었다. 더구나 파머 부인은 우연히, 평온하게 말했다. 파머 씨가 앨프리드 램브의 우스운 이야기를 전할 때와 마찬가지로 부인에게도 잔인한 의도는 없는 듯했다. 가족끼리 식사 자리에서 잠깐 화제에 오른, 잘 모르는 아가씨에 대한 자기 의견을 자기 남편에게 말한 것뿐이었다. 장대하고 친절하고 평온한 파머 부인에게 항의했다 한들, 그녀를 놀라게 했을지는 몰라도 생각을 바꾸지는 못했을 것이다. 무릎에 올려놓은 냅킨 테두리의 레이스를 꽉 쥐고 구기고 있던 러셀은 얼굴을 붉힐 만큼 속상해하긴 했지만 친척의 말을 반박할 정도는 아니었다.

러셀이 얼굴을 붉히는 것을 보고도 파머 부인은 빈틈없이 신사적인 남자가 숙녀의 말을 소홀히 하고 부끄러워하는 것이라고 해석했다. "마음 쓸 필요 없어." 부인이 너그럽게 말했다. "온종일 친척 이야기에 귀 기울이고 있을 수는 없잖니. 얼굴이 붉어지니까 인물이 더 사는구나, 아서. 하지만 친척 사이에 그럴 필요 없어. 우리와 있을 때는 편하게 행동하고 관심이 가는 이야기만 들으렴."

식사 시간 내내 러셀의 낯빛은 평소보다 빨갰다. 식사를 마치고 파머 부인이 일어날 즈음에도 러셀의 얼굴에는 홍조가 남아 있었다. "담배를 가져오네요." 파머 부인이 두 남자에게 고개를 끄덕이고 말했다. "남자들이 좋아하는 저속한 이야기를 나눌 시간을 줄게요. 아서, 네가 원하면 밀드레드가 온실에 핀 꽃들을 보여줄 거야."

밀드레드는 어머니를 따라 나갔다. 커다란 방에 어머니와 단둘이 남겨지자 창문으로 걸어가 밖을 내다보았다. 그녀의 어머니는 방 중앙에 있는 금박 의자에 앉아 고풍스러운 오뷔송 태피스트리를 감상했다. 파머 부인은 생각에 잠겨 딸의 등을 보고 있었지만 하녀가 커피를 가져올 때까지 아무 말도 하지 않았다.

"고마워요." 밀드레드가 창밖에 시선을 고정한 채 말했다. "하지만 커피 마실 생각 없어요."

"그래?" 파머 부인이 부드럽게 말했다. "우리 미남 친척이 네가 말 없는 아이라고 오해할까봐 걱정이구나, 밀드레드. 오찬 내내 두 마디 정도밖에 안 했잖니. 최근에 방문이 뜸했다고 네가 토라졌다고 생각하면 안 되잖니?"

"맞아요." 밀드레드가 조용히 말했다. 그러나 다음 순간 밀드레드는 홱 뒤돌아서 어머니 옆에 와서 앉았다. "바로 그게 불안해요! 아까 오빠 얼굴이 얼마나 빨개졌는지 봤어요?"

"내 질문을 못 들었을 때? 그래. 홍조가 잘 어울리더구나."

"엄마, 그것 때문이 아닌 거 같아요. 엄마 이야기를 놓쳤다고 무안해서 빨개진 게 아니라고요."

"아니야?"

"얼굴을 붉힌 것도, 딴생각에 빠진 것도 한 가지 이유 때문인 듯 해요." 밀드레드가 말했다. 밀드레드는 어머니 가까이 앉았지만 시선을 맞추지는 않았다. "엄마랑 아빠가 하던 이야기—" 밀드레드는 말을 멈췄다.

"말해보렴." 파머 부인이 상냥하게 격려했다. "네 아버지와 내가 창피한 행동이라도 했니?"

"앨리스 애덤스에 관한 이야기 때문이었던 거 같아요, 엄마."

"아서가 그 얘기에 왜 신경을 써? 아서가 앨리스를 알아?"

"기억 안 나세요?" 딸이 물었다. "제가 댄스파티 다음날 말씀드렸잖아요. 아서 오빠가 이상하게 행동해서 제가 좀 실망했다고요. 그날 제가 오빠를 모두에게 소개했지만, 오빠가 먼저 소개해달라고 부탁한 건 앨리스뿐이었어요. 그 애를 보자마자 부탁했어요. 사실 앨리스를 소개할 생각이 없었기 때문에 전 그런 입장이 되어서 싫었어요. 왜냐하면 앨리스는, 글쎄요. 그 애는 새로운 남자를 보면 '어떻게 해보려고' 달려들 타입이잖아요. 조금이라도 가능성이 보인다면요. 그리고 이따금 남자들은, 적어도 잠깐은, 그 애한테 꽤 매력을 느끼는 거 같아요. 저는 아서 오빠도 그럴 줄 몰랐어요. 적어도 오빠는 그러기엔 너무 세련된 사람이라고 생각했어요."

"그렇구나." 파머 부인이 곰곰 생각하며 말했다. "네가 그런 이야기를 했던 게 이제 기억이 나. 좀 이상했다고 했지. 하지만 이상할 건 하나도 없어. 새로 온 남자들은 자기가 받은 인상 말고는 누구를 판단할 기준이 없잖니. 불쌍한 아서를 탓하면 안 돼. 그 여자

애는 꽤 강한 인상을 남기는 외모잖아. 그날 이후로 아서가 앨리스를 만난 거 같니?"

밀드레드는 천천히 고개를 끄덕였다. "어제까지만 해도 상상도 못 했던 일이에요. 어제 이후에도 설마설마했어요. 방금 오빠가 그렇게 얼굴을 붉히기 전까지는요! 소개를 부탁해서 놀라긴 했지만 한 번밖에 춤추지 않았고 그 뒤로 그 애를 언급한 적이 없어요. 그래서 다 잊고 있었어요. 사실, 앨리스를 아예 잊고 있었어요. 요즘은 잘 안 오니까—"

"그래." 파머 부인이 말했다. "예전엔 하루가 멀다고 찾아왔었지!"

"더는 안 되겠다고 생각하던 참이었어요." 밀드레드는 말을 이었다. "저는, 그러니까, 그 애를 높이 평가하지 않았어요."

"물론이지." 그녀의 어머니는 동의했고, 갑자기 대화와 무관한 생각의 흐름을 따라간 듯 이렇게 말했다. "말론이 헨리에타에게 청혼하려는 것 같더라. 헨리에타가 승낙하지 않았으면 해. 말론은 상당히 천박한 젊은이처럼 보여."

"말론은 그중 한 명일 뿐이에요." 밀드레드가 말했다. "말론이 앨리스랑 약혼했었는지 아닌지는 모르겠어요. 앨리스는 그랬다고 한 적 없어요. 그 남자애들 중 아무와도 약혼한 적 없을지도 몰라요. 그저 다른 여자애들 입에 오르내릴 정도였어요. 처음에 제가 그 애한테 잘해준 이유 하나도, 딴 여자애들이 너무 따돌려서 안쓰러웠거든요. 그들이 옳았다는 걸 금방 알게 됐지만요. 댄스파티를 열 거라고 말했을 뿐인데 앨리스는 제가 자기 남동생까지 초대할 거라고 당연시했어요. 적어도 제가 봤을 때는, 그 애는 제가 동생도 초대할 거라고 믿는 척했어요. 진심으로 그렇게 믿었을 수도 있죠. 여하튼 결국 그 애 동생한테도 초대장을 보내야 했어요. 다시는 그런 일에 휘말리고 싶지 않았어요. 엄마가 말한 대로예요. 앨리스는 극성맞은 부류예요. 엄마가 그렇게 말한 건 유감이지만요."

"내가 왜 그렇게 말하면 안 되니?"

"말하면 안 된다고 하지는 않았어요." 밀드레드가 진지하게 설명했다. "그 이야기가 나온 게 유감이라고요."

"무슨 소린지 알았어. 하지만 왜?"

"엄마." 밀드레드는 어머니 가까이 몸을 기울이고 소곤소곤 말했다. "엄마, 처음에는 변화가 워낙 미미해서 아서 오빠 자신도 잘 모른 거 같아요. 오빠는 언제나 제게 잘해줬고, 물론 지금도 잘해줘요. 하지만, 아, 엄마도 아시죠. 파티 이후로 저를 대하는 태도가 마치 남들한테 예의를 차리듯, 그저 본성이 착하고 교육을 잘 받아서 베푸는 친절 같았어요. 물론 오빠가 저를 좋아한다고 고백한 적은 없어요. 하지만 그날 이후로 저를 좋아하지 않는다는 걸 확실히 알게 됐죠. 영문을 알 수 없어 당황스러웠어요. 내가 뭘 잘못한 것 같지도 않았거든요. 엄마, 앨리스 애덤스 때문이었어요."

파머 부인은 작은 커피잔을 옆 탁자에 내려놓으며 눈으로 자기 손을 좇았다. 자신에게 꽂힌 딸의 시선이 얼마나 비장한지 못 느끼는 듯했다. 그러자 밀드레드는 자신이 깨달은 바의 마지막 부분을 힘주어 되풀이했다.

"엄마, 앨리스 애덤스 때문이었다고요!"

그러나 파머 부인은 별로 놀라지 않았다. 적어도 겉으로는 그렇게 보였다. 놀랍지 않다는 뜻을 강조하려고 인자하게 웃으며 부인

264

이 물었다. "왜 그렇게 생각하니?"

"어제 헨리에타가 말해줬어요."

파머 부인은 나직이 웃음을 터뜨렸다. "저런! 헨리에타가 점쟁이라도 되니? 아서가 그 애랑 비밀을 털어놓는 사이니?"

"아니요, 엘라 다울링이 헨리에타한테 알려줬대요."

파머 부인은 계속 웃었다. "그렇구나!" 부인이 외쳤다. "소문이 꼬리를 물고 돌았어. 아서가 엘라에게 말하고, 엘라가 헨리에타에게, 그리고 헨리에타가—"

"엄마, 제발 웃지 마세요." 밀드레드가 부탁했다. "당연히 오빠는 아무에게도 말하지 않았어요. 돌고 돌아서 들은 이야기지만 사실이에요. 제가 알아요! 도저히 믿을 수 없었지만 오빠 얼굴이 빨개졌을 때 사실이라는 걸 깨달았어요. 오빠가 너무나도, 잠깐이었지만, 너무 큰 충격을 받은 표정이었어요! 오빠는 제가 눈치 못 챈 줄 알았겠죠. 엄마, 오빠는 근래 거의 매일 저녁에 앨리스를 만나러 갔어요. 그래서 우리 집에 오지 않은 거예요."

파머 부인은 웃음을 멈췄다. 인자한 미소만 머금고 있었는데, 그 미소만큼은 끝까지 지키기로 작정한 듯했다. "글쎄, 그럼 어떠니?" 부인이 물었다.

"엄마!"

"그래." 파머 부인이 말했다. "그럼 어떠냐고?"

"모르시겠어요?" 밀드레드의 철저히 훈련된 목소리는 이와 같은 감정 속에서도 침착하게 통제되었지만 작은 떨림이 새어 나왔다. "소문이 사실이에요. 한번은 프랭크 다울링이 앨리스를 찾아갔는데, 아서 오빠가 그 집 계단에 그 애랑 앉아 있어서 그냥 돌아갔대

265

요. 그리고 우리 집 길 건너편에 사는 여자애가 엘라랑 같은 학교에 다녔는데. 그 여자애가 말하길—"

"무슨 말인지 알아." 파머 부인이 말을 잘랐다. "아서가 그 애를 찾아간다고 치자. 내가 말했듯이, 그럼 어떠니?"

"엄마 말을 이해하지 못하겠어요. 전 오빠가 오해했을까봐 너무 걱정돼요. 오빠가 그 집에 찾아가는 걸 우리가 알아서, 엄마랑 아빠가 앨리스랑 그 애 아버지 이야기를 일부러 꺼냈다고 오해하면 어떡해요. 오빠가 여기에 오는 대신 그 애를 만난다고 우리가 앙심을 품고 험담했다고 생각할지도 모르잖아요."

"말도 안 되는 소리야!" 파머 부인은 자리에서 일어나 창문 앞으로 갔다. 몸을 돌려 창문을 등지고 선 부인은 명랑한 표정으로 딸을 바라보았다. "터무니없는 걱정이야! 그 애랑 그 애 아버지 이야기가 우연히 나온 건 누가 들어도 명백했어. 그 애 아버지는 정말 이상한 사람이더구나! 만약 아서가 그런 사람들과 교류한다면 그들에 관해 좋은 소리를 듣지 못하리라는 것쯤은 알아야지. 더구나 아서는 그냥 잠깐 혹한 거야."

"엄마! 그 집에 거의 매일 간다고—"

"그래." 파머 부인이 건조하게 말했다. "다른 젊은이들도 한때는 그 집에 '거의 매일' 갔다는 이야기를 들은 적 있는 것 같아. 딱 보니까 그 애는 오래가지 못해. 아서는 친절하고 영향을 잘 받는 기질이야. 하지만 예민하기도 하지. 예민함은 영향을 잘 받는 기질에 제동을 걸어. 여자의 가족을 보면 그 여자를 알 수 있는 법인데, 그 애 가족의 경우에는 특히 그렇지. 정말 놀랍구나! 아서는 대단히 분별 있는 사람이야. 네가 생각하는 것 이상으로 꿰뚫어 본단다."

어머니를 보는 밀드레드의 눈에 희망이 차올랐다. "우리가 불순한 의도로 그 이야기를 꺼냈다고 오빠가 의심할 가능성은 적다는 거죠?"

파머 부인은 다시 웃음을 터뜨렸다. "네가 미처 눈치채지 못한 게 하나 있어, 밀드레드."

"그게 뭐예요?"

"아서가 단 한마디도 하지 않았다는 사실이야."

"그건—" 밀드레드는 중간에 입을 다물었다.

"네가 생각하는 이유가 아니야." 어머니가 제꺽 알아듣고 답했다. "오히려 반대야. 감정이 너무 격해져서 말을 못 한 게 아니라, 어떤 깨달음을 얻은 거지."

밀드레드는 자리에서 일어나 어머니에게 다가갔다. "앨리스를 만나고 있다고 왜 우리에게 말하지 않았을까요? 엄마 생각에—오빠가 앨리스를 좋아하면서도 창피하게 여긴 걸까요? 대체 왜 한마디도 하지 않았을까요?"

"아, 그거 말이니." 파머 부인이 말했다. "앨리스가 수작을 부렸을지도 몰라. 만약 그랬다면 네 아버지와 내가 한 말에 값을 톡톡히 치른 거지. 아서가 그 애를 만나는 걸 알았으면 우리는 그 얘기를 못 했을 테니까—" 파머 부인은 황급히 입을 다물었다. 딸 뒤로 보이는 복도에서 두 남자가 방의 널찍한 문을 향해 걸어오고 있었기 때문이었다. 부인은 그들을 활기차게 반겼다. "두 사람 이야기가 일단락됐으면," 부인이 덧붙였다. "아서가 신탁 회사보다는 더 아름답고 향기로운 것들을 생각하면서 머리를 식히고 싶을지도 몰라요."

267

아서가 밀드레드에게 다가왔다.

"아까 당숙모님이 어쩌면 네가—"

"나는 '어쩌면'이라고 말하지 않았어, 아서." 파머 부인이 끼어들어 정정했다. "밀드레드가 보여주고 싶어 할 거라고 했지. 네가 온실의 사랑스러운 꽃들을 보고 향기를 맡고 싶으면 밀드레드가 안내해줄 거야. 가보렴!"

30분 뒤에 창가에서 파머 부인은 온실에서 나와 정원을 천천히 가로질러 오는 두 사람을 보았다. 아서는 아름다운 장미꽃 한 송이를 단춧구멍에 끼우고 깊은 생각에 잠겨 있었다.

21

그날 아침과 오후는 더웠다. 미약하게 살랑이는 바람 덕분에 못 견딜 정도는 아니었지만, 오후 3시쯤에는 남서쪽에서 열기가 마치 불운한 사람들에게 닥치는 재난처럼 밀려왔고 공기가 금세 뜨거워졌다. 땀을 줄줄 흘리며 삽질하는 흑인 노동자들이 지옥과 열기를 찬양하는 풍자적인 농담을 외쳤다. 그들의 삽이 땅 위로 올라올 때마다 번쩍거렸다. 남자 행인들은 벗은 재킷을 뜨거운 팔에 걸친 채로 굼뜨게 걸으며 밀짚모자로 부채질하거나 땀에 축축이 젖은 손수건을 모자와 머리 사이에 끼웠다. 고요한 대형 백화점에서는 가게마다 점원들이 축 늘어져 있었고, 사무실의 속기사들은 앞을 가로막는 고용자들의 덩치가 허락하는 한에서 선풍기에 최대한 가까이 다가갔다. 호텔의 숙박객들은 각자 방에서 옷을 벗고 쉬려고 로비를 떠났다. 병원에서는 환자들이 더위와 시끄러운 오토바이의 소음에 대해 툴툴거렸는데, 오토바이 운전자는 다음 주쯤에는 자신도 병원에서 조용한 휴식이 필요하리라는 불길한 예감은 느끼지 못한 채 공기를 가르며 몸을 식히는 중이었다. 폭염은 그야말로 사람의 정신을 폭격했다. 교외에서 골프를 치던 사람들은 게임을 포기하고 골프장의 저지대로 슬금슬금 피신했다.

이런 날에도 겨울이나 매한가지로 지글지글 열기가 끓는 일을 해야만 한다. 불꽃이 튀는 용광로를 채우고 녹인 쇠를 부어야 한다. 숙련된 노장들은 도전을 받아들였는데, 이 도시 전체를 통틀어 애덤스 부인보다 용맹하고 대담하게 열기에 맞서 싸운 자는 없었다. 더위에 강한 아프리카 출신 도우미가 종일 맹렬하게 요리하는 동안 애덤스 부인은 후덥게 달아오른 작은 부엌에서 남편의 야회복을 뜨거운 다리미로 다렸다. 목숨을 건 행동이 분명했지만, 남편에게 꼭 필요한 선행을 위해 그녀는 기꺼이 목숨을 걸었다. 애덤스 부인은 남편을 위해 언제든지 자신의 목숨을 희생할 수 있었고, 자식들을 위해서라면 자신과 남편의 목숨 모두 희생할 수 있었다.

자기 자신의 영웅성을 모르는 부인은 다리미질을 끝냈을 때 어지럼증을 느끼고 놀랐다. 한두 군데 타긴 했으나 양복이 더 말끔해 보인다고 용기를 내서 믿으며, 부인은 옷을 들고 위층 남편 방으로 올라갔다. 하지만 눈앞이 점점 하얘져서 근처에 있는 의자를 붙들어야 했고, 충분히 쉬지 않고 일어나려다 다시금 주저앉았다. 잠시 후 간신히 다시 일어선 부인은 벽을 짚고 안방 방문까지 가는 데 성공했다. 여기서 다시 한번 주춤하며 쓰러질 뻔했지만 자신이 맡은 중요한 임무를 떠올리며 정신을 다잡았다. 애덤스 부인은 마지막으로 온 힘을 짜내어 강장제를 보관하는 서랍장까지 비틀비틀 걸어갔다. 약이 효과가 있었는지 혹은 약에 대한 믿음이 효력을 발휘했는지, 아무튼 부인은 다시 업무로 돌아가기로 했다.

여전히 바들바들 떨리는 손으로 난간을 붙잡고 부인은 아래층으로 내려갔다. 하지만 목제 틀을 또다시 꼼꼼히 닦고 있던 앨리스가 올려다보자 부인은 밝게 미소를 지었다.

"앨리스, 하지 말라니까!" 어머니가 안타까워하며 말렸다. "아까 아침에 다 닦았잖아. 아주 깨끗해. 왜 또 그걸 하면서 기력을 낭비하고 있어? 이따 저녁에 산뜻해 보이게 좀 누워 있으렴."

"엄마야말로 누워야 하는 거 아니에요?" 딸이 말했다. "엄마, 몸이 안 좋아요?"

"전혀 그렇지 않아. 갑자기 무슨 뚱딴지같은 소리니?"

"창백해 보여요." 앨리스는 깊은 한숨을 내쉬었다. "엄마가 나 때문에 고생하는 걸 보면 부끄러워요."

"그런 바보 같은 소리가 어딨어! 오랜만에 손님 접대를 준비하니까 재미있는데 뭘. 날씨가 더운 게 좀 유감이구나. 네 불쌍한 아빠가 고생깨나 하겠어. 양복이 꽤 두껍거든. 하지만 멋을 위해서 한번 참는 것도 네 아빠에게 좋은 경험이 될 거다!" 애덤스 부인은 웃으면서 앨리스에게 다가온 뒤에 허리를 구부려 입맞춤했다. "아가." 부인이 다정히 말했다. "부탁이니까 위층에 올라가서 잠깐만 눈 붙이지 않을래? 엄마를 위해서?"

앨리스는 거절의 뜻으로 고개만 천천히 저었다.

"그렇게 하래도!" 애덤스 부인이 보챘다. "이따 피곤해 보이면 안 되잖니?"

"전 말짱해 보일 거예요." 앨리스는 쉰 목소리로 말했다. "가구를 다시 배치했는데 마음에 들어요? 이런저런 방식을 다 시도해 봤어요."

"예쁘구나." 어머니가 감탄하며 말했다. "네가 전에 배치한 방식도 예뻤어. 물론 네가 제일 잘 알지. 너만큼 취향이 고급스러운 사람은 본 적이 없어. 이제 그만하고 좀 쉬면—"

"쉬고 싶어도 그럴 시간이 없어요. 벌써 5시가 지났잖아요. 정말 그럴 수 없어요. 월터는 어떻게 하죠? 야회복을 입혀야 하잖아요?"

애덤스 부인은 골똘히 생각했다. "날씨가 어쩌고저쩌고 투덜거리면서 엄청나게 반대할 거야. 어젯밤이나 오늘 아침에 말했으면 좋았을 텐데. 평소 같으면 그 애한테 전화하겠지만, 네 아버지 일 때문에 그 회사에 전화하기가—"

"당연히 전화하면 안 돼요, 엄마."

"월터가 늦게 들어오면," 애덤스 부인이 말을 이었다. "내가 살짝 나가서 말할게. 러셀 씨가 그 애보다 먼저 온다면 말이야. 서둘러 옷을 갈아입으라고 해야지."

"어쩌면 저녁을 집에서 안 먹을지도 몰라요." 앨리스가 희망적으로 말했다. "가끔은 같이 안 먹잖아요."

"아니, 저녁은 같이 먹을 거 같아. 집에서 안 먹을 때는 보통 이 시간쯤에 전화해서 자기를 기다리지 말라고 하거든. 그런 면에서 참 사려가 깊어. 어쨌든 벌써 시간이 이렇게 됐구나. 고기 요리를 시작하라고 말해야겠어. 아가, 제발 좀 쉬렴."

"엄마야말로 쉬어야 할 거 같아요." 앨리스가 뒤에서 외쳤지만 애덤스 부인은 명랑하게 고개를 젓고 뜨거운 부엌으로 곧장 갔다.

앨리스는 헛수고를 한동안 계속했다. 그리고 양동이를 들고 지하실 계단으로 가서 맨 위 계단에 놓고 문을 닫은 후 '거실'로 돌아왔다. 앨리스가 낡은 흔들의자들을 눈에 안 띌 듯한 구석으로 옮기고 있는데 돌연 초인종이 요란하게 울렸다. 앨리스는 깜짝 놀랐다. 순간 얼굴이 하얗게 질린 채로 얼어붙은 듯이 서 있었지만, 러셀이 오려면 적어도 한 시간은 남았다는 걸 깨달으며 평정을 되찾고 현관으로 나갔다.

문 앞에 젊은 흑인 여자가 맥없이 서 있었다. 팔에는 작은 보따리를 들었고 입속에서 말랑말랑한 걸 씹고 있었다. "이봐요." 여자가 말했다. "혹시 흑인 여자 기다리고 있어요?"

"아니요." 앨리스가 말했다. "특히나 정문에서는요."

"이봐요." 여자가 다시 말했다. "이봐요, 여기 흑인 아줌마가 벌써 한 명 와 있지 않아요? 이봐요. 말레나 번스 아줌마가 오늘 저녁에 일하지 않냐고요? 말레나가 이 집 주소를 줬어요."

"당신이 오늘 오기로 한 웨이트리스예요?" 앨리스는 뜨악한 표정으로 물었다.

"네, 말레나 아줌마가 여기 있다면요."

"네, 있어요." 앨리스는 잠시 주저했으나 웨이트리스를 뒷문으로 보내지 않기로 했다. 괜히 화를 돋울지도 몰랐다. 그래서 여자를 정문으로 들여보냈다. "이름이 뭐예요?"

"저요? 거트루드예요. 거트루드 컬러머스."

"모자랑 앞치마는 가져왔어요?"

거트루드는 겨드랑이에 낀 보따리를 들어 보였다. "네, 다 준비했어요."

"식탁 세팅은 내가 끝냈어요." 앨리스가 말했다. "무슨 일을 해야 하는지 알려줄게요."

앨리스는 식사실로 여자를 안내하고 이런저런 지시를 내렸다. 거트루드는 느릿느릿 턱을 움직이며 느른하게 대답했다. 그다음에 여자를 부엌으로 데려갔다. 부엌에서 모자와 앞치마를 착용한 거트루드는 썩 보기 좋은 모습이 아니었다. 유난히 충혈된 눈이 하얀 모자를 쓰니까 더욱 빨갛게 보였다. 앨리스는 어머니를 따로 불러 불안한 목소리로 소곤댔다.

"다른 사람을 구할 시간은 없죠?"

"안타깝게도 없을 거 같아." 애덤스 부인이 말했다. "말레나 말로는 저 애를 구하는 것도 힘들었대. 임금이 오르니까 다들 내킬 때만 일한다더라."

"엄마, 모자 좀 똑바로 쓰라고 말해주세요. 머리를 움직일 때마다 모자가 비뚤어져요. 치마는 뒤가 너무 길고 앞은 너무 짧아요. 아, 저런 발은 처음 봐요!" 앨리스는 침통한 웃음을 터뜨렸다. "껌은 절대 못 씹게 해야 해요!"

"걱정하지 마. 내가 같이 일하면서 잘 타이를게. 아가, 넌 걱정하지 말아라." 애덤스 부인은 딸을 안심시키며 어깨를 다독였다. "이제 너는 아무것도 하지 마. 지금 당장 가서 준비하지 않으면 늦을 거야. 나는 금세 준비할 수 있으니까 너보다 먼저 아래층에 내려가 있을게. 빨리 가보렴, 아가! 엄마가 다 챙길게."

앨리스는 살며시 고개를 끄덕이고 방으로 올라갔다. 거울 앞에 잠시 앉아 있다가, 얼른 일어나서 러셀을 처음 만난 날에 입은 하얀 오르간디 드레스를 옷장에서 꺼냈다. 앨리스는 침대 위에 드레스를 조심스럽게 펼치고 갈아입을 준비를 시작했다. 30분 후에 어머니가 드레스를 '채워주러' 올라왔다.

"엄마는 준비가 끝났어." 애덤스 부인이 쾌활하게 말했다. "물론 중요하지 않지. 그 사람 눈에 너 말고 다른 사람은 들어오지도 않을 테니까. 당연히 그렇겠지. 나는 늙기는 했지만 그래도 품위 있게 보이고 싶은데, 어떠니?"

"세상에서 제일 우아해 보여요. 그 정도예요!" 앨리스가 침을 꿀꺽 삼키고 말했다.

어머니는 웃음을 터뜨리고 딸을 마지막으로 찬찬히 살펴보았다. "얼굴에 색을 좀더 입히는 게 좋겠어, 아가. 긴장해서 창백해진 거 같아. 기운을 내야 해! 눈을 보면 꼭 신들린 사람처럼 영혼이 나간 거 같아. 오늘 종일 그랬단다. 난 가봐야겠어. 네 아빠가 와이셔츠 단추 채우는 거를 도와달라고 했거든. 월터는 아직 안 왔지만 내가 잘 챙길게. 걱정하지 마. 그리고 아가, 식탁을 꽃으로 장식할 거면 서두르는 게 좋겠다."

어머니가 방에서 나가자 앨리스는 다시 거울 앞에 앉아 '색을 좀더 입히라'는 충고를 따랐다. 화장을 마치기 전에 아버지가 문을 두드렸고, 앨리스의 대답을 듣고 들어왔다. 애덤스는 아내가 다린 야회복을 입고 있었다. 그러나 양복을 맞췄을 때보다 살이 많이 빠진 탓에 정성스러운 다림질이 티도 나지 않았다. 체구가 훨씬 큰 사람의 옷을 빌려 입은 양 펑퍼짐하게 늘어져 있었다.

"네 엄마는 아래층에 내려갔다." 애덤스가 피곤한 목소리로 말했다. "단춧구멍 하나가 너무 커서 단추를 끼울 수가 없어. 어찌할 바를 모르겠다! 흰색 와이셔츠가 딱 한 장 더 있는데 때가 탔거든. 이걸 입기 전에 입어봤는데 안 되겠더라. 무슨 방법이 없겠니?"

"제가 한번 볼게요." 앨리스가 말했다.

"깃 끝이 너덜너덜해." 와이셔츠를 살펴보는 딸 옆에서 애덤스는 구시렁댔다. "꼭 톱니 달린 옷을 입은 것 같아. 하지만 얼마 안 가서 처지겠지. 나도 처질 거 같다. 근 십몇 년 동안 이렇게 더운 밤은 처음인 거 같다." 애덤스는 고개를 들어 음식 냄새가 진하게 밴 뜨거운 공기를 킁킁거렸다. "어휴, 냄새가 꽤 심한걸!" 그가 말했다.

"아빠, 제발 가만히 계세요." 앨리스가 말했다. "자꾸 움직이면 뭐가 문제인지 볼 수 없어요. 아빠의 그 어이없는 풀 냄새에 대한 집착은 정말! 아무 냄새도 안 난다고요."

"풀 냄새를 말한 게 아니야." 애덤스가 말했다. "양배추 냄새 말이다. 요즘은 저녁 식사 때 양배추를 대접하는 게 유행이니?"

"그냥 양배추가 아니에요, 아빠. 방울다다기양배추예요."

"그래? 뭐, 나야 별 상관없다. 풀 냄새를 덮으니까. 하지만 냄새가 꽤 나는구나. 넌 종일 집에서 요리하면서 냄새를 맡아서 익숙해졌나보다."

"꽤 심하긴 해요." 앨리스가 말했다. "아래층에 창문 다 열려 있어요?"

"내려가서 확인하마. 단춧구멍만 좀 고쳐주렴."

"이렇게는 못 해요." 앨리스가 말했다. "와이셔츠를 벗어서 주세요. 그러면 구멍을 작게 꿰맬게요."

"그럼 그냥 네 엄마한테―"

"아니에요." 앨리스가 말했다. "엄마는 지금 그럴 시간이 없어요. 얼른 가서 벗고 가져오세요, 아빠. 그 사람이 오기 전에 식탁에 꽃을 장식해야 해요."

애덤스는 나갔다가 웃통을 벗은 채로 와이셔츠를 가지고 금세 돌아왔다. "이거 하나는 좋구나." 딸이 바느질하는 동안 애덤스는 애처롭게 말했다. "와이셔츠 깃을 잠깐이라도 목에서 뗄 수 있으니까. 지금 이 차림으로 밥을 먹을 수 있으면 좋으련만. 그럼 훨씬 견딜 만할 텐데. 망할 단춧구멍은 좀 줄어든 거 같니?"

"제 생각에는 아마—"

그때 아래층에서 초인종이 울렸다. 자지러지게 놀란 앨리스의 팔이 움찔했다.

"저런!" 아버지가 외쳤다. "바늘에 손 찔린 거 아니야?"

앨리스는 아연실색하여 아버지를 봤다. "그 사람이 왔어요!"

앨리스의 말이 맞았다. 드디어 러셀이 작은 포치에 서서 닫혀 있는 현관문을 마주 보고 있었다. 하지만 초인종을 울렸는데도 문은 좀처럼 열리지 않았다. 집 안에서는 초인종의 경고를 뒤이어 다른 소리가 들렸는데, 뭔가 연달아 구르다가 철퍼덕 부닥치는 소리 같았다.

"어이쿠!" 애덤스가 말했다. "저건 또 무슨 소리야?"

앨리스는 정면 계단으로 갔다. 곧이어 어머니가 계단 아래 현관 앞 복도로 왔다.

"엄마!"

애덤스 부인이 올려다봤다. "괜찮아." 부인은 크게 속삭이듯이 말했다. "거트루드가 지하실 계단에서 굴렀어. 누가 거기에 양동이를 놓았더구나. 그리고—" 앨리스가 헉, 하고 숨을 들이쉬자 부인은 말을 멈추고 급히 위로했다. "걱정하지 마, 아가. 좀 절뚝거리겠지만—"

애덤스가 난간 위로 몸을 기울였다. "그 여자가 뭘 깼어?" 그가 물었다.

"쉿!" 부인이 속삭였다. "아니야. 다만 화가 단단히 났어. 하지만 지금 다리를 문지르고 있으니까 샌드위치를 내올 때쯤에는 괜찮아질 거야. 앨리스! 꽃!"

277

"알아요, 엄마. 하지만—"

"서둘러!" 애덤스 부인이 재촉했다. "둘 다 서둘러! 문을 열어줘야 해!"

문을 향해 돌아선 애덤스 부인은 문을 열기도 전에 상냥한 미소를 띠었다. "어서 와요, 러셀 씨." 부인은 다소 목소리를 높여 인사하는 것으로 위층에 있는 가족들에게 다시 한번 경고했다. "우리 집에 편히 찾아와줘서 반가워요. 모자걸이는 계단 아래 있어요." 러셀이 대답을 웅얼거리며 복도로 들어오는 동안 부인은 계속해서 말을 이었다. "제가 문을 직접 열고, 너무 격식 없는 자리로 보일까봐 걱정이네요. 우리 가정부가 방금 작은 사고를 당했어요. 별일 아니랍니다. 하지만 러셀 씨를 오래 기다리게 하면 안 될 거 같아서요. 거실로 들어오시겠어요?"

애덤스 부인은 작은 벽기둥 두 개 사이로 러셀을 안내하고, 흔들의자 하나에 앉았다. 사람이 앉아 있으면 의자가 눈에 덜 띈다고 앨리스가 말했기 때문이었다. "앉으세요, 러셀 씨. 너무 더워서 서 있기가 힘든 날이에요."

"감사합니다." 러셀이 자리에 앉으며 말했다. "꽤 덥네요." 러셀은 당장으로서는 더 할 말이 없는 듯했다. 조금 창백한 얼굴은 굳어 있었다. 애덤스 부인은 러셀이 '대단히 잘생긴 젊은이고 태도에 기품이 있지만 첫 만남에서는 조심스럽고 깍듯하다.'라는 인상을 받았다. 부인은 환하게 미소를 짓고, 자신의 모든 말에 호의를 추가하는 것 말고는 아무 의미 없는 웃음을 곁들였다. "물론 이 지역은 더운 날이 많아요." 부인이 말했다. "바깥보다 집 안이 훨씬 시원해서 다행이에요."

"네." 러셀이 말했다. "쾌적하네요." 사실이 아닌 한마디와 함께 러셀은 입을 다물고 거실을 슬쩍 둘러보았다. 그의 시선이 미소 짓고 있는 안주인에게 되돌아갔다.

"대부분 사람은 덥다고 불평불만을 쏟아내죠." 애덤스 부인은 말했다. "내가 아는 사람 중에 덥다고 투덜대지 않는 사람은 앨리스뿐이에요. 아무리 더워도 마치 산들바람이 부는 것처럼 항상 산뜻해 보여요. 참 착해서 불평하는 법이 없어요. 그게 앨리스의 인성이에요. 어렸을 때부터 그랬어요. 사람 지위를 막론하고 앨리스는 모두를 똑같이 대했어요. 저는 세상에서 인성이 가장 중요한 거 같아요. 그렇지 않나요, 러셀 씨?"

"맞습니다." 러셀이 이마에 맺힌 땀을 손수건으로 닦으며 엄숙하게 말했다.

"정말 그래요." 부인은 자기 말에 동조하며 가벼운 웃음을 빠뜨리지 않았다. "나는 늘 앨리스에게 그렇게 말해요. 하지만 앨리스는 자기 장점을 전혀 몰라요. 내가 칭찬하면 웃어넘긴답니다. 그러면서 다른 사람들을 볼 땐 꼭 장점을 찾아요. 얼마나 하찮은 사람들이든, 자기를 어떻게 대했든지 간에요. 자기 자신은 과소평가하면서요. 어렸을 때부터 그랬어요. 다른 여자애들이 이기적으로 굴거나 괴롭혀도, 나한테 한마디라도 했을 거 같아요? 아무한테도 말을 안 했어요! 어린 것이 자존심이 대단했거든요! 학교에서도 마찬가지였어요. 앨리스가 상이라도 받으면 선생님들이 집에 알려줘야 했어요. 트로피를 받아도 엄마 아빠한테 자랑하지 않고 방으로 가져갔어요. 그런데 월터는 정반대였어요. 월터는—" 여기서 애덤스 부인은 자제하고 웃음소리만 더 높였다. "나도 참 못 말

279

리네요!" 부인이 외쳤다. "엄마들이 어떤지 아시죠, 러셀 씨. 기회만 되면 입에 침이 마르도록 자식 이야기만 하죠! 내가 이렇게 자기 이야기를 한 걸 알면 앨리스가 화낼 거예요."

그 말만큼은 단연코 사실이었지만 부인은 자신이 얼마나 옳았는지 깨닫지 못했다. 러셀이 한두 마디 들릴락 말락 중얼거리자 부인은 자식들 이야기를 이어나갔다. "물론 내 평계는 앨리스 같은 딸이 흔치 않다는 거예요. 엄마라면 누구나 자기 자식에 대해 그렇게 느끼겠죠. 하지만 자기 자식이 최고라고 느끼는 엄마 가운데 몇몇은 정당하지 않겠어요?"

"네, 과연 그렇습니다."

"나는 자신 있어요!" 애덤스 부인은 웃었다. "다른 사람들은 잘 모르겠지만." 부인이 생각에 잠겨 말을 멈췄다. "아니요, 엄마들은 자기 가족 중에 보물이 있으면 알아보기 마련이에요. 만약 없다면 있는 체를 할 테고, 있는 사람은 알아요. 나는 확실히 안답니다. 앨리스는 사람들이 흔히 말하는 '집안의 기쁨'이었어요. 어떤 힘든 일이 있어도 명랑하고 쾌활하고 재치 있는 말로 상황을 매끄럽게 수습하죠. 내가 이렇게 자랑했다고 앨리스한테 말하지 마요. 앨리스가 화낼 거예요. 하지만 정말 사랑스러운 아이잖아요! 말하지 않을 거죠?"

"네." 러셀은 대답하고 다시 이마에 손수건을 가져다 대었다. "네, 말하지—" 러셀은 입을 다물었다가 자신 없게 말을 마쳤다. "말하지 않겠습니다."

다짐을 받은 애덤스 부인은 열여섯 살 때 앨리스가 얼마나 인기가 많았는지 구체적으로 묘사하면서, 남자 친구들을 대하는 앨리스의 공정한 태도에 중점을 두었다. "다른 사람 마음에 상처를 못 줘요. 다 똑같이 잘해줬어요. 적어도 대여섯 명은 앨리스한테 청혼하기 직전이었어요. 물론 애 아빠와 나는 말도 안 된다고 생각했죠. 너무 어렸으니까요."

그렇게 어머니는 딸의 전기를 써나갔고, 맞은편에 앉은 창백한 젊은이는 천장의 하얀 전구에서 내리쬐는 시린 불빛 속에서 잠자코 이야기를 들었다. 애덤스 부인은 앨리스에 관해 러셀이 혼자서는 추측하지 못할 사항들을 알려줄 기회를 얻어서 기뻤다. 사실 이런 기회를 노리고 있었다. 하지만 이야기가 너무 길어지고 있었다. 시간이 흐를수록 부인은 동료 배우들이 무대로 나올 신호를 놓친 것을 관중이 알아차리지 못하도록 즉흥적으로 연기하고 있는 배우처럼 초조해졌다. 그러나 묵묵히 앉아 있는 관중은 부인의 초조한 심정을 눈치채지 못했다. 애덤스 부인은 용맹한 영혼이었다.

그러는 동안 앨리스는 식탁 위에 갖가지 방법으로 꽃을 진열해 보고 있었다. 아버지가 후면 계단으로 내려와 부엌을 지나 식사실로 들어왔을 때도 앨리스는 이것에 매달려 있었다.

"단추가 도로 빠졌어." 애덤스가 말했다. "이제 어쩔 도리가 없구나. 시간이 없으니까. 벌어진 틈새로 공기가 통하는 게 그나마 다행이다. 자리에 앉으면 별로 눈에 띄지 않겠지. 식탁 세팅은 그만 신경 쓰렴. 네 엄마가 벌써 30분 넘게 떠들고 있는데, 그 사람은 엄마가 아니라 너를 보러 왔잖니. 어서 가서—"

"잠시만요." 앨리스가 애처롭게 말했다. "괜찮아 보여요?"

"꽃 말이니? 예뻐! 그래도 원래대로 두는 게 낫지 않겠니?"

"잠시만요." 앨리스는 다시 애원했다. "1분만 기다려요, 아빠!"

앨리스는 러셀의 그릇 앞에 있는 장미꽃 한 송이를 더 커 보이는 것으로 바꿨다.

"이제 나가보는 게 좋겠다." 애덤스가 문으로 걸어가며 말했다.

"1초만 더 시간을 줘요, 아빠." 앨리스는 고개를 저으며 한탄했다. "은제 식기를 빌릴걸!"

"왜?"

"도금한 부분이 거의 벗겨졌어요. 잠깐만 기다려요, 아빠." 앨리스는 식탁 맞은편으로 가서 도금이 그나마 덜 벗겨진 듯한 포크와 숟가락을 가져와 러셀의 자리에 있던 낡아 보이는 것들과 바꿨다. "됐어요!" 앨리스는 마침내 한숨을 내쉬며 말했다.

"이제 갈게요." 그러나 앨리스는 문 앞에서 멈추고 불안한 시선을 어깨 너머로 다시 던졌다.

"이번엔 뭐가 문제니?"

"장미꽃이요. 식탁 위에 펼쳐놓지 말걸. 꽃병에 꽂아서 물에 담가놓을 걸 그랬어요. 이렇게 더운데 마른 식탁보 위에 놓으니까 벌써 시든 것 같아요. 아무래도—"

"앨리스, 그만 좀 해라." 앨리스가 뒤돌아 가려고 하자 아버지가 야단쳤다. "네가 이러는 사이에 음식이 다 타겠다."

"어쩔 수 없죠." 앨리스가 말했다. "어차피 꽃병이 너무 흉해요. 더는 어쩔 수 없어요. 이제 가요." 하지만 앨리스는 문손잡이를 잡은 채 다시 멈췄다. "아니에요, 아빠. 여기로 나가면 안 돼요. 괜히 오해를—"

"어떤 오해?"

"아무것도 아니에요." 앨리스가 말했다. "저쪽으로 나가요."

"무슨 차이인지, 원." 애덤스는 투덜거리면서도 딸을 따라 부엌을 가로질렀고, 후면 계단으로 올라가 위층 복도를 지났다. 계단 위에서 앨리스는 잠시 멈추고 숨을 깊이 들이쉬었다. 다음 순간 앨리스는 어리둥절한 아버지의 눈앞에서 변신했다.

여태 앨리스는 눈을 내리깔고 어깨를 늘어뜨리고 있었다. 이제 그녀는 턱을 치켜들고 어깨를 쫙 폈다. 반짝이는 눈 위로 속눈썹이 빳빳하게 올라갔다. 단숨에 몸 전체에 생기가 돌았다. 앨리스는 노래를 흥얼거리기 시작했고, 선율의 오르내림에 맞추어 예쁜 손을 팔랑거리며 사뿐사뿐 계단을 내려갔다.

계단 맨 아랫단에 도착한 앨리스는 예쁜 손을 러셀에게 쭉 내밀고, 그녀를 맞이하러 온 그의 손과 만날 때까지 뻗었다. "정말 미안해요!" 앨리스가 외쳤다. "시간을 너무 오래 끌었죠! 아빠도 마찬가지고요. 두 분은 전에 한 번 만났죠."

애덤스가 악수하러 다가왔지만 앨리스가 길을 가로막고 있었다. 러셀은 얼굴을 조금 붉히며 앨리스 뒤에서 정중히 고개 숙여 인사할 뿐, 눈을 마주치지 않았다. 이에 조금 당혹스러워진 애덤스는 손을 주머니에 찔러 넣고 아내를 돌아보았다.

"저녁이 한참 전에 준비된 것 같아." 그가 말했다. "가서 먹자고."

아내는 필사적으로 고개를 저었다. "기다려!" 부인이 속삭였다.

"뭘? 월터 말이야?"

"아니. 월터는 안 올 거 같아." 애덤스 부인은 황급히 말하고 다시 고개를 저으며 경고했다. "조용히 해!"

"아, 글쎄—" 애덤스가 중얼거렸다.

"앉아!"

애덤스는 얼떨떨한 채로 아내의 손짓을 따라 거실 반대쪽 구석에 있는 흔들의자에 앉았다. 어떤 일이 일어날지 궁금해하며 소심하게 기다렸다.

그러는 중에도 앨리스는 재잘거리고 있었다. "늦은 게 사실 내 탓은 아니에요. 부끄럽지만 사실대로 말하자면 아빠를 재촉하고 있었어요. 아빠는 정말 못 말려요. 그 끔찍한 낡은 공장에 너무 늦게까지 남아서 일하거든요. 끔찍한 새 공장이라고 해야 할까요. 이토록 끔찍하게 더운 날에 초대했다고 우리를 원망하지 말아요! 나도 열기 때문에 죽을 지경이에요. 그러니까 우리는 함께 고통받고 있는 거죠. 그 사실이 위안이 된다면요. 고통은 나눌수록 경감된다고들 하잖아요. 왜 그럴까요?" 앨리스는 들뜬 웃음소리와 함께 덧붙였다. "사람들은 참 바보 같아요. 그렇지 않아요?"

거트루드가 쟁반을 들고 식사실에서 나왔다. 거트루드는 화난 표정으로 느리터분하게 걸어왔다. 치마는 여전히 비뚤어졌고, 입속에서 무언가를 씹고 있지는 않았지만 습관적으로 이따금 아래턱을 움직였다. 거트루드가 애덤스 앞에 멈춰 섰다.

애덤스는 처량하게 올려다봤다. "뭐요?" 그가 물었다.

대답하는 대신 거트루드는 무심히 쟁반을 앞으로 내밀었다. 애덤스는 여전히 혼란스러웠다. "대체 뭐요—" 애덤스는 입을 열었다가 아내의 시선을 느끼고는 쟁반에서 축축하고 물컹거리는 샌드위치를 집었다. 그 정도 지각은 남아 있었던 것이다. "하나 먹어볼까." 이 말을 실천에 옮기자마자 애덤스의 얼굴에 역겹다는 표정이 퍼졌다. 샌드위치를 도로 내려놓으려고 했으나 거트루드는 이미 거실을 가로질러 애덤스 부인에게 가고 있었다. 애덤스는 샌드위치를 든 채로 어쩔 줄 모르고 앉아 있었다. 식사실로 돌아가는 웨이트리스가 앞을 지나갈 때 다시 한번 샌드위치를 버리려고 했지만, 거트루드는 그를 못 본 듯했다. 하릴없이 애덤스는 샌드위치를 계속 들고 있었다.

앨리스는 의리 있는 딸이었다. "맛있어요, 엄마." 그리고 앨리스는 러셀에게 말했다. "당신은 기회를 놓쳤네요. 하나 먹지 그랬어요. 함께 마실 게 없어서 아쉽네요. 하지만―"

거트루드가 다시 나타나서 "준비됐어요."라고 선포하며 앨리스의 말을 끊었다.

"자, 자." 안심한 애덤스가 자리에서 일어나며 말했다. "잘됐군! 가서 먹을 수 있나 한번 보자고." 모두가 식사실로 향할 때 애덤스는 빈 벽난로에 샌드위치를 슬쩍 버렸다.

그 순간 뒤돌아보았다가 유일하게 그 장면을 목격한 앨리스는 자기도 모르게 몸서리쳤다. 그러나 제 딴에는 최선을 다하고 있다고 애원하는 듯한 아버지의 눈빛을 본 앨리스는 다시 활짝 웃고 러셀에게 재잘거리기 시작했다.

22

앨리스는 식사 자리에서도 씩씩하게 수다를 이어나갔다. 활발하기로 한 그녀의 결심이 조금이라도 약했다면 찜통 같은 식사실의 식탁에 놓인 뜨거운 수프를 보고 용기를 잃었을지도 모른다. 게다가 열기만큼이나 불길한 것이 있었으니, 시들어가는 장미는 아름답기보다는 가여웠고, 장미의 옅은 향기는 방울다다기양배추의 왕성한 냄새와 겨룰 바가 아니었다. 의자에 깊숙이 기대앉은 애덤스는 가슴께에서 자꾸만 불거지는 빳빳한 와이셔츠를 좀체 다스리지 못했다. 수프를 다 먹으려는 헛된 노력이 계속되는 오랜 시간 동안 거트루드의 표정과 태도는 눈에 띄게 험악해졌다. 애덤스 부인만 수프를 몇 입 먹었다. 다른 사람들은 이따금 스푼으로 뭔가를 하려는 것처럼 들고 먹는 시늉만 했다.

앨리스의 재잘거림은 쾌활한 소리에 지나지 않았지만 그래도 삭막한 침묵을 메꾸는 역할은 해냈다. 그녀의 어머니는 경탄하는 웃음으로 딸을 어김없이 보조했다. "날씨란 참 우습죠!" 앨리스가 말했다. "어제는 시원했잖아요. 천사들 덕분이죠. 그런데 오늘은 천사들이 딴 약속이 있었는지, 악마가 그 틈을 타서 적도를 북극으로 끌어올리기로 작정한 거예요. 그런데 반쯤 올렸을 때 갑자기

할 일이 생각난 바람에 적도를 우리 지역에 놓고 가버린 거죠. 악마가 어서 돌아와서 일을 마저 끝냈으면 좋겠어요!"

"정말, 앨리스." 어머니가 애정을 담아 말했다. "넌 상상력이 참 뛰어나! 하지만 러셀 씨가 경건한 상상이 아니라고 생각할 것 같구나!" 애덤스 부인은 거트루드에게 수프 그릇을 치우라는 신호를 몰래 보냈다. 하지만 반응이 없었으므로 좀더 눈에 띄게 신호를 보내야 했다. 거트루드는 벽에 기댄 채 턱을 느린 추처럼 움직이며, 반항기가 담긴 충혈된 눈으로 러셀을 빤히 보고 있었다. 앨리스가 쾌활하게 이야기하는 동안 애덤스 부인은 점점 동작을 크게 하며 고개를 몇 번 끄덕거렸다. 그러나 침울한 웨이트리스는 상념에서 헤어나질 못했다. 조용히 손가락을 튕겨도, 은밀히 쉿—소리를 내며 불러도 무반응이었다. 애덤스 부인의 얼굴에 짜증이 나타나기 시작했을 때 딸이 도움을 주었다.

"이런 날씨에 수프처럼 뜨거운 걸 먹으려고 했다니!" 앨리스가 웃음을 터뜨렸다. "요리사는 대체 무슨 생각으로 수프를 끓였을까요? 젤리나 얼린 음식이라면 모를까? 물론 그녀는 원래 적도 지방 사람이라서 그랬을 거예요. 악마 씨가 적도를 북쪽으로 올릴 때만 고향에 돌아온 느낌을 받겠죠." 앨리스는 뒤에 서 있는 거트루드를 돌아봤다. "수프 좀 치워줘요!"

직접적으로 지시를 받자 거트루드는 반응하기는 했지만 반항하기 일보 직전인 것처럼 마지못한 태도였다. 어쨌든 거트루드는 마침내 움직였다. 하지만 그녀는 상석에 앉아서 땀을 뻘뻘 흘리고 있는 왜소한 남자를 쌩하니 지나쳤다. 거트루드가 쟁반에 수프 그릇을 세 개만 올린 채 부엌으로 사라지려 하자 애덤스는 난감한 눈으로 보다가 불렀다.

"이봐요!" 애덤스가 나직이 불렀다. "이봐!"

"여보, 왜 그래?" 아내가 물었다.

"쟤 이름이 뭐야?"

애덤스 부인은 깜짝 놀라 당황한 눈으로 손님을 흘끔 봤지만 손님은 자기 앞에 놓인 하얀 천만 내려다보고 있었다. 이 사실을 확인한 부인은 남편을 향해 살벌하게 인상을 쓰고 고개를 세게 저었다.

안타깝게도 어머니의 몸짓을 못 본 앨리스는 순진하게 물었다. "아빠, 누구 이름요?"

"왜, 저기 흑인 아가씨 말이다." 애덤스가 설명했다. "내 그릇을 안 치웠잖아."

"걱정하지 말아요." 앨리스가 웃었다. "아직 희망이 있어요, 아빠. 영원히 가버리진 않았어요!"

"과연 그럴까." 딸의 성급한 다짐을 미덥지 않아 하며 애덤스가 말했다. "아주 가버린 거 같은데." 애덤스의 예언이 이루어질 것처럼 보일 무렵 거트루드가 다음 코스에 필요한 그릇을 내왔다.

앨리스는 그 기나긴 공백을 메꿀 능력을 갖추고 있었다. '언제나 상황을 매끄럽게 수습하는' 아이라는 어머니의 칭찬에 부합하는 정신력으로 앨리스는 쉼 없이 수다를 이어나갔다. 앨리스가 매끄럽게 수습해야 할 것은 비단 음식이 지연될 때 발생하기 마련인 어색함뿐만이 아니었다. 앨리스는 러셀에게 보이는 어머니와 아버지의 모습을 수습하고, 어머니와 아버지의 눈에 보이는 러셀의 모습 또한 수습했지만, 러셀은 자신이 그녀에게 어떤 빚을 졌는지 몰랐다. 수다를 떨며 상황을 수습하는 내내 앨리스는 반짝이는 눈에 한껏 쾌활함을 머금고 그의 눈을 들여다봤다. 그렇지만 눈빛으로는 애원하며 묻는 듯했다. 마치 이렇게 물어보는 듯했다. "견디기 힘들 정도인가요? 참을 수 있어요? 제발 참아줄래요? 나는 당신을 위해 참을 거예요. 전부 괜찮다는 신호를 주면 안 돼요?"

그러나 러셀의 눈길은 앨리스를 이따금 스치기만 할 뿐, 이마를 너무 자주 닦지 않으려는 남자다운 노력에도 불구하고 그는 더위에 진이 빠진 듯했다. 앨리스와 그녀의 아버지가 나타났을 때 떠올랐던 홍조는 사라진 지 오래였다. 땀에 젖은 얼굴은 창백했는데, 힘겨워서 하얗게 질린 것은 분명했지만 외적인 면만 고려하면 창백한 낯빛이 시적으로 제법 잘 어울렸다. 즐겁고 만족스럽다고 말하려는 듯한 친절한 미소 역시 잘 어울렸다. 하지만 러셀은 애덤스와 마찬가지로 자기 딴에 최선을 다하고 있을 뿐, 친절한 미소마저 애처롭고 억지스러웠다.

애덤스는 러셀이 마음에 들었다. 점잖은 젊은이 같았고, 앨리스가 가족에게 소개한 남자 중 단연 가장 조용했다. 그녀의 아버지는 조용한 성격을 높이 평가했으므로 처음 갖는 친밀한 만남에서 수줍어하는 듯한 러셀의 태도가 큰 점수를 땄다. 신중하고 겸손한 지원자로 보인 것이다. '지금까지 행동으로 미루어봤을 때는 일등 신랑감이구먼.' 애덤스는 이렇게 생각했고, 앨리스를 떠나보내기 싫은 마음과 예전의 덜 흡족한 지원자들에 대한 기억을 곱씹으며 덧붙였다. '마침내!'

앨리스의 발랄함은 사그라지지 않았다. 상황을 수습하려는 앨리스의 노력은 거의 끊임없는 연기에 가까웠고, 그녀는 기필코 해내야 했다. 뜨겁고 기름진 음식이 차례차례 나오는 내내 떠드는 앨리스의 머릿속은 입놀림만큼이나 분주했으며 그녀가 눈빛으로 러셀에게 던지고 있는 질문만큼이나 후회로 가득했다. 음식을 많이 차리지 않으면 '인색해' 보인다고 어머니가 걱정했을 때 왜 말리지 않았을까? 어머니 말대로 내가 '신들려' 보이나? 러셀은 또 왜 저럴까? 무슨 일이 있었지? 앨리스는 러셀이 저녁 식사보다 더 끔찍한 어떤 이유로 우울해하는 것 같다고 생각하며 속을 태웠다.

성난 거트루드가 씩씩거리며 죽음처럼 긴 간격을 두고 음식을 꾸무럭꾸무럭 내오는 동안에 끓인 방울다다기양배추 냄새로 숨막히는 작은 식사실은 점점 더 뜨거워졌다. 앨리스는 계속해서 러셀과 시선을 맞추려고 노력하면서 그의 표정을 가지가지 뜻으로 해석했는데, 하나같이 두려운 해석이었다. 얼룩진 식탁보 위에서 엉성하게 흩어진 채 죽어가는 장미꽃을 바라보는 앨리스의 마음은 먹고 있는 음식만큼이나 무거웠고, 앨리스는 자신의 마음 역시 장미꽃처럼 죽었을지도 모른다고 생각했다.

커피가 나오자 집주인은 손님 접대가 소홀했다며 안타까워했다. "이런!" 애덤스가 말했다. "시가를 준비하는 것을 깜빡했군." 애덤스가 미안해하며 말했다. "이런 걸 다 잊어버리고, 내가 무슨 정신인지 모르겠소. 개인적으로 난 시가를 피우지 않아요. 누가 권하면 모를까. 항상 파이프 담배를 피우지. 깨끗하고 소박하잖습니까. 하지만 이런 날에는 하나 사 왔어야 했는데."

"괜찮습니다." 러셀이 말했다. "저도 최근에는 담배를 전혀 안 피웁니다. 피울 때는 아버님처럼 파이프 담배를 피웁니다."

앨리스는 담배 심부름을 갔다가 러셀과 조우한 날에 자기가 한 거짓말을 기억하고 뜨끔했다. 하지만 러셀을 잠시 지켜보고 그가 담배 심부름에 대한 대화를 까맣게 잊었다고 확신했다. 기억했다면 자기를 힐끔 볼 수밖에 없었을 것이다. 오히려 러셀은 식사 자리에 앉은 이래 처음으로 편안해 보였다. 드디어 남자들의 대화 소재가 나오자 애덤스의 이야기를 귀 기울여 듣고 있었다. "러셀씨, 당신 말이 맞아요. 시가를 피울 여유가 있고, 담배보다 시가를 좋아하는 사람에게는 괜찮겠지요. 하지만 좋은 파이프 담배는——"

애덤스는 이 주제가 화제로 떠오르면 늘 그렇듯이 파이프 담배에 대한 찬사를 늘어놓았다. 그때 현관문의 초인종이 울리며 대화를 끊었다. 애덤스는 다소 놀라고 의아해하며 말을 멈췄다.

애덤스 부인이 거트루드에게 나지막이 일렀다.

"가서 '아무도 집에 안 계십니다'라고 말해요."

"뭐라고요?"

"손님이 찾아왔으면 우리가 집에 없다고 말하라고."

거트루드는 거침없이 따졌다. "지금 나더러 문을 열어주라는 거예요?"

거트루드는 기가 막힌 모욕을 당했다는 표정이었다. 애덤스 부인은 다소 불안해하면서도 고집했다. "그래요. 서둘러요——부탁해요. 우리가 집에 없다고 말해주면 고맙겠어."

다시 한번 거트루드는 복종과 반항 사이에서 갈등했으나 다행히 이번에도 온순한 방향을 택했다. 거트루드는 지독하게 경멸하는 눈빛으로 애덤스 부인을 쏘아보고, 현관문으로 갔다. 거트루드가 돌아와서 말했다.

"기다리겠대요."

"집에 없다고 하라니까." 애덤스 부인이 말했다. "누군데요?"

"로우 씨래요."

"우리가 아는 사람 중에 로우 씨는 없는데."

"아뇨, 안대요. 애덤스 씨한테 급한 용무가 있대요. 기다리겠대요."

"애덤스 씨는 지금 바쁘다고 해요."

"잠깐 기다려." 애덤스가 끼어들었다. "로우라고? 로우라는 사람은 모르는걸. 이름을 제대로 들은 게 맞소?"

"로우라고 했어요." 지친다는 뜻으로 천장을 올려다보며 거트루드는 대꾸했다. "로우. 그 말만 했어요. 그게 다예요."

애덤스는 눈살을 찌푸렸다. "로우라고." 그가 말했다. "혹시 로어 아니었소?"

"로우예요." 거트루드는 다시 말했다. "그 말만 했어요. 난 그거밖에 몰라요."

"어떻게 생겼소?"

"평범하게요." 거트루드가 말했다. "아저씨 정도 나이에 콧수염이 희끗희끗하고 멋진 안경을 썼데요."

"찰리 로어잖아!" 애덤스가 외쳤다. "내가 용건을 물어보지."

"아냐, 버질." 아내가 나무랐다. "커피는 다 마시고 가. 저녁 내내 머무르실지도 모르잖아. 놀러 오셨을 수도 있어."

애덤스는 웃었다. "그 친구는 남의 집에 용건 없이 찾아오지 않아. 신경 쓰지 마. 내 방으로 데려갈게." 애덤스는 러셀을 돌아보고 말했다. "실례하겠소." 그리고 자기 손님을 만나러 갔다.

남편이 나간 뒤에 애덤스 부인은 커피를 다 마시고 손님과 딸을 번갈아 보더니 눈치 있게 자리에서 일어났다. "나도 로어 씨한테 인사하는 게 좋겠어."라고 말하고, 문가에 다다랐을 때 부가 설명을 덧붙였다. "남편의 오랜 친구인데, 오랜만에 오셨어요."

앨리스는 고개를 끄덕이고 어머니를 향해 활짝 웃었다. 그러나 문이 닫히자마자 미소가 스러졌다. 생기가 모조리 빠져나갔다. 이와 함께 낯빛이 창백해지자 입술에 바른 립스틱의 빛깔이 도드라졌다. 그러나 러셀은 변화를 눈치채지 못했다. 앨리스를 보고 있지 않았기 때문이었다. 녹초가 된 아가씨는 딱 10초만 속내를 드러냈을 뿐, 휴식은 오래가지 않았다. 마치 힘 좋은 스프링의 탄력을 받은 듯 앨리스는 다시 생기발랄해졌다.

"무슨 생각 하는지 말해주면 1페니 줄게요." 앨리스는 시든 장미꽃 한 송이를 식탁 맞은편의 러셀에게 던지며 말했다. "1페니보다 더 줄게요. 2페니를 줄게요. 아니, 가엾게 시든 장미꽃을 줄게요, 러셀 씨! 무슨 생각을 하고 있어요?"

러셀은 고개를 저었다. "사실 아무 생각도 안 하고 있습니다."

"물론 그렇겠죠." 앨리스가 말했다. "이런 더위에 누가 생각을 할 수 있겠어요? 우리를 용서해줄래요?"

"용서라뇨?"

"이렇게 부담스러운 저녁을 대접해서요. 얼마나 과했나 한번 봐요. 하긴 당신은 거의 보기만 했죠. 게다가 이런 날씨에! 그래도 이 지독한 만행이 거의 끝나가니까 이제 기운 내요!" 앨리스는 명랑하게 웃으면서 자리에서 일어나 문으로 걸어갔다. "거실로 가죠. 당신의 끔찍한 임무도 끝나가요. 원하는 즉시 떠나도 돼요. 그리고 싶어서 지금 안달이 났잖아요."

"그렇지 않아요." 러셀이 어쩌나 맥없이 대답했는지 앨리스는 크게 웃고 말았다.

"어머!" 앨리스가 외쳤다. "그토록 끔찍했는지는 몰랐어요!"

러셀은 애써 웃어 보였지만 대답하지 않았다. 앨리스는 '거실'로 앞서가다 문득 걸음을 멈추고 돌아섰다.

"정말 그렇게 끔찍했어요?" 앨리스가 물었다.

"아니에요, 전혀 아닙니다."

"맞아요, 정말 그랬어요. 이 뜻이죠?"

"아닙니다. 어머님과 아버님 그리고 당신에게 고마워요."

"그거 알아요?" 앨리스는 말했다. "밥 먹는 동안 당신이 날 1초 이상 보지 않았다는 거요? 내가 오늘 밤에 꽤 예뻐 보인다고 생각했는데!"

"당신은 언제나 예뻐요." 러셀이 중얼거렸다.

"그걸 당신이 어떻게 알아요." 앨리스는 답했다. 그러고는 가까이 다가서며 걱정스러운 말투로 부드럽게 말했다. "말해봐요. 오늘 기분이 정말 별로죠, 그렇죠? 고약한 두통이 있거나 그런 거 같아요. 말해봐요!"

"전혀 아닙니다."

"몸이 안 좋군요. 확실해요."

"전혀 아니에요."

"맹세해요?"

"정말 괜찮아요."

"하지만 만약 그렇다면—" 운을 뗀 앨리스는 그에게서 반응을 불러일으킬 최후의 수단을 쓰듯이 다정하고 간절하게 바라보다

혀짤배기소리로 애교스럽게 말했다. "뭐가 문제니, 꼬마야? 누나한테 말해봐!"

이건 실수였다. 러셀은 움찔했고, 아주 조금이지만 몸을 뒤로 뺐다. 앨리스는 과장되게 양손을 번쩍 들었다가 내리고 곧바로 뒤돌아섰다. "세상에!" 앨리스가 웃었다. "내가 잡아먹기라도 할까 봐요?"

그녀가 돌아선 뒤에야 가까스로 시선을 든 젊은이가 민망해하며 지켜보는 가운데 앨리스는 현관문으로 가서 덧문을 열었다. "포치로 나가요. 우리의 포치로!"

러셀은 뒤따라 나갔다. 두 사람은 자리에 앉았다. "훨씬 낫지 않아요?" 앨리스가 물었다. "여기 나오니까 기분이 아까만큼 나쁘지는 않죠?"

러셀이 우물쭈물 입을 뗐다. "전혀—"

앨리스는 날카롭게 말허리를 잘랐다. "부탁이니까 '전혀 아닙니다'라고 말하지 마요!"

"미안해요."

"뭔가를 미안해하고 있기는 하네요." 앨리스가 말했다. "뭐예요? 뭐가 문제인지 이제 말할 때가 되지 않았어요?"

"아니에요. 정말 아무 문제 없어요. 자연스레 이런 날씨에는 사람이 영향을 받을 수밖에 없죠. 평소보다 말수가 적어질 수도 있고요."

앨리스는 한숨을 내쉬고 지친 얼굴 근육을 쉬게 해주었다. 실내의 환한 불빛 아래서 뺨이 얼얼할 때까지 표정을 유지해야 했기 때문에 그럴 필요가 없는 어둠 속에서의 휴식이 달가웠다.

"물론 당신이 말하지 않겠다면야—" 앨리스는 말했다.

"문제가 없다는 말밖에 할 수 없습니다."

"얼마나 흉한 집인지 나도 알아요." 앨리스가 말했다. "어쩌면 가구 때문이겠죠. 엄마의 꽃병이 보기 싫었나요? 아니면 엄마가요? 아빠가?"

"아무것도 싫지 않았어요."

앨리스는 미심쩍은 웃음을 짧게 내뱉었다. "당신이 왜 그렇게 말하는지 알아요."

"사실이기 때문이에요."

"아뇨. 당신이 너무 친절하거나 너무 조심스럽거나 너무 민망해서, 어쨌든 너무나 어뗘해서 내게 말하지 못하는 거예요." 앨리스는 몸을 앞으로 기울여 팔꿈치를 무릎에 놓고 턱을 괴며 상념에 잠긴 자세를 취했는데, 우아하게 보일 줄 아는 자세였다. "당신이 내게 알려주지 않을 거라는 예감이 들어요." 앨리스는 천천히 말했다. "그래요. 당신은 말해주지 않을 거예요. 내 생각에는—"

"네? 당신 생각에는?"

"문득 이런 생각이 들었어요. 그들이 결국 해냈구나."

"무슨 말인지 모르겠습니다."

"내 생각에는," 앨리스는 생각에 잠긴 목소리로 느릿느릿 말을 이었다. "기어이 누군가 당신에게 내 이야기를 했군요. 그것 때문이죠?"

"전혀—" 러셀은 말을 시작했지만, 앨리스의 부탁을 기억하고 다른 표현으로 부정했다. "무엇 때문도 아닙니다."

"확실해요?"

"물론이죠."

"정말 이상하네요!" 앨리스가 말했다.

"왜요?"

"오늘 저녁에 당신이 평소와 너무 달랐거든요."

"하지만 날씨가―"

"아뇨. 단지 덥다고 그렇게 내 눈을 피하지는 않았을 거예요."

"당신을 봤습니다. 그것도 자주."

"아뇨. 그건 본 게 아니에요."

"지금도 보고 있잖아요."

"네, 어둠 속에서요!" 앨리스가 말했다. "그래요. 날씨 때문에 말수가 줄어들 수는 있지만 그렇게 혼이 빠지지는 않아요. 그 정도로 괴로워 보이지도 않았을 거예요. 탈출할 생각만 하는 것처럼!"

"하지만 난―"

"그럴 필요 없었어요." 앨리스는 부드럽게 말을 막았다. "당신도 알다시피, 탈출할 필요 없어요. 당신은 이―이 우정에 묶인 몸이 아니에요."

"미안해요. 내가 그렇게―" 러셀은 말을 시작했지만 끝맺지 않았다.

앨리스가 대신 끝맺었다. "당신이 그렇게 변한 것처럼 내가 느껴서 미안하다고요? 걱정하지 마요. 그렇게 말하고 싶었지만 차마 할 수 없었겠죠. 당신은 거짓말을 잘 못하니까요."

"아니에요." 러셀이 힘없이 항의했다. "거짓말이 아니에요. 난―"

"걱정하지 마요." 앨리스가 다시 말했다. "당신이 변했다고, 그것도 하루 만에 변했다고 내가 느껴서 미안해하는군요. 네, 당신 목

297

소리에 미안함이 가득해요. 나 혼자 착각한 거라서 당신이 곧바로 오해를 풀 수 있는 상황보다 훨씬 미안한 것처럼 들려요. 그러니까, 당신이 정말로 변해서 미안한 거죠."

"아니—"

러셀의 소심한 부정을 무시하며 앨리스는 말했다. "걱정하지 말라니까요. 그날 기억나요? 세상 그 누구도 당신이 나를 찾아오는 걸 막을 수 없다고 약속한 날? 만약 당신이—당신이 나를 떠나면, 그건 내가 당신을 떠나보내는 거라고?"

"네." 러셀이 쉰 목소리로 말했다. "진심이었습니다."

"확실해요?"

"확실해요." 러셀은 조용하지만 확신에 찬 목소리로 답했다.

"그렇다면—" 앨리스는 말을 멈췄다. "글쎄요, 난 당신을 떠나보낸 적이 없는걸요."

"맞아요."

"하지만 당신은 떠났군요." 앨리스가 조용히 말했다.

"내가 오늘 그렇게 얼이 빠져 보입니까?"

"무슨 말인지 알잖아요." 앨리스는 의자 깊숙이 기대앉았다. 이번만큼은 두 손도 무릎 위에서 움직이지 않았다. 다시 입을 떼었을 때 앨리스의 목소리는 회한에 젖어 있었다.

"결국에는 내가 당신을 떠나보낸 게 아닌가 싶어요."

"당신은 그런 적 없어요." 러셀이 말했다.

"어쩌면—" 앨리스는 다시 입을 열었다가 다물었다. 마음속으로 앨리스는 처음 만난 후로 그들이 함께한 시간을 되돌아보고 있었다. 대화의 조각들, 조용한 순간들, 사소한 일들, 중요할지도 모르는 소소한 일들. 달빛, 햇빛, 별빛. 앨리스의 마음은 뒤범벅이 된 기억들 사이를 헤매고 다녔다. 마치 그녀가 기억의 조각들을 모아서 캔버스에 아무렇게나 그림을 그린 것처럼, 앨리스는 그림에 일관되게 나타나는, 모든 조각에 공통으로 묻어 있는 한 가지 얼룩을 봤다. 자신이 이런저런 연기를 하며 두 사람의 관계에 씌운 희미한 거짓의 아지랑이를 보았다. 끔찍했던 저녁 식사나 다른 무엇이, 혹은 모든 것이 지금 옆에 있는 남자, 어젯밤까지만 해도 연인이나 다름없던 남자에게 금빛 아지랑이의 실제 빛깔을 드러냈다면, 그것은 앨리스 자신이 직접 그를 쫓은 것이나 다름없었고, 그녀는 패배를 인정해야 했다.

"그거 알아요?" 앨리스가 돌연 맑은 목소리로 크게 물었다. "이상한 느낌이 들었어요. 내 남은 인생에서 당신과 보낼 시간이 5분밖에 남지 않았다고요."

"아니, 왜요." 러셀이 말했다. "자주 만나러 올 거예요. 물론—"

"아뇨." 앨리스가 말을 끊었다. "이런 느낌은 처음 받아요. 이건—이건 진짜예요. 정말이에요! 당신은 떠날 거고—아, 당신은 절대 돌아오지 않을 거예요!" 앨리스는 벌떡 일어나 몸을 떨기 시작했다. "끝났군요. 그렇죠?" 몸의 떨림이 목소리로 전해지기 시작했다. "이렇게 끝나버렸어요. 맞죠? 그래, 맞아요!"

러셀은 앨리스를 따라 일어났다. "당신이 너무 피곤하고 신경이 곤두선 모양입니다." 그가 말했다. "난 이제 가야 해요."

"그래요, 물론 가야죠." 앨리스는 절망적으로 외쳤다. "달리 뭘 할 수 있겠어요. 모든 게 망가졌을 때는 도망치는 수밖에 없어요. 그러니까 잘 가요!"

"일단은," 러셀은 쉰 목소리로 대꾸했다. "좋은 밤 보내라는 인사만 하기로 해요."

러셀은 비틀거리며 포치 계단을 내려갔다. "당신 모자!" 앨리스가 외쳤다. "기념으로 간직하고 싶지만, 당신은 모자가 필요하잖아요!"

앨리스는 복도로 뛰어 들어가서 러셀이 모자를 내려놓은 의자에서 밀짚모자를 가져왔다. "딱하게도!" 앨리스의 웃음소리가 떨렸다. "모자 없이는 갈 수 없다는 걸 몰라요?"

잠시 마주 선 두 사람은 이 순간이 포치에서의 마지막 만남임을 느꼈다. 앨리스의 떨리는 웃음소리가 더욱 커졌다. "참 웃긴 말이에요!" 앨리스는 외쳤다. "참으로 낭만적인 이별이에요! 모자 따위에 대해 떠들면서!"

러셀이 돌아섰지만 앨리스는 계속해서 웃었다. 그런데 그때 집 안에서 다른 소리가 들려왔다. 위층에 있는 방문이 열림과 동시에 또렷이 들렸다. 애덤스 부인이 내지른, 긴 울부짖음이었다. 러셀은 계단에서 어찌할 바를 모르고 멈췄지만, 앨리스가 가라고 손짓했다.

"신경 쓰지 마요." 앨리스가 말했다. "이 웃기는 집에서는 흔히 벌어지는 일이에요! 잘 가요!"

러셀은 계단을 내려갔다. 앨리스는 집으로 뛰어 들어가 문을 세게 닫았다.

23

위층에서 어머니의 통곡 소리가 조금 수그러들기는 했지만 계속해서 들려왔다. 찰리 로어가 홀로 계단을 내려오고 있었다.

찰리는 연민이 담긴 눈길로 앨리스를 보았다. "네가 친구분에게 양해를 구하고 잠시 올라오는 게 좋겠다고 말하려던 참이었다." 로어가 말했다. "네 어머니는 너를 방해하지 않으려고 최선을 다해서 참았지만, 그래도 네가 곁에 있는 게 좋을 거 같았어."

"네, 갈게요. 무슨 일이에요?"

"사실," 로어가 말했다. "난 그저 위로의 말을 건네고 도와줄 게 없냐고 물어보려고 왔단다. 너희 가족이 당연히 알 거라고 생각했어. 석간신문에 실렸으니까. 뒷면에 작게 실리긴 했다만."

"뭐가요?"

찰리 로어가 헛기침했다. "심각하게 나쁜 일은 아니다." 로어가 말했다. "실은, 네 동생 월터가 사고를 좀 쳤어. 음, 꽤 큰일을 저질렀다고 할 수 있겠지. 그러니까, 램브 컴퍼니에서 네 동생 장부가 많이 비는 모양이야."

앨리스는 위층으로 뛰어 올라가 아버지 방에 들어갔다. 애덤스 부인이 딸의 품에 몸을 던졌다. "갔니?" 부인이 흐느끼며 물었다.

"내 울음소리를 듣지는 못했지? 난 꾹 참았는데—"

앨리스는 품에서 들썩이는 어깨를 다독였다. "아니에요." 앨리스가 말했다. "못 들었어요. 그리고 상관없어요. 그 사람은 어차피 상관없어요."

"불쌍한 월터!" 어머니가 외쳤다. "불쌍한 내 아들! 불쌍한 월터! 불쌍한, 불쌍한, 불쌍한—"

"쉿, 엄마. 진정해요." 앨리스는 어머니를 달랬지만 울음소리는 좀체 잦아들지 않았다. 방의 반대쪽에서는 어머니의 오열만큼이나 끈질기지만 종류가 다른 넋두리가 반복되고 있었다. 화가 머리 끝까지 치민 애덤스는 오른 주먹으로 왼 손바닥을 치며 방을 오가고 있었다. "망할 자식!" 애덤스가 외쳤다. "멍청한 자식! 멍청한 놈! 천치 같은 놈! 왜 나한테 말을 안 한 거야, 멍청한 놈!"

"말했어!" 애덤스 부인이 흐느꼈다. "말했는데 당신이 돈을 안 줬잖아."

"말했다고?" 애덤스가 고함쳤다. "그 자식이 요구한 건 도망칠 여비였어! 자기가 빼돌린 돈을 채울 생각도 안 했다고. 당신은 대체 무슨 허튼소리를 하는 거야. 나를 탓하다니!"

"월터는 돈이 필요했어." 애덤스 부인이 말했다. "도망치려면 돈이 필요했다고! 돈도 없으면 도망친 다음에 어떻게 살겠어? 불쌍한, 불쌍한 월터! 불쌍한 내 아들!"

부인은 다시 넋두리를 늘어놓았다. 애덤스 역시 자신의 넋두리를 시작했다가 복도에 서 있는 친구를 열린 문틈으로 보고 입을 다물었다.

"그럼 난 가보겠네, 버질." 로어가 말했다. "내가 뭐라고 해도 소용없을 것 같구먼. 필요한 게 있으면 뭐든지 말하게."

"잠깐 기다리게." 애덤스는 앓는 소리를 내며 말하고 친구와 함께 계단을 내려갔다. "노인네를 아예 못 봤다고?"

"그래. 그분이 어떻게 할 작정인지 전혀 모르겠어." 아래층에 다다랐을 때 로어가 말했다. "전혀 모르겠단 말이지. 하지만 이거 보게, 버질. 자네나 부인이 지나치게 괴로워할 일은 아니라고 생각해. 어쨌든 이렇게까지 괴로워할 필요는 없어."

"아니." 애덤스는 침을 꿀꺽 삼켰다. "제삼자에게는 언제나 별일 아닌 것처럼 보이기 마련이지!"

"물론 나도 그건 알아." 찰리가 달래듯이 말했다. "하지만 이보게, 버질. 월터를 못 잡을지도 몰라. 어떤 기차를 타고 갔는지도 모르는 거 같아. 만약 잡아도 노인네가 고소를 안 할지도 모르잖나. 혹시—"

"그 사람이?" 애덤스가 외쳤다. "그 사람이 고소를 안 한다고? 아니, 바로 이게 그가 줄곧 기다리던 일이야! 나랑 내 아들 모두 자기를 속였다고 생각하겠지. 월터를 노리고 함정을 파놓은 거나 다름없어! 회사에서 꽤 오랫동안 월터를 의심해왔다고 하지 않았나? 체포할 준비를 하면서 지켜보고 있었다고?"

"그래, 알겠네." 로어가 말했다. "하지만 노인네가 어떻게 할지 누가 아나. 자네가 돈을 구해서 갚으면 말이야."

"마지막 한 푼까지!" 애덤스는 고함쳤다. "마지막 한 푼까지 다 갚을 거야! 아무렴, 그렇고말고! 내일 당장 공장을 담보로 잡겠어! 돈을 돌려줄 거야. 그 사람에게 가서 말하게! 마지막 한 푼까지 싹 다 갚는다고!"

303

"그래, 친구. 일단 진정하도록 노력하게." 로어는 인사로 손을 내밀었다. "자네나 자네 부인이나 좀 진정하게. 자네도 알다시피 자네가 지금 아주 건강하지는 않잖아. 이 일이 터지기 전에도 무리하고 있었고. 부인이랑 예쁜 딸을 생각해서 건강을 살펴야지. 그럼 잘 자게." 로어는 포치로 나가며 말을 마쳤다. "내가 도와줄 일이 있으면 바로 연락하게."

"자네가 어떻게 도와주겠나?" 애덤스는 말했다. "아무도 도와줄수 없어!" 애덤스는 인도로 이어지는 곁길을 걸어가는 친구의 등에 대고 외쳤다. "마지막 한 푼까지 전부 갚는다고 전해! 빌어먹을, 더러운 마지막 한 푼까지!"

애덤스는 문을 쾅 닫고 위층으로 올라가며 크게 혼잣말했다. "빌어먹을, 더러운 마지막 한 푼까지! 우리 가족 전부가 자기 것을 훔치려 든다고 생각하는 모양이지? 우리가 전부 사기꾼이라고 생각하는 게지? 내가 보여주지!" 애덤스는 고함치며 방으로 들어갔다. "빌어먹을, 더러운 마지막 한 푼까지!"

앨리스는 그새 쓰러진 애덤스 부인을 침대에 뉘었다. 애덤스 부인은 발작하듯 몸을 움찔거리며 흐느꼈다. "불쌍한 월터!" 이 말을 한동안 되풀이하던 부인은 연민의 대상을 바꾸었다. "불쌍한 앨리스!" 부인은 신음하며 딸의 손에 매달렸다. "아, 불쌍한 앨리스! 하필이면 그 사람을 초대한 날에 이런 일이 생기다니. 전부 잘될 것처럼 보이기 시작했는데—마침내. 불쌍한, 불쌍한—"

"쉿!" 앨리스는 날카롭게 외쳤다. "'불쌍한 앨리스'라고 부르지마요. 전 괜찮아요."

"그래야지!" 어머니가 손을 붙들고 말했다. "넌 괜찮아야 해! 우리 중 한 명은 괜찮아야지! 하느님도 우리 중 한 명이 괜찮은 건 봐주겠지. 그분께 무슨 피해가—"

"쉿, 엄마. 그만해요!"

그러나 애덤스 부인은 딸에게 더 힘껏 매달렸다. "참 착한 젊은이 같더구나, 아가! 어쩌면 그 사람이 신문에서 못 볼지도 몰라. 아주 작게 실렸다고 로어 씨가 그랬어. 못 볼지도 몰라."

그러다 애덤스 부인의 참담한 마음은 월터와 그가 도망길에서 필요한 것들로 돌아갔다. 아들의 속옷을 꿰매줄 생각이었지만 여태 미루고 있었는데, 이런 소홀함이 그들에게 닥친 재난만큼이나 통탄할 일로 여겨졌다. 부인은 이에 관해 입을 다물거나 자책을 멈출 수 없었지만, 마침내 잠시나마 다른 주제로 하소연했다. 도주한 아들에 대한 남편의 욕설이 점차 난폭해지자 부인은 그가 매정하다고 나직이 외쳤다. 그리고 월터가 아기 때 얼마나 귀여웠는지, 어린 시절 잠자리에 들기 전 얼마나 기도를 열심히 했는지 따위를 목이 쉬도록 세세히 말하며 훌쩍였다.

그렇게 무더운 밤이 흘러갔다. 애덤스 부인이 잠자리에 들기 전에 3시를 알리는 종이 울렸다. 자기 방으로 돌아간 후에도 엘리스는 끊임없이 맨발로 오락가락하는 아버지의 발소리를 들었다. "불쌍한 아빠!" 엘리스는 어머니를 흉내 내 힘없이 중얼댔다. "불쌍한 아빠! 불쌍한 엄마! 불쌍한 월터! 우리 모두 불쌍하지!"

얼마 후 엘리스는 잠들었지만 건넛방에서는 여전히 맨발이 변함없는 노선을 오가고 있었다. 아침 7시에 애덤스가 신발을 신고 방 앞을 지나가는 소리에 엘리스는 잠에서 깨어났다. 엘리스가 잠옷 바람으로 뛰쳐나오니 아버지가 계단을 내려가고 있었다.

"말했어!" 애덤스 부인이 흐느꼈다. "말했는데 당신이 돈을 안 줬잖아."

"아빠!"

"조용히 해라." 애덤스가 충혈된 눈으로 올려다보며 주의를 주었다. "엄마를 깨우지 마."

"네." 앨리스가 속삭였다. "아빠는요? 한숨도 못 주무셨군요!"

"아냐, 잤어. 좀 잤어. 일하러 가는 길이야. 은행에 보여줄 장부를 정리해야 한다. 걱정하지 마라. 아빠가 잘 처리할 테니. 넌 다시 눈 좀 붙이렴. 그럼 간다."

"잠깐만요!" 앨리스는 다급하게 외쳤다.

"왜?"

"아침을 먹고 가셔야죠."

"생각 없다."

"기다려요!" 앨리스는 단호하게 말하고 잠깐 사라졌다가 곧바로 나타났다. "침실용 실내화를 신고도 요리할 수 있어요." 앨리스가 설명했다. "하지만 맨발로는 못 할 거 같아서요!"

앨리스는 살금살금 계단을 내려가면서 아버지에게 음식이 준비될 때까지 식사실에서 기다리라고 말했고, 금세 토스트와 달걀과 커피를 준비해 가져왔다. "드세요! 꼭 가셔야 하면 제가 택시를 부를게요."

"아니. 걸어갈 거다. 걷고 싶어."

앨리스는 불안해하며 고개를 저었다. "걸어갈 힘이 없어 보이세요. 밤새 걸으셨잖아요."

"아니야." 애덤스가 답했다. "좀 잤다고 하지 않았니. 어쨌든, 필요한 만큼은 잤다."

"하지만 아빠—"

307

"얘야!" 애덤스는 커피잔을 내려놓고 불쑥 고개를 들었다. "러셀 씨는 어떡하니? 까맣게 잊고 있었구나. 그 사람은 어떡하지?"

잠시 입술이 바르르 떨렸으나 말하기 전에 앨리스는 떨림을 억제했다. "그 사람이 왜요?" 앨리스는 제법 덤덤하게 물었다.

"글쎄, 아무래도―" 애덤스는 질끈 인상을 쓰며 말을 멈췄다. "아무래도 그 사람 귀에 들어가지 않겠니."

"네, 아빠. 물론 듣겠죠."

"그럼?"

"그럼 뭐요?" 앨리스는 부드럽게 되물었다.

"그 사람이―그런 걸로 변심할 가벼운 남자는 아니겠지, 물론."

"아니에요. 가벼운 사람이 아니에요. 상관하지 않을 거예요."

애덤스의 입에서 묵직한 한숨이 새어 나왔다. "다행이구나."

"그 사람 마음은―" 앨리스는 설명했다. "월터에 대해 듣기 전에 이미 변했어요. 월터 일은 아직 몰라요."

"그럼 그 사람이 뭘 아는데?"

"단지," 앨리스는 말했다. "저에 대해서요."

"그게 무슨 뜻이야?" 아버지가 무력하게 물었다.

"걱정하지 마세요." 앨리스가 말했다. "지금 우리가 처한 곤경에 비교하면 별일 아니에요. 나중에 말씀드릴게요. 달걀이랑 토스트 좀 드세요. 계속 커피만 드시네요."

"달걀이나 토스트는 못 먹겠다." 애덤스가 일어나며 말했다. "도저히 못 먹겠어."

"그러면 다른 걸 가져올 테니 기다리세요."

"아니야." 애덤스는 짜증을 냈다. "못 기다린다! 먹기 싫다니까!

아빠 말 들어라." 앨리스가 전화기로 가려고 하자 애덤스는 신경 질적으로 외쳤다. "망할 택시도 부르지 마! 엄마가 일어나면 보살 펴라. 아빠는 일을 가야겠다!"

앨리스는 아버지를 설득하면서 현관까지 쫓아갔지만 그를 멈 추거나 막을 수 없었다. 애덤스는 손에 든 낡은 밀짚모자를 흔들 고 혼잣말로 분노를 쏟아내며 고요한 아침 거리를 힘없이, 그러 나 빠르게 걸었다. 더운 바람이 한 달이나 다듬지 않은 반백 머리 를 축축한 이마에서 흩날렸다. 떨리는 눈꺼풀 아래 빨간 눈은 시 선을 고정하지 않은 채 뭔가를 노려보고 있었고, 한쪽 얼굴이 때 때로 갑자기 경련을 일으켰다. 아이들이 그를 봤으면 도망치거나 놀랐을 것이었다.

풀 공장이 부분적으로 부흥에 기여하고 완전히 악취로 뒤덮은 쇠퇴한 지역에 애덤스가 도달했을 때, 하얗게 페인트로 칠해놓은 문에 기대어 있던 흑인 여자가 그를 보고 낄낄 웃으며 옆집의 작 은 뜰에서 수다를 떨고 있는 친구에게 말했다. "아이고! 풀 노인 은 뭐가 문제야?"

"누구? 저 사람?" 이웃이 물었다. "또 뭔 일을 저질렀어?"

"혼자 씨부렁대잖아!" 여자가 우스워하며 말했다. "정신이 나가 보이네, 풀 노인이!"

무리하게 걸은 탓에 애덤스는 다리에 힘이 빠졌다. 넓은 공터에 서 단단하게 구워진 진흙 위로 비틀비틀 걸으면서도 애덤스는 자 신이 쓰러지기 직전이라는 사실에 주의를 기울이기는커녕 거의 인식하지도 못했다. 또한 그의 눈이 지친 몸만큼이나 무감각해졌 기 때문에, 그는 살면서 이미 충분히 체험한 옛 구절의 진실을 한층 뼈저리게 느끼게 할 무언가를 알아차리지 못했다.

드넓은 세상에서 어떤 사람들은 이 구절의 뜻을 모르고 산다. '불운이 비처럼 쏟아진다.'라는 구절에 담긴 통렬한 진실을 전혀 모르는 사람들은 대부분 어리거나 근사하게 무심하다. 부글부글 끓는 불운의 비는 내릴 장소를 변덕스럽게 고른다. 적어도 인간의 눈으로 봤을 때는 이 비를 맞아도 싼 사람이나 그렇지 않은 사람이나 피할 수 있으리라는 희망은 접어두는 게 좋은데, 그렇다고 미리 걱정할 필요도 없다. 비는 애덤스 가족을 뜨겁게 적시기로 작정했다. 그건 확실했다.

벽돌 창고의 출입문에 서 있던 공장 감독은 기이한 모습으로 다가오는 고용주를 보고 석연치 않은 표정으로 턱수염을 쓸어내렸다.

"너무 속상해하실 필요 없습니다." 애덤스가 가까이 오자 감독이 말했다. "무슨 일이 일어날 때는, 뭐, 그냥 일어나는 거죠. 그런 거예요. 세상만사가 그래요. 그 상황에서 자기가 무얼 할 수 있는지 생각하는 수밖에 없습니다. 사장님도 그렇게 하셔야 하고요."

애덤스는 걸음을 멈추고 입을 헤벌린 채로 감독을 봤다. "무슨 소린가?" 애덤스가 힘겹게 물었다. "그 일이 조간신문에 벌써 실렸나?"

"아뇨, 조간신문이 아닙니다. 참 나, 신문이 왜 필요합니까? 저 크기를 봐요!"

"자네 대체 무슨 소린가?"

"아, 하느님!" 감독이 외쳤다. "이 사람은 아직 보지도 못했습니다. 봐요! 저길 보라고요!"

애덤스는 감독이 쭉 뻗은 팔과 집게손가락이 가리키는 곳을 따라 멍하니 시선을 옮겼다. 그리고 몸을 돌려, 공터 건너편의 큰 공장 벽면에 걸린 거대한 간판을 읽었다. 두 블록 떨어진 곳에서도 읽을 수 있을 정도로 글씨가 컸다.

"내달 15일 이후부터
이 건물은 J. A. 램브 액체 풀 회사가 사용한다."

그때 건물 정문 앞에 지붕이 열리는 회색 투어링 자동차가 멈췄다. J. A. 램브 본인이 차에서 내렸다. 램브는 계획 중인 거대한 사업의 하찮은 경쟁업체를 흘깃 보다가 옛 직원을 알아보고, 곧바로 길을 건너고 공터를 가로질러 다가왔다.

"어이, 애덤스." 램브가 쉰 목소리로 쾌활하게 물었다. "자네 풀 사업은 어찌 되어가나?"

애덤스는 분명치 않은 소리를 웅얼대고 마치 방어하려는 것처럼 모자를 든 손을 올렸으나 끝까지 올리지 못했다. 팔이 힘없이 다시 떨어졌다. 그러나 공장 감독은 무슨 말이라도 해야겠다고 느낀 모양이었다.

"우리 풀 사업 말입니까, 제길!" 감독이 말했다. "우리 풀 사업은 얼마 안 가 자취를 감출 거 같군요. 당신이 저기 세운 덩치랑 경쟁하려면요!"

램브는 쿡쿡거렸다. "나도 그렇게 생각했지." 램브가 말했다. "알겠나, 버질? 자네가 꿀꺽하는 걸 내가 두고만 볼 수는 없잖나? 내가 그렇게 내버려둘 거라고 기대하는 건 비합리적이지 않은가?"

애덤스는 목구멍 속 어딘가에서 반쯤 잠긴 목소리를 끄집어냈다. "저기―제 사무실로 잠깐 들어오시겠습니까, 램브 씨?"

"물론 자네랑 한두 마디 할 생각이 있네." 옛 직원을 따라 안으로 들어가며 노신사는 말했다. 그리고 덧붙였다. "저걸 세우기 전에는 몰라도, 이제는 자네랑 얘기할 생각이 있네, 버질!"

애덤스는 그가 사무실이라고 부르는 초라한 방의 문을 밀쳐 열었다. 책상으로 사용하는 싸구려 합판 테이블과 전화기를 구비함으로써 사무실이라는 칭호를 간신히 얻은 방이었다. "사무실로 들어오시죠." 애덤스는 말했다.

램브는 책상과 그 옆에 놓인 주방용 의자, 전화기, 가옥 철거 업자에게 얻은 낡은 판자로 세운 칸막이를 둘러보았다. 어떤 칸막이에는 오래된 페인트 자국이 남아 있었고 어떤 것들은 비와 바람을 맞아 색이 바랬다. 이것을 보고 램브는 활짝 웃었다. "이게 자네 사무실이구먼?" 램브가 물었다. "대단한 사업을 계획하고 있나봐. 그렇지 않나, 버질?"

애덤스는 충격에 파랗게 질린 고통스러운 얼굴로 돌아보았다.

"램브 씨, 어젯밤 이후 찰리 로어를 만난 적이 있습니까?"

"아니, 안 만났네."

"제가 말을 전해달라고 부탁했습니다." 애덤스는 말했다. "제가 갚는다고―"

"자네가 풀 사업으로 번 돈을 내게 준다는 말인가?"

"아뇨." 애덤스는 침을 삼키고 말했다. "아들놈이 빚진 돈 말입니다. 찰리한테 그렇게 좀 전해달라고 했습니다. 마지막 한 푼까지 갚는다고―"

"어허, 어허!" 노신사는 역정을 내며 말을 잘랐다. "난 거기에 대해 아무것도 모르네."

"갚을 겁니다." 애덤스는 다시 침을 삼키고 힘겹게 말했다. "공장을 담보로 돈을 빌려서 갚을 계획이었습니다."

노신사는 서리처럼 하얀 눈썹을 추켜세웠다. "아, 풀 사업 말인가? 자네 풀 사업을 담보로 잡고 돈을 빌리려고 했군?"

그 말을 듣고 애덤스는 돌연 격하게 흥분했다. "아니면 제가 어떻게 갚겠습니까?" 애덤스가 물었다. "이 늙은 몸을 담보로 잡혀 대출받을 줄 알았습니까?" 애덤스는 자기 가슴과 다리를 철썩 쳤다. "은행이 갈비뼈랑 삐걱거리는 무릎뼈를 담보로 받고 돈을 빌려줄 거 같습니까? 아닙니다! 재산이나 증권이 없으면, 사업 전망 같은 거라도 보여줘야 합니다. 그런데 당신이 저런 걸 세워놓은 마당에 저한테 무슨 사업 전망이 있겠습니까? 아니, 당신은 풀은 한 방울도 안 만들어도 됩니다. 손가락 하나 까딱하지 않아도 저 간판만으로 저를 짓밟을 수 있지요. 그렇게만 해도 됐습니다. 간판 하나만 세워요! 굳이―"

"할 말이 있네, 버질 애덤스." 노인은 거칠게 말을 끊었다. "우리가 사업을 계속 논하기 전에 자네에게 중요한 이야기를 하고 싶어. 바로 이거야. 이 지역에서 부정한 방법으로 돈을 번 자가 몇 있지. 많지는 않아. 그리고 그자들은 자네보다 훨씬 교활해. 자네는 죽었다 깨어나도 그들 발치도 못 따라갈 거야. 하지만 심지어 그자들도 자기를 막을 의지와 능력이 있는 사람을 등쳐 먹을 배짱은 없었어! 자네가 무슨 생각을 했는지 알아. '이거 봐라.' 이렇게 스스로에게 말했겠지. '여기 늙은 멍청이 J. A. 램브가 있단 말이야. 늙고 기력이 빠져서 제2의 유년기에 들어선 거나 다름없지. 내가

313

속여도 늙은이는 눈치도—'"

"그렇지 않습니다!" 애덤스가 고함쳤다. "내가 어떤 기분이었고 스스로에게 무슨 말을 했는지 당신이 참 잘도 아는군요! 나도 할 말이 있습니다! 그게 지금 내가 나 자신에게 하는 말이고, 지금 이 순간 내 기분입니다!"

애덤스는 마른 주먹으로 테이블을 세게 내려치고 상처 난 주먹을 허공에 대고 흔들었다. "이 말만 하고 싶습니다. 내가 전에는 어떤 심정이었든지 간에, 이제는 내가 나쁜 놈이라고 생각하지 않습니다. 오늘은 그렇게 안 느껴요. 램브 씨, 세상에는 나보다 나쁜 사람이 있으니까요!"

"오늘은 스스로가 꽤 괜찮게 느껴진단 말인가, 버질?"

"물론이죠! 당신은 나를 이런 궁지로 몰아넣으려고 작정했죠. 나는 누구에게도 그런 짓은 하지 않습니다. 그 사람이 나를 얼마나 부당하게 대했더라도요! 나는—"

"무슨 소리를 하는 게야? 내가 자네를 어떻게 궁지로 몰아넣었다는 거지?"

"뻔하지 않습니까?" 애덤스가 외쳤다. "아들놈이 진 빚을 갚지도 못하게 만들지 않았습니까? 당신이 저기에 세운 것을 본 사람이 나한테 한 푼이라도 빌려주겠습니까?"

"안 빌려주겠지."

"안 빌려줍니다." 애덤스는 쉰 목소리로 되풀이했다. "게다가 당신은 내가 이미 집을 담보로 잡은 것도 알고—"

"몰랐네." 램브가 화를 내며 끼어들었다. "내가 자네 집에 대해 어떻게 알겠나?"

"당신 말이 무슨 소용입니까?" 애덤스는 외쳤다. "내 아들이 회사에 진 빚을 갚지도 못할 지경으로 몰고 간 거죠. 돈을 갚아서 그 녀석이 감옥에 가는 걸 막을 수도 없게요. 나를 파멸시키려고 덫을 쳐놓은 겁니다!"

"뭐?" 램브가 소리쳤다. "내가 그런 짓을 했다고 추궁하는 게냐?"

"추궁이라고요? 내가 지금 뭐라고 했습니까? 내가 눈뜬장님인 줄 아십니까?" 애덤스는 다시 한번 테이블을 내려쳤다. "왜, 당신은 그 녀석이 유혹에 약하다는 걸 알았죠."

"난 아무것도 몰랐네!"

"내 말을 들어요. 당신은 내가 그런 식으로 회사를 그만둬서 화가 났으면서도 월터를 데리고 있었죠. 월터를 의심하면서도 데리고 있었어요. 그리고 감시했죠. 지켜봤다고요. 애 인생을 결딴내려고 벼르고 있던 겁니다!"

"자네 미쳤군!" 노인이 고함쳤다. "회사에서 자네 아들을 의심하고 있었다는 걸 난 어젯밤에 처음 알았네! 자네는 미쳤어!"

애덤스는 실제로 미쳐 보였다. 초췌한 이마와 충혈된 눈 위로 헝클어진 머리는 산발이었고, 멍든 두 손으로 테이블을 내려치고 난폭하게 팔을 휘저으며 갖가지 괴상한 제스처를 하고 있었다. 그러는 동안에 두 발은 휘청이는 다리를 지탱하려고 계속해서 옴짝거렸다. 정신이 갈기갈기 찢어진 인간의 모습, 바로 그것이었다.

"어쩌면 내가 미쳤나봅니다!" 애덤스는 떨리는 목소리로 숨 가쁘게 외쳤다. "미쳤는지도 몰라요! 하지만 당신이 내게 한 짓을 내가 누군가에게 했다면, 난 그걸 가지고 조롱하지 않을 거요! 나를 봐요. 난 평생 당신을 위해 일했어. 내가 회사를 그만두고 시작한 일은 당신에게 아무런 해도 끼치지 않아요. 당신 삶에는 아무 영향도 끼치지 않는데 우리 가족의 삶은 180도 바꿀 수 있을 것처럼 보였단 말이죠. 그것 때문에 당신이 내게 한 짓을 봐요! 맹세컨대, 램브 씨, 내가 평생 당신을 존경한 것처럼 누군가를 존경한 사람은 세상에 없습니다. 하지만 난 이제 당신을 존경하지 않아요! 당신은 즐겁겠지. 근사한 자동차를 타고 다니면서 저 간판을 보고, 당신이 밟아버린 내 초라한 공장을 보면서 희희낙락할 거야. 하지만 마지막으로 이 말만 들어요!" 갈라진 목소리가 가성처럼 높아졌고, 허우적거리던 손이 걷잡을 수 없이 떨렸다. "그냥 들어!" 애덤스가 헐떡였다. "당신은 내가 당신한테 몹쓸 짓을 했다고 생각했지. 그에 대한 보복으로 나를 망가뜨리고, 내 사업을 망가뜨리고, 내 가족까지 망가뜨렸어. 만일 작년에 누가 와서 내가 당신에게 이런 말을 할 거라고 했으면 난 빌어먹을 거짓말쟁이라고 불렀겠지만, 이제 난 말할 거요. 당신이 내게 한 짓은, 당신은, 당신은 빌어먹을 악당처럼 행동했어!"

애덤스는 몸과 마찬가지로 기진한 목소리로 마지막 말만 가까스로 내뱉었다. 그러고는 고개를 푹 떨구고 테이블 옆 의자에 마치 구겨지듯이 주저앉았다.

"자네 정말 미쳤군!" 램브가 다시 말했다. "나는 그런 일은 절대—" 문득 그는 말을 멈추고 어리둥절한 표정으로 상대를 보았다. "이거 보게!" 램브가 말했다. "자네 왜 그러나? 혹시 또—?" 램브는 애덤스의 어깨에 손을 올렸다. 어깨가 미약하게 꿈틀거렸다.

노인은 문으로 가서 감독을 불렀다.

"이보게!" 램브가 외쳤다. "얼른 가서 내 운전사한테 차를 이리로 가져오라고 하게. 인도로 올라와서 공터를 가로지르라고 해.
서두르라고 해!"

  이리하여 위대한 J. A. 램브가 쓰러져서 숨도 거의 못 쉬는 옛 직
원을 다시 한번 집에 데려다주었다.

24

그날 오후 5시쯤 노신사는 애덤스네 집으로 돌아왔다. 앨리스가 문을 열자 램브는 고개를 끄덕이고 말없이 '거실'로 들어온 후, 혼란스러운 문제에 대해 결정하기를 망설이는 듯 미간에 주름을 잡았다.

"그래, 상태가 좀 어떤가?" 끝내 램브가 물었다.

"좀 전에 의사가 또 다녀갔어요. 이겨낼 수 있을 거래요. 거의 확실하대요."

"지난봄에 그랬던 것처럼?"

"네."

"어처구니가 없군!" 램브가 내뱉었다. "지난번에 회복할 때 의사가 일반적인 뇌졸중이 아니라고 했어. 이를테면 뇌에서 뭐가 삼출되었다나. 재발을 우려할 이유가 별로 없다고 했지. 건강만 잘 관리하면 말이야. 몸만 좀 살피면 여느 사람만큼이나 건강하게 살 거라고 했어."

"네. 하지만 아빠는 건강을 돌보지 않았어요!"

램브는 고개를 끄덕이며 땅이 꺼져라 한숨을 쉬고 의자로 갔다. "그랬겠지." 램브가 의자에 앉으며 말했다. "풀 사업 때문에 무리했겠지."

"네."

"그랬을 거라고 생각했지." 램브는 다소 불안한 빛이 감도는 눈으로 앨리스를 봤다. "의식은 돌아왔나?"

"네. 말도 조금 하셨어요. 정신은 또렷하세요. 저랑 엄마랑 간병인 미스 페리한테 말했어요." 앨리스가 서글프게 웃었다. "미스 페리가 다시 올 수 있어서 다행이에요. 아빠는 그렇게 생각하지 않으시지만요. 얼굴을 알아보자마자 이렇게 말씀하셨어요. '이런. 또 자넨가!'"

"그건 좋은 징조구먼. 짜증을 낼 수 있을 정도라면 말이야. 혹시―혹시 나에 대해 무슨 말을 했나?"

노신사가 쭈뼛거리며 질문하자 핼쑥했던 앨리스의 얼굴에 장밋빛이 단숨에 돌아왔다. "네, 말씀하셨어요." 앨리스는 말했다. "당연히 아빠는 걱정을―" 앨리스는 말을 멈췄다.

"자네 동생 일로?"

"네, 돈을 갚는―"

"이보게." 앨리스가 다시 말을 멈추자 램브는 어렵사리 입을 열었다. "내 말을 듣게. 그 이야기는 아직 하지 말자고. 물어볼 게 있어. 자네도 풀 사업에 관해 다 알지?"

"글쎄요. 전 단지―"

"내가 말해주지." 램브가 못 참고 끼어들었다. "딱 두 마디로 설명하마. 그 제조법은 내 것이야. 그런데 자네 아버지가 가져간 거야. 그렇게밖에 설명할 수 없네."

"그래요?" 앨리스는 램브를 빤히 쳐다봤다. "오해하신 거 아니에요? 아빠가 권리를 주장할 수 있을 만큼 제조법을 향상하지 않았어요?"

그 말에 노인의 파란 눈이 번뜩였다. "뭐라고?" 램브가 소리쳤다. "그렇게 변명한 건가? 내 평생 그런 말도 안 되는—" 그러나 램브는 말을 마무리하지 않았다. 허스키한 목소리에서 짜증이 가라앉고 눈에서는 노여움의 빛이 사그라졌다. "뭐, 그렇게 했는지도 모르겠군." 램브가 말했다. "어쨌든 자네가 아버지를 변호한 건 옳은 일이야. 그에게 권리가 있다고 자네가 생각하면—"

"하지만 아빠는 권리가 있잖아요!" 앨리스가 외쳤다.

"그런 것 같군." 노인이 부드럽게 말했다. "아마 그런 것 같아. 여하튼 그건 지금 중요한 문제가 아니야. 내가 하려던 말은—혹시, 자네 아버지가 오늘 아침에 나랑 이야기했다고 말했나?"

"아니요."

"흠, 이야기를 했지." 램브는 한숨을 쉬고 설레설레 고개를 저었다. "자네 아버지—그러니까 자네 아버지가 나한테 상당히 심한 말을 했어. 다행히도 사실이 아닌 말이었지만, 자네 아버지는 그런 말을 했고, 심지어 자기가 하는 말을 믿고 있더군. 그래서 내가 생각해봤네. 자네랑 이야기해서 이 상황을, 이를테면, 바로잡으면 어떨까."

"네, 램브 씨."

"예를 들면," 램브가 말했다. "이런 거야. 이걸 언급한다고 내가 야박하다고 생각하지 말게. 언젠가는 해야 할 이야기니까 말인데, 동생 일은, 자네 아버지가 아주 단단히 오해했더구먼. 자네 아버지가 생각하는 그런 짓을 했다면 난 총살감이야! 자네 아버지가 무슨 생각을 했는지 아나?"

"모르겠어요."

램브는 눈살을 찌푸리고 다시 물었다. "자네는 이것에 대해 어떻게 생각하나?"

"글쎄요." 앨리스가 말했다. "오늘 저는 무엇에 관해서든 생각할 마음의 여유가 없는 거 같아요."

"그래, 그래." 램브가 말했다. "그렇겠지. 자네도 지금 누워야 할 것처럼 보여."

"아, 아니에요."

"'아, 그래요'라는 뜻이겠지. 오래 끌지 않겠네. 하지만 우리가 끝을 봐야 하는 문제가 있는데, 난 자네 어머니보다는 자네랑 말하고 싶어. 자네는 항상 똑똑하고 친절했고, 난 내 뜻을 꼭 이해시켜야 하니까. 이제 내 말을 듣게."

"네." 앨리스는 엷은 미소를 띠고 말했다.

"사실 난 자네 동생이 우리 회사에서 계속 일하고 있는지도 몰랐어." 램브는 성심껏 설명했다. "거기에 관해서 생각해본 적도 없지. 자네 아버지가—자네 아버지가 말하자면 이 풀 사업을 시작한 걸 가지고 아들놈들이 나를 놀렸네. 어느 날 앨버트 주니어가 와서 내게 묻더군. 그런 일이 생긴 마당에 자네 동생을 계속 데리고 있어도 괜찮냐고. 그래서 그 녀석한테 입 다물라고 했지. 자네 동생이 계속 일하고 싶다는데, 아버지에 대한 감정 때문에 쫓아내는 건 부당하다고 생각했으니까. 물론 자네 동생이 일을 제대로 하고 있다면 말이야. 보고서에는 제대로 하고 있다고 평가되어 있었어. 그런데 알고 보니 자네 동생은 어쩔 수 없이 계속 일한 거였어.

그만두면 지금까지 횡령한 사실을 들키니까 하릴없이 붙어 있어야 했지. 꽤 오랫동안 숨겨왔더구먼. 자네 아버지가 뭐라고 날 의심했는지 아나?"

"아뇨."

억울한 심정에 노신사의 혈색 좋은 얼굴이 더 빨개졌고 목소리는 더 갈라졌다. "내가 자네 동생을 의심했기 때문에 계속 데리고 있었다는 거야! 내가 복수하려고 일부러 그랬다고! 자네는 내가 그럴 사람으로 보이나?"

"아니요." 앨리스는 상냥하게 말했다. "그러실 분이 아니라고 생각해요."

"물론이지!" 램브가 외쳤다. "자네 아버지도 평소라면 그런 터무니없는 생각을 안 했을 거야. 나랑 알고 지낸 세월이 얼마인데. 하지만 이 문제로 속을 오래 끓인 것 같아. 내 말은, 월터 일이 터지기 전부터 괴로워하고 있던 거지. 내가 이제 자기를 경멸한다고 생각했고, 자기가 저지른 일을 내가 어떻게 받아들이고 대처할 건지 걱정했겠지. 이런 생각에 빠지면 별별 나쁜 의심이 다 드는 법이네. 어쨌든, 월터를 고소하지 말라고 부탁할 합의금도 구할 수 없게 내가 미리 손을 썼다고 대놓고 추궁하더군. 자네 아버지가 지나치게 속을 끓이다가 그런 생각까지 하게 된 거네. 내가 그런 꿍꿍이를 부렸다고!"

"죄송해요." 앨리스가 말했다. "절대 그러실 분이 아니라고—"

노인은 화를 못 이겨 자신의 건장한 무릎을 철썩 쳤다. "에이, 버질 애덤스, 멍청한 친구 같으니라고!" 램브가 외쳤다. "나한테 말할 기회도 주지 않았어. 나도 너무 화가 나서 말이 안 나왔지만!

자네 아버지는 처음부터 예상했어야 했네. 자기가 내 제조법을 가지고 사업을 시작하는 걸, 자기가 사업에서 나를 제치는 꼴을 내가 가만히 보고만 있을 리 없다는 걸 말이야. 특히나 아들놈들이 하루에도 몇 번씩 그걸 가지고 내 속을 긁어대는데! 아무리 그래도 아까처럼 말하는 건—물론, 제정신이 아니긴 했지. 바로 그거야! 이제, 잠깐 기다리게." 앨리스가 끼어들려는 낌새를 보이자 램브가 막았다. "일단 우리는 자네 동생을 고소하지 않기로 했어. 나는 법이 중요하다고 믿고 사업가들은 자신을 보호해야 하지만, 이런 경우에 가족이 보상하면 내가 영향력을 발휘해서 없던 일로 해도 괜찮다고 생각하네. 물론 자네 동생은 여기로 돌아오면 안 되지. 그럼 해결되네."

"하지만, 방금 말씀하시길—" 앨리스가 머뭇거리며 말했다.

"그래, 내가 뭐라고 했나?"

"방금 '가족이 보상하면'이라고 하셨는데, 그것 때문에 아빠가 괴로워하시는 거잖아요. 왜냐하면 우리는 보상을—"

"물론 보상할 수 있어. 그 얘기를 하러 온 거야."

"저는 이해가—"

"내가 말하려고 하지 않나?" 램브가 통명스럽게 말했다. "좀 기다리게." 램브는 목을 가다듬고 자리에서 일어나 오락가락하다가 앨리스 앞에서 멈췄다. "이런 거네." 램브가 말했다. "오늘 아침에 자네 아버지를 집에 데려다준 뒤로 어떤 생각 하나가 머리를 떠나질 않더군. 자네 아버지가 나한테 따지면서 한 말이야. 자기 풀 사업이 나한테는 아무 영향도 끼치지 않지만, 자기랑 자기 가족에게는 엄청나게 중요하다고 했어. 일단 그 말에는 두 가지 오류가 있네. 첫째, 나랑 그토록 오랜 시간을 함께한 사람이 뒤통수를 쳤다는 사실이 내게 영향을 끼치지 않을 수가 없지. 자네가 상상할 수 있는 이상으로 난 상처받았어. 둘째, 누구한테 영향을 끼치고 말고를 사업의 척도로 삼을 수는 없네."

"그런 거 같아요."

"그래." 램브가 말했다. "옳지 않아. 어떤 일을 하든지 간에 그런 식으로 생각하면 안 돼. 그건 자네 아버지도 제정신일 때는 잘 알아. 어쩌면 그래서 나한테 그렇게 화를 냈겠지. 그런데도 난 이 사업이 자네 아버지에게 얼마나 중요했는지를 자꾸 생각하게 되더군. 내가 말했듯이 그 생각이 머리를 떠나질 않아. 자네 아버지가 사업 이야기를 할 만큼 회복한 다음에 내 말을 들을 의향이 있다면, 바로 이 말을 전하게. 자네 아버지가 이런저런 상황에 치여서 어쩔 수 없이 풀 사업을 시작한 게 아닐까, 내가 이런 생각을 했다고 말이야. 나처럼 오래 살다보면, 아무리 훌륭한 사람도 상황에 떠밀려 무너질 수 있다는 사실을 알게 된다고 말해줘. '아무리 훌륭한 사람도'라는 말을 꼭 전하게. 나는 자네 아버지에게 아무런 악감정이 없고―어쨌든 이제는―그도 나한테 억하심정을 품지 않았으면 한다고 말해주게."

"네."

"그리고―" 노인이 갑자기 말을 멈췄는데, 앨리스는 피곤하고 무감각한 상태에서도 놀랐다. 노인의 입술이 바들거리고 눈꺼풀이 떨리고 있었기 때문이었다. 하지만 램브는 거의 곧바로 감정을 다스리고 말을 이었다. "자네 아버지가 이 구절을 기억했으면 하네. '저희에게 죄를 진 자를 저희가 용서하듯이 저희의 죄를 용서

하소서.' 우리가 서로에게 죄를 지었다면, 왜, 이런 바보짓을 그만 둘 때가 되지 않았나, 내가 이렇게 생각한다고 전해줘."

램브는 다시 헛기침하고 앨리스에게 호쾌한 미소를 지었다. 그리고 문을 향해 걸어갔다. "잠깐, 난 정말 멍청한 늙은이군!" 램브가 외치면서 돌아왔다.

"왜 그러세요?" 앨리스가 물었다.

"우리가 하던 이야기를 까맣게 잊었어! 자네 아버지가 월터 빚을 갚고 싶어 하지. 기꺼이 받겠다고 전해주게. 하지만 다시 사업을 논할 수 있을 만큼 건강을 회복하기 전에는 이 문제를 해결하기 힘들 거야."

앨리스가 멍하니 바라보자 램브는 설명이 더 필요하다는 걸 알아차리고 말을 이었다. "이런 거네. 자네 아버지가 풀 사업을 계속하면 한동안은 우리의 경쟁자가 되지 않을까 싶어. 한발 앞서기도 했거니와 시장에 내놓을 준비가 만료되어 있으니까. 그래서 우리 회사가 자네 아버지의 공장을 인수하면 어떨까 생각했네. 규모는 작지만 우리에게 도움이 될 거야. 게다가 자네 아버지가 큰 공터를 빌렸더군. 우리가 확장하게 되면 상당히 유용하겠지. 난 가능한 한 조용히 자네 아버지랑 계약하고 싶어. 온 동네 사람들 귀에 들어가서 좋을 거 없으니까. 자네 아버지가 이 집을 담보로 빌린 대출금과 월터 빚을 갚고 좀 남을 정도 금액에 팔면 어떨까. 월터가 진 빚은 숫자로는 얼마 안 되거든. 계산하니까, 자네 아버지 공장 값으로 9,300달러를 제안할 용의가 있네. 아니, 9,350달러라고 하지. 자네 아버지가 동의하면 말이야. 회복하는 대로 내가 계약서를 믿을 만한 사람 편에 보내지. 이 말을 전하고 내가 제안한 금액이 괜찮은지 물어보게."

"네." 앨리스가 대답했다. 이제는 앨리스의 입술이 바들거렸다. 눈에 눈물이 차서, 작별 인사로 손을 내민 노인의 모습이 뿌옇게 보였다. "말씀 전할게요. 고맙습니다."

램브는 앨리스의 손을 잡고 급히 흔들었다. "어쨌든 이 문제에 대해서는 조용히 하자고." 그가 문가에서 말했다. "동네 별별 놈들이 다 알아서 좋을 거 없으니까! 자네 아버지가 서류를 검토할 수 있을 정도로 회복하면 내게 전화하게. 오늘 밤에도 전화를 한 통 주게. 알겠나? 상태가 어떤지 알려줘."

"그럴게요." 앨리스는 말했고, 감사의 눈물을 글썽이며 눈부신 미소를 지었다. "아빠는 많이 좋아지실 거예요. 저희 모두요."

25

그해 가을 어느 아침에 애덤스 부인이 딸의 방에 들어오니 앨리스가 수수한 차림으로 외출 준비를 하고 있었다. 거울에 비친 사무적인 표정이 검소한 옷과 조화를 이루었다. "왜 그렇게 언짢아 보이니, 아가?" 어머니가 물었다. "그 칙칙한 드레스보다 예쁜 옷 없을까?"

"언짢지 않아요." 딸이 멍하니 답했다. "그냥 생각 중이었어요. 이제 그럴 때가 됐잖아요?"

"그럴 때라니?"

"저 자신에 관해 생각할 때요."

애덤스 부인은 대꾸하지 않고 딸을 신중히 살펴보았다. "좀더 화사한 옷을 입으렴." 부인이 말했다. "네 나이에는 그런 게 잘 어울리고 적합하단다. 특히 외출할 때는 최대한 생기 있고 명랑해 보여야지. 네가 굳세다는 걸 보여줘야지!"

"엄마, 무슨 뜻이에요?"

"월터가 도주하고 네 아버지 사업이 망한 거 말이야. 그런 일을 겪었지만 너는 잘 지내고 있다는 걸 보여주면 좋을 거야."

"누구한테 보여줘요?"

"그 여자애들 말이다."

"그럴 생각 없어요!" 앨리스는 고개를 내저으며 살짝 웃었다. "걔네 보라고 옷을 차려입는 건 그만뒀어요. 어차피 그 애들은 엄마가 원하는 대로 생각하지도 않을 거예요. 참 우습죠. 하지만 사람들은 우리가 바라는 대로 생각하지 않아요. 우리는 무슨 일을 한 다음에 이렇게 생각하죠. 내가 이러이러했으니 사람들이 요러요러하게 생각하겠지. 하지만 그렇게 안 돼요. 사람들은 전혀 다른 생각을 하는데, 대개 우리가 바라지 않은 딱 그 생각을 해요. 이런 척 저런 척 가장해서 좋은 게 하나 있다면, 자기가 누군가를 속이고 있다고 스스로를 속이는 재미뿐이에요."

"가장하는 게 아니야. 네가 당당히 고개 들고 지낸다는 걸 사람들한테 보여줘야 해. 그게 사실이니까. 네가 기가 죽었다고, 아니, 떳떳이 얼굴을 들고 다니지 못한다고 밀드레드 파머가 생각하길 바라지는 않지?"

"제가 어떻게 지내는지 그 애는 관심도 없을 거예요, 엄마." 앨리스는 입술을 깨물었다가 희미하게 웃으며 덧붙였다.

"여하튼 저는 제 얼굴에 대해서 그런 생각을 하고 있지 않아요. 오늘 아침에는 아니에요."

애덤스 부인은 선선히 화제를 바꾸었다. "시내에 나가니?"

"네."

"무슨 일로?"

"알아볼 게 좀 있어요. 다녀와서 알려드릴게요. 도와드릴 일 있어요?"

"아니, 오늘은 괜찮다. 네가 양탄자를 좀 골라주기를 바랐는데,

고를 때 나도 같이 가고 싶어서. 네 아버지 방에 깔 양탄자를 하나 사야 할 거 같아."

"엄마도 그렇게 생각한다니 다행이에요. 아빠는 잘 보지도 않겠지만, 그 낡은 양탄자는 정말!"

"실은 아빠를 위해서가 아니야." 어머니가 생각에 잠겨 설명했다. "아빠는 양탄자가 어떻든 신경 쓰지 않고, 만약 우리가 아빠 준다고 새 걸 사면 난리를 칠 거다. 엄마 말은, 아빠한테 앞으로 월터 방을 쓰라고 하려고. 아빠는 괜찮다고 할 거야."

"네, 아마 그렇겠죠." 앨리스는 울적하게 동의했다. "아까 초인종이 울리던데 누가 왔었어요?"

"응. 엄마가 위층에 올라오기 바로 전이었어. 로어 부인이 누굴 소개해서 보냈더라고. 참 번듯한 젊은이더라. 인물이 훤해." 애덤스 부인은 한층 활발하게 말을 되풀이하며 딸의 표정을 몰래 살폈다. "월 딕슨 씨라는 젊은이야. 로어 부인 말로는 가스 발전소에서 높은 직책을 맡고 있어서 좋은 방을 빌릴 여유가 있대. 너랑 내가 이 방을 같이 쓰고, 그 젊은 부부한테 엄마 방을 주고, 딕슨 씨가 아빠 방을 쓰면 될 거 같아. 식탁에 의자도 하나 더 놓을 거야. 그럼 외부 사람들까지 전부 열한 명을 앉힐 수 있지. 요리사한테 주급으로 12달러를 줘야 하잖니. 그건 어쩔 수 없으니까, 한 사람 더 받으면 확실히 이익이지. 물론 우리 살기에 불편할까봐 걱정되는구나. 한 명 더 받을 수 있을 거 같니?"

"가능할 거 같아요. 네."

애덤스 부인의 안색이 밝아졌다. "젊은 부부랑, 특히 월 딕슨 씨가 들어오면 즐거울 거 같아. 척 봐도 신사였어. 좋은 환경에서 빨리 정착하고 싶어 하더라. 면면으로 엄마 마음에 꼭 들었어. 자기 이름을 설명했는데, 윌리엄이 아니라 그냥 윌이래. 부모님이 세례명을 그렇게 정한 거야. 특이하지." 애덤스 부인은 말을 멈추었다. 짐짓 아무렇지 않은 척 말을 이었지만 딸에게서는 아무것도 감출 수 없었다. "참 특이해." 부인이 다시 말했다. "하지만 매력적이고 독특해. 안 그러니?"

"딱한 엄마!" 앨리스가 안쓰러워하며 웃었다. "불쌍한 엄마!"

"정말 괜찮은 젊은이야." 애덤스 부인은 계속해서 주장했다. "내가 사람 보는 눈이 없는 게 아니라면, 아주 신사 같았어. 그 사람이 우리 집에 들어오면 좋을 거야."

"물론이죠." 앨리스는 나가려고 방문을 열며 말했다. "하숙인들과 사는 게 처음에 생각했던 것만큼 나쁘지는 않을 것 같아요. 다녀올게요."

그러나 어머니가 팔을 붙잡고 물었다. "하지만 넌 정말 싫잖아, 아니야?"

"아니에요." 딸은 재빨리 답했다. "어쩔 수 없었잖아요."

애덤스 부인은 곧바로 울분을 토해냈다. 부인의 얼굴은 비극을, 목소리는 불운을 외쳤다. "다른 수가 있었어! 앨리스, 그 늙은 철면피가 제안한 형편없는 9,300달러를 받으라고 아빠를 설득한 건 네 실수였어! 네 아빠가 버틸 배짱만 있었으면 그 사람들은 우리가 부르는 대로 줬을 거야. 네 아빠가 남자답게 배포가 두둑했으면—"

"쉿!" 어머니의 목소리가 커지자 앨리스가 속삭였다. "쉿! 아빠가 듣겠어요."

"내 말을 더 자주 들을 수는 없니!" 속상한 부인이 물었다. "네 아빠가 제때 내 말을 들었으면 우리가 인생 말년에 더 잘살기는커녕 가난해지고 하숙인까지 들이고 있겠니? 너랑 네 아빠 둘 다 잘못했어. 그렇게 황망해할 필요 없었다고. 늙은이가 그걸 노린 게야. 겁을 잔뜩 줘서 우리 공장을 거저먹으려고. 네 아빠가 그때 내 말을 들었으면, 아니 한 번이라도 남자답게―"

앨리스는 어머니 입을 막았다. "그만해요! 아빠가 듣겠어요!"

닫힌 애덤스의 방문 저편에서 성난 목소리가 들려왔다. "아주 잘 들린다!"

"내가 뭐랬어요, 엄마?" 앨리스가 책망했다. 애덤스 부인이 흐느끼며 돌아서자 딸은 한숨을 내쉬었다. 그리고 아버지와 이야기하러 건넛방에 들어갔다.

애덤스는 베개로 머리를 받치고 테이블 옆 의자에 앉아 있었지만 코바늘 목도리와 애덤스 부인의 숄에 칭칭 싸여 있지는 않았다. 아내가 사준 실내 가운을 입고 담배를 피우고 있었다. "또 그 소리구나?" 앨리스가 들어오자 애덤스가 말했다. "매번 똑같은 소리지! 내려갔니?"

"네, 아빠."

"모자를 썼구나." 애덤스가 말했다. "어디 가니?"

"볼일이 있어서 시내에 나가는 길이에요. 필요하신 거 있어요?"

"응, 있다." 애덤스가 미소를 지었다. "급한 일이 아니면 여기 앉아서 아빠 이야기 상대 좀 해주련―"

"네." 앨리스는 의자를 가까이 당겨 앉으며 말했다. "제가 계획하고 있는 것에 대해 알아보러 나가는 길이었어요. 급하지 않아요."

"무슨 계획이니, 아가?"

"나중에 말씀드릴게요. 좀더 알아본 다음에요."

"그래." 애덤스가 너그럽게 말했다. "비밀로 하렴, 비밀로." 애덤스는 말을 멈추고 골똘히 생각하며 파이프를 한 모금 뻐끔하고, 고개를 가로저었다. "참 우습지. 네 엄마가 생각하는 방식 말이야. 생각해보면 모든 게 웃겨. 예를 들어, 네 엄마가 뭐라고 우기든지 간에, 그때 J. A. 램브가 그렇게 제안하지 않았으면 우리는 벼랑에서 떨어졌을 거야. 최근에 아빠는 이것에 관해 생각한단다, 앨리스. 인생살이라는 게 얼마나 웃기는지 말이야."

"어떤 생각을 하셨어요, 아빠?"

"글쎄, 남들에게 이런 일이 생기는 건 여러 번 봤지. 그런데 이번에는 우리한테 생긴 거야. 벼랑 끝까지 몰려서 도저히 빠져나갈 길이나 희망이 안 보였어. 이제 끝장났구나 싶었지. 그런데 전혀 예상하지 못한 일이 생겼어. 옛날로 돌아갈 수는 없지만 위기는 모면했지. 그리고 계속 갈 길을 가는 거야. 많이 갈 수는 없어도, 조금씩 가기는 가는 거야. 무슨 말인지 알겠니?"

"네, 이해해요."

"안타깝게도 네가 너무 잘 이해하는 거 같구나." 애덤스가 말했다. "참 딱해! 네 나이 때는 이런 걸 아직 몰라야 하는데. 젊은 사람들은 즐기고 나이 든 사람들은 고생하는 게 하느님이 정한 이치라고 아빠는 믿는단다. 그러니까 너처럼 젊은 사람이 고생한다는 건 어디서 실수가 생긴 거지."

"아니에요!" 앨리스는 반대했다.

그러나 애덤스는 신의 실수에 대한 상상을 이어나갔다. "그래,

뭔가 문제가 있어. 하지만 우리 인간은 알 수 없지. 우리는 뭐 하나 확실히 알 수 없잖니. 그래도 아빠는 가끔 다른 관점에서 생각한 단다. 사람이 곤경에 빠질 때는 대체로 그 사람이 그걸 피할 지각 이 부족해서가 아닌가, 그에게 닥친 고난이 결국에는 방과 후 학 교에 남아야 하는 꼬마가 받는 벌과 비슷한 게 아닌가, 이런 생각 이 들어. 하지만, 이런, 이런! 우리는 여간해서는 배우지 않아!" 애 덤스는 서글프게 쿡쿡 웃었다. "인생을 어떻게 살아야 하는지를 거 의 죽을 때가 돼서도 모르지. 정말 어려운 과제야!"

"그렇다면 전 그것을 생각하며 우울해하지 않겠어요, 아빠." 앨 리스가 말했다.

"우울해한다고? 아니다!" 애덤스가 말했다. "그냥 생각하는 중 이었어." 애덤스는 다시 쿡쿡 웃더니 한숨을 쉬고 딴 데를 보며 말 했다. "러셀 씨 말이다—네 엄마가 그러는데 그날 이후로 한 번도 안 왔다고—"

"맞아요." 애덤스가 말을 멈추자 앨리스는 조용히 말했다. "다 시 안 왔어요."

"그래. 하지만 어쩌면—"

"아니요." 앨리스가 말했다. "'어쩌면'은 없어요. 저는 그날 그 사 람과 작별했어요, 아빠. 월터에 관해서 듣기 전이에요. 말씀드렸 잖아요."

"그래, 그래." 애덤스가 말했다. "젊은이들은 사생활이 있어야지. 캐물으려는 건 아니다." 애덤스는 테이블에 놓인 금 간 접시에 담 뱃재를 털고 그 옆에 파이프를 놓은 뒤에 전에 하던 이야기로 돌 아갔다. "죽음에 관해 이야기하다보니까 생각나는데—"

"우리는 죽음에 관해 이야기하고 있지 않았는걸요!" 앨리스가 항의했다.

"그래, 어떻게 살아야 하는지를 죽을 때까지 모르는 걸 이야기했지. 죽어서도 모를지도 몰라!" 자신의 단호한 비관론에 애덤스는 웃음을 터뜨렸다. "이렇게 말하는 걸 보니 내가 늙긴 늙었나보다. 우리 할머니께서 지금 내가 하는 말과 비슷한 소리를 하시곤 했어. 아빠가 젊었을 적에 할머니께서 이런 말씀을 하시는 걸 들었다. 몹시 우울한 분이었지. 기억나는구나. 어쨌든 할머니께서 하신 말씀이 생각나. 아빠는 병상에서 빨리 일어나고 싶다. 할 일을 찾아야지."

앨리스는 부드럽게 고개를 저었다. "하지만, 아빠. 의사가―"

"망할 의사 말은 꺼내지도 마라!" 애덤스가 왈칵 성을 내며 말을 끊었다. "가벼운 업무 정도는 맡을 수 있을 거라고 했지. 적당한 걸 찾으면 말이야. '신체적, 정신적 스트레스가 없는 직업이어야 합니다.' 이렇게 말했어. 그런 걸 찾아야지. 그저 찾고만 있어도 기분이 나아질 거 같다."

"하지만 아빠. 아빠가 끝내 못 찾고 실망하실까봐 걱정돼요."

"그래도 찾아보고 싶구나."

앨리스는 아버지의 손을 토닥였다. "그냥 이대로 만족하셔야 해요, 아빠. 다 괜찮아질 거니까 일해야 한다는 부담은 갖지 마세요. 이 집은 이제 온전히 우리 소유잖아요. 그리고 아빠는 저와 엄마를 평생 부양하셨어요. 이제 우리 차례예요."

"아니다!" 애덤스는 화를 내며 말했다. "나는 하숙집 주인 남편 노릇을 하기 싫다. 나랑 안 맞아. 어떤 건지 안다. 일요일 아침마다 마누라를 위해 방세 청구서를 쓰고, 누구 서랍장이 망가지면 고치고, 어쩌면 난로를 손보겠지. 하숙인 중 한 명이 이따금 시가를 선물하고 말이야. 기대가 되는 멋진 삶이야! 아니다. 난 하숙집 주인 남편으로 끝나기 싫다!"

앨리스의 표정이 굳었다. 모든 가능성을 따졌을 때 그렇게 될 것이 분명했기 때문이었다. "아빠." 앨리스가 위로했다. "어쩌면 '끝난다'는 것 자체가 없을지도 모르지 않아요? 우리가 어떻게 살아야 하는지 죽을 때까지 못 배운다고 아빠가 그러셨지만, 어쩌면 죽고 나서도 마찬가지일지도 몰라요. 이승에 살 때처럼 계속해서 배우고, 어쩌면 죽은 뒤에 또 고난을 마주할지도 모르죠."

"어쩌면." 애덤스는 한숨을 쉬었다. "그럴지도 모르지."

"그렇다면," 앨리스가 말했다. "그렇다면 '끝'에 대해 말하는 게 무슨 소용이에요? 우리는 무슨 일이 생기면 끝장나겠구나 예상하지만, 막상 그 일이 생겨도 아무것도 끝장나지 않아요. 계속 이어지는 삶의 한 부분일 뿐이에요. 저로 말하자면, 여름 내내 뭔가를 두려워하면서 기다렸어요. 저 자신에게 이렇게 말했어요. '만약에 그 일이 생기면 난 끝이야!' 하지만 그렇게 되지 않았어요, 아빠. 실제로 그 일이 일어났지만 아무것도 끝나지 않았다고요. 전 예전과 마찬가지로 살고 있어요. 다만—" 앨리스는 말을 멈추고 얼굴을 붉혔다.

"다만 뭐?" 애덤스가 물었다.

"그게—" 앨리스는 얼굴을 더욱 붉히다가 자리에서 벌떡 일어나 아버지의 양손을 잡았다. "글쎄요, 어쨌든 우리는 계속 살아가야 하니까, 어떻게 살지 조금이라도 배워야 하지 않겠어요?"

애덤스는 애정이 담뿍 담긴 눈으로 딸을 보았다.

"내 생각에는 말이다." 그의 목소리가 떨렸다. "내 생각에는 세상에 너보다 똑똑한 아이는 없을 거 같다. 다른 애들을 한 다스 가져와도 너와 바꾸지 않을 거야."

아버지의 말에 눈물이 날 것 같았던 앨리스는 황급히 입을 맞추고 볼일을 보러 나갔다.

희비극이었던 저녁 식사 후에 앨리스는 러셀을 만난 적이 없고 멀리서 그림자도 못 봤다. 그러므로 앨리스가 지금과 같은 용무를 보러 가는 길에 그와 마주친 것은 묘하다고밖에 할 수 없는 우연이었다. 처음 함께 걸은 날에 앨리스가 들른 담배 가게에서 멀지 않은 길모퉁이에서 두 사람은 마주쳤다. 러셀이 앨리스가 걷고 있던 거리로 접어든 순간 정면으로 마주쳤다. 러셀의 수려한 얼굴이 순식간에 새빨개졌다. 그러나 앨리스의 얼굴은 잔잔했다.

앨리스는 걸음을 멈췄고, 러셀도 멈춰 섰다. 앨리스는 손을 내밀며 환하게 웃었다.

"어머, 러셀 씨군요!"

"이렇게 마주쳐서 정말—정말 반갑습니다." 러셀이 더듬거렸다. "할 말이 있었어요. 하지만 새로 업무가 늘어서, 이 사업이라는 게 사람이 하고 싶은 일을 할 시간을 많이 안 주죠. 가능할 때 한번 찾아가도 괜찮을까요?"

"네, 그러세요!" 앨리스는 상냥하게 말하고 고개를 한 번 끄덕인 다음에 가볍게 그를 지나쳤다.

앨리스는 숨이 조금 가빠졌지만 러셀에게 들키지 않은 걸 알았다. 이 작은 위기를 넘긴 자신의 태도가 자랑스러웠다. 이토록 씩씩하게 대처했다는 사실은 자신의 침착한 태도에 느낀 순간의 자랑스러움보다 더 큰 자신감을 줬다. 마음속 깊은 곳에서 내린 결심이 이제 현실로 이루어졌다는 증거였기 때문이다. 그를 '완전히 잊었다!'

앨리스는 계속해서 걸음을 옮겨놓았지만 속도를 조금 늦추었다. 담배 가게가 멀지 않았다. 담배 가게 옆으로 난 파멸의 입구, 프링크 비서 학교 간판의 때 묻은 금박 글자가 벌써 눈에 들어왔다. 그리고 바로 이 순간, 글자들은 그 언제보다 더 급박하게 운명을 예고했다. 그렇지만 앨리스에게는 자신의 상황을 연극화하는 버릇이 남아 있었다.

앨리스는 읽은 지 오래됐지만 읽고 울었기 때문에 생생하게 기억하는 프랑스 로맨스 소설의 주인공과 자신을 비교했다. 소설은 사랑에 실패한 여주인공이 수녀의 길을 택하는 것으로 끝났다. 마지막 장면이 앨리스의 머릿속에 잠시 또렷이 떠올랐다. 책을 읽고 울었을 때처럼 앨리스는 그림자가 길게 드리운 성당의 한복판에 서 있는 자신을 상상했다. 텁텁한 공기에 깔린 향냄새를 맡고 엄숙한 오르간 소리를 듣고 있었다. 여주인공의 아버지는 회색 돌기둥 옆에 꿇어앉아 떨고 있었다. 배신한 연인은 성인의 조각상 뒤에 숨은 채로 그녀를 지켜보며 전율했다. 여주인공이 제단에 다가서자 여기저기서 억누른 흐느낌과 외마디 탄식이 터져 나왔다. 한 줄기 햇살이 장밋빛 유리창으로 스며 들어와 그녀를 호박빛으로 감쌌다.

이미지는 떠오르자마자 흩어졌다. 잠시뿐일지언정 앨리스는 자신이 택한 길보다는 소설 속 수녀의 길이 더 낭만적이고, '가능할 때' 한번 찾아오겠다는 남자보다는 조각상 뒤에서 후회로 몸을 떠는 배신한 연인이 훨씬 위로가 된다고 쓸쓸히 생각했다. 자기 연민은 이미지처럼 쉽게 사라지지 않았다. 앨리스는 이것을 애써 떨쳐내고, 낭만적인 추억들 또한 모조리 웃어넘기려 했다. 더 중요한 일에 집중할 때가 왔다.

앨리스는 담배 가게를 지나쳤다. 눈앞에 어두침침한 입구가 나타났다. 입구로 들어가면 나무 계단이 있고, 나무 계단은 프링크비서 학교로 이어졌다. 볼 때마다 앨리스가 젊음과 희망의 끝이라고 여긴 바로 그곳이었다.

앞을 지나치며 저 우울하고 초라한 계단을 얼마나 자주 끔찍하게 여겼던가? 저 계단을 타고 뿌연 어둠에 묻힌 위층으로 올라가는 여자의 발걸음 또한 계단처럼 쓸쓸히 잊힐 거라고 또 얼마나 자주 생각했던가? 지나칠 때마다 어김없이 불길한 상상에 사로잡혔었다. 속기사 노처녀로 끝장난 어여쁜 아가씨들. 노처녀들은 저마다 다른 모습이었지만 모두 그녀와 비슷한 부분이 있었다.

어쨌든 마침내 여기에 왔다! 앨리스는 거리를 재빨리 한 번 둘러보고, 어깨를 살짝 들썩인 다음에 간판 밑을 용감하게 지나쳐 나무 계단을 올라가기 시작했다. 계단 중간에서 그림자가 가장 어두웠다. 그러나 그곳을 지나고 나자 차츰 밝아지기 시작했다. 위층 어딘가 창문이 열려 있었다. 계단 위쪽이 햇빛을 받아 명랑하게 빛났다.

옮긴이의 말

수년간 고전한 끝에 서른 살에 소설가로 데뷔한 부스 타킹턴은 데뷔작부터 베스트셀러에 등극하며 큰 인기를 누렸다. 출간한 소설 가운데 아홉 권이 그해 베스트셀러 10위에 올랐으며 퓰리처상을 두 번 수상하는 영예를 누렸다. 1922년에는 《뉴욕타임스》가 선정한 당대의 위대한 미국인 열두 명에 뽑혔고, 1933년에는 미국 문예 아카데미에서 공로를 인정받아 골드메달을 수상했다. 타킹턴은 제1차 세계대전을 기점으로 격변한 미국의 사회상을 주로 소설에 담았는데, 그중《뉴요커》가 최고의 걸작으로 지목한『앨리스 애덤스의 비밀스러운 삶』(원제 Alice Adams)은 미국의 미래를 내다본 그의 선견이 돋보이는 작품으로, 평범한 가정의 붕괴를 통해 물질주의의 폐해를 사실적으로 그려냈다.

소설은 초반부터 주제를 뚜렷이 드러낸다. 독자는 50대 환자인 애덤스가 거의 평생을 램브 컴퍼니라는 의약품 도매 업체의 부장으로 일했으며 부인은 그것을 못마땅히 여기고 남편이 아이들을 위해서라도 다른 일을 시작해 더 많은 돈을 벌기를 원한다는 것을 알게 된다. 소설은 상당히 노골적으로 그리고 매우 현실적으로 물질적인 욕망의 지배 아래 살고 있는 한 가족과, 청년들 사이에서도 이미 재산이 계급을 나누어놓은 사회를 보여준다.

소설의 배경은 저자의 고향인 인디애나폴리스로 추정된다. 1903년에 장티푸스에 걸려 죽을 고비를 넘긴 타킹턴은 메인주로 휴양을 떠난 뒤에 뉴욕과 유럽 등지에서 8년 가까이 살다 돌아왔는데, 그새 너무나도 달라진 고향의 모습에 경악했다. 소설에서 언급되었듯이 도시는 교외의 탄전 개발과 공업화로 인해 숯가루에 덮여 있었고, 공사 소음이 끊이지 않았다. 타킹턴은 변해버린 고향의 모습만큼이나 사람들의 달라진 이상에 거부감을 느꼈다. 제1차 세계대전으로 인해 유럽이 초토화된 틈에 세계 산업을 주도하기 시작한 미국은 생산량이 폭발적으로 증가하며 전대미문의 풍요를 누렸다. 경기 호황과 비즈니스의 번창 속에서 사람들은 수단과 방법을 가리지 않고 부를 좇는 '진취적' 기상을 찬양했고, 성공한 인생이란 곧 물질적인 성취라는 아메리칸드림과 자수성가의 환상이 뿌리를 내리기 시작했다. 그렇게 부를 쟁취하지 못한 이들은 시대에 뒤처진 패배자로 여겨졌는데, 소설의 처음부터 끝까지 배경음악처럼 깔려 있는 애덤스 부인의 넋두리는 이들 '패배자'의 울분을 오롯이 담고 있다.

부인과 달리 애덤스는 자기 인생에 포기에 가까운 수용의 태도를 보인다. 애덤스는 그가 숭배하는 위대한 J. A. 램브의 광휘 속에 머무르며 그의 관심과 신뢰를 성공의 척도로 삼는다. 결혼 전에 아내에게 보낸 편지에 담겨 있는 열정은 물론 만사에 흥미를 잃은 애덤스가 아끼는 대상이 두 명 있다. 한 명은 눈에 넣어도 아프지 않을 딸이고 다른 한 명은 그가 숭배하는 고용주 J. A. 램브다. 얄궂게도 애덤스는 그중 한 명을 위해 다른 한 사람을 배반할수밖에 없는 처지에 놓인다. 소설의 첫 문장에서 '구식 사고방식'을 지녔다고 표현된 애덤스는 무너지기 시작한 구시대의 가치관을 대표한다. 소설은 애덤스가 가치관을 타협한 시점을 기준으로

343

새로운 국면에 접어든다. 애덤스가 양심을 버리는 이유가 탐욕이 아니라 딸에 대한 애정이라는 점은 타락의 시작에 대해 고찰할 여지를 준다. 질리도록 잔소리를 퍼붓고 흐느끼고 소리치고, 앨리스의 표현대로 남편을 '닦달하여' 끝내 집안의 붕괴를 초래하는 부인을 단순히 악역으로 보기 힘든 것 또한 부인이 이기심이나 사욕 때문이 아니라 자식들을 위한 마음에 하는 행동이라는 것이 통렬히 느껴지기 때문이다.

한편 월터는 당대의 타락한 청춘을 대표한다. "무엇이든 건전한 것에 관심을 보인 적이 없다"고 앨리스가 일컬은 월터는 아버지의 도움으로 입사한 램브 컴퍼니에서 일하고 여가 시간에는 도박을 일삼는다. 스무 살밖에 되지 않았으나 월터는 애덤스보다 더 절망적인 열패감과 무력감에 젖어 있다. 회삿돈을 횡령하고 들통날 위기에 처하자 부모에게 도움을 청했다가 불가능함을 깨닫고, "평생 저한테 뭐 하나 해준 적이 없죠."라는 한마디를 남기고 도주하는 월터의 타락은 풍요의 시대에 중하층이 느낀 상대적 박탈감을 여지없이 담고 있다.

앨리스는 여느 명작의 주인공과 비교해도 모자람이 없을 정도로 입체적이고 흥미롭다. 앨리스는 단순히 미모를 이용해 신분 상승을 꿈꾸는 일차원적인 인물이 아니다. 다소 유치하고 허영심이 있지만 아버지를 대하는 태도에서 따뜻하고 상냥한 심성이 엿보인다. "주인 표시가 있다면 남의 것을 넘보지 않았다"는 말에서 알수 있듯이 자기 나름의 가치관도 분명하다. 앨리스가 러셀 앞에서 꾸며내는 모습이 남자를 속이려는 악의가 아니라 현실보다 더 근사한 삶을 꿈꾸는 공상에서 비롯되었다는 사실을 저자는 명백히 밝힌다. 소설 초반에 길에서 마주친 낯선 남자와의 짧고 무의미한 만남에서 스페인식 구애 장면을 연출한 것처럼, 앨리스는 아서 러셀을 통해 바라 마지않던 부잣집 아가씨로서의 삶을 체험한다. 러셀은 "상상 속에서가 아니면 결코 손에 넣을 수 없는 비싼 꽃"과 마찬가지로 앨리스가 동경하는 삶의 일부인 것이다.

『앨리스 애덤스의 비밀스러운 삶』은 무거운 주제를 담고 있지만 생생한 디테일과 '웃픈' 해프닝 덕분에 읽는 재미가 쏠쏠하다. 소설의 독자는 앨리스의 비참한 댄스파티와 읽기만 해도 숨이 턱턱 막히는 마지막 저녁 식사 장면을 잊지 못할 것이다. 비를 맞으며 직접 딴 제비꽃을 촌스러운 오르간디 드레스에 꽂고, 건들거리는 동생의 마지못한 에스코트를 받으며 파티에 간 앨리스가 모두에게 무시당하는 모습을 들키지 않으려고 온갖 연기를 펼치는 장면은 손발이 오그라드는 민망함과 동시에 깊은 연민을 자아낸다. 또한 찜통더위 속에서 뜨겁고 기름진 음식이 줄줄이 나오는 가운데 단추가 빠져나와 불거진 와이셔츠를 입고 땀 흘리는 애덤스의 가여운 몰골과 그를 무시하는 웨이트리스, 테이블 위에서 시들어가는 장미꽃, 그 갑갑한 분위기에서 명랑하게 혼자 수다를 이어나가는 앨리스의 절박한 모습은 타킹턴의 글솜씨와 장면을 연출하는 감각을 증명한다. 타킹턴은 대학 시절 프린스턴의 극단에서 회장으로서 활발히 활동했고, (명성 높은 트라이앵글 클럽의 창시자였다) 브로드웨이에서 다수의 희곡을 선보였다. 두 장면은 단지 독자들의 웃음과 연민을 끌어내는 장치가 아니라 중대한 전환점으로 작용한다. 끔찍했던 파티에서 참고 있던 앨리스의 눈물은 애덤스가 끝내 자신의 가치관을 타협하는 계기가 된다. 또한 딱히 중대한 사건이 일어나지도 않았지만 애덤스 집안의 추레한 실체를 면면으로 드러낸 저녁 식사는 러셀로 하여금 앨리스와의 관계가 불가능함을 깨닫게 한다.

소설의 결말은 비극은 아니지만 그렇다고 해피엔딩으로 보기도 어렵다. 비록 애덤스 집안은 망가졌지만 앨리스는 성장했다. 앨리스가 공상에서 헤어나와 현실을 받아들이는 모습은 하루아침에 극적으로 이루어진 변화가 아니라 초반부터 꾸준히 암시된 가능성이 실현된 것이다. 허세스럽게 지어낸 Alys라는 이름을 버린 순간부터 앨리스는 진정한 자기를 찾는 여정에 올랐다. 비서 학교의 간판을 끔찍하게 여기면서도 외면하지 않는 모습에서도 앨리스가 역경을 당당히 마주하리라는 것이 암시되었다.

1920년대와 1930년대에 미국에서는 여성의 인권 신장 운동이 활발했고 교육과 직업의 기회가 증폭했다. 그러나 소설이 출간된 1920년대 초만 해도 대부분 여성은 가정 밖에서 직업을 구하지 않았다. 여성은 전체 인력의 20퍼센트 남짓했는데, 대부분 요리사와 가사도우미 등으로 남의 가정에서 일했다. 여성의 교육 역시 여전히 제한되어 있어서, 대학에 진학하는 것은 상류층 여성의 특권이었다. 따라서 앨리스처럼 자기 재산이 없는 중하층 여성에게는 결혼이 경제적으로 안정적인 삶을 보장하는 거의 유일한 길이었던 것이다. 이런 당대의 현실을 고려하면 스스로 생계를 책임지고 어려움에 부닥친 가족을 돕기 위해 비서 학교로 향하는 앨리스의 용기와 기백이 한층 더 감동적으로 와닿는다.

야생화 제비꽃처럼 강한 생명력으로 기억에 두고두고 남을 주인공 앨리스 애덤스는 1935년에 조지 스티븐스가 감독한 영화 (소설은 1923년에도 영화화되었다)에서 캐서린 헵번의 걸출한 연기로 불멸의 이미지를 얻었다. 헵번은 그의 커리어에서 가장 뛰어나다고 해도 손색이 없는 훌륭한 연기로 발랄함과 절박함이 공존하는 앨리스라는 복잡한 인물을 완벽하게 소화해내고 아카데미 여우주연상 후보로 선정되었다.

옮긴이: 구원

UCLA 경제학과를 졸업했다. 프리랜서 번역가 및 출판 기획자로 활동하고 있다. 『셔기 베인』,『우리가 얼마나 아름다웠는지』,『어느 날 거울에 광인이 나타났다』 등을 우리말로 옮겼다. 캐서린 맨스필드 단편선『차 한 잔』과『프렐류드』를 엮고 옮겼다.『셔기 베인』으로 제16회 유영번역상을 수상했다.

앨리스 애덤스의 비밀스러운 삶

1판 1쇄 발행 2023년 9월 18일

지은이   부스 타킹턴
옮긴이   구원
디자인   구원

펴낸곳   코호북스(coho books)
주소   강원도 홍천군 두촌면 한계길 84
등록   2019년 10월 17일 제2019-000005호
전자우편   cohobookspublishing@gmail.com
팩스   0303-3441-1115
인스타그램   @coho_books23
ISBN   979-11-91922-12-7 03840
책값은 뒤표지에 있습니다.